LECTURES LITTÉRAIRES

PAGES CHOISIES

des

Grands Écrivains

Dante

Traduction, résumés et commentaires,

par ALBERT VALENTIN

Librairie Armand Colin

Rue de Mézières, 5, PARIS

PAGES CHOISIES DES GRANDS ÉCRIVAINS

Dante

Pages choisies des Grands Écrivains

Thiers (G. ROBERTET). | *Mignet* (G. WEILL).

Jean-Jacques Rousseau (S. ROCHEBLAVE).

Chaque vol. in-18 jésus, broché, **3** fr. ; relié toile, **3** fr. **50**.

Homère (M. CROISET).
Les Tragiques Grecs : Eschyle, So-
phocle, Euripide (P. GIRARD).
Cicéron (P. MONCEAUX).
Virgile (A. WALTZ).
Dante (A. VALENTIN).
Shakespeare (E. LEGOUIS).
Rabelais (ED. HUGUET).
Mme de Sévigné (R. DOUMIC et L.
LEVRAULT).
Bossuet (A. GAZIER).
Fénelon (M. CAGNAC).
Fontenelle (H. POTEZ).
Lesage (P. MORILLOT).
Marivaux (F. VIAL).
Voltaire (F. VIAL).
Diderot (G. PELLISSIER).
Buffon (P. BONNEFON).
Beaumarchais (P. BONNEFON).
Gœthe (P. LASSERRE et P. BARET).
Schiller (L. ROUSTAN).
X. de Maistre (H. POTEZ).
Mme de Staël (S. ROCHEBLAVE).

Chateaubriand (S. ROCHEBLAVE).
Stendhal (H. PARIGOT).
Balzac (G. LANSON).
Guizot (Mme GUIZOT DE WITT).
Henri Heine (L. ROUSTAN).
V. Cousin (T. de WYZEWA).
Sainte-Beuve (H. BERNÈS).
R. P. Gratry (M. PICHOT).
A. de Musset (P. SIRVEN).
Mérimée (H. LION).
Alex. Dumas (H. PARIGOT).
Emerson (M. DUGARD).
Dickens (B.-H. GAUSSERON).
Th. Gautier (P. SIRVEN).
George Sand (S. ROCHEBLAVE).
George Eliot (H. HOVELAQUE).
G. Flaubert (G. LANSON).
Ernest Renan.
J.-M. Guyau (A. FOUILLÉE).
Tourgueneff (R. CANDIANI).
Carlyle (E. MASSON).
Alph. Daudet (G. TOUDOUZE).
Les Auteurs Arabes (L. MACHUEL).

Chaque vol. in-18 jésus, broché, **3** fr. **50** ; relié toile, **4** fr.

J. Michelet (Ch. SEIGNOBOS, sous la direction de Mme MICHELET).
Un vol. in-18 jésus, broché, **4** fr. ; relié toile, **4** fr. **50**.

Pages choisies des Auteurs contemporains

René Bazin (D. METTERLÉ).
Paul Bourget (G. TOUDOUZE).
Jules Claretie (H. BONNEMAIN).
Anatole France (G. LANSON).
E. et J. de Goncourt (G. TOUDOUZE).

Pierre Loti (H. BONNEMAIN).
Hector Malot (G. MEUNIER).
André Theuriet (H. BONNEMAIN)
Tolstoï (R. CANDIANI).
Émile Zola (G. MEUNIER).

Chaque vol. in-18 jésus, broché, **3** fr. **50** ; relié toile, **4** fr.

PAGES CHOISIES

des

Grands Écrivains

Dante

TRADUCTION, RÉSUMÉS ET COMMENTAIRES

par **Albert VALENTIN**

Librairie Armand Colin

Rue de Mézières, 5, PARIS

1913

AVANT-PROPOS

Dante, pour les lecteurs français, est un de ces
poètes très hauts et très illustres qu'on range
parmi les esprits souverains, avec Homère, Eschyle, Shakespeare, Molière, Gœthe, Tolstoï.
Mais s'il est bien connu des lettrés véritables, il
n'est guère pour les autres qu'un nom que l'on
prononce avec un certain effroi mystérieux. A
peine soupçonne-t-on qu'il fut un génie ardent,
orageux et magnifique. On le place parmi les plus
grands, de confiance, et tout est dit.

Nous avons pensé qu'il était bon d'offrir au public et aux élèves des écoles un ouvrage qui per-
mît de le connaître et dont la lecture ne fût pas
hérissée de trop d'obstacles. Sans doute des tra-
ductions de la *Divine Comédie* ont déjà paru ou
paraissent tous les jours ; et dans le nombre il y
en a d'excellentes. Mais une traduction complète,
si bonne qu'elle soit, exige encore une patiente et
difficile étude. Ce poème est une œuvre si étrange,
si compacte, si peu accessible en certaines parties
aux esprits modernes, mais si riche de beautés de
toutes sortes, que le lecteur est conduit malgré lui
à faire un choix. C'est ce choix que nous avons

voulu faire nous-mêmes, aussi large et aussi complet que possible, depuis les épisodes célèbres et les grandes scènes jusqu'aux plus petits tableaux et aux simples comparaisons. Le génie du poète s'y présente dans toute sa richesse et toute sa variété. Des résumés ou commentaires de liaison rattachent les extraits les uns aux autres, les remettent en leur place dans le poème et rétablissent l'unité d'ensemble.

Pour la traduction nous avons essayé d'éviter la large et flottante paraphrase sans tomber dans la transposition littérale et barbare. La langue de Dante est une de celles qui donnent fort à faire au traducteur et qui lui enseignent la modestie. Nous ne nous flattons pas d'en avoir rendu dans toute leur beauté et tout leur relief, l'énergie concentrée, l'expression dense, les métaphores neuves et hardies. Du moins nous y avons mis tous nos efforts et tout notre respect.

Nous avons enfin ajouté aux extraits de la *Divine Comédie* quelques pages des œuvres secondaires (*Vita Nuova, Canzoniere, Convivio, De Vulgari Eloquentia*), pour ceux qui voudraient se faire de Dante une idée plus complète.

NOTICE

LA VIE DE DANTE

Dante Alighieri naquit à Florence en mai 1265.

L'histoire de cette ville et des passions politiques qui l'agitèrent est trop intimement liée à la vie du poète et à son œuvre pour qu'il ne soit pas nécessaire de la rappeler brièvement. L'Italie fut, au xiie et au xiiie siècles, le théâtre où se joua le grand drame de la rivalité de la Papauté et de l'Empire, l'Empereur travaillant à renouer l'antique tradition qui le faisait roi de Rome et maître de la péninsule, le Pape cherchant à briser cette tyrannique ambition et à diriger les destinées du pays. Ces deux doctrines rangèrent les cités et les hommes en deux partis, les Gibelins derrière l'Empereur, les Guelfes à la suite du Pape. Mais ces termes ne furent jamais bien clairs et perdirent de plus en plus de leur précision. On était guelfe ou gibelin autant par rivalités de villes, ambitions politiques, haines privées, que par conviction et système. Ce qu'on peut dégager de plus net c'est qu'à Florence le parti gibelin fut de bonne heure celui de la noblesse militaire et féodale, tandis que les Guelfes comprenaient la bourgeoisie active et laborieuse, avide de libertés communales et d'indépendance. Et l'histoire de la ville n'est autre chose, à travers les péripéties, les vengeances et les proscriptions, que l'acheminement vers une organisation démocratique. Les deux partis connurent tour à tour le triomphe et l'exil. Mais une fois bannis, ces « fuorusciti » ne vivaient plus que d'une idée et d'un espoir : rentrer dans leur ville et en chasser leurs adversaires. Cependant, malgré l'acharnement de la lutte, malgré un bref retour des Gibelins, soutenus par le roi Manfred, après la bataille de Montaperti en 1260, les Guelfes finirent par dominer et consolider leurs institutions au cours de laborieuses étapes, créant un jour les Corporations des Arts et contraignant une autre fois les nobles à s'inscrire dans ces corporations, sous peine de ne jamais occuper une charge publique. Une dernière tentative des Gibelins exilés, soutenus par la ville d'Arezzo, fut arrêtée par la victoire de Campaldino en 1289 et, en 1293, les *Ordinamenti di giustizia* de Giano della Bella qui excluaient à jamais les nobles de l'exercice des magistratures, marquent le triomphe définitif du parti populaire. Mais, suivant une loi presque fatale des mouvements révolutionnaires, si la victoire d'un parti fait disparaître parfois les grandes luttes de doctrine, elle suscite aussitôt des divisions nouvelles, souvent plus âpres et plus violentes, car elles reposent sur des questions de personnes et des ambitions intéressées. Au sein du parti guelfe ces divisions dressèrent l'une contre l'autre à Florence les deux maisons des Cerchi et des Donati et cet antagonisme créa deux fractions nouvelles qui empruntèrent leurs noms de Blancs et de Noirs aux sanglantes luttes qui avaient mis aux prises, à Pistoie, deux branches d'une même famille. Les désordres, les embuscades, les rencontres de gens armés, les accusations recommencèrent. Les Guelfes noirs invoquèrent l'appui du Pape, prétendant que leurs adversaires étaient des Gibelins déguisés. Boniface VIII envoya comme pacificateur le prince Charles de Valois qui favorisa les Noirs. Et lorsque ces derniers furent maîtres de l'administration de la ville, ils usèrent de terribles représailles : les chefs des Blancs furent proscrits en 1302.

Telles étaient les passions orageuses et les grandes convulsions qui secouaient Florence, lorsque Dante y naquit.

On n'a guère de renseignements certains sur sa vie que
ceux qu'il a lui-même donnés et qui sont épars dans ses
œuvres. Il vante l'origine romaine et la noblesse de sa famille qui était guelfe. Son père s'appelait Alighiero Alighieri, sa mère Donna Bella et lui-même reçut le prénom
de Durante, qui s'est abrégé en Dante. Il passa son enfance
et sa jeunesse à Florence et reçut une éducation soignée
qui comprenait, outre l'étude des lettres, le dessin, le chant
et l'équitation. Il s'adonna de bonne heure à la poésie et se
lia d'amitié avec les meilleurs esprits de son temps, les
poètes Cino da Pistoia, Guido Cavalcanti, le musicien Casella et le peintre Giotto. Il eut encore les précieux conseils
et les encouragements d'un homme de grande culture et
de goût, Brunetto Latini. En 1289 il prit part à l'expédition
contre les Gibelins d'Arezzo et se battit à Campaldino et au
siège de Caprona, enlevée à Pise. Le fait le plus saillant de
sa jeunesse fut son amour pour une jeune Florentine,
Béatrice, qu'il a célébrée dans la *Vita Nuova*. Quelques
autres passions sentimentales l'agitèrent encore. Puis il se
maria vers 1295 avec Gemma Donati dont il eut plusieurs
enfants. Gemma ne semble pas avoir occupé une grande
place dans le cœur ni dans l'esprit du poète ; il n'y fait
jamais la moindre allusion. Vers la même époque il entre
dans la vie politique. Inscrit dans la Corporation des mé-
decins, il fait d'abord partie des conseils de la commune
sans y jouer de rôle bien en vue. Mais les circonstances
allaient le jeter en pleine mêlée. Son nom sortit parmi
ceux des Prieurs de la ville en juin 1300. C'est le moment
critique dont il est question plus haut où la lutte devint
ardente entre les Blancs et les Noirs. Dante était du parti
des Blancs et on peut deviner avec quelle passion il se jeta
dans la bataille, par la violence et la sévérité avec lesquelles il parle de Boniface VIII dans la *Divine Comédie*.
Lorsque, grâce à Charles de Valois, les Noirs l'emportèrent,
Dante fut compris parmi les chefs du parti adverse, accusé
de concussion (*baratteria*) dans l'exercice de son priorat et
condamné à une amende de 5 000 livres, à deux ans d'exil

et à l'exclusion de toute fonction publique. Cette sentence, prononcée le 27 janvier 1302, frappait Dante au moment où il se trouvait en ambassade auprès de Boniface VIII, pour essayer de fléchir la colère du pape. Le 10 mars une nouvelle sentence était prise, le condamnant au bannissement perpétuel et à être brûlé s'il tombait vivant entre les mains des Noirs. Dante partit donc sur l'amère route de l'exil. Il se trouva ainsi rapproché des autres « fuorusciti » gibelins par la force des circonstances, par le désir de rentrer dans sa patrie et par la haine qu'il avait vouée à ses ennemis. Après s'être associé à quelques entreprises infructueuses en 1302-1303, il ne tarda guère à se séparer de tels alliés, incapables d'oublier leurs mesquines rivalités et d'assurer par la loyauté et la discipline le succès de leur cause. Dédaigneux et solitaire, « il fit un parti à lui seul » et commença ses tristes voyages de ville en ville, de porte en porte, en quête d'un asile, ne trouvant de consolation que dans l'étude et dans la préparation de son grand poème. C'est une douloureuse odyssée qui le mène de Vérone à Lucques, à la Lunigiane, à Paris même, bien que ce dernier séjour ne soit pas établi d'une manière indiscutable. Un instant il crut, avec tous les Gibelins, que la venue en Italie de l'empereur Henri VII, en 1310, lui permettrait de rentrer à Florence. Mais la mort de l'empereur ruina ce dernier espoir. Cependant sa condamnation à l'exil était renouvelée après son refus de rentrer à Florence, lors d'une amnistie dont les conditions étaient trop humiliantes pour que son âme hautaine pût s'y plier. C'est à cette occasion qu'il aurait écrit une lettre noble et fière à un religieux de ses amis, pour lui exposer les raisons de son refus. Il passa les dernières années de sa vie tantôt à Vérone, tantôt à Ravenne, où il fut accueilli affectueusement par le prince Guido Novello da Polenta. C'est dans cette dernière ville qu'il mourut le 14 septembre 1321 et ses cendres y sont restées malgré les vives instances de Florence.

LES ŒUVRES DE DANTE

LA « VITA NUOVA »

Avant que les souffrances de l'exil eussent trempé son génie par la douleur, Dante écrivit un petit ouvrage curieux et charmant qui porte le titre mystérieux de *Vita Nuova*. C'est l'histoire de son amour pour Béatrice. Mélangeant la prose et les vers, le poète semble vouloir écrire d'abord le roman de sa jeunesse sentimentale : et c'est à quoi le lecteur s'attend. Mais les faits se réduisent à bien peu de chose : quelques rencontres, un regard, un salut, un mot, une marque de désapprobation. La vie extérieure y tient peu de place, les personnages y sont sans relief et sans couleur, la beauté de Béatrice même y prend un caractère presque irréel. Ce n'est ni une peinture ni une étude de caractères. C'est un roman pourtant, mais le roman d'une âme ; car l'âme de Dante vit dans ce petit livre et se révèle dans toute son ardente sensibilité. Ces sonnets et ces « Canzoni », reliés par un commentaire en prose, qui n'y ajoute guère, sont l'expression des divers moments lyriques par où un premier amour peut faire passer un cœur jeune et véhément. Images fugitives, espoirs, déceptions, douleurs, orgueil blessé, larmes et sanglots, hallucinations, tous les états d'âme s'y trouvent et on sent que le poète est allé de l'un à l'autre, sans autre lien logique que le fougueux désordre des sentiments. Encore toutes les pièces inspirées par Béatrice ne sont-elles pas dans la *Vita Nuova ;* et celles qui s'y trouvent, Dante, lors de la composition du récit en prose, postérieur auxpoésies, semble les y avoir disposées afin de donner à son amour un caractère que le raccourci du livre rend plus saisissant. Très vite le sentiment purement humain, avec ses mouvements orageux, ses crises de désespoir et sa ferveur, se transforme et s'épure. L'amour devient plus haut, plus noble, plus mystique et il fait de son objet le symbole de toute perfection. Béatrice, dépouillée de sa grâce corporelle et terrestre, est la beauté suprême, divine et adorable, figure idéale qui annonce déjà la transfiguration qu'elle subira plus tard dans le Paradis. Est-ce à dire, comme on l'a quelquefois prétendu, que la *Vita Nuova* n'est qu'une allégorie ? Ce serait méconnaître tout ce qu'il y a de grâce fraîche, de sincérité, de finesse psychologique et de vérité vivante, sous la rhétorique souvent conventionnelle des vers et le ton solennel et biblique du récit ; ce serait méconnaître surtout quelques pièces d'une rare perfection, qui font de Dante le plus personnel et le plus émouvant des lyriques de cette école [1].

LA « *DIVINE COMÉDIE* »

Dans le dernier chapitre de la *Vita Nuova,* Dante fait allusion à une merveilleuse vision après laquelle il déclare ne plus vouloir chanter la louange de Béatrice, jusqu'au jour où il pourra dire d'elle ce qui n'a été dit d'aucune autre. Dans une « canzone » de ce livre il semble annoncer son voyage parmi les damnés de l'Enfer. Ainsi la *Divine Comédie* se dessinait déjà vaguement dans son esprit. Mais ce n'est que dans les douloureux loisirs de l'exil qu'il composa ce poème, qui se dresse à la sortie du moyen âge et au seuil de l'âge moderne comme un des plus étonnants monuments de la pensée humaine.

Le cadre. — La *Divine Comédie* est le récit d'un voyage accompli en une semaine, à partir du vendredi saint de l'année 1300, dans le monde fantastique de l'au-delà, où les âmes libérées du corps iront continuer leur existence éternelle. Après toute une nuit passée dans l'égarement et l'épouvante, au milieu d'une forêt inextricable, Dante

---

1. D'autres ouvrages, sous une forme plus dogmatique et plus savante, reflètent certains aspects de la pensée de Dante : en matière de philosophie, le *Convivio* (Le Banquet), mélange de prose et de vers et écrit en italien comme la *Vita Nuova ;* en matière de linguistique, le *De Vulgari Eloquentia ;* en matière de politique, le *De Monarchia.* Ces deux derniers traités sont écrits en latin. On trouvera plus loin, parmi les extraits, le résumé et quelques pages des deux premiers ouvrages. La doctrine politique de Dante ressort assez clairement du *Convivio* et de la *Divine Comédie* pour nous dispenser de rien emprunter au *De Monarchia,* par trop hérissé de scolastique.

arrive au matin devant une colline éclairée par les premiers rayons du soleil. Trois bêtes féroces lui barrent le passage et le repoussent vers la sombre forêt. Soudain une forme humaine se dresse devant lui : c'est l'ombre de Virgile, qui le réconforte et lui annonce qu'il le conduira vers Béatrice après lui avoir fait traverser les régions de l'Enfer et du Purgatoire. La porte de l'Enfer franchie, les deux poètes se trouvent sur le bord d'un immense gouffre ténébreux en forme d'entonnoir, qui s'enfonce au cœur de la terre. Sur les parois de l'abîme s'étagent neuf gradins circulaires où les damnés sont punis suivant la gravité de leurs fautes. Au fond du puits, au centre même de la terre, se tient Lucifer, « l'empereur du royaume douloureux ».

Sortis de l'Enfer, les deux voyageurs gravissent par un sentier souterrain la pente de l'autre hémisphère et arrivent sur le rivage d'une île perdue dans l'Océan. Une haute montagne s'y dresse avec ses rochers, ses flancs abrupts et ses escarpements. C'est la montagne d'expiation, le Purgatoire. On s'élève d'abord par deux terrasses superposées jusqu'à une porte qui donne accès à sept gradins ; au sommet du mont, les jardins et les forêts du Paradis terrestre. Le long du gigantesque escalier les poètes ont vu les âmes soumises aux divers supplices expiatoires.

Dans le Paradis terrestre Virgile disparaît soudain pour faire place à Béatrice. Celle-ci guide son poète à travers les neuf sphères célestes, où les âmes bienheureuses, sous forme de lumières, expriment par des chants et des danses leur béatitude, jusqu'à la région supérieure de l'Empyrée, ou rayonne dans l'espace infini la lumineuse gloire de la Trinité.

L'allégorie. — Tel est le cadre. Mais le récit de ce voyage ne doit pas être pris dans son sens concret et littéral ; une grande allégorie s'en dégage. Dante, égaré dans la forêt obscure, représente l'humanité en proie au péché et aux prises avec toutes les passions. Comment s'en affranchir ? En regardant courageusement les funestes ravages du mal et les effrayantes chutes où tombe l'âme dégradée : et ce

sont les spectacles de l'Enfer ; en s'élevant peu à peu de
l'horreur et du dégoût à la pratique de la vertu : et c'est la
dure ascension du Purgatoire ; en se plongeant enfin dans
la contemplation et l'adoration devant les âmes pures
et la source de tout bien : et ce sont les visions du Paradis.
Mais, dans cette lutte contre le mal, que d'obstacles à sur-
monter et que de défaillances à vaincre ! L'homme a besoin
d'être guidé ; sa raison, la sagesse humaine, représentées
par Virgile, le soutiendront et le conduiront d'abord, depuis
le cruel examen des fautes jusqu'à la joie incomplète encore du repentir. Au delà, la foi seule, le secours divin, la
sagesse révélée lui donneront la grâce suprême de comprendre et de mériter la suprême béatitude. C'est le rôle
de Béatrice, aimable symbole de l'esprit de Dieu.

Sur la pente de l'allégorie il est difficile de s'arrêter. On
a vu encore dans la *Divine Comédie,* en l'interprétant dans
un sens politique, l'humanité, qui ne sort de la barbarie et
de l'anarchie et n'acquiert l'ordre et l'équilibre nécessaires,
qu'en se laissant conduire par les deux autorités déléguées
par Dieu à la bonne vie des sociétés humaines, l'autorité
impériale sous le nom de Virgile et l'autorité de l'Église
sous la forme de Béatrice.

Cette allégorie centrale étend ses racines et ses branches
en tous sens dans le poème et c'est une éclosion d'allégories secondaires dont quelques-unes restent impénétrables.
Peut-être les hommes du moyen âge les entendaient-ils
mieux que nous ; peut-être aussi les commentateurs, emportés par le goût des recherches subtiles, en ont-ils cru
voir plus qu'il n'y en a. Mais il en reste bon nombre dont
l'existence, sinon l'interprétation, est indiscutable. Les personnages mythologiques, monstrueux ou démoniaques qui
gardent les différents cercles de l'Enfer n'ont pas seulement une valeur individuelle et artistique mais sont autant
de symboles du mal et d'incarnations du Malin. Le messager divin qui brise la résistance des démons, l'épouvantable figure de Lucifer, le gardien vénérable du Purgatoire,
les anges qui gravent ou effacent sur le front de Dante les

signes du péché, sont évidemment construits sur un fond allégorique. Les scènes fantasmagoriques du Paradis terrestre, le char, le griffon, l'aigle, le géant, la procession des vieillards et la danse des jeunes femmes ne sont pas seulement des jeux de l'imagination mais des personnifications historiques ou morales. Ainsi le poète a souvent caché la précieuse doctrine « sous le voile des vers étranges ».

Le contenu de la « Divine Comédie ». — La nature. — Toutes ces allégories fatigueraient vite le lecteur d'aujourd'hui si elles n'étaient emportées par le puissant courant de vie et de poésie qui traverse le poème tout entier. On a souvent dit que la *Divine Comédie* était une encyclopédie de toutes les connaissances du moyen âge. Ce n'est pas assez dire : il y a tout un monde.

Il y a d'abord la nature, vivante et multiple. Dante est un poète qui saisit la réalité, non seulement par tout son esprit, mais par tous ses sens, et qui est continuellement ébranlé par elle. Il est en contact si direct avec les choses qu'il semble les découvrir et les exprimer avec une intensité d'impression en quelque sorte primitive et une sincérité sans détours. Il a regardé toutes les formes, flairé toutes les odeurs, goûté toutes les saveurs, entendu tous les bruits, palpé tous les contacts, contemplé toutes les attitudes et suivi tous les mouvements, et sa pensée est si nourrie et si remplie de ces images qu'elles les évoque avec une spontanéité et une fraicheur qu'on ne trouve que dans les premiers grands poèmes des hommes, dans la Bible et dans Homère. Il a eu des précurseurs dans la poésie visionnaire ; mais ces allégories, ces voyages, ces représentations sacrées, en un mot ces peintures du séjour des âmes n'offrent que des tableaux d'une imagination généralement pauvre et sèche et toute raidie par la convention. Dante a trouvé, de génie, qu'on ne pouvait représenter vraiment les mondes inconnus que par le connu, l'invisible par le visible, le surnaturel par le naturel. C'est ainsi que le décor de l'Enfer et du Purgatoire reproduit les grands paysages et les horizons variés de la terre. Plaines nues, sombres et redoutables forêts, précipices de rochers, fleuves lents ou torrents bondissant en cascades, lacs et marécages, landes brûlées, déserts de glaces, montagnes dressant leurs escarpements au-dessus de la mer, partout le lecteur retrouve les aspects familiers de notre sol. Et ce ne sont pas seulement les lignes immobiles d'un décor d'arrière-plan. Toutes les forces naturelles y sont en mouvement et en action : les grands cataclysmes ont bouleversé les parois du gouffre infernal ; les secousses sismiques ébranlent le Purgatoire ; les phénomènes de notre atmosphère s'y produisent et c'est de l'action intense et multipliée des éléments que le poète tire les principales tortures dont souffrent les damnés. Le vent souffle en tempête entre-choquant les âmes comme des fétus ; la pluie, la neige et la grêle ruissellent du ciel noir ; la boue des marécages exhale des odeurs pestilentielles ; le feu dévore les maudits, soit dans les flammes, soit dans les flots bouillants, soit dans la poix fondue ; les souffles glacés les congèlent et les revêtent d'une tunique de glace. Ailleurs, dans le Purgatoire, ce sont de douces et fraîches vallées et la grande fête printanière du Paradis terrestre. Dante et Virgile, soit qu'ils descendent les degrés de l'Enfer du vent, de la pluie, de la boue, du feu et du froid, soit qu'ils s'élèvent sur les terrasses du Purgatoire, font un véritable voyage d'exploration et de découvertes. Et la vie naturelle s'insinue et circule partout pour animer ce monde imaginaire. Le poète appelle à chaque pas la réalité à son secours. Les comparaisons ramènent sans cesse les yeux des lecteurs sur les observations de l'expérience quotidienne. Car Dante, abandonnant les grandes images classiques, belles et amples mais convenues et froides, emprunte aux faits communs et connus les termes de ses comparaisons qui demeurent ainsi précises, concrètes, riches de sens et de vérité. Voici toute la vie des plantes : une fleur qui s'ouvre après le froid nocturne, les feuilles qui tombent, la forêt qui mugit, une branche que le vent emporte, un rameau qui se redresse dès qu'on le lâche, l'herbe qui étin-

celle de rosée, un jonc qui se courbe, un buisson qui déchire, un hallier fourmillant d'insectes et de bêtes sauvages.
Voici toute la vie des animaux : le bœuf assommé qui chan-
celle, les brebis stupides et douces qui vont et s'arrêtent
sans savoir pourquoi, le chien qui happe les mouches ou
qui hurle ou qui dévore rageusement sa pâture, le faucon
fondant sur sa proie, les colombes rentrant au nid, les pigeons gonflant leur poitrine, les dauphins arquant leur
échine, le lézard passant d'une haie à l'autre, fouetté par
le soleil, les grenouilles coassant, la tête hors de l'eau ou
fuyant la couleuvre ennemie, les serpents enroulés ou lan-
cés pour l'attaque. Voici toute la vie des choses : le frémis-
sement de la mer, le rire de la lumière par un beau matin,
la douceur mélancolique du soir traversé du son des cloches, le crépuscule rayé par le vol luisant des lucioles, la
grande nuit qui se répand, le scintillement des constellations. Mais il faut s'arrêter, puisque aussi bien on ne saurait énumérer tous les tableaux, toutes les images, toutes les
scènes de la vie terrestre que ce poète d'une époque scolastique a jetés dans son poème avec une prodigalité inépuisable.

L'humanité. — Avec la nature Dante a décrit l'homme
dans les attitudes de son corps et les passions de son âme.
Il a tracé et dessiné quelques-unes des plus vigoureuses
figures où se condense l'humanité. Sauf dans le Paradis,
où l'on ne voit plus que lumières, rayonnements et splendeurs, il a laissé aux âmes la forme du corps et la faculté
d'agir, de souffrir, de vivre en un mot. Cris, plaintes,
larmes, gémissements, grincements de dents, contorsions,
farouches silences, menaces, les damnés expriment par des
moyens humains la douleur de leurs supplices et leur âme
révoltée ou soumise. Les cercles de l'Enfer et les terrasses
du Purgatoire sont occupés par des foules animées d'une
vie puissante et confuse. Dante excelle à décrire la variété
et l'agitation des masses. Tantôt ce sont les nobles et graves
compagnies des poètes et des savants, méditant dans les
prairies des Limbes, qui semblent peintes à la fresque, tan-

tôt, aux bords de l'Achéron, des troupes misérables de prisonniers qui s'embarquent sous les cris et les coups d'un
gardien brutal, tantôt, dans le marais du Styx, des multi-
tudes grouillantes que traversent de puissants remous de
colère ou d'épouvante, tantôt des bandes qui courent
comme dans les paniques ou qui gisent dans un morne
accablement, des visions de batailles et de carnages, des
groupes de lépreux rongés d'ulcères, des caravanes lentes
et lasses au flanc d'un mont... Quelques traits, une ou deux
figures plus fermement dessinées, suffisent à créer la vi
sion et à donner le relief. C'est le caractère de l'art de
Dante qu'il trace peu de lignes, mais si nettes, si vigoureuses et si justes, que les personnages se dressent soudain
en pleine vie ; ce sont des traits rapides, précis et décisifs
qui font jaillir une figure et qui suggèrent plus encore
qu'ils ne montrent. Pas de lentes préparations, nul retard
à produire l'effet, nulle complaisance d'artiste à polir et à
caresser sa statue. C'est une vue directe et immédiate que
le poète met sous nos yeux avec une puissante brusque-
rie d'ébauche. Il a tous les dons et tous les outils de l'artiste : le coup d'œil qui saisit le geste évocateur, l'attitude
vivante, le mouvement en action, et le pinceau, mieux encore le ciseau qui fixe tout cela avec une force singulière
de relief et de raccourci. C'est un prodigieux sculpteur qui
fait souvent penser à Michel-Ange. Ne s'est-il pas amusé à
graver sur une muraille du Purgatoire une suite de bas-
reliefs où les personnages sont surpris au moment même
où ils agissent et parlent ? La vigueur plastique est telle, que
cela ne semble pas imaginé mais vu avec les yeux du corps.

Le même procédé vigoureux et bref se répète dans la
peinture des âmes. Il ne faut pas s'attendre à trouver chez
Dante une étude minutieuse et patiente des mouvements
obscurs et des subtiles nuances d'un sentiment. Son génie
n'est pas fait pour les lentes recherches de l'analyse : il est
condensateur et synthétique. Mais la vie intérieure des
passions et le caractère sont illuminés jusqu'au fond comme
à coup d'éclairs. Voici la noble et vénérable figure de Ca-

ton, modelée dans la lumière et qui révèle un cœur austère et fort ; le troubadour Sordello, d'abord dédaigneux et farouche, enfermé dans son silence et dans la hautaine indifférence d'un « lion au repos », qui regarde passer Dante et son guide et qui, au seul nom de sa patrie, Mantoue, bondit et se jette dans les bras de Virgile, le cœur soudain brisé de tendresse et de joie ; la statue de Farinata degli Uberti, dressé dans son tombeau de flamme, impassible dans les supplices, surhumain, tendu par le ressort d'une âme inflexible, « magnanime » type de l'homme de parti qui perpétue dans l'Enfer le souvenir des grandes et inexorables luttes ; Cavalcante Cavalcanti, qui se console de brûler éternellement en pensant que son fils voit encore « la douce lumière », et qui s'abat comme une masse dès qu'il le croit mort ; l'effroyable et douloureuse figure d'Ugolin, « mordant ses deux mains de douleur », rampant sur le corps de ses enfants morts de faim, que l'horrible agonie rend sympathique et qui amasse au fond de son âme un désir de vengeance inextinguible ; Ulysse, que la curiosité, le goût de la science et l'humeur aventureuse rejettent dans les interminables navigations et qui va périr sur cette mer loin de laquelle il ne sait plus vivre, étonnante figure où Dante a pénétré et élargi encore l'âme du héros d'Homère : Francesca de Rimini, que son amour a conduite à la mort et qui trouve dans cet amour une consolation jusque dans l'Enfer, ardente, émouvante et délicate création où le génie âpre de Dante se fond dans la douceur et la tendresse. Et derrière ces hautes figures, quantité de personnages de second plan, dessinés d'un trait plus rapide et plus sobre, passent devant nous, silhouettes d'un corps et d'une âme, douces ou violentes, nobles ou viles, depuis la mélancolique Pia dei Tolomei, la fidèle petite veuve Nella, la vertueuse Piccarda Donati, jusqu'à l'irascible Filippo Argenti, à la brute Vanni Fucci, à l'indomptable Capanée et à l'ignoble Ciacco.

L'histoire. — Mais Dante ne se contente pas d'enfermer

dans ces puissantes ébauches l'âme des individus et les
grands aspects de la nature humaine ; il montre les rap-
ports des hommes entre eux, leur action et leur rôle dans
la vie commune, il les place en un mot dans l'histoire.
Tout frémissant des passions de son temps et de son pays,
mais quelque peu dégagé de la mêlée des partis, il voit les
événements d'assez haut et les présente avec un bel effort
d'impartialité. Et de tous les éléments épars dans la *Divine
Comédie* se composent la peinture d'une époque et l'évoca-
tion d'un milieu. Aucune chronique ne donne plus l'impression du vu et du vécu. C'est vraiment une résurrec-
tion. Le dialogue de Dante et de Farinata, où les répliques
sont cruelles comme des coups d'épée, prolonge dans l'Enfer le duel implacable des Guelfes et des Gibelins ; la trahison de Bocca degli Abati, cause du désastre de Montaperti, est un de ces crimes impardonnables, qui jette le
poète dans un accès de rage bestiale. Gouvernements de
fraude, prévarications des magistrats, spoliations, haines
de famille perpétuées par la loi de la vengeance, antago-
nismes d'ambitions, conflits d'intérêts, tout le moyen âge
est là en mal d'organisation, avec ses forces tumultueuses
et sans frein. Dante, victime non résignée, trace par la
bouche de son aïeul Cacciaguida, le tableau de l'Antique
Florence « sobre et pudique », beau bercail où les loups
sont entrés et où les sauvages instincts d'une race « qui
tient encore de la montagne et du rocher » se sont donné
libre carrière. Et partout dans l'Italie c'est la même violence et la même corruption. On peut suivre le cours de
l'Arno depuis sa source jusqu'à la mer et on voit ses rives
habitées, non par des hommes, mais par de malfaisantes
bêtes : porcs du Casentin, chiens hargneux d'Arezzo, loups
de Florence, renards de Pise. Les autres villes sont également les tristes tanières des brutes ou des tyrans. Les dé-
mêlés de Philippe le Bel et de Boniface VIII, l'outrage
d'Anagni, trouvent leur écho en maints endroits de la *Divine Comédie*. Les choses de France attirent l'attention de
Dante : il fait passer en revue par Hugues Capet la lignée

des rois et les marque au passage d'un trait cruel. Mais ce
qui domine tout le reste, c'est Rome, créée pour conquérir
et pour gouverner le monde, demeure prédestinée des
représentants de l'autorité de Dieu sur la terre, Rome, dont
les aigles victorieuses ont promené partout la triomphale
grandeur ; elle n'échappe pas non plus à la contagion : des
pontifes y ont usurpé le trône de saint Pierre, d'autres y
ont trafiqué des choses saintes comme de bas marchands,
les cardinaux et les prélats s'y avilissent dans la gourmandise et l'avarice, et l'autorité spirituelle, cherchant à unir
la crosse et l'épée, y perpétue le plus criminel des désordres. Le remède pourrait venir de l'Empire, mais celui-ci,
après de vagues velléités, manque à son devoir et laisse la
« cavale sans frein et le navire désemparé ». Et c'est la
grande affliction de Dante qui conçoit l'image d'un monde
ordonné et discipliné, appuyé sur de bonnes mœurs et
obéissant aux lois. Il faut bien reconnaître que parmi tant
d'allusions et d'exemples se glissent parfois d'étranges
erreurs et des légendes. Sans doute Dante se préoccupe
vivement de la vérité des faits, mais il ne les soumet pas
toujours à une rigoureuse critique. Peut-être même se
laisse-t-il aller à une sorte de déformation dramatique ou
poétique. Mais ces cas sont assez rares et s'expliquent d'eux
mêmes : le manque de moyens d'information et de con-
trôle, l'absence d'ouvrages documentaires nous donnent à
la fois une raison d'admirer l'étendue des connaissances
historiques de Dante et une raison d'excuser les quelques
erreurs où il a pu tomber.

La science. — Ce n'est pas seulement dans la représentation des choses, de l'homme et de la vie que la *Divine Comédie* est riche de beauté et de sens. Elle l'est autant dans
l'ordre de la pensée. Esprit curieux de tout, Dante avait,
au cours de ses études et de ses lectures, ramassé ce que
la science de son temps avait établi dans ses constatations
et imaginé dans ses hypothèses. Et il fait entrer volontairement ces notions dans son poème, pénétré qu'il est de

cette idée, déjà développée dans le *Convivio,* qu'il faut distribuer et enseigner la science à tous ceux qui ne peuvent l'acquérir par eux-mêmes. Les fleuves souterrains de l'Enfer, le feu central avec les sources bouillantes, les exhalaisons, les craquements et les tremblements du sol font déjà partie des connaissances géologiques du temps. Les notions géographiques de Dante sont assez exactes lorsqu'il parle de l'hémisphère boréal : il cite le fleuve du Gange, les sources du Nil et parle des grands vents brûlants de la Libye. Mais il divise le monde en deux hémisphères, celui des terres et celui des eaux ; il donne de cette distribution des continents et des mers une explication théologique, en disant qu'à la chute de Satan la terre se retira devant le maudit et fit place à l'Océan ; et il croit fermement aussi que dans cette partie le « monde est sans habitants ». Cette science présente d'évidentes lacunes, mais elle est traditionnelle et les grands navigateurs n'ont pas encore exploré ces régions inconnues. Dante connaît mieux la physique et lui emprunte plusieurs images. Il donne une explication des taches de la lune par le plus ou moins de densité des corps ; il s'appuie sur les phénomènes de réfraction et de réflexion de la lumière, montre la pesanteur s'exerçant en sens inverse, sitôt qu'on dépasse le centre de la terre, fixe les lois du mouvement dans les rouages d'une montre et dans les sphères concentriques du ciel ; il explique la naissance des vents par des oppositions de température, la formation des nuages, leur condensation en pluie ou neige, les effets de la foudre, les phénomènes de combustion et de congélation... Il n'y a pas jusqu'à la géométrie qui ne fournisse au poète des termes de comparaison grâce aux propriétés du triangle et du cercle. Mais c'est à l'astronomie qu'il fait surtout appel. Son Paradis est construit sur le système planétaire de Ptolémée. Les sept sphères qui embrassent la terre, embrassées à leur tour par le cercle des étoiles fixes et par l'espace infini, dessinent comme une vaste carte du ciel. Les deux hémisphères sont caractérisés par leurs différentes constellations, l'Ourse au nord,

la Croix du Sud au midi. Le poète connaît bien l'astronomie imagée et poétique des anciens et s'en tient le plus
souvent à elle : le mouvement céleste qui ramène le soleil
dans les divers signes du zodiaque détermine la variation
des saisons et des jours. Une telle science nous apparaît
aujourd'hui sommaire, fragmentaire et incomplète, mais
elle n'en représente pas moins pour l'époque une somme
considérable de connaissances et n'est pas un des caractères
les moins curieux de la *Divine Comédie*.

La philosophie. — Toutes ces sciences particulières rentrent dans une science plus large qui est la philosophie,
mais la philosophie du moyen âge, plus préoccupée de
l'exposition que de la recherche, de la forme que de la pensée, souvent vide sous une apparence de rigueur, armée
d'une dialectique qui conduit au sophisme, et dont la mé-
thode de distinctions, de définitions, de déductions et de
syllogismes prend vite un air froid, abstrait et pédant.
Dante connaît toutes les ressources de cette scolastique. Il
a fréquenté les écoles des « filosofanti ». Cela se voit surtout dans ses œuvres secondaires. Il était trop artiste pour
abuser dans la *Divine Comédie* de cette impitoyable et irri-
tante logique. On n'y trouve que deux ou trois exemples
de syllogismes nettement caractérisés. Encore sont-ils tout
à fait à leur place, comme dans l'examen sur la Foi par
devant saint Pierre, ou concourent-ils à produire un effet
de surprise ou de comique, lorsque c'est par exemple l'un
des noirs Chérubins qui dispute victorieusement à saint
François l'âme d'un damné. Mais Dante est au courant de
toutes les principales questions philosophiques de son temps,
inspirées d'Aristote et de Platon ou formulées par les doc-
eurs de l'Église, surtout par saint Thomas. Il a le goût des
sévères discussions et des problèmes. Il disserte sur l'origine et la formation du langage, sur le libre arbitre et sur
la responsabilité, sur l'origine des passions, sur le rôle de
la Fortune et sur le Souverain Bien. Ce sont le plus souvent des digressions dont le poème se passerait en tant

qu'œuvre d'art, mais qui ont cependant le mérite d'élever parfois les yeux et l'esprit du lecteur.

La morale. — Ce qu'il y a de froid et d'aride dans la philosophie de Dante est corrigé et réchauffé par la haute conception morale qui domine la *Divine Comédie.* Les idées simples de châtiments et de récompenses si intimement associés à toute morale et à toute religion, se trouvent déjà chez les devanciers de Dante, dans Virgile et dans les diverses légendes et visions écrites au moyen âge. Mais nul n'avait su construire comme Dante les trois mondes du crime et de la damnation, de l'expiation et du repentir, de la béatitude et de la récompense. L'Enfer, région du péché, gouffre ténébreux et « aveugle », à peine éclairé par les reflets rougeâtres des flammes, est tout rempli du grondement infini de la douleur qui prend tous les accents, depuis le gémissement jusqu'à la menace. Les damnés y sont toujours la proie de leurs vices et même ceux qui ont grand air comme un Farinata degli Uberti ne peuvent s'élever au delà du mépris de la souffrance. Si par hasard l'un d'entre eux laisse percer quelque remords, il n'a guère tout au fond que fiel et rancune contre ceux qui l'ont perdu : Guido de Montefeltro se frappe la poitrine mais il maudit surtout le pape qui l'a induit en tentation ; Adamo, le fameux monnayeur, déplore que son hydropisie l'empêche de rejoindre ceux qui le tentèrent et prononce des mots effrayants de férocité et de rancune. Ces âmes diaboliques se détestent, se dénoncent et se trahissent à plaisir ; on en voit même qui se battent et s'entre-dévorent. Le sentiment qui domine c'est la haine, une haine provocante, farouche, inextinguible. L'un dit : « Tel je fus vivant, tel je suis mort » et se consume de rage ; un autre se juge lui-même et se traite de misérable brute, pour s'en venger aussitôt sur Dante en lui prédisant les pires catastrophes, et il s'emporte jusqu'à faire à l'adresse de Dieu le geste le plus outrageant.

Le Purgatoire tient encore de très près à l'Enfer. Les

âmes y souffrent presque autant et les plus résignées semblent à bout de forces. Sur l'un des degrés elles se tiennent
au milieu de flammes si brûlantes que Dante pour se rafraîchir se serait jeté dans du verre en fusion. Cependant il
y a comme un avant-goût du Paradis. C'est que le poète a
conçu d'une manière très pénétrante la condition de ces
âmes souffrantes : elles doivent à la fois subir un châtiment pour les fautes commises et s'élever par le repentir
et l'expiation. Voilà pourquoi elles connaissent quelque
répit dans leurs tortures. Les démons ont disparu, il n'y a
plus d'intermédiaires entre les âmes et la justice divine.
Dans leurs larmes elles se nourrissent d'espoir et sentent
leur douleur méritée et utile. Ce ne sont plus des blasphèmes qu'on entend, mais des prières, l'aveu des fautes
et l'éloge des vertus ; plus d'accueil farouche ; les entretiens y offrent parfois les plaisirs les plus délicats de l'esprit : le musicien Casella y chante une des « canzoni » du
poète ; le troubadour Arnault Daniel répond à Dante par
des vers provençaux ; on y discute de poésie et de gloire
littéraire ; on y entend des paroles de tendresse et de recon-
naissance. Par instants on se croirait au Paradis tant les
aspects y sont riants, le soleil lumineux et chaud, et la paix
du soir douce.

Le Paradis, lumières et chants, est le radieux tableau de
la souveraine béatitude où les âmes communient dans la
plus ardente charité.

Mais la préoccupation morale de Dante ne se contente
pas de cette harmonie générale entre les âmes et le séjour
qu'elles habitent ; elle se retrouve dans le choix des supplices particuliers. Et d'abord Dante classe les péchés punis
en Enfer en trois grandes catégories selon les trois mauvaises dispositions de l'âme : l'incontinence, qui est surtout
l'incapacité de résister aux passions, la violence, où l'âme
est déjà complètement dominée et la méchanceté volon-
taire qui se manifeste par la fraude et la trahison. Dans le
Purgatoire, l'ordre est celui des sept péchés capitaux. Mais
dans chacune des neuf régions de l'Enfer et du Purgatoire

Dante s'est encore efforcé de donner aux supplices une signification morale précise, en adaptant le châtiment à la faute. Il applique la loi du « contrappasso » ou du talion, non dans le sens étroit du mot, ce qui eût conduit à une symétrie raide et monotone, mais en établissant entre les deux choses une relation d'analogie, de contraste ou d'ironie : les lâches courent éternellement à la poursuite d'un étendard ; les luxurieux sont emportés par un vent de tempête ; les gourmands gisent dans une ignoble fange ; les violents sont plongés dans le sang bouillant ; les devins ont la tête tournée vers les talons ; Bertrand de Born, qui a séparé le père du fils, porte sa tête à la main comme une lanterne ; les fauteurs de schismes sont mutilés de mille manières ; les hypocrites marchent accablés sous des chapes de plomb ; les orgueilleux du Purgatoire portent de lourds fardeaux ; les envieux ont les paupières cousues ; les négligents courent sans pouvoir s'arrêter ; les gourmands endurent la faim et la soif avec la cruelle tentation des fruits savoureux et de l'eau fraîche ; les luxurieux marchent dans les flammes. Dans le Paradis même les esprits bienheureux sont rangés selon leur nature dans telle ou telle planète, les esprits tendres dans le ciel de Vénus, les défenseurs et les martyrs de la foi dans le ciel de Mars, les princes sages dans le ciel de Jupiter... Ainsi dans la construction générale et dans les moindres détails de la *Divine Comédie* on trouve l'illustration d'une haute et forte pensée morale, courageuse et ferme dans les sanctions, réconfortante et bonne dans sa théorie du relèvement par le repentir.

La fable. — A côté des données plus ou moins précises de la science et de la philosophie, Dante fait dans son poème une large place au monde mystérieux des légendes et de la fable. Tout ce que l'antiquité avait imaginé, dieux, monstres, héros, le poète l'introduit dans son poème chrétien et lui donne ainsi une singulière profondeur de perspective. N'oublions pas que nous sommes en Italie où le souvenir de la Rome païenne est toujours vivant, où les

villes et les hommes aiment à se donner une origine lointaine et fabuleuse, où dans le langage et les jurons du peuple survivent les noms des anciens dieux, et nous com-
prendrons mieux que Dante ait voulu enraciner jusque
dans le passé son poème universel. Pour ses yeux d'artiste
il n'y a pas proprement antagonisme entre les deux reli-
gions, mais une sorte de continuité et de prolongement à
travers les transformations. Dieu est quelquefois appelé le
« Souverain Jupiter » ou le « Soleil » ; les géants qui ont
voulu escalader l'Olympe sont placés aux Enfers et le tonnerre les y menace encore. Certains autres damnés y sont
punis pour avoir osé défier ou menacer un dieu. Ainsi parfois Jésus a l'air d'épouser les querelles de l'ancienne religion. Mais il ne faut pas trop céder au plaisir des recherches
subtiles. En réalité la conception poétique de Dante lui
permettait de se servir, quoique croyant, des images du
paganisme parce qu'elles ont une valeur de symbole. Tous
ces survivants de la mythologie ont pour lui le double avantage d'être des figures extrêmement plastiques et des allégories. C'est ainsi qu'il a placé la plupart de ces personnages dans les cercles infernaux, comme gardiens et comme
représentants d'un péché. Ce sont en quelque sorte des
délégués du Démon et ils sont soumis aux ordres du Très-
Haut. Tantôt Dante leur conserve leur office traditionnel ;
Caron est toujours le nocher des âmes, Minos, le juge de
l'Enfer ; tantôt il les a adaptés en raison de leur nature à
une fonction démoniaque : le monstre glouton Cerbère
garde le ciel des gourmands, Plutus, dieu de la richesse,
celui des avares et des prodigues, le Minotaure, celui des
violents, les Titans révoltés, celui de la trahison. D'autres
fois le poète se sert de ces personnages fabuleux, soit pour
leur donner un sens symbolique particulier : c'est le cas
des Furies ; soit pour se complaire en artiste à représenter
des formes belles ou étranges ou horribles : c'est le cas des
Centaures armés de flèches et galopant le long du fleuve
rouge, des Harpies se lamentant sur les rameaux de la
forêt des suicidés et des géants dressés comme des tours au

bord du puits infernal. Du reste l'invention de Dante
s'exerce souvent à transformer ces figures légendaires : il
donne à Caron des yeux de braise, affuble le juge Minos
d'une énorme queue d'animal, et imagine de toutes pièces
sous son nom mythologique le monstre de la fraude, Géryon. Mais Dante ne s'en tient point là. Il accueille les
grandes fictions et les histoires merveilleuses d'autrefois :
le voyage d'Hercule aux Enfers, la course fantastique de
Phaéton guidant le char du soleil et créant la voie lactée,
le vol audacieux d'Icare, l'expédition des Argonautes et leur
chef Jason, le châtiment de Capanée et la dernière naviga-
tion d'Ulysse. Toutes ces histoires Dante les jette dans son
poème, par goût d'artiste qui se laisse charmer par toute
beauté, qui cherche des ornements et qui se souvient des
épopées anciennes remplies par de semblables digressions.
A côté de ce merveilleux mythologique on trouve chez lui
un reflet des croyances du moyen âge chrétien. Les démons que le peuple imaginait et que les premiers artistes
figuraient aux portails des églises, avec leurs queues, leurs
cornes, leurs longues dents et leurs griffes, nous les voyons
remplir leurs rôles de bourreaux dans certains cercles de
l'Enfer. La silhouette de Satan se dresse aussi, plus monstrueuse et plus effroyable, avec ses trois visages, ses six
ailes et son corps démesuré. La croyance à l'influence des
astres, fondement de l'astrologie, revient plusieurs fois
dans le poème ainsi que l'interprétation des songes divi-
natoires, les prédictions obscures et le sens cabalistique de
certains nombres. Si l'on y ajoute les grandes visions apo-
calyptiques, le vieillard de Crète enfermé dans la montagne,
la fantasmagorie du Paradis terrestre, on voit que rien de
ce qui a préoccupé les hommes dans ce monde du mystère
n'est demeuré étranger à Dante.

La religion. — Mais plus haut que tout cela, plus haut
que la nature, l'humanité, la science, la philosophie et la
fable, il y a la doctrine religieuse et la foi ardente du poète.
Avant tout la *Divine Comédie* est un monument élevé à la

religion. L'Enfer atteste la puissance et la justice de Dieu, le Purgatoire sa bonté, le Paradis sa gloire. La vérité sainte, victorieuse de tous les doutes et de toutes les hésitations, attend Dante au sortir des épreuves et de la purification sous la forme aimable de Béatrice qui, achevant de se dépouiller de tout caractère humain, n'est plus que le sourire et le regard de la grâce divine. Tout l'idéal religieux qui soulevait parfois si haut les âmes du moyen âge s'exprime dans l'extase et les belles oraisons du Paradis. Pourtant la religion de Dante n'est pas toute simple et toute nue : ce n'est pas seulement l'épanouissement mystique d'un esprit contemplatif. C'est une religion savante, où le cerveau a autant de part que le cœur, et qui exige de longues années d'études. Dante connaît à fond les livres sacrés et les arguments développés à l'école. On sent l'élève de l'université de Bologne, sinon de Paris, armé de raisonnements. Lorsqu'il passe au Paradis son examen sur la Foi devant saint Pierre, il se compare lui-même à un bachelier qui ramasse tous ses arguments pour soutenir le débat ; il ne se fie pas à lui-même, il invoque ses auteurs, le témoignage de saint Paul. Il discute la valeur de l'Ancien Testament et la portée des miracles, la nature des vœux, les degrés de responsabilité en cas de rupture forcée ; il prête à Béatrice sa propre dialectique et pousse la discussion jusqu'au bout des ressources de sa science et de la subtilité de son esprit ; alors seulement il se soumet et plie le front devant l'argument suprême : contentons-nous du *parce que* sans rechercher le *pourquoi,* les desseins de Dieu sont impénétrables. Et cette religion savante est aussi une religion hardie. Profondément croyant et fidèle aux dogmes, il n'admet pas toutes les interprétations qu'on a données et il tonne sans pitié contre les successeurs de saint Pierre qui sont sortis de la droite voie tracée par le Christ. Il s'élève avec une âpreté virulente contre les papes qui ont voulu associer le temporel et le spirituel et qui ont abrité sous le manteau sacré des ambitions purement humaines. Il poursuit jusque sous la tiare pontificale et la pourpre cardinalice, l'incapa-

cité, la rapacité, les honteux trafics, et il traque la louve
jusque dans le temple. Ce n'est plus le ton de raillerie et
de gaieté malicieuse des conteurs du moyen âge qui se
gaussaient des moines et du menu clergé luxurieux et hy-
pocrite. Dante s'en prend rarement à ces petits personnages,
au clergé de la paroisse : quelques boutades contre le char-
latanisme des prédicateurs, quelques traits contre les
Frères Joyeux qui ne songent qu'à s'engraisser, et c'est
tout. Il frappe plus haut, à la tête. Il ne raille plus, il se
plaint, il s'emporte, il menace. Il prend même je ne sais
quel ton religieux comme s'il s'était donné une mission. Il
a quelque chose dans l'âme de ces grands moines sévères
et brûlés de foi, qui allaient jusqu'à la révolte, comme un
Savonarole. Il frappe et ses coups sont terribles. Il a mis
trois papes dans le Paradis et cinq en Enfer. Voici Anastase II dans le cercle des hérétiques ; Nicolas III, qui brûle
dans le cercle des Simoniaques et qui attend d'être rem-
placé par Boniface VIII. dont le poète fait le persécuteur
diabolique de Guido de Montefeltro en train de se racheter.
L'Enfer des avares est presque uniquement peuplé de gens
d'Église et on en trouve du reste un peu partout. La religion de Dante est un retour à la simplicité évangélique. Il
montre le Christ, toute pureté et toute pauvreté, appelant
à lui les hommes au cœur simple et doux, les apôtres, saint
Pierre entrant nu et déchaux dans le temple, aujourd'hui
souillé par la corruption de l'argent. Il fait revivre avec
une ferveur émouvante les premiers âges de la foi inno-
cente et de l'amour. Il prononce dans le Paradis le pané-
gyrique des grands saints qui usèrent leur vie à ramener
l'Église qui s'égarait ; le sévère et courageux saint Dominique, et le doux saint François d'Assise, en qui la bonté
vraiment divine embrassait la nature entière, et qui
fut après Jésus le deuxième époux de la Pauvreté. Telle
est la foi de Dante, savante et simple, humble et audacieuse.

L'âme de Dante. — Parmi tant d'éléments divers où sera
l'unité ? Comment ce poème si complexe pourra-t-il donner

l'impression forte et condensée sans laquelle il n'y a pas de
véritable œuvre d'art ? L'unité existe et c'est la personne
du poète qui la donne. De toutes les choses qu'il décrit,
c'est encore son âme qu'il montre le mieux et elle remplit
la *Divine Comédie* du premier au dernier vers. On pourrait
craindre que la personnalité de l'auteur disparaisse derrière celles de ses guides, Virgile et Béatrice ; et il est vrai
qu'il s'efface parfois ; mais ce n'est qu'en passant et dans
les moments de tête à tête. Lorsqu'on rencontre un étranger c'est Dante qui revient en scène et qui parle. Les personnages qu'il présente, quelque relief qu'il leur donne,
sont rapides et éphémères ; lui, il est toujours là, centre
toujours visible et présent ; et il est un vivant parmi les
ombres. C'est une âme singulièrement sensible et vibrante.
Enthousiasme, haine, douleur, amour, il éprouve tout avec
violence passionnée. De là une faculté de réagir aux chocs
de la vie et des sentiments qui ressemble à de la frénésie.
Rien ne lui est plus impossible que de rester indifférent.
S'il entend une histoire pitoyable ou cruelle, il s'abîme
dans un douloureux silence ou il s'évanouit ou il tombe
comme frappé de mort. On sent bien que, sur les conseils
de Virgile, il s'efforce de rester froid et maître de lui ; mais
la passion se ramasse et se tend au fond de son cœur et
finit par éclater. Par tempérament, il ne hait rien tant que
l'indifférence et l'apathie ; il crée une région spéciale dans
le vestibule pour les âmes sans énergie et sans courage,
qui ne méritèrent « ni la louange ni l'infamie ». Il y met
entre autres un pape qui se démit, très vieux, d'une charge
trop lourde pour ses épaules et qu'il accuse « d'avoir fait
le grand refus par lâcheté ». Et pourtant ce sont là des
gens qui peuvent passer pour innocents. Mais Dante aura
plus de réelle sympathie pour quelques-uns des grands pécheurs du bas Enfer. Cette âme naturellement véhémente
et « irritée », avait été encore exaspérée par la cruelle injustice de l'exil. Elle a de furieuses explosions de colère
qui vont parfois jusqu'à la cruauté. Avec quelle âpre joie
il remercie Dieu de lui avoir donné le spectacle de Filippo

Argenti, déchiré par les autres damnés du Styx ! Comme
nous le devinons tremblant de rage lorsqu'il prend aux
cheveux la tête misérable du traître de Montaperti ! Et quel
implacable ressentiment, quelle rancune farouche contre
ses ennemis et contre sa patrie qui l'a chassé ! Il lance
contre l'Italie entière, mais surtout contre Florence, les
plus terribles imprécations ; il ne recule pas devant les
termes les plus injurieux. Mais alors même qu'il s'abandonne le plus à sa passion, on sent en lui la sombre irri-
tation d'une âme noble et une sorte de fureur sacrée. Il
eût pu écrire une œuvre de haine et de parti ; il a su au
contraire conserver une impartialité dont nous sentons
tout le mérite. Il n'a pas hésité à mettre en Enfer son
maître, Brunetto Latini, qu'il aime et respecte comme un
fils. Il a donné à Farinata degli Uberti un air de grandeur
qui force l'admiration, sinon la sympathie, au point qu'on
se plaît à y reconnaître l'âme du poète lui-même. Il ne condamne pas systématiquement ses ennemis, pas plus qu'il
ne sauve invariablement ses amis. Ses jugements reposent
toujours sur des raisons sérieuses. Peut-être pourrait-on
en réformer quelques-uns aujourd'hui, mais on doit bien
reconnaître qu'il les a formulés de bonne foi. C'est qu'il
écrivait un poème religieux et qu'il avait une trop haute
conception de la justice divine pour l'abaisser à servir des
passions humaines. Et il avait aussi trop de véritable orgueil pour ne pas rester dans les limites de ce qu'il croyait
être la vérité. Il n'a pas hésité à fuir le contact déshono-
rant de compagnons indignes de lui et de leur juste cause.
Les plus violentes apostrophes contre Florence révèlent au
fond le désir de voir sa ville revenir sur ses erreurs et res-
saisir sa dignité. Il y a une fière franchise, sans nulle vanité, dans le ton dont il parle de son « poème sacré », et la
lettre, par laquelle il refuse de rentrer dans sa patrie au
prix d'une humiliation, fait éclater mieux encore la courageuse délicatesse de son âme. Enfin on respire parfois dans
la *Divine Comédie* un délicat parfum de tendresse et de
bonté. Dante évoque affectueusement le souvenir de ses

amis. L'émotion qui le terrasse après avoir entendu la poignante histoire de Francesca de Rimini est le plus éloquent des témoignages de sympathie. La vue des tortures de certains damnés lui arrache des larmes. Et lorsque la blessure de son exil a bien saigné, il trouve des expressions touchantes pour traduire sa nostalgie de Florence et son désir d'y revenir un jour : quand reverra-t-il le « beau bercail » de ses jeunes années et le « beau San Giovanni » où il fut baptisé? Dans le Paradis il y a de nombreuses pages débordantes de joie et d'amour. Ainsi le noble besoin de justice, qui n'exclut ni la compassion ni la générosité, tempère souvent l'âpreté et la violence de cette âme et donne au poème une beauté pathétique.

L'Art dans la « Divine Comédie ». — La puissante personnalité du poète, la vérité et le relief de ses descriptions et de ses peintures nous ont déjà fait apercevoir les deux caractères essentiels de la poésie de Dante qui sont le don de vie et la richesse d'imagination. L'impression de vie est augmentée encore par la fiction soutenue du voyage. Le lecteur est vraiment un troisième personnage invisible qui suit les autres pas à pas dans leur fantastique pérégrination. Nous descendons avec Dante les escaliers du gouffre de la douleur, nous voyons les pierres rouler sous ses pas dans les précipices, une barque s'enfoncer sous le poids de son corps ; nous dévalons des pentes abruptes pour échapper à la poursuite des démons, nous remontons en escalade des murailles et des rochers, nous nous arrêtons, le souffle court, harassés de fatigue, ou nous sentons, penchés sur l'abîme, l'effroi du vertige. De même, au Purgatoire, après la dure et lente ascension, ce sont les brèves pauses pour reprendre haleine ou les longues haltes nocturnes pour attendre le soleil « qui guide les hommes sur tout chemin ». Le voyage est réel et le voyageur vivant : tout le trahit. son souffle, son poids, le bruit de sa marche et son ombre. Il le proclame lui-même, le fait annoncer par Virgile et par Béatrice, et l'émerveillement des âmes ramène tou-

jours sur lui l'attention et la curiosité. A chaque étape
du chemin, le poète évoque quelques-unes de ces ombres par une série de procédés naturels, soit qu'elles le
reconnaissent à son accent, à son nom prononcé, soit qu'il
les heurte du pied, soit qu'il leur demande sa route. Et
alors la vie envahit tout à fait ce monde imaginaire ; c'est
un dialogue où le vivant apporte un écho des bruits de la
terre, où les passions mal éteintes se rallument tout à coup,
où les réalités du présent, du passé et même de l'avenir se
lèvent tumultueusement.

Ce qui permet à Dante de réaliser dans l'art ce don de
vie frémissante, c'est la puissance d'une imagination vraiment inépuisable. Nous avons déjà vu comment son art
s'enracinait dans l'observation patiente et nette des choses
et des âmes. On retrouve cette intensité de vision dans
l'extraordinaire complication des cercles des trois mondes
mystérieux. Qu'il emprunte ses supplices aux forces de la
nature, qu'il les invente de toutes pièces, il ne se répète
jamais. Il n'y a pas dans l'Enfer moins de vingt-cinq régions différentes et chacune d'elles a son paysage, ses personnages et ses tourments. Nous sommes loin de la claire
et simple ordonnance des poèmes classiques ; ici tout est
touffu, complexe, multiple. Mais ce n'est pas le désordre ;
tout se simplifie par des effets de contraste et de symétrie
et se compose suivant une aggravation progressive des
peines dans l'Enfer et une atténuation graduelle dans le
Purgatoire. Et dans le Paradis où les éléments concrets et
pittoresques manquent, l'imagination de Dante, aux prises
avec des difficultés insurmontables pour tout autre, nous
élève des cieux plus pâles jusqu'aux sphères éblouissantes,
en répandant avec une profusion de plus en plus généreuse
les lumières, les splendeurs, les visions éclatantes, l'éclat
rutilant des ors et des joyaux. Pour embrasser et fondre
en une heureuse harmonie tant d'éléments divers, de même
qu'une cathédrale ramasse dans une grandiose unité d'ensemble ses flèches, ses rosaces, ses colonnes, ses cloche-
tons et ses sculptures, l'imagination de Dante a conçu la

représentation intégrale de son monument avant de le
bâtir. Avec une clarté géométrique, il a établi ses trois
royaumes, subdivisé chacun d'eux en neuf cercles et, alors
même qu'il semble uniquement occupé des détails de l'or-
nementation, il ne perd jamais le souci de l'équilibre et de
la mesure nécessaires à un tel édifice.

Cet art de la construction et de la composition, cette discipline d'une imagination qui recule toutes les limites, on
les retrouverait dans le détail des épisodes où rien n'est
sacrifié de ce qui concourt à produire l'effet, mais où rien
n'est ajouté de ce qui pourrait le détruire ; on les retrouverait encore dans les scènes grimaçantes ou grotesques, où
ce sombre poète révèle un sens du comique surprenant ;
on les retrouverait enfin dans le dessin des personnages,
le coloris de chaque peinture et jusque dans cette énergi-
que concision, si rare chez les autres écrivains d'Italie.

Le Style. — Il y a chez Dante une harmonie stricte entre
la pensée et l'expression : c'est la même précision, le même
choix du trait suggestif, pittoresque, vulgaire même par
amour de la vérité. Il ne décrit pas pour le plaisir de décrire ; il ne s'attarde pas à l'image pour la seule joie de la
faire plus complète et plus belle. Elle n'est pour lui qu'un
moyen mais un moyen nécessaire : il faut qu'il fasse voir,
comme il le voit lui-même, ce qu'il a imaginé. C'est dans
ce constant besoin de rendre sensible ce monde inconnu
qu'il faut chercher la raison de ses images hardies et l'explication de ses comparaisons qui se poursuivent et se com-
plètent. Il est fort difficile de démêler ce qu'il y a d'étudié
et de voulu d'une part, et d'autre part ce qu'il y a de naturel et de spontané dans cette création de l'image Tantôt
il la fait jaillir comme par force, et tantôt, avec un effet de
raccourci saisissant, elle entre brusquement et d'elle même
dans le concept et semble pétrie dans la même pâte. En
tous cas, le résultat est le même : la netteté de l'impression
directe entraîne l'adhérence étroite de l'expression. Les
images se pressent et se bousculent dans cet esprit et en

sortent fougueusement. Non qu'il ne sache à l'occasion les développer ; mais ici encore il préfère le trait brusque et révélateur, la métaphore dense et le mot synthétique. Ce poète subtil, érudit, philosophe et moraliste, écrit et surtout décrit toujours comme sous le choc de la sensation. C'est un ébranlement physique qui semble précéder la pensée ou du moins se confondre avec elle. De là l'intensité singulière, la valeur plastique, la transposition réaliste, non plus d'une comparaison, mais d'un simple mot, grâce à quoi il réussit à exprimer l'inexprimable. Cette force concentrée qui fait éclater le terme comme une enveloppe trop étroite, apparaît, grandie encore et plus visible, dans les indications fulgurantes qui en un seul vers dressent et éclairent soudainement un décor, un personnage, une âme. Et ce sont les vers pleins et ramassés, les vers évocateurs et retentissants et les vers larges, éclatants ou sombres, qui se prolongent en perspectives infinies. Tout cela fait que le style de Dante est le plus serré, le plus concis, le plus personnel et peut-être le plus intraduisible qui soit.

Telle est la puissance de ce style qui n'avait comme instrument qu'une langue mal dégagée des entraves du latin, à peine assouplie par la rhétorique assez artificielle des poésies d'amour. Mais Dante a su la prendre là où elle était vraiment vivante et belle, sur les lèvres du peuple de Florence, et ce n'est pas un des moindres miracles de ce génie que d'avoir créé avec un dialecte la grande langue littéraire de l'Italie.

C'est par cet art de concevoir et d'exprimer, art complexe et simple, minutieux et grandiose, savant et nu, que Dante, homme du moyen âge, homme de parti, esprit difficile et solitaire, devient moderne, humain, éternel. Et le torrent de poésie qu'il a puisée à toutes les sources inonde toujours la *Divine Comédie* et lui conserve après tant de siècles une force et une fraîcheur incomparables.

ALBERT VALENTIN.

Grenoble, 15 avril 1913.

LA DIVINA COMMEDIA

(LA DIVINE COMÉDIE)

I. — L'ENFER

L'Enfer s'ouvre dans les entrailles de la terre sous la forme d'un immense gouffre en entonnoir. La paroi est divisée en larges et profonds gradins circulaires qui vont en se rétrécissant et forment les neuf cercles infernaux. Dans chacune de ces régions les damnés sont soumis à des tortures différentes suivant la gravité de leurs fautes. L'Enfer est un lieu sombre, où règne une pénombre rougeâtre qui permet de distinguer les êtres et les choses. Il est tout entier compris dans notre hémisphère et se termine au centre de la terre.

On y accède par une porte qui donne sur une région appelée Vestibule de l'Enfer, où sont punies la lâcheté et l'indifférence. On traverse le fleuve Achéron. Le premier cercle (Limbes) contient les âmes qui furent privées de la foi. Le deuxième cercle est affecté à la luxure, le troisième à la gourmandise, le quatrième à l'amour des richesses, le cinquième (Styx) à la colère. Là se dressent les murs d'une forteresse : c'est la cité de Dité. L'enceinte franchie, on est dans le sixième cercle où est punie l'hérésie. Le septième cercle réservé à la violence se subdivise en trois régions : le Phlégéthon, fleuve de sang bouillant, le bois des suicidés, une lande brûlée par une pluie de feu. Le huitième cercle (Malebolge : Malefosses) est constitué par dix fossés reliés par des ponts de rochers, brisés au-dessus du sixième : c'est là que sont châtiés les divers péchés de fraude. Le neuvième cercle (Cocyte), pour les crimes de trahison, comprend quatre régions : le cercle de Caïn, d'Anténor, de Ptolomée et la Giudecca. Au milieu Lucifer. — Les damnés conservent dans l'Enfer la forme humaine.

Chant I. — [Dante imagine que, vers le milieu de son âge, il s'est égaré dans une âpre et sauvage forêt en pente, dont il ne sait plus comment sortir. Il y rôde une nuit entière dans l'épouvante. Vers le matin il arrive au pied d'une colline lumineuse de soleil et d'espoir. Mais trois bêtes féroces lui barrent le passage et le repoussent vers la forêt tragique. C'est alors qu'il rencontre l'ombre de Virgile, qui, chargé d'une mission divine, le guidera à travers l'Enfer et le Purgatoire jusqu'au seuil du Paradis, où Béatrice l'accompagnera.]

La Forêt d'épouvante et d'erreur.

Vers le milieu du chemin de notre vie[1] je me trouvai dans une forêt obscure, après m'être égaré hors de la droite route.

Ah ! qu'il est dur de dire ce qu'était cette forêt sauvage, âpre et épaisse, dont le souvenir renouvelle ma peur !

Elle est si amère que la mort ne l'est guère plus. Mais pour exposer le bien que j'y trouvai, je dirai d'abord les autres choses que j'y découvris.

Je ne saurais plus redire comment j'y entrai, tant j'étais plein de sommeil, au moment où je quittai le vrai chemin.

Mais lorsque je fus arrivé au pied d'une colline, au point où finissait cette vallée qui m'avait pénétré le cœur d'épouvante,

je levai les yeux et je vis les épaules de la montagne vêtues des premiers rayons de l'astre, qui guide infailliblement les êtres par tout chemin.

Alors s'apaisa un peu l'effroi qui avait troublé le lac

---

1. Vers la 35ᵉ année. Dante place rétrospectivement la date de son voyage en 1300. Il était né en 1265.

de mon cœur durant toute cette nuit passée en si grande
détresse.

Et comme celui qui, à bout de souffle, ayant pu sortir des flots sur la rive, se retourne vers l'eau périlleuse
et regarde,

ainsi mon âme, encore en déroute, se retourna pour
regarder le passage que ne franchit jamais aucun vivant.   (1-27)

[Et le poète part vers le sommet lumineux. A peine a-t-il fait
quelques pas sur « la côte déserte », qu'il se trouve arrêté.]

Les trois bêtes symboliques.

Et voici que, presque au commencement de la pente,
je vis une panthère, très légère et très vive, qui était
recouverte d'un poil tacheté.

Et elle ne partait pas de devant moi et me barrait la
route au point que je me retournai plusieurs fois en arrière pour revenir.

C'était aux premières heures du matin ; et le soleil
s'élevait en compagnie des étoiles qui étaient avec lui,
lorsque l'Amour divin

donna le premier mouvement aux belles choses célestes. Aussi l'heure du jour et la douce saison me fai-
saient-elles bien augurer

de cette bête au gai pelage. Ce qui n'empêcha point
cependant que je ne fusse effrayé par la vue d'un lion
qui m'apparut.

Celui-ci semblait s'avancer contre moi, la tête haute

et avec une telle rage de faim, que l'air en paraissait épouvanté.

Puis ce fut une louve qui, dans sa maigreur, semblait chargée de tous les appétits et qui a fait vivre déjà tant de gens dans la douleur.

Elle me jeta un tel accablement, par l'effroi que répandait sa vue, que je perdis l'espoir d'arriver au sommet[1].

Comme celui qui se réjouit d'amasser et qui, arrivé au jour de la ruine, n'a plus dans son esprit que tristesse et que larmes,

tel me fit cette bête implacable, qui, s'avançant contre moi, me repoussait pas à pas là où le soleil se tait[2].

Le Sauveur : l'ombre de Virgile.

Tandis que je roulais déjà vers le bas, se présenta devant mes yeux un être dont un long silence semblait avoir éteint la voix.

Quand je le vis dans ce grand désert : « Aie pitié de moi, lui criai-je, qui que tu sois, ombre ou homme véritable ! »

Il me répondit : « Je ne suis plus homme, mais je le

---

1. On n'est guère d'accord sur le sens allégorique des trois bêtes ; les uns y voient les trois vices capitaux : la luxure, l'orgueil, l'avarice. D'autres, par une interprétation politique, y reconnaissent trois puissances que Dante avait des raisons de ne pas aimer : Florence, la France, Rome. Voir pour toutes ces controverses et en général pour toutes les questions que soulève la *Divine Comédie*, l'excellent ouvrage de M. Henri Hauvette, indispensable à qui veut comprendre Dante (H. HAUVETTE, *Dante, introduction à l'étude de la « Divine Comédie »*. Hachette et Cⁱᵉ, un vol. in-16, 1911).

2. Les métaphores de Dante sont souvent très hardies et même déconcertantes. Mais c'est une des marques de ce génie créateur.

fus jadis et mes parents étaient Lombards : leur patrie à tous deux était Mantoue.

Je naquis sous Jules[1], bien que ce fût tard, et je vécus à Rome sous le bon Auguste, au temps des dieux faux et menteurs.

Je fus poète et je chantai le juste fils d'Anchise qui vint de Troie, après que le superbe Ilion fut brûlé.

Mais toi, pourquoi retournes-tu à tant de souci ? Pourquoi ne gravis-tu pas le mont délectable, qui est le principe et la raison de toute joie ? »

— Tu es donc ce grand Virgile, cette source qui verse un si large fleuve de poésie ? lui répondis-je, le front rougissant.

O des autres poètes honneur et lumière, tiens-moi compte de la longue étude et du grand amour qui m'ont fait creuser en tous sens ton poème.

Tu es mon maître et mon auteur. C'est en toi seul que j'ai puisé le beau style qui m'a fait honneur.

Vois cette bête qui m'a fait reculer : soutiens-moi contre elle, sage fameux, car elle fait trembler tout mon sang dans mes veines.   (61-90)

La mystérieuse prédiction du Lévrier.

— Il te faut prendre un autre chemin, me répondit-il quand il me vit pleurer, si tu veux sortir sauf de cet endroit sauvage.

Car cette bête, qui te fait crier, ne laisse passer per-

1. Jules César.

sonne par son chemin, mais elle l'en empêche jusqu'à le tuer.

Et sa nature est si perverse et si cruelle qu'elle n'assouvit jamais son insatiable appétit, et après le repas elle a plus faim qu'auparavant.

Nombreux sont les animaux à qui elle s'accouple et ils le seront de plus en plus, jusqu'à ce que le Lévrier vienne, qui la fera mourir de douleur.

Celui-ci ne se nourrira ni de terre ni d'argent, mais de sagesse et d'amour et de vertu ; et sa patrie sera entre Feltro et Feltro.

Il sera le salut de cette pauvre Italie, pour qui furent blessés et moururent la vierge Camille, Euryale et Turnus et Nisus.

Il donnera la chasse à cette louve par tout pays, jusqu'à ce qu'il la repousse dans l'Enfer, d'où la fit sortir tout d'abord l'envie[1].

[Virgile annonce en quelques mots à Dante qu'il sera son guide et le conduira à travers le séjour des damnés « aux cris désespérés », puis dans le Purgatoire, parmi ceux qui connaissent la consolation de l'espoir dans leurs supplices, jusqu'au seuil du Paradis, où « une âme plus digne » le guidera vers Dieu.

Et ils partent « l'un derrière l'autre ».]

CHANT II. — [Chemin faisant Dante est pris de scrupules, d'hésitations et d'angoisses. La terrible entreprise le ferait reculer, si Virgile ne lui soufflait un nouveau courage. Pour le réconforter le Maître lui expose comment et pourquoi il est venu à son

---

1. Quel est ce Lévrier libérateur ? Jamais point ne fut plus controversé. Les opinions les plus diverses et les plus étranges ont été émises. Il faut confesser son ignorance ; et cet aveu est peut-être la plus simple et la meilleure des explications. Pourquoi Dante n'aurait-il pas volontairement donné cette forme vague et mystérieuse à sa prophétie ? Il aime parfois ces formules obscures, ces prédictions sibyllines, où la menace gronde sous le mystère.

secours. « Une belle et noble Dame » l'appela d'entre ses compagnons des Limbes et lui dit de courir à l'aide de son « ami ». C'est Béatrice qui, apprenant dans le Paradis le danger où était son poète, est descendue pour sauver « celui qui l'aima tant ». Virgile dans une dernière et pressante exhortation reproche à Dante son indigne faiblesse. Et celui-ci, sous ces chaudes paroles, sent sa vertu se relever « comme les fleurettes courbées et refermées par le froid de la nuit, qui, aussitôt que le soleil les illumine, se redressent bien ouvertes sur leur tige ». « Partons, dit alors Dante, tu es mon guide, tu es mon seigneur, tu es mon maître. »

Et ils entrent dans le chemin « profond et sauvage ».]

CHANT III. — [Les deux poètes arrivent bientôt devant une porte sombre, au sommet de laquelle se lit une terrible inscription. Il semble que tout l'Enfer, dès l'entrée, veuille défendre par la menace et la peur ses inviolables mystères. Et il en sera toujours ainsi : à chaque étape les voyageurs devront affronter les puissances infernales, monstres ou démons qui gardent jalousement chaque cercle du séjour maudit.]

La Porte de l'Enfer.

Par moi l'on va dans la cité dolente,
Par moi l'on va dans l'éternelle douleur,
Par moi l'on va chez la race perdue.

La Justice inspira mon auguste créateur ;
Je suis l'œuvre de la divine Puissance,
De la suprême Sagesse et du premier Amour.

Avant moi nulle chose ne fut créée
Qui ne fût éternelle ; moi aussi je dure éternellement.
Laissez toute espérance, vous qui entrez !

Telles furent les paroles de couleur sombre que je

vis écrites au-dessus d'une porte ; c'est pourquoi je dis :
« Maître, le sens m'en est bien dur. »

Et lui à moi, comme celui qui sait : « Ici il faut dépouiller toute crainte ; toute lâcheté doit être morte ici.

« Nous sommes arrivés au lieu où je t'ai dit que tu
dois voir les douloureuses gens qui ont perdu le bien de
l'intelligence. »

Puis il posa sa main sur la mienne, avec un air riant
qui me réconforta, et il me fit entrer dans les choses
secrètes.   (1-21)

[Ce n'est encore que le Vestibule de l'Enfer, où séjournent les
Lâches, incapables du bien comme du mal, et les Anges hési-
tants qui n'osèrent se ranger ni du côté de Dieu ni du côté de
Lucifer. Trop amis du repos, ils n'ont plus de repos et courent
sans trêve, sous la piqûre des guêpes, derrière un étendard toujours en fuite.]

Le Vestibule de l'Enfer.
Le supplice des Lâches.

Là, des soupirs, des pleurs, de hauts gémissements
résonnaient dans l'air sans étoiles ; c'est pourquoi d'a-
bord je me mis à pleurer.

Divers langages, d'horribles paroles, des mots de
douleur, des accents de colère, des voix hautes et
rauques où se mêlait un bruit de mains entrechoquées

faisaient un tumulte, qui tournoie toujours dans cet
air d'une teinte éternellement sombre, comme le sable
quand le vent souffle en tourbillon.

Et moi, qui avais la tête ceinte d'horreur, je dis :
« Maître, qu'est-ce donc que j'entends ? Et quels sont

ces gens qui paraissent si accablés dans la douleur? »

Et lui à moi : « Tel est le sort misérable des tristes âmes de ceux qui vécurent sans mériter ni l'infamie, ni la louange.

« Elles sont mêlées au chœur mauvais des Anges qui ne furent ni rebelles ni fidèles à Dieu, mais furent pour eux-mêmes.

« Le Ciel les a chassés pour ne rien perdre de sa beauté et le bas Enfer ne les accueille pas, car les damnés en auraient quelque orgueil. »

Et moi : « Maître, qu'est-ce qui les accable ainsi et les fait se lamenter si fort? » Il répondit : « Je vais te le dire très brièvement.

« Ceux-ci n'ont point l'espérance de la mort et leur vie dans cette nuit est si misérable, qu'ils sont envieux de tout autre sort.

« Le monde ne garde point leur mémoire ; Miséricorde et Justice les dédaignent. Ne parlons pas d'eux, mais regarde et passe. »   (22-51)

[Après ce mot méprisant Dante n'ajoute rien, mais il regarde de tous ses yeux. Il voit la bannière agitée dans une course sans trêve, la foule qui la suit, et il reconnaît au passage « celui qui fit le grand refus [1] ». Tous ces damnés sont nus, tourmentés par les taons et les guêpes, le visage sillonné de larmes et de sang que des vers hideux ramassent à leurs pieds.

Cependant les deux poëtes arrivent au bord du « triste fleuve Achéron » qui borne le véritable Enfer. Le nocher Caron veut leur interdire le passage, mais Virgile prononce la formule sacramentelle qui apaise le démon.]

---

1. Il s'agit, d'après l'opinion la plus répandue, du pape Célestin V que Boniface VIII, par ses intrigues, aurait forcé d'abdiquer, pour s'asseoir lui-même sur le Saint-Siège.

L'Achéron et son infernal nocher.

Et voici venir vers nous sur une barque un vieillard, tout blanchi par l'âge, qui criait : « Malheur à vous, âmes perverses !

« N'espérez pas voir jamais le Ciel. Je viens pour vous mener à l'autre rive, dans les ténèbres éternelles, dans le feu et dans le gel !

« Et toi, que je vois là-bas, âme vivante, sépare-toi des autres qui sont morts. » Mais voyant que je ne m'éloignais pas,

il ajouta : « Par une autre voie, dans un autre port, tu t'embarqueras, mais non ici : c'est une barque plus légère qui doit te porter. »

Et mon guide à lui : « Caron, ne t'emporte pas. On le veut ainsi là où l'on peut tout ce qu'on veut ; et n'en demande pas davantage. »

Aussitôt s'apaisèrent les joues laineuses du nocher du livide marais, qui avait autour des yeux des cercles de flammes.

Mais les âmes, qui étaient lasses et nues, changèrent de couleur et claquèrent des dents, sitôt qu'elles entendirent les âpres paroles.

Elles blasphémaient Dieu, leurs parents, le genre humain, le lieu et le moment de leur naissance et le germe de leur semence.

Puis elles se retirèrent toutes ensemble, en pleurant, vers la rive maudite, qui attend tout homme qui n'a pas la crainte de Dieu.

Le démon Caron aux yeux de braise les rassemble par ses signes ; il frappe de sa rame celles qui en prennent à leur aise.

Comme, à l'automne, les feuilles se détachent l'une après l'autre, jusqu'à ce que la branche ait rendu à la terre toutes ses dépouilles,

pareillement les ombres coupables, filles d'Adam, se jettent de la rive, une à une, aux signes de Caron, comme l'oiseau vers son appeau.

Ainsi elles s'en vont sur l'eau noire...   (82-118)

[Tandis que les âmes mortes « dans la colère divine » traversent le fleuve, la campagne ténébreuse tremble tout à coup. Une lumière éblouissante jaillit de cette terre de larmes et Dante tombe endormi. Pendant son sommeil, il est transporté mystérieusement sur l'autre rive.]

CHANT IV. — [Un grand coup de tonnerre réveille le poète. Il se trouve « sur le bord de l'abîme douloureux », d'où monte le grondement des plaintes infinies. Il descend aussitôt — sans dire comment — dans le premier cercle de l'Enfer, dans la région des Limbes où sont les gens de bien qui ne reçurent pas le baptême, les Innocents, les Patriarches et les grands esprits de l'antiquité, poètes, philosophes et savants. Ces damnés ne souffrent pas à proprement parler, mais le regret de la béatitude perdue donne à leur visage une expression de gravité et de mélancolie et l'air frémit de leurs soupirs. Dante a brossé ici en touches larges et simples une admirable fresque décorative, où l'on sent comme un souvenir des Champs Élysées de Virgile.]

Les premiers pas dans l'Enfer.

— « Maintenant nous descendons là-bas, dans le monde aveugle, commença Virgile d'une pâleur mortelle ; je passerai le premier, tu seras le second. »

Et moi, qui avais remarqué sa pâleur, je dis : « Comment pourrai-je venir si tu t'effrayes, toi qui es toujours mon réconfort dans mes défaillances ? »

Et lui à moi : « L'angoisse de tous ceux qui sont là-bas, répand sur mon visage cette pitié que tu prends pour de l'effroi.

« Allons ; car la longue route nous presse. » Ainsi il entra et me fit entrer dans le premier cercle qui embrasse l'abîme.

Là, autant que l'oreille en pouvait juger, il n'y avait pas de plaintes, mais des soupirs qui faisaient vibrer l'air éternel.

Et cela provenait de la tristesse sans tortures que ressentaient les troupes, grandes et nombreuses, d'enfants, de femmes et d'hommes.

Le bon Maître à moi : « Tu ne demandes pas quels sont ces esprits que tu vois ? Or je veux que tu saches, avant d'aller plus loin,

« qu'il n'ont pas péché ; et qu'ils aient des mérites, cela ne suffit pas, car ils n'ont pas eu le baptême qui est la porte de la foi à laquelle tu crois.

« Et pour avoir vécu avant le Christianisme ils n'ont pas adoré Dieu comme il faut l'adorer ; et je suis moi-même du nombre.

« Faute de cela, et non pour d'autres crimes, nous sommes damnés, et notre seule peine est de vivre dans un désir sans espoir. »

Une grande tristesse me prit au cœur lorsque je l'entendis.....   (13-43)

[Questionné par Dante, Virgile lui raconte que certains habitant des Limbes furent jadis tirés de l'Enfer. On vit venir un jour « un Puissant, couronné du signe de la victoire », qui emmena les âmes d'Adam, d'Abel, de Noë, d'Abraham, de David, d'Israël et de Rachel.

Tout en discourant les voyageurs continuent leur marche.]

La grande fresque des Limbes.

Nous ne laissions pas d'aller, bien que Virgile parlât, mais nous traversions toujours la forêt, l'épaisse forêt des esprits, veux-je dire.

Nous avions fait peu de chemin encore depuis mon réveil, lorsque je vis un feu qui triomphait des ténèbres sur la moitié du cercle.

Nous en étions encore assez loin, mais je pouvais déjà discerner en partie qu'une noble compagnie occupait ce lieu.

— « O toi, qui honores toute science et tout art, quels sont ceux-là, qu'un si grand honneur met à part de la condition des autres ? »

Et Virgile à moi : « Leur glorieuse renommée qui retentit là-haut sur la terre où tu vis, trouve faveur dans le Ciel qui les distingue ainsi. »

Cependant une voix se fit entendre : « Honorez le très haut poète[1] ; son ombre revient qui nous avait quittés. »

Puis la voix se tut et je vis quatre grandes ombres venir à nous : leur aspect n'était ni triste ni joyeux.

Mon bon Maître commença à parler : « Regarde

---

1. Par une délicate pensée ce vers a été gravé sur le monument élevé à Dante, à Florence, dans l'église de Santa Croce, Panthéon des gloires italiennes.

celui-là, qui marche, l'épée à la main, devant les trois autres, comme un roi.

C'est Homère, le poète souverain ; le suivant est Horace, le satirique ; le troisième est Ovide et le dernier Lucain[1].

« Comme ils partagent tous avec moi le titre qu'a proclamé la voix de l'un d'eux, ils me font honneur ; et en cela il font bien. »

Ainsi je vis se réunir la belle école de ces maîtres de la plus haute poésie qui vole au-dessus des autres comme l'aigle.

Après avoir discouru quelque peu ensemble, ils se tournèrent vers moi avec un geste de salut ; et mon maître en sourit.

Et ils me firent encore bien plus d'honneur, car ils me prirent dans leurs rangs, de sorte que je fus le sixième parmi de si grands génies.

Nous allâmes ainsi jusqu'à la lumière, en parlant de choses qu'il est beau de taire ici, comme là-bas il était beau d'en parler.

Nous vînmes au pied d'un noble château sept fois ceint de hautes murailles et défendu par une belle rivière qui en faisait le tour.

Nous passâmes cette eau comme une terre ferme. Je franchis sept portes avec les Sages et nous arrivâmes dans un pré à la fraîche verdure.

Il y avait là des gens aux yeux calmes et graves,

---

2. Ce sont les poètes les plus familiers à Dante, sauf Homère qu'il ne connaissait qu'à travers les Latins, mais dont il a su s'inspirer au moins une fois avec un singulier bonheur. Cf. plus loin, p. 82 sqq. l'épisode d'Ulysse.

dont le visage était d'une grande autorité ; ils parlaient peu et d'une voix suave.

Nous nous retirâmes vers l'un des côtés, en un lieu ouvert, lumineux et haut, d'où nous pouvions les voir tous ensemble.

Et là-bas tout droit, sur le vert émail, on me montra les grands esprits. Et, de les avoir vus, je m'exalte encore dans mon cœur.   (64-120)

[Suit une longue énumération. On voit dans la prairie : Électre, Hector, Énée, Jules César « aux yeux de proie », Camille, Penthésilée, le roi Latinus et sa fille Lavinia, Brutus, celui qui chassa Tarquin, etc...

Plus loin Aristote, « le maître de ceux qui savent », entouré des philosophes : Socrate, Platon, Démocrite, Diogène, Anaxagore, Thalès, etc... Puis les savants : Euclide, Ptolémée, Hippocrate, Galien, Averroës, « qui fit le grand Commentaire ».

Enfin Virgile et Dante se séparent des autres poètes pour entrer « dans l'air qui tremble et dans la nuit ».]

Chant V. — [Et voici le deuxième cercle où commence le véritable Enfer de la douleur. A l'entrée siège le juge Minos, dont notre poète a fait une figure démoniaque.]

Minos, juge de l'Enfer.

Ainsi je descendis du premier cercle dans le second qui embrasse moins d'espace et d'autant plus de douleur, laquelle est aiguë à faire crier.

Minos y siège horriblement et gronde ; il examine les fautes à l'entrée, juge et répartit les coupables selon qu'il enroule sa queue.

Je veux dire que, lorsqu'une âme maudite se présente devant lui, elle se confesse tout entière ; et lui, arbitre des péchés, voit quel endroit de l'Enfer est fait pour elle ; il s'entoure alors de sa queue autant de fois qu'il veut que l'âme descende de degrés.

Et ces âmes sont toujours devant lui en grand nombre. Chacune s'avance à son tour au tribunal : elles parlent, entendent la sentence et sont lancées dans l'abîme.

— « O toi, qui viens dans la demeure de douleur, me dit Minos dès qu'il me vit, en suspendant l'exercice de sa terrible charge,

« regarde bien comment tu entres et à qui tu te confies ! Ne te laisse pas abuser par l'ampleur de l'entrée ! » Et mon guide à lui : « Pourquoi cries-tu, toi aussi ?

« Ne fais pas obstacle à son fatal voyage. On le veut ainsi là où l'on peut tout ce qu'on veut, et n'en demande pas davantage. »   (1-24)

[Dans ce deuxième cercle sont punis les Luxurieux, ou plus généralement ceux qui ont vécu pour l'amour et sont morts par l'amour. Ils sont emportés dans la nuit par un vent de tempête et tournent ainsi éternellement, en versant d'amères larmes.]

Dans la rafale.

Et voici maintenant que les voix dolentes se font entendre ; j'arrive maintenant aux lieux où de nombreuses plaintes frappent mon oreille.

J'arrivai donc dans un lieu muet de toute lumière, qui mugit comme la mer dans la tempête, quand elle est battue par les vents contraires.

La rafale infernale, qui jamais ne s'arrête, emporte

les esprits dans sa furie et les tourmente en les roulant
et en les frappant.

Quand ils arrivent en face de la muraille écroulée[1],
ce sont des clameurs, des gémissements et des lamentations. Là ils blasphèment la puissance divine.

Je compris qu'à un pareil tourment étaient condamnés
les pêcheurs de la chair qui soumettent la raison au désir.

Et comme dans la froide saison les étourneaux, emportés par leurs ailes, volent en larges et nombreuses
bandes, ainsi ce souffle emporte les esprits misérables;

il les pousse de çà, de là, en bas, en haut. Et jamais
ne les réconforte la moindre espérance, je ne dis pas
d'un répit, mais d'un allègement dans la peine.

Et comme les grues s'en vont chantant leur plainte et
formant dans l'air une longue file, ainsi je vis venir,
poussant des cris lamentables,

des ombres entraînées par cette tourmente.   (25-49)

[Dante voudrait connaître ces damnés ; Virgile lui en nomme
quelques-uns : Sémiramis, Didon, Cléopâtre, Hélène, Pâris, Tris-
tan, etc... Et c'est ici que se place un des épisodes les plus poi-
gnants de la Divine Comédie, la pathétique histoire de Francesca
de Rimini. Francesca avait été mariée à Gianciotto Malatesta,
seigneur de Rimini, qui était difforme. On dit qu'elle fut trom-
pée sur la personne et qu'elle avait cru épouser le frère de Gianciotto, le beau Paolo. Quoi qu'il en soit, elle s'éprit de son trop
séduisant beau-frère. Le mari les surprit et les tua. Dante parle
de ces deux victimes de l'amour avec une pitié et une sympathie qu'on lui a souvent reprochées et qui contraste en effet
avec sa hautaine sévérité coutumière. Mais il en parle aussi avec
une telle délicatesse d'expression et une telle chaleur de sentiment, que ce sont là peut-être les plus beaux vers douloureux
qu'on ait jamais écrits.]

1. Grande brèche qui s'est produite pendant le tremblement de terre
qui suivit la mort du Christ.

Francesca de Rimini.

Lorsque j'eus ouï mon Maître nommer les dames d'autrefois et les cavaliers, la pitié me gagna et j'en fus comme éperdu.

Je commençai : « Poète, je parlerai volontiers à ces deux-là, qui vont ensemble et paraissent si légers au vent. »

Et lui à moi : « Attends qu'ils soient plus près de nous, et alors prie-les, au nom de cet amour qui les mène, et ils viendront. »

Sitôt que le vent les eut ramenés vers nous, j'élevai la voix : « O âmes en peine, venez nous parler si nul ne s'y oppose. »

Comme des colombes, à l'appel du désir, s'en vont à travers l'air, les ailes éployées et immobiles, vers leur doux nid,

ainsi, portées par leur vouloir, ces deux ombres sortirent de la troupe où est Didon et vinrent à nous, si fort fut mon cri affectueux :

« O vivant, gracieux et bon, qui viens nous visiter dans cet air sombre, nous qui avons teint le monde de sang,

« si le roi de l'Univers nous était favorable, nous le prierions pour ton repos, puisque tu as pitié de notre mal horrible.

« Ce qu'il te plaît d'entendre et de dire, nous le dirons et nous l'entendrons, tandis que le vent s'apaise, comme il le fait.

« La ville où je suis née est sise sur la côte marine où le Pô descend pour être en paix avec ses affluents.

« Amour, qui s'empare si vite des nobles cœurs, fit s'éprendre celui-ci du beau corps qui m'a été enlevé d'une manière qui me blesse encore.

« Amour, qui ne dispense nul être aimé d'aimer à son tour, m'attacha à celui-ci d'une passion si forte que, comme tu le vois, il ne m'abandonne plus.

« Amour nous conduisit tous deux à une seule mort. Le cercle de Caïn attend celui qui nous ôta la vie. » Telles furent les paroles qui nous vinrent d'eux.

Lorsque j'eus entendu ces âmes blessées, j'inclinai le visage et je le tins baissé si longtemps que le poète me dit enfin : « A quoi penses-tu ? »

Quand je pus répondre, je commençai par dire : « Las ! las ! que de douces pensées, quel grand désir ont conduit ces deux-là au douloureux passage ! »

Puis je me tournai vers eux, je leur parlai à mon tour et je dis : « Francesca, tes douleurs m'affligent et m'émeuvent jusqu'aux larmes.

« Mais dis-moi : au temps des doux soupirs, à quoi et comment Amour vous fit-il connaître les troubles désirs ? »

Et elle à moi : « Il n'est pire douleur que de se souvenir du temps heureux dans la misère ; et ton docteur le sait bien [1].

« Mais si tu as un si affectueux désir de connaître la première racine de notre amour, je ferai comme celui qui pleure et qui parle à la fois.

---

[1] Dante, pourquoi dis-tu qu'il n'est pire misère
     Qu'un souvenir heureux dans les jours de douleur ?
                        (ALFRED DE MUSSET, *Souvenir*.)

Nous lisions un jour par plaisir, dans les aventures de Lancelot, comment Amour l'étreignit. Nous étions seuls et sans nulle défiance.

« Plusieurs fois cette lecture nous fit lever les yeux et nous décolora le visage. Mais un seul point acheva notre défaite.

« Lorsque nous lûmes que sur le rire tant aimé un tel amant avait posé ses lèvres, celui-ci, qui ne sera jamais séparé de moi,

« baisa ma bouche, tout tremblant. Le livre et celui qui l'écrivit firent l'office de Gallehault[1]. Ce jour-là nous ne lûmes pas plus avant. »

Tandis que l'un des esprits parlait ainsi, l'autre pleurait si fort que je défaillis de pitié, comme si j'allais mourir ;

et je tombai comme tombe un corps mort. (70-142)

CHANT VI. — [Revenu de son évanouissement, Dante se trouve dans le troisième cercle de l'Enfer, où sont punis les Gourmands. Ils gisent dans une boue infecte, fouettés par une pluie éternelle, déchirés par l'horrible monstre Cerbère aux trois gueules de chien.]

Sous la pluie maudite.

... Je vois de nouveaux tourments et de nouveaux tourmentés autour de moi, où que j'aille et que je me tourne et que je regarde.

Me voici au troisième cercle de la pluie éternelle,

---

1. Gallehault est le nom du Confident qui sert les amours de Lancelot et de la reine Ginèvre. C'est par l'entremise du roman que Francesca et Paolo sont jetés dans leur coupable passion.

maudite, froide et lourde : elle est égale et régulière et jamais rien n'y change.

En grosse grêle, en eau noirâtre et en neige, elle croule dans l'air ténébreux ; de la terre qui la reçoit s'exhale une puanteur. (7-12)

[Ce cercle, comme les autres, a son gardien, le féroce Cerbère, que les Anciens mettaient déjà au seuil de leur Enfer.]

Cerbère, le chien infernal.

Cerbère, bête cruelle et difforme, aboie par ses trois gueules, comme un chien, sur ceux qui sont embourbés là.

Il a les yeux rouges, la barbe graisseuse et noire, le ventre large, les pattes griffues : il déchire les esprits, les écorche et les met en pièces.

La pluie les fait hurler comme des chiens ; d'un de leurs flancs ils font un abri à l'autre ; et ils se retournent souvent les misérables damnés.

Lorsque Cerbère, le grand ver[1], nous aperçut, il ouvrit ses trois gueules et nous montra les crocs ; il n'avait pas de membre qui ne tremblât.

Et mon guide ouvrit ses mains toutes grandes, prit de la terre et, à pleines poignées, il la jeta au fond de ces gosiers avides.

Comme le chien qui aboie de faim et s'apaise dès qu'il mord à la pâture, car il ne songe et ne s'acharne plus qu'à la dévorer,

---

1. Expression étrange, mais d'une curieuse justesse en définitive. Cerbère, faisant face aux arrivants, ne montre bien que ces trois gueules, le large ventre et les pattes antérieures. Le reste du corps semble se perdre et se traîner dans le noir.

ainsi firent les mufles immondes du démon Cerbère, qui étourdit tellement les âmes qu'elles voudraient être sourdes.

Nous passions cependant sur ces ombres que la lourde pluie accable et nous posions les pieds sur leur vaine apparence, qui est celle d'un corps.　　　　(13-36)

[Une de ces ombres se soulève au passage des poëtes et interpelle Dante qu'elle a reconnu. C'est un artifice que le poëte emploie fréquemment dans le récit de son fantastique voyage pour lui donner plus de vie et de vérité. Souvent — c'est ici le cas — il se fait prédire sa destinée et l'avenir de sa patrie. L'ombre qui s'est dressée est celle d'un certain Ciacco, florentin : il annonce à Dante la prochaine scission des Guelfes en deux partis, les Blancs et les Noirs, leurs luttes sanglantes, le triomphe éphémère des Blancs et la domination définitive des Noirs.

Dante et Virgile, discourant de la vie future et des supplices éternels, se remettent ensuite en marche et arrivent à l'entrée du quatrième cercle. Là ils trouvent Plutus, « le grand ennemi [1] ».

CHANT VII. — [Le quatrième cercle, gardé par le démon Plutus, est habité par les avares et les prodigues. Dans chaque groupe les damnés roulent, en les poussant de leurs poitrines, de gros blocs qui représentent les richesses jalousement amassées par les uns, follement gaspillées par les autres. Les deux troupes tournent en sens contraire, parcourant chacune la moitié du cercle. Au point de rencontre les damnés se heurtent, s'injurient, reviennent en arrière, se rencontrent de nouveau et recommencent éternellement.]

Le démon Plutus et ses damnés.

« Papè Satan, papè Satan, aleppe [2] », cria Plutus

---

1. Divinité grecque personnifiant la richesse.
2. Paroles incompréhensibles où l'on ne saisit que le mot Satan. On a cherché en vain à leur trouver un sens précis. Ce n'est sans doute qu'un grondement de menace, un cri bestial du démon que Dante ap-

d'une voix rauque. Et mon noble et sage guide, qui comprenait tout,

dit pour me rassurer : « Ne te laisse pas entamer par
la peur ; quelque pouvoir qu'il ait, il ne t'empêchera pas
de descendre ce rocher. »

Puis il se tourna vers cette face enflée de colère et
dit : « Tais toi, loup maudit ; consume toi en toi-même
de ta propre rage.

« Ce n'est pas sans raison que nous allons vers l'abîme.
On le veut ainsi là-haut où Michel tira vengeance de
l'orgueilleuse violence [1]. »

Comme les voiles gonflées par le vent retombent af-
faissées lorsque le mât se brise, ainsi tomba à terre le
monstre cruel.

Alors nous descendîmes dans la quatrième fosse, gagnant toujours plus avant dans ce gouffre de douleur
qui englobe le mal de l'univers entier.

Ah ! justice de Dieu ! qui donc entasse tous les tourments nouveaux, toutes les peines que j'ai vus ? Et pourquoi nos péchés nous martyrisent-ils à ce point ?

Comme le flot, au-dessus du gouffre de Charybde, se
brise contre le flot qu'il heurte, de même ici les gens
s'entre-choquent dans leur ronde.

Je vis là des damnés plus nombreux qu'ailleurs, qui,
de part et d'autre, avec de grands hurlements, roulaient
des blocs pesants par l'effort de leur poitrine.

Ils se cognaient au point de rencontre et puis, en ce

pelle un peu plus loin « la fiera crudele » et qui cherche à effrayer les
audacieux voyageurs.

1. Allusion à la révolte impie de Lucifer et des mauvais anges contre
Dieu.

même point, ils retournaient en arrière, roulant les blocs en sens inverse et criant, les uns : « Pourquoi gardes-tu ? » et les autres : « Pourquoi gaspilles-tu ? »

Les deux bandes tournaient ainsi, des deux côtés du cercle ténébreux, jusqu'au point opposé, en criant toujours leur honteux refrain.   (1-33)

[Dante remarque quantité de gens d'Église, religieux, cardinaux et papes, qui expient ici leur avarice excessive. Le spectacle de ces malheureuses victimes de la Fortune entraîne les poètes dans des considérations philosophiques. Virgile expose au sujet de la Fortune une théorie d'après laquelle cette Divinité, que les hommes outragent et blasphèment, obéit aux desseins profonds de Dieu, en faisant passer « les splendeurs du monde » de main en main, de nation en nation, suivant une loi secrète de justice.

Puis les voyageurs reprennent leur pénible marche, descendent au cinquième cercle et arrivent aux bords du sombre et fétide marais du Styx. Les damnés de la Colère y sont plongés dans une boue infecte qui les rend méconnaissables.]

Le marais du Styx.

Arrivés sur l'autre rive, nous coupâmes le cercle au-dessus d'une source qui bouillonne et se déverse par un fossé qu'elle a creusé elle-même.

L'onde en était plutôt noire que sombre ; et nous, en compagnie de ces obscures eaux, nous descendîmes par un chemin accidenté.

Il se forme un marais, qui a nom Styx, lorsque ce triste ruisseau tombe au pied des sombres bords abrupts.

Et moi, qui regardais de tous mes yeux, je vis dans ce bourbier des damnés boueux, tout nus et l'air hargneux.

Ils se frappaient non seulement avec les mains, mais encore de la tête, de la poitrine, des pieds, et se déchiraient à coup de dents, lambeau par lambeau.

Mon bon maître me dit : « Mon fils, tu vois ici les âmes de ceux que la colère domina. Et je veux que tu tiennes encore pour certain

« que sous les eaux il y en a d'autres, dont les soupirs font bouillonner le flot à la surface, comme ton œil t'en avertit, de quelque côté qu'il se tourne.

« Plongés dans la vase, ils disent: « Nous fûmes « coupables là-haut, dans l'air délicieux, sous la joie « du soleil, car nous portions en nous de lourdes « fumées.

« Maintenant nous sommes pleins de tristesse dans le « limon noir. » Tel est le chant qui gargouille au fond de leur gorge, car ils ne peuvent prononcer les mots distinctement. »

Nous parcourûmes ainsi, en tournant, un grand arc de l'immonde fosse, entre le rivage sec et la bourbe, les yeux tournés vers ceux qui engloutissent cette fange.

Et nous arrivâmes enfin au pied d'une tour.

(100-103)

CHANT VIII. — [Mais avant d'arriver au pied même de la haute tour, Dante voit s'allumer deux flammes sur le sommet de celle-ci. Et de loin une autre flamme répond. Intrigué par ces mystérieux signaux, il se tourne vers son maître pour l'interroger. Mais Virgile pour lui répondre n'a qu'à lui montrer le marais sombre. En effet, du brouillard qui le couvre, jaillit une barque qui porte le gardien du Styx, le furieux Phlégyas.]

Le démon Phlégyas[1].

Jamais corde ne décocha à travers l'air une flèche aussi rapide et aussi légère que la petite barque que je vis

venir vers nous, sur l'eau, à ce moment. Elle était gouvernée par un seul batelier qui criait : « Te voici arrivée enfin, âme perfide ! »

— Phlégyas, Phlégyas, tu cries en vain cette fois ! dit mon maître ; tu ne nous tiendras que le temps de traverser cette eau fangeuse. »

Tel que celui qui apprend qu'il est victime d'une grande duperie et en gémit, tel devint Phlégyas, dans sa colère contenue.   (14-21)

La traversée du Styx.

Mon guide descendit dans la barque où il me fit entrer après lui ; et elle ne parut chargée que lorsque je m'y trouvai.

Aussitôt que nous y fûmes mon guide et moi, l'antique proue partit, fendant l'eau plus profondément que de coutume.

1. Personnage mythologique qui, pour se venger d'Apollon, mit le feu au temple de Delphes. Pour cette folle et criminelle colère Dante en a fait le gardien du Styx.

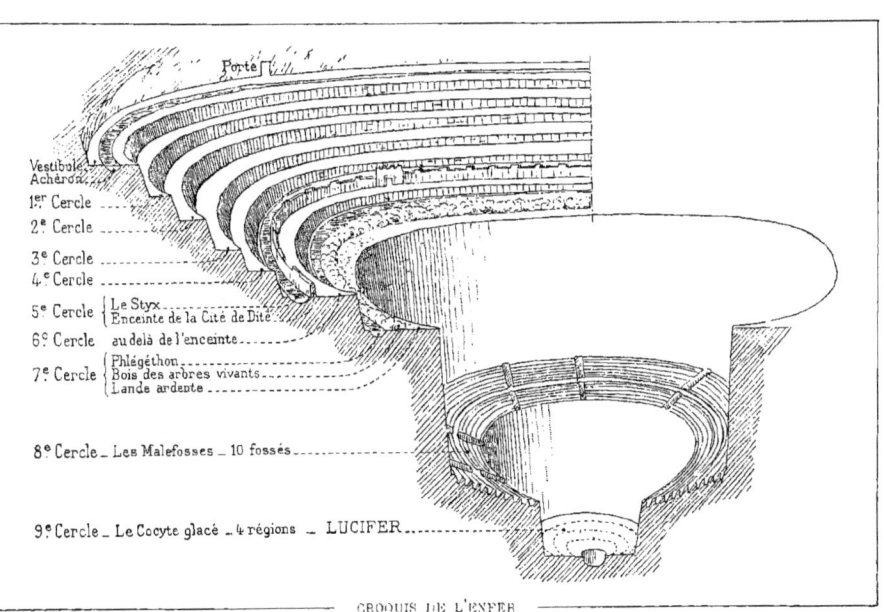

Porte

Vestibule
Achéron

1ᵉʳ Cercle
2.ᵉ Cercle
3.ᵉ Cercle
4.ᵉ Cercle
5.ᵉ Cercle { Le Styx
Enceinte de la Cité de Dité
6.ᵉ Cercle { au delà de l'enceinte
7.ᵉ Cercle { Phlégéthon
Bois des arbres vivants
Lande ardente

8.ᵉ Cercle _ Les Malefosses _ 10 fossés

9.ᵉ Cercle _ Le Cocyte glacé _ 4 régions _ LUCIFER

CROQUIS DE L'ENFER

Tandis que nous voguions sur l'eau morte de la fosse, se dressa devant moi un damné plein de fange, qui me dit : « Qui es-tu, toi qui viens avant l'heure ? »

Et moi à lui : « Si je viens, du moins je ne reste pas. Mais qui es-tu toi-même, qui es devenu si horrible ? » Il répondit : « Tu le vois : je suis un de ceux qui pleurent. »

Et moi à lui : « Reste donc, esprit maudit, dans tes gémissements et tes larmes. Car je te reconnais bien malgré l'ordure qui te couvre. »

Alors il étendit ses deux mains sur la barque. Mais mon maître avisé le repoussa, en disant : « Va-t'en là-bas avec les autres chiens ! »

Puis il m'entoura le cou de ses bras, il me baisa le visage et me dit : « Ame hautaine, bénie soit la femme qui te porta dans son sein !

« Ce damné fut dans le monde une créature d'orgueil. Nulle vertu ne pare sa mémoire : C'est pourquoi son ombre est ici toujours furieuse.

« Combien y en a-t-il qui se croient en ce moment même sur terre de grands princes, et qui seront ici comme porcs dans la fange, ne laissant après eux que d'horribles mépris ! »

Et moi : « Maître, je serais bien aise de le voir plonger dans cette boue, avant de sortir du lac. »

Et lui à moi : « Avant que le rivage s'offre à ta vue, tu seras rassasié ; car il faut que tu jouisses de ce plaisir. »

Bientôt après je vis ce maudit, lacéré de telle sorte par les autres fangeux habitants, que j'en rends encore à Dieu grâces et louanges.

Ils criaient tous : « Sus à Philippe Argenti[1] ! » Et l'ir-
ritable florentin tournait ses dents contre lui-même.

Nous le laissâmes là et je n'en parle plus.   (25-64)

[D'autres spectacles plus effrayants attendent les deux poètes.
Déjà au fond du marais brumeux se dresse une formidable forteresse avec ses tours éclairées par un vaste embrasement intérieur. C'est la cité de Lucifer ou de Dité, nom latin du roi des
Enfers. Elle est défendue par de profonds fossés, où plongent les
murailles qui semblent en fer. Des milliers de démons hurlent
du haut des portes, dans les reflets rouges des flammes. C'est un
de ces grands paysages infernaux que Dante trace en quelques
touches puissantes et qui sont comme les fantastiques décors de
sa Comédie. Après l'Enfer du vent, de la pluie et de la boue,
voici l'Enfer du feu.

Le voyage devient de plus en plus périlleux et les démons de
plus en plus rebelles. Les poètes sont arrêtés longtemps aux
portes de l'étrange citadelle, qui se referment devant eux.]

Devant la cité rouge de Dité.

Je vis sur les portes plus de mille démons, précipités
du ciel et qui disaient rageusement : « Quel est celui-là
qui, avant sa mort,

« va dans le royaume de ceux qui sont morts ? » Et
mon sage maître leur fit signe qu'il voulait leur parler
en secret.

Alors ils renfoncèrent un peu leur grande colère et

1. Ce Philippe Argenti de la famille des Adimari de Florence était
connu pour son orgueil, son arrogance et sa violence. C'était un vice
commun à tous les Adimari. Divers chroniqueurs et conteurs, entre
autres Boccace (*Déc.* ix, 8) et Sacchetti (*Nov.* cxiv) citent quelques traits
caractéristiques de cette famille. Dans la nouvelle de Sacchetti il est
même question de Dante et du bon tour qu'il joua à un Adimari pour le
punir de son insupportable insolence. On sent bien encore quelque rancune dans ces vers de la *Divine Comédie.*

et dirent : « Viens toi seul, et que l'autre s'en aille, qui fut assez hardi pour entrer dans ce royaume !

« Qu'il reprenne tout seul le chemin insensé ! Qu'il essaye s'il en est capable, car tu resteras ici, toi qui l'as escorté dans ces sombres régions. »

Pense, lecteur, quelle fut ma consternation en entendant ces paroles maudites : je crus bien ne jamais revenir.

— « O mon cher guide, qui plus de sept fois m'as rendu l'assurance et m'as tiré des graves périls qui se dressaient devant moi,

« ne me laisse pas ainsi désemparé ! dis-je. — Et si l'on nous refuse d'aller plus avant, revenons tous les deux promptement sur nos traces. »　　　　　　　(82-102)

[Virgile, une fois de plus, rassure son compagnon inquiet : nul ne peut s'opposer à leur passage puisqu'il est voulu par Dieu. Puis il s'écarte pour parlementer avec les Démons, qui, dès les premiers mots, rentrent précipitamment et referment les portes. Virgile revient, la tête basse, penaud de l'affront. Mais il pressent déjà le messager divin qui va venir et devant qui la formidable forteresse s'ouvrira.

Dante, que la peur gagne de plus en plus, aperçoit soudain, au sommet de la tour brûlante, les trois Furies qui se dressent.]

Chant IX. — Les Furies sur la tour.

De ce que me dit encore mon Maître, je ne me souviens plus, car mes regards et mon attention s'étaient portés vers la cime embrasée de la haute tour,

où se dressèrent ensemble tout à coup trois Furies infernales, teintes de sang. Elles avaient des membres et des manières de femmes et leur corps était ceint d'hydres toutes vertes ; elles avaient pour cheveux des serpents qui s'enroulaient autour de leurs sauvages tempes.

Et Virgile, qui reconnut bien les servantes de la reine des pleurs éternels : « Regarde, me dit-il, les féroces Érinnyes.

« Voici Mégère, à gauche ; celle qui se lamente à droite est Alecto ; et Tisiphone est au milieu. » Après quoi il se tut.

Chacune d'elles se déchirait la poitrine avec ses griffes ; elles se frappaient avec le plat de la main et criaient si fort que, de frayeur, je me serrai contre le Poète.

— « Vienne Méduse et nous changerons celui-là en pierre ! disaient-elles à la fois, en regardant en bas. Quel malheur de n'avoir pas tiré vengeance de l'attaque de Thésée[1] ! »

— « Tourne-toi en arrière et tiens les yeux fermés, car si la Gorgone se montre et que tu la voies, tout espoir est perdu de remonter là-haut. »

Ainsi parla mon Maître ; et il me fit tourner lui-même et, se défiant de mes propres mains, il me ferma de plus les yeux avec les siennes.

O vous, qui avez l'intelligence saine, observez la doctrine qui se cache sous le voile de ces étranges vers[2] !

(34-63)

[Mais voici venir le messager céleste que Virgile attendait.]

---

1. Thésée était descendu aux Enfers pour y reprendre Proserpine. Il y fut retenu prisonnier jusqu'à ce que Hercule le délivrât.

2. Dante appelle l'attention du lecteur sur le sens allégorique du passage. Mais la doctrine reste fort obscure.

L'envoyé de Dieu ouvre les portes.

Déjà montait sur les eaux troubles la rumeur d'un bruit plein d'épouvante, qui faisait trembler les deux rives.

Elle était pareille à celle d'un vent, exaspéré par des températures contraires, qui blesse la forêt et, brisant tout obstacle,

fracasse, abat et emporte les rameaux ; il s'avance poudreux et superbe et fait fuir devant lui les bergers et les bêtes.

Alors Virgile me délivra les yeux et dit : « Tends maintenant la force de ton regard sur l'écume antique du Styx, du côté où la fumée est la plus âcre. »

Comme les grenouilles devant la couleuvre ennemie s'évanouissent toutes dans l'eau, jusqu'à ce que chacune d'elles se ramasse en boule contre le fond,

ainsi je vis plus de mille âmes défaites fuir devant quelqu'un qui marchait sur le Styx à pied sec.

Il repoussait de son visage cet air gras, en agitant fréquemment devant lui sa main gauche et il ne paraissait accablé que par le dégoût.

Je compris bien que c'était un envoyé du ciel et je me tournai vers mon maître ; il me fit signe de ne rien dire et de m'incliner devant lui.

Ah ! comme il me paraissait plein de courroux ! Il vint à la porte et d'un coup de sa baguette il l'ouvrit sans aucune résistance.

— « O bannis du ciel, race méprisable, cria-t-il d'abord

sur l'horrible seuil, d'où vient que vous logez en vous tant d'insolence ?

« Pourquoi regimber contre cette volonté, dont nul ne peut interrompre l'effet, et qui tant de fois aggrava vos tourments ?

« A quoi sert de heurter du front le destin ? Votre Cerbère, s'il vous en souvient, en porte encore le cou et le menton pelés. »

Puis il repartit par l'immonde chemin, sans nous dire un seul mot ; il avait l'air d'un homme pressé et mordu par un tout autre souci.   (64-102)

[Devant l'ange du Ciel tous les défenseurs de la cité de Lucifer se sont enfuis. Dante et Virgile peuvent franchir la porte et entrer dans le sixième cercle. Ils ont sous les yeux une sorte d'immense cimetière, rempli de tombes dont les couvercles sont levés. Les parois de ces tombeaux, où brûlent des flammes, sont pareilles à du fer rouge. Les damnés gisent dans ce feu terrible et s'y consument éternellement. Ce sont les hérésiarques.]

CHANT X. — [Tandis qu'ils cheminent entre la muraille et les suppliciés, Virgile dit à Dante qu'il pourra voir bientôt quelques-uns d'entre eux. Et voici un épisode d'une beauté pathétique et farouche. Une ombre, qui a reconnu le parler florentin de Dante, se dresse tout à coup dans un de ces tombeaux, hautaine, formidable, insensible aux morsures du feu, dédaigneuse de l'intolérable supplice, prodigieuse statue que le poète fait jaillir en quelques vers et qui est le symbole de l'âme indomptée et du mépris plus fort que le châtiment. C'est le chef gibelin Farinata degli Uberti, type de partisan audacieux et inflexible, qui ne vit que pour son parti et qui n'aime rien tant que sa vengeance, si ce n'est peut-être sa ville, sa Florence [1]. Le dialogue s'engage

1. Farinata degli Uberti fut un des chefs du parti gibelin. A ce titre il contribua à l'expulsion des Guelfes en 1248. Chassé à son tour par les Guelfes, revenus en 1258, il obtint l'appui de Manfred, roi de Naples, et attaqua les Guelfes de Florence qu'il mit en déroute à la bataille de Montaperti en 1260. Sa rentrée à Florence fut suivie d'une nouvelle expulsion du parti adverse. Il faut dire à son honneur que dans l'Assemblée des vainqueurs, à Empoli, il s'opposa très énergiquement au projet de raser la ville.

entre les deux Florentins comme un combat. Dante était de famille guelfe, Farinata, gibelin ; et le premier est passionné et
emporté comme le second. Aussi les répliques sonnent-elles
comme des coups d'épée et les deux partis, qui déchirèrent si
longtemps Florence, semblent se mesurer encore aux Enfers dans
cet âpre duel.

Dans cet épisode un autre est impliqué, tout en contraste, rapide et douloureux. A côté de Farinata tendu d'orgueil apparaît
la figure ployée de Cavalcante Cavalcanti, soulevé un instant par
l'espoir de voir son fils, Guido, aux côtés de Dante, son ami.
Mais, comprenant mal une réponse du poète et croyant son fils
mort, il retombe dans sa prison de flammes avec cette nouvelle
torture au cœur.]

Une grande figure : Farinata degli Uberti.

— « O Toscan, qui t'en vas vivant par la cité du Feu,
en parlant avec tant de modestie, qu'il te plaise de t'arrêter un peu en cet endroit.

« Ton langage montre que tu es un des fils de cette
noble patrie, à laquelle j'ai fait peut-être trop de mal. »

Telle fut la voix qui sortit tout à coup de l'un de ces
tombeaux et qui me rejeta, plein de crainte, un peu plus
près de mon guide.

Et celui-ci me dit : « Retourne-toi, que fais-tu ? Regarde là-bas Farinata qui s'est levé : de la ceinture en
haut tu le verras tout entier. »

J'avais déjà fixé mon regard sur le sien ; et il dressait
bien haut sa poitrine et son front, comme s'il avait
l'Enfer en grand mépris.

Et les mains hardies et promptes de mon guide me
poussèrent vers lui, entre les sépultures, tandis qu'il
disait : « Que tes paroles soient claires ! »

Dès que je fus arrivé au pied de son tombeau, il me
regarda un peu, puis, d'un air dédaigneux, il me demanda : « Quels furent tes ancêtres? »

Et moi, impatient de lui obéir, loin de le lui cacher,
je lui dis tout ouvertement. Alors il releva un peu les
sourcils,

puis il dit : « Ce furent de féroces adversaires de moi-
même, de mes pères et de mon parti. Aussi, à deux reprises les ai-je dispersés. »

— « S'ils furent chassés, ils revinrent de tous côtés
l'une et l'autre fois, lui répondis-je ; tandis que les
vôtres n'ont pas bien appris cet art de revenir. »

Alors, du sépulcre découvert, une autre ombre se leva
le long de la première, jusqu'au menton ; je crois
qu'elle s'était dressée sur les genoux[1].

Elle regarda autour de moi comme si elle espérait
voir quelqu'un à mes côtés. Mais, quand tout espoir fut
éteint,

elle dit en pleurant : « Si tu vas par cette aveugle
prison à cause de la hauteur du génie, où est mon fils?
Et pourquoi n'est-il pas avec toi? »

Et moi à lui : « Je ne viens pas de moi-même; celui
qui m'attend là-bas me conduit par ici vers quelqu'un
que votre Guido eut peut-être en dédain[2]. »

---

1. C'est l'ombre de Cavalcante Cavalcanti. Son fils Guido Cavalcanti,
le meilleur ami de Dante, fut un homme de vaste culture philosophique
et de grand talent : il compte parmi les meilleurs poètes de cette époque.

2. La plupart des commentateurs ont soutenu que le dédain de
Guido s'adresse à Virgile (Celui qui attend là-bas et que peut-être votre
Guido eut en dédain), mais leurs explications ne sont pas absolument
satisfaisantes. Nous croyons — et nous traduisons — avec quelques
autres que le dédain de Guido s'adresse à Béatrice, symbole de la Théologie ou de la Vérité révélée. D'abord parce que c'était un esprit hardi,

Ses paroles et le genre de son supplice m'avaient déjà dit le nom de ce damné; c'est pourquoi ma réponse fut si complète.

Dressé d'un bond il cria : « Qu'as-tu dit? Il *eut?* il ne vit donc plus? La douce lumière ne frappe plus ses yeux? »

Puis, voyant que je mettais quelque hésitation à lui répondre, il retomba à la renverse et ne se montra plus.

Mais l'autre magnanime, à la demande de qui je m'étais arrêté, ne changea pas de visage, ne tourna point la tête, n'inclina pas son flanc.

— « Si les miens, dit-il en continuant son premier discours, ont mal appris cet art, voilà qui me tourmente plus que ce lit de flammes.

« Mais la face de la Dame[1] qui règne ici ne se sera pas rallumée cinquante fois, que tu sauras toi-même combien cet art est dur. »   (22-81)

[Après cette menaçante prédiction le dialogue se poursuit sur un ton plus calme. Farinata voudrait savoir pourquoi Florence s'est montrée si cruelle pour sa famille et, quand il apprend qu'on ne lui a jamais pardonné la défaite de Montaperti, cet homme farouche soupire et baisse son front orgueilleux, en rappelant seulement qu'il sauva la ville à l'assemblée d'Empoli.]

Chant XI. — [Mais il faut repartir. Et Dante, sous l'impression de la sinistre prophétie, suit tristement Virgile vers le centre du cercle d'où monte une atroce puanteur.

Cette insupportable exhalaison rejette le poète derrière le couvercle d'un autre tombeau qui est celui du pape Anastase II,

rebelle aux dogmes, épicurien comme son père; ensuite parce que Virgile, n'étant qu'un envoyé de Béatrice à Dante, n'a pas eu à choisir ses compagnons; enfin parce que le but du voyage de Dante n'est pas l'Enfer, mais bien le Paradis où Béatrice l'attend.

1. Proserpine ou la Lune.

que l'opinion du temps tenait pour hérétique. Les deux voyageurs s'arrêtent assez longtemps derrière cet abri pour s'habituer
à l'horrible atmosphère et Virgile en profite pour exposer à Dante
un plan rapide de l'Enfer qui reste à parcourir.]

CHANT XII. — [Pour entrer dans le septième cercle ils doivent
franchir un sauvage précipice de rochers éboulés, au sommet
desquels, dominant le gouffre, le Minotaure, gardien monstrueux,
est accroupi.]

La grande ruine gardée par le Minotaure.

L'endroit où nous arrivâmes pour descendre la côte
était abrupt et, à cause de celui qui s'y tenait[1], de nature à effrayer tous les yeux.

Tel est l'éboulement qui, au-dessous de Trente, frappa
l'Adige en flanc — soit par suite d'un tremblement de
terre, soit par manque d'appui —

et où, depuis la cîme du mont d'où ils se détachèrent, les rochers sont disloqués de manière à laisser
une sorte de passage à qui serait en haut,

Telle était la descente de ce précipice. Et sur le bord
aigu de la brèche était allongée l'infamie de Crète[2].

..... Et quand le monstre nous aperçut il se mordit
lui-même, comme celui que la colère dévore intérieure-
ment.

Mon sage maître lui cria : « Tu crois peut-être revoir
ici le duc d'Athènes, qui là-haut dans le monde te
donna la mort[3] ?

1. Le Minotaure, moitié homme moitié taureau, fils monstrueux de
Pasiphaé, épouse de Minos.
2. Le Minotaure.
3. Thésée, qui tua le Minotaure dans le Labyrinthe.

« Arrière bête brute! Car celui-ci ne vient pas instruit par ta sœur[1], mais il va pour voir vos supplices. »

Comme le taureau qui brise ses liens, au moment où il vient de recevoir le coup mortel, et qui, incapable de marcher, bondit çà et là,

ainsi je vis se démener le Minotaure. Mais mon guide avisé me cria : « Cours au passage! Profite de ce qu'il est en fureur pour descendre. »

Et nous prîmes vers le bas par ces pierres éboulées qui roulaient souvent sous mes pieds à cause du poids nouveau. (1-30)

[Cet écroulement de la muraille s'est produit — d'après l'explication de Virgile — à la suite du tremblement de terre qui secoua l'Enfer, lorsque le Christ retira quelques âmes des Limbes.

Les poètes descendent ensuite dans la gorge. Au fond coule le Phlégéthon, fleuve de sang bouillant, où sont plongés, qui plus qui moins, les violents contre le prochain. C'est la première des trois enceintes du septième cercle. Sur la rive galopent les Centaures, armés de flèches, dont ils percent les damnés qui émergent plus qu'ils ne doivent du flot brûlant. Chiron les commande. Et c'est une fantastique chevauchée le long du fleuve rouge. L'imagination inépuisable de Dante crée ainsi à chaque pas des tableaux d'une horrible ou sauvage grandeur.]

Sur les bords du fleuve de sang.
La chevauchée des Centaures.

Je vis une ample fosse, recourbée en arc, puisqu'elle embrasse toute la plaine, ainsi que mon guide me l'avait dit.

1. Ariane, fille de Minos et de Pasiphaé, qui enseigna à Thésée le moyen de se diriger dans le dédale du Labyrinthe.

Et entre le pied de la muraille et la fosse couraient en file les Centaures, armés de flèches, comme lorsqu'ils partaient en chasse là-haut sur la terre.

En nous voyant descendre ils s'arrêtèrent et trois d'entre eux se détachèrent de la bande, en tenant leurs arcs et des flèches choisies d'avance.

L'un d'eux cria de loin : « Pour quel supplice venez-vous, vous qui descendez la côte? Dites-le d'où vous êtes, sinon je tire de l'arc. »

Mon maître dit : « La réponse, nous la ferons nous-mêmes à Chiron quand nous serons près de lui. Pour ton malheur ton désir à toi fut toujours trop prompt ! »

Puis il me toucha et me dit : « C'est Nessus, qui mourut pour la belle Déjanire et fut son propre vengeur[1].

« Et celui du milieu qui regarde son poitrail est le grand Chiron qui éleva Achille. Cet autre est Pholas, qui fut si plein de colère.

« Autour du fossé ils vont par milliers, criblant de leurs flèches toute âme qui cherche à se dégager du sang plus que ne le lui consent sa faute. »

Nous nous approchâmes de ces monstres agiles. Chiron prit une flèche et, avec l'encoche, il rejeta sa barbe derrière ses mâchoires.

Quand il eut ainsi découvert sa large bouche, il dit à ses compagnons : « Avez-vous remarqué que celui qui vient le dernier fait mouvoir tout ce qu'il touche ?

« Ce n'est pas ainsi que font les pieds des morts. » Et

---

1. Hercule, après avoir tué Nessus, mourut lui-même pour avoir endossé une tunique que Déjanire, sa femme, avait teinte dans le sang du Centaure.

mon bon guide, qui était déjà à la hauteur de sa poitrine, à l'endroit où se rejoignent les deux natures,

lui répondit : « Il est vivant en effet ; et ainsi, seul comme il est, je dois lui montrer la sombre vallée ; c'est la nécessité qui l'y pousse, non le plaisir.

« Quelqu'un cessa de chanter Alleluia pour venir me commettre cet office nouveau[1]. Il n'est pas un larron ni moi une âme criminelle.

« Mais au nom de ce pouvoir, qui me fait porter mes pas sur une route si sauvage, donne nous l'un des tiens près de qui nous allions,

« afin qu'il nous montre le gué et porte mon compagnon sur sa croupe ; car ce n'est pas un esprit qui puisse aller par les airs. »

Chiron se tourna sur sa droite et dit à Nessus : « Retourne en arrière, conduis-les et fais dégager le chemin si vous rencontrez d'autres bandes. »

Nous marchâmes donc sous cette sûre escorte, en longeant la rive du bouillonnement rouge, où ceux qui cuisaient poussaient de hautes clameurs.   (52-101)

[Le Centaure, chemin faisant, nomme quelques-uns des condamnés. Les uns sont plongés jusqu'aux yeux dans le flot bouillant : ce sont les tyrans, avides de sang et de pillages, Alexandre
le Grand, Denys de Syracuse, Ezzelino de Romano, Obizzo d'Este.
D'autres plongent moins bas, jusqu'au cou, jusqu'à la poitrine,
jusqu'aux genoux. Ailleurs, où le fleuve est plus profond, cui-
sent les plus cruels et les plus féroces parmi lesquels Attila et
Pyrrhus.

Arrivés au gué, Nessus dépose Dante sur l'autre rive et s'en retourne.]

CHANT XIII. — [Les deux poètes entrent dans la deuxième en-

----

1. Allusion à Béatrice.

ceinte, celle des violents contre soi-même. C'est une étrange forêt
d'arbres épineux qui emprisonnent sous leur écorce les âmes des
suicidés. Les hideuses Harpies nichent sur leurs branches, brou-
tent leur feuillage et crient lamentablement. Toute la forêt est
pleine de gémissements humains. Parfois, brisant tout dans leur
course, arrachant des plaintes aux arbres mutilés, on voit fuir
des damnés que poursuit une meute de chiennes noires.

Dante marche en tremblant dans cette effroyable forêt vivante.]

La Forêt des arbres vivants.

Nessus n'avait pas encore touché l'autre rive que nous
entrâmes dans un bois où l'on ne voyait pas trace de
sentier.

Point de feuillages verts, mais d'une couleur sombre ;
point de rameaux lisses, mais noueux et tordus ; point
de fruits, mais des épines vénéneuses.

Les bêtes sauvages qui, entre Cecina et Corneto [1],
fuient les lieux cultivés, n'ont point de broussailles si
âpres ni si touffues.

C'est là que font leur nid les hideuses Harpies, qui
chassèrent les Troyens des Strophades avec le triste
présage de leurs malheurs futurs.

Elles ont des ailes larges, le cou et le visage humains,
des pieds armés de griffes et un énorme ventre couvert
de plumes. Elles poussent des lamentions sur les arbres
étranges.

Et mon bon Maître me dit : « Avant de pénétrer plus
loin, sache que tu es dans la seconde enceinte et que
tu y seras,

---

1. Pays entre Livourne et Civita Vecchia, qu'on appelle la Maremme
et qui est encore aujourd'hui couvert de fourrés et de maquis.

« jusqu'à ce que tu arrives sur les horribles sables[1]. Aussi regarde bien et tu verras des choses qui ôteraient toute foi à mon récit. »

J'entendais des gémissements venir de toutes parts et ne voyais personne ; aussi m'arrêtai-je tout déconcerté.

Je crois qu'il crut que je croyais[2] que tous ces cris venaient de gens qui se cachaient dans ces fourrés à cause de nous.

C'est pourquoi mon maître me dit : « Si tu brises une petite branche sur l'une de ces plantes, les pensées que tu as seront tronquées du même coup. »

Alors j'avançai un peu la main et je détachai un rameau sur un grand buisson, et le tronc se mit à crier : « Pourquoi me déchires-tu ? »

Puis il devint tout brun de sang et recommença à crier : « Pourquoi me brises-tu ? N'as-tu donc aucun sentiment de pitié ?

« Nous fûmes des hommes et maintenant nous sommes changés en broussailles. Ta main devrait être plus pitoyable, eussions nous été des âmes de serpents. »

Comme un tison vert, qui brûle par l'un des bouts, pleure de l'autre et siffle avec le vent qui s'échappe,

ainsi, de la branche brisée, sortaient ensemble des paroles et du sang. J'en laissai tomber le rameau et je restai là, comme l'homme qui a peur.   (1-45)

---

1. Il s'agit de la troisième enceinte que nous verrons tout à l'heure et qui est une grande lande de sable.

2. Cliquetis de mots par allitération comme on les aimait alors. On en trouve plusieurs exemples chez Dante.

[L'esprit qui gémit par cette blessure est celui de Pierre des Vignes, chancelier, confident et favori de Frédéric II. « L'Envie aux yeux de courtisane » lui créa des ennemis qui l'accusèrent de trahison auprès de l'Empereur. Celui-ci lui fit crever les yeux et Pierre se donna la mort de désespoir.

Interrogé par Virgile — Dante est trop ému pour parler — le malheureux explique comment sont traités les suicidés. Quand ils se présentent devant Minos, le juge les envoie dans le septième cercle ; ils tombent dans la forêt et leur âme germe aussitôt comme une plante. Au jour du jugement ils traîneront leurs dépouilles mortelles qui seront pendues à leurs arbres respectifs.]

La meute infernale.

Nous étions encore attentifs à la voix de cet arbre, croyant qu'il avait autre chose à nous dire, quand nous fûmes surpris par une rumeur,

comme le chasseur qui entend venir vers son poste le sanglier et la meute et qui perçoit le fracas des bêtes et des branches.

Et nous vîmes surgir à notre gauche deux damnés, nus et lacérés, et fuyant si fort, qu'ils brisaient tous les fourrés du bois.

Celui de devant criait : « Accours, accours, ô Mort ! » Et l'autre s'apercevant qu'il perdait du terrain : « Lano, tes jambes ne furent pas si lestes

« à la bataille du Toppo [1]. » Puis le souffle lui manqua peut être, car il se jeta dans un buisson et fit corps avec lui.

Derrière eux la forêt était pleine de chiennes noires,

1. Ces deux damnés furent de grands dissipateurs. Lano de Sienne se jeta en désespéré au milieu des ennemis et se fit tuer à la bataille de la Pieve del Toppo (1287). L'autre Jacomo de Padoue se suicida, dit-on, après s'être ruiné en folles dépenses.

affamées et impétueuses, comme les lévriers qu'on détache de leurs chaînes.

Dans le corps de celui qui s'était tapi elles plantèrent leurs dents et le déchiquetèrent, lambeau par lambeau ; puis elles emportèrent ces membres lamentables.

Mon guide me prit alors par la main et me conduisit au buisson qui pleurait vainement par ses blessures sanglantes. (109-132)

CHANT XIV. — [Voici maintenant la troisième enceinte du septième cercle où sont châtiés trois groupes de violents : les violents contre Dieu, les violents contre nature, les violents contre l'art. C'est une lande aride et brûlante comme un désert, sur laquelle tombe sans arrêt une pluie de feu. Sous cette averse les impies du premier groupe sont étendus sur le dos sans bouger ; les violents contre nature ou Sodomites tournent d'une course interminable ; les violents contre l'art ou Usuriers restent accroupis.]

L'averse de feu.

Nous arrivâmes ensuite à la lisière du bois où la deuxième enceinte se sépare de la troisième et où l'on voit la justice se faire avec un art horrible.

Pour représenter clairement ces choses nouvelles, je dis que nous parvînmes à une lande dont le sol exclut toute végétation.

La forêt de douleur l'entoure d'une guirlande, comme le fossé sinistre entoure la forêt. Là nous nous arrêtâmes au ras du bord.

C'était une étendue de sable aride et serré, tout pareil à celui que foulèrent jadis les pieds de Caton[1].

1. Il s'agit de Caton d'Utique qui conduisit à travers la Libye à Juba roi de Numidie, les débris de l'armée de Pompée.

O Vengeance de Dieu, combien tu dois paraître redoutable à ceux qui lisent ce qui apparut à mes yeux !

Je vis de nombreux troupeaux d'âmes nues qui pleuraient toutes très misérablement et paraissaient subir une loi différente.

Les unes gisaient à la renverse sur la terre, les autres étaient assises, pelotonnées sur elles-mêmes, d'autres enfin marchaient continuellement.

. . . .

Sur la grève de sable le feu pleuvait en larges flocons, d'une chute lente, comme la neige sur la montagne quand il n'y a pas de vent.

Comme les flammes que, dans les chaudes contrées de l'Inde, Alexandre vit tomber sur son armée et toucher la terre sans s'éteindre,

— et c'est pourquoi il fit fouler le sol par ses troupes car ces premières flammes isolées s'éteignaient plus facilement[1],

ainsi descendait le feu éternel. Et le sable, comme l'amadou sous le briquet, s'embrasait pour redoubler la douleur.

Sans repos, les misérables mains entraient en branle pour rejeter de-ci, de-là, loin du corps, chaque nouvelle flamme.   (4-42)

[Ainsi que dans les autres cercles, Dante nous présente ici quelques damnés de marque : voici une figure de révolté dont les supplices ne font qu'exciter la rage et les blasphèmes.]

---

1. Cette pluie de feu est mentionnée dans une lettre apocryphe d'Alexandre à Aristote.

Un damné furieux et indompté : Capanée.

Je commençai : « Maître, toi à qui rien ne résiste, hormis les démons inflexibles qui sortirent contre nous au moment de franchir la porte de Dité,

« quel est ce grand damné qui semble n'avoir cure de l'incendie et reste étendu et farouche, de telle sorte que la pluie ne semble pas le réduire[1] ? »

Et ce damné, comprenant que je m'informais de lui auprès de mon guide, cria : « Tel je fus vivant, tel je suis mort.

« Quand Jupiter harasserait son forgeron, des mains de qui, dans sa fureur, il prit la foudre aiguë dont je fus frappé à mon dernier jour ;

« quand il harasserait les autres à tour de rôle, dans la noire forge de Mongibello[2], en criant : « O bon Vul-« cain, à l'aide, à l'aide ! »,

« comme il le fit au combat de Phlégra [3] ; et quand il me foudroierait de toute sa force, il ne pourrait guère se réjouir de sa vengeance. »

Alors mon guide parla avec une telle énergie que je ne l'avais jamais entendu crier si fort : « O Capanée par le fait même que ta superbe

« ne fléchit pas, tu es plus rudement puni. Nul autre

1, C'est Capanée, un des sept chefs contre Thèbes. Dans une crise de furieux orgueil il défia Jupiter lui-même de défendre la ville. Le dieu le foudroya.

2. L'Etna.

3. Vallée de la Thessalie où eut lieu le combat entre Jupiter et les Géants qui voulaient escalader le Ciel.

supplice que ta propre rage ne serait un digne châtiment
de ta fureur. » (43-66)

[Les poètes, laissant là ce rebelle, retrouvent un peu plus loin
le Phlégéthon qui roule ses eaux sanglantes. C'est, après l'Achéron et le Styx, le troisième fleuve que Dante rencontre en Enfer.
Pour lui expliquer la présence de ces fleuves Virgile lui expose
l'allégorie du vieillard de Crète, du colosse au pied d'argile, qui
symbolise — semble-t-il — les divers âges du monde avec la corruption qu'ils apportent. Des crevasses de son corps suintent les
larmes et le sang qui forment ces rivières infernales.]

Le Colosse au pied d'argile.

Au milieu de la mer, dit alors mon Guide, est un
pays dévasté que l'on nomme Crète et sous le roi duquel le monde fut innocent autrefois[1].

Il s'y trouve une montagne, jadis riante d'eaux et de
feuillages, qu'on appelait Ida ; maintenant elle est déserte comme une chose abîmée par le temps.

Rhéa la choisit un jour pour être le berceau secret de
son fils[2] ; et, pour mieux le cacher, elle ordonnait qu'on
y poussât de grands cris, lorsqu'il pleurait.

Dans les flancs de ce mont se tient debout un Grand
Vieillard, qui tourne le dos à Damiette et regarde Rome
comme son miroir.

Sa tête est faite d'or fin ; d'argent pur sont ses bras
et sa poitrine ; puis il est d'airain jusqu'à l'enfour-
chure.

Le reste jusqu'en bas est en fer choisi, sauf le pied

1. Allusion à l'âge d'or sous le règne de Saturne.
2. Jupiter.

droit qui est en terre cuite ; et il s'appuie sur ce pied bien plus que sur l'autre.

Chaque partie, hormis l'or, est fendue d'une crevasse d'où dégouttent les larmes qui, en se ramassant, perforent la grotte.

Leur cours descend de roche en roche dans cette vallée ; elles y forment l'Achéron, le Styx et le Phlégéthon ; elles s'enfoncent ensuite par cet étroit canal,

jusqu'au point où la pente s'achève, et y forment le Cocyte. Tu verras toi-même quel genre d'étang c'est : je ne t'en dis rien ici. (94-120)

CHANT XV. — [Maintenant les poètes s'éloignent de la forêt et longent la troisième enceinte sur une espèce de digue où la pluie de feu ne tombe pas. Ils rencontrent bientôt une autre troupe de damnés, les violents contre nature ou Sodomites qui courent sans arrêt sous les flammes. L'un d'eux reconnaît Dante et le saisit par son vêtement. C'est le florentin Brunetto Latini, notaire et écrivain, homme d'esprit et de talent qui, s'il ne fut pas proprement le maître de Dante, le guida et le soutint de ses conseils dans la carrière des lettres. Il avait écrit lui-même en français une sorte d'encyclopédie, le *Livre du Trésor*, puis en italien un poème, le *Tesoretto*, où l'on voit une allégorie qui rappelle un peu celle de Dante : le poète égaré dans une forêt rencontre une déesse, la Nature, qui lui dévoile ses phénomènes et ses mystères. Brunetto Latini prédit à Dante ses malheurs prochains et sa gloire future et fait le procès des habitants de Florence.]

Brunetto Latini : invective
contre les Florentins. L'Avenir de Dante.

... Nous rencontrâmes une troupe d'âmes qui venait le long de la digue ; et chacune d'elles nous regardait comme, vers le soir,

un passant regarde l'autre, quand la lune est nouvelle ; et ils aiguisaient vers nous leurs regards, comme
le vieux tailleur vers le trou de l'aiguille.

Ainsi dévisagé par cette bande, je fus reconnu par
l'un d'eux qui me prit par le bord de ma robe et s'écria :
« O merveille ! »

A mon tour, quand il étendit son bras vers moi, je
plantai mes yeux sur cette face cuite et son visage grillé
ne m'empêcha pas

de le reconnaître. Alors, abaissant la main vers son
front, je répondis : « Est-ce vous ici, messire Brunetto ? »

Et lui : « O mon fils, souffre que Brunetto Latini re-
vienne un peu en arrière avec toi et laisse avancer la
file des autres. »

Je lui dis : « Je vous en prie de tout mon cœur ; même
si vous voulez que je reste assis près de vous, je le ferai, s'il plaît à celui-ci avec qui je vais. »

— « O mon fils, dit-il, si quelqu'un de mon troupeau
s'arrête un instant, il gît ensuite cent années, sans pouvoir se garer du feu qui le frappe.

« Continue donc ta route ; je me tiendrai près de ta
robe[1] ; et puis je rejoindrai ma bande qui va pleurant
ses peines éternelles. »

Je n'osais pas descendre du chemin pour marcher de
pair avec lui ; mais je tenais la tête baissée, comme un
homme qui marche avec respect.

Il reprit : « Quelle fortune ou quel destin avant ton
dernier jour t'a conduit ici-bas ? Et quel est celui qui te
montre la voie ?

---

1. Brunetto Latini marche en contre-bas et suit Dante en se tenant
près de la robe dont il a saisi le bord.

— « Là-haut, dans la vie claire, lui répondis-je, je m'égarai dans une vallée, avant que mon âge fût accompli.

« Hier matin seulement je lui tournai le dos ; celui-ci m'apparut comme j'allais y rentrer et il me ramène maintenant vers ma demeure par ce chemin. »

Et lui à moi : « Suis ton étoile et tu ne peux manquer d'aborder au port de la gloire, si j'ai bien su le prévoir pendant la belle vie.

« Et si je n'étais pas mort si tôt, en voyant combien tu es aimé du ciel, je t'aurais encouragé à la tâche.

« Mais ce peuple ingrat et méchant qui descendit anciennement de Fiesole[1] et qui tient encore de la montagne et du rocher,

« si bien que tu agisses, se fera ton ennemi ; et ce sera justice : car il ne convient pas que le doux figuier fructifie parmi les sorbiers amers.

« Une antique renommée dans le monde les appelle aveugles, gent avare, envieuse et superbe ; sache te garder pur de pareilles mœurs.

« Ton destin te réserve tant d'honneur que l'un et l'autre parti auront faim de toi[2]. Mais il y a loin de l'herbe à la bouche.

« Que les bêtes de Fiesole fassent litière d'elles-mêmes, mais qu'elles se gardent de toucher à la plante, s'il en pousse encore une dans leur fumier,

« en qui revive la semence sacrée de ces Romains qui

1. Bourg situé sur une colline au-dessus de Florence et qui fut le berceau de cette dernière ville. Tout ce que Dante dit ici de Fiesole et de ses habitants doit s'entendre de Florence et des Florentins.
2. Les Blancs et les Noirs.

y habitèrent, lorsque fut bâti ce nid de tant de malice[1]. »

— « Si ma demande eût été exaucée, lui répondis-je,
vous ne seriez pas encore banni de la vie des hommes.

« Car je porte gravée dans mon souvenir — et mon
cœur en souffre aujourd'hui — votre chère et bonne
image paternelle du temps où, dans le monde, chaque
jour,

« vous m'enseigniez comment l'homme se rend éternel.
Et tant que je vivrai, je veux qu'on voie clairement dans
mes paroles combien je vous en sais gré.

« Ce que vous racontez du cours de ma vie, je le note
et je le garde pour qu'une Dame, qui le saura, m'en
fasse la glose avec un autre texte, si je parviens jusqu'à
elle[2].

« Je veux seulement que vous sachiez bien ceci :
pourvu que ma conscience ne me reproche rien, je suis
prêt à subir mon sort, quel qu'il soit.

« Un tel présage n'est pas nouveau à mes oreilles ;
aussi que la fortune tourne sa roue à son gré, comme le
vilain son hoyau. »   (16-96)

[Quelques temps encore Dante chemine à côté de Brunetto
Latini et se fait nommer quelques-uns des damnés de sa bande,
hommes d'Église et lettrés pour la plupart. Mais l'arrivée d'une
autre troupe chasse Brunetto qui court rejoindre ses compagnons.]

CHANT XVI. — [Le nouveau groupe de Sodomites comprend
surtout des guerriers et des hommes d'État. Trois d'entre eux,

1. Florence.
2. C'est Béatrice qui fera la glose, qui expliquera à Dante les textes
obscurs. Il convient de remarquer en passant que le poëte emploie pour
plaire à son maître le langage de l'école.

reconnaissant le vêtement florentin de Dante, s'approchent du bord pour parler à leur concitoyen. Pour ne pas s'arrêter, ils tournent en rond sur place et demandent si Florence est tou. jours la patrie de la courtoisie et de la valeur. Mais le poète ne peut leur faire qu'une triste réponse.]

Chant XVII. — Les poètes arrivent à l'autre bord du septième cercle. Ils sont arrêtés par la muraille à pic qui plonge dans l'abîme. On entend le fracas de Phlégéthon tombant en cascade dans les ténèbres. Virgile se fait donner le cordon de frère mineur de Saint-François, que Dante porte autour des reins, et le lance dans le gouffre. Aussitôt le démon du huitième cercle, l'horrible monstre Géryon, monte en volant et s'accroche au rocher, le corps pendant dans le vide. Il garde le cercle de la Fraude.]

Le démon Géryon.

« Voici la bête à la queue acérée qui perce les montagnes et brise les murailles et les armures; voici la bête qui infecte le monde entier. »

Ainsi me parla tout d'abord mon guide; et il lui fit signe d'aborder près de l'extrémité des rocs où nous marchions.

Et cette hideuse image de la fraude vint et dépassa le bord de la tête et du buste; mais elle ne tira point sa queue sur la rive.

Sa face était la face d'un homme juste, tant elle avait la mine bénigne; mais le reste du corps était d'un serpent.

Elle avait des pattes velues jusqu'aux aisselles: son dos, sa poitrine et ses deux flancs étaient peints de nœuds et de taches rondes.

Jamais les Tartares ni les Turcs n'entremêlèrent dans

leurs tissus plus de couleurs et jamais Arachné ne mit
sur le métier de pareilles toiles.

Comme parfois les barques sont amarrées au rivage,
partie dans l'eau, partie à terre, et comme là-bas, chez
les Germains gloutons,

le castor se poste pour faire sa chasse, ainsi la bête
mauvaise se tenait sur le bord de la muraille qui entoure
la lande.

Sa queue tout entière fouettait le vide en redressant
sa fourche venimeuse, armée d'une pointe comme celle
du scorpion.   (1-27)

[Les voyageurs s'approchent du monstre, non sans jeter encore un
regard sur le septième cercle qu'ils vont quitter. Ils y voient une
dernière classe de violents, les usuriers. Ceux-ci sont accroupis,
pleurant d'amères larmes et secouant continuellement sur leur
corps, « comme les chiens mordus par les puces, les mouches et
les taons », les gouttes de feu qui les harcèlent. Ils portent sus-
pendue au cou une espèce de bourse, où sont gravées des armes
parlantes qui permettent de les reconnaître. Médisants dans leurs
propos, leurs manières sont plus que triviales : l'un se réjouit
du sort qui attend un confrère encore vivant et, quand il a fini
de parler, « il tord sa bouche et tire la langue comme le bœuf
qui lèche ses naseaux ».
Mais il faut descendre, et la muraille est à pic. Les poètes doi
vent enfourcher le monstre qui les transportera.]

Sur les épaules du monstre.

Je trouvai mon guide qui était déjà monté sur la
croupe du féroce animal et qui me dit : « Maintenant
sois fort et hardi !

« Désormais c'est par de tels escaliers qu'on descend.

Monte devant, car je veux me mettre au milieu, pour
que la queue ne puisse te faire du mal. »

Tel que celui qui sent le frisson de la fièvre si immi-
nent qu'il en a déjà les ongles livides et tremble de
tout son corps, à la seule vue de l'ombre fraîche,

tel je devins, en entendant ces mots ; mais ces sévères paroles me donnèrent la même honte qui, en présence d'un bon maître, rend le serviteur courageux.

Je m'assis donc sur ces horribles épaules, et je vou-
lus dire : « Tiens-moi dans tes bras ! » Mais la voix ne
vint pas comme je l'avais cru.

Mais lui, qui d'autres fois m'avait soutenu en d'autres
périls, m'enlaça, dès que je fus monté, et me soutint
dans ses bras,

et dit: « Géryon, en route maintenant ! Tourne en
larges spirales et que la descente soit lente ! Songe au
fardeau nouveau que tu portes ! »

Comme l'esquif sort du port en reculant peu à peu,
ainsi le monstre se détacha du bord ; et puis, quand il
sentit qu'il avait libre jeu,

là où était sa poitrine il ramena sa queue, la tendit,
la fit mouvoir comme une anguille, et de ses pattes il
brassa l'air vers lui.

Lorsque Phaéton abandonna les rênes, ce qui fit que
le ciel s'embrasa, comme il y paraît encore [1],

et quand le misérable Icare sentit sur ses reins les
plumes se détacher de la cire fondue, tandis que son
père lui criait: « Tu suis la mauvaise voie ! »,

je ne crois pas que leur peur fût plus grande que la

---

1. Origine fabuleuse de la Voie lactée.

mienne, lorsque je me vis suspendu dans le vide et que tout s'effaça à ma vue, hormis la bête.

Et celle-ci s'en va nageant lentement, lentement ; elle tourne et descend sans que je m'en aperçoive, si ce n'est au vent qui me frappe au visage par en bas.

J'entendais déjà vers la droite le gouffre faire au-dessous de nous un horrible fracas, ce qui me fit pencher la tête pour regarder.

Mais je devins aussitôt plus prudent à desserrer les jambes ; car je vis des feux et j'entendis des plaintes qui me forcèrent à me rasseoir tout tremblant.

Et je vis ensuite — ce que je ne voyais pas d'abord — que nous tournions et que nous descendions, aux grands supplices qui se rapprochaient de tous côtés.

Comme le faucon qui est resté longtemps sur ses ailes et qui, sans voir ni leurre ni oiseau, fait dire au fauconnier : « Hélas ! tu tombes ! »,

et descend fatigué sur la terre d'où il s'envola si lestement, en décrivant cent cercles, et se pose dépité et chagrin loin de son maître,

ainsi Géryon nous déposa au fond tout au pied de la roche à pic, et, délivré de notre poids,

il disparut comme la flèche loin de la corde.

(79-136)

CHANT XVIII. — [Nous voici dans le huitième cercle de l'Enfer qui porte le nom de Malefosses. Il est constitué par dix fosses circulaires, dont la plus petite embrasse le puits central. Les fosses sont séparées par des digues ; des barres de rochers, disposées à la façon des rayons d'une roue, permettent de passer d'une digue à l'autre et de gagner le centre par une série de ponts. Là sont punis les divers péchés de Fraude. Nous sommes ici dans le bas Enfer, où les supplices prennent des formes effroyables. On y découvre des démons tels que les concevait, et les conçoit encore, l'imagination populaire.

Dans la première fosse on voit les séducteurs. Ils sont tout nus et des diables cornus les cinglent à coups de fouets, dans une poursuite incessante. Les deux poètes s'arrêtent un instant sur le pont et regardent. Les damnés passent inconnus ; l'un d'eux cependant attire les regards par son air royal : c'est le grand Argonaute, le conquérant de la Toison d'or, Jason.]

L'ombre de Jason.

Mon bon Maître, sans attendre ma demande, me dit : « Regarde ce grand qui vient et qui ne semble pas pleurer malgré sa douleur.

« Quel air royal il garde encore ! C'est Jason qui par son courage et sa prudence ravit la Toison de Colchos.

« Il passa par l'île de Lemnos après que les femmes hardies et impitoyables eurent mis à mort tous les hommes.

« Là par ses manières et ses discours fleuris, il séduisit Hypsipyle, la jeune fille qui avait d'abord trompé les autres femmes [1].

« Puis il l'abandonna seule avec un enfant. Tel est le crime qui le condamne à ce supplice, lequel venge en même temps l'abandon de Médée. »   (82-95)

[La seconde fosse contient les Flatteurs. C'est un cloaque noir où semblent s'être déversés les égouts du monde. Les damnés se vautrent dans cette ordure et se déchirent eux-mêmes de leurs ongles. Dante les décrit avec un souci de détails qui donne, ici en particulier, un tableau d'un réalisme repoussant et intraduisible.]

---

1. Elle avait provoqué le massacre des hommes en faisant croire aux autres femmes qu'elle avait elle-même tué son père, le roi Thoas. Elle l'avait en réalité sauvé et caché.

CHANT XIX. — [La troisième fosse est celle des papes simoniaques, qui ont trafiqué des choses sacrées. Ils sont plongés, la tête en bas, dans des puits brûlants creusés dans la roche. Seules les jambes paraissent dehors et la plante des pieds flambe. Ils doivent rester ainsi jusqu'à ce qu'un autre vienne les remplacer et les chasse au fond du trou. Dante s'entretient longuement avec le pape Nicolas III qui lance de furieuses imprécations contre ses successeurs. Et Dante lui-même, éclatant d'indignation, flétrit la corruption de la Cour de Rome et ses honteux trafics. On reste saisi d'étonnement devant la liberté et la hardiesse de ce langage qui eût exposé le poète, en d'autres temps, aux plus terribles sévérités.]

L'Enfer des papes simoniaques.

O Simon le magicien, ô vous, ses misérables disciples, qui dans votre rapacité avez prostitué pour or et pour argent les choses de Dieu

qui doivent être données comme épouses aux bons, c'est pour vous maintenant qu'il faut emboucher la trompette, car vous êtes logés dans la troisième fosse !

Nous étions déjà montés au-dessus de cette nouvelle fosse, à l'endroit où le pont de roche surplombe juste le milieu du gouffre.

O suprême sagesse, quel art tu révèles dans le ciel, sur la terre et dans le monde du mal, et avec quelle justice tu distribues tes arrêts !

Je vis sur les talus et dans le fond la pierre livide criblée de trous ronds et de même largeur.

. . . .

De la bouche de chaque trou sortaient les pieds d'un pécheur jusqu'au gros de la jambe ; tout le reste était dedans.

Ils avaient tous les plantes des deux pieds qui flambaient : aussi les jointures se tordaient-elles si fort qu'elles auraient brisé cordes et liens.

Comme la flamme court sur les choses grasses en effleurant seulement leur surface, ainsi elle courait là des talons à la pointe.

— « Maître, quel est celui qui s'irrite, se contractant plus fort que ses compagnons, et que lèche une flamme plus rouge ? »

Et lui à moi : « Si tu veux que je te porte en bas par ce talus plus incliné, tu apprendras de lui-même son nom et ses crimes. »

Et moi : « Tout ce qui te plaît m'est agréable aussi : tu es mon seigneur et tu sais que je ne m'écarte pas de ta volonté, et tu sais même ce que je ne dis pas. »

Alors nous vînmes sur la quatrième digue. Nous tournâmes à gauche et nous descendîmes dans le fond étroit et perforé.

Et mon bon maître, me tenant toujours sur sa hanche, me porta auprès du puits de celui qui se plaignait ainsi avec ses jambes.

— « Qui que tu sois, ô toi qui te tiens sens dessus dessous, âme lamentable, plantée comme un pieu, lui dis-je, parle moi si tu le peux. »

Je me tenais comme le moine confessant le perfide assassin qui, une fois dans le trou, le rappelle pour retarder la mort [1].

Et lui se mit à crier : « C'est déjà toi qui es là debout ?

---

1. Les assassins étaient ensevelis vivants la tête en bas et souvent, pour retarder le moment où ils seraient recouverts, ils rappelaient le confesseur.

C'est déjà toi qui es là debout, Boniface ? La prédiction m'a menti de plusieurs années [1].

« Es-tu déjà rassasié de ces richesses pour lesquelles tu n'as pas craint de t'emparer par fraude de la belle Dame, pour l'exploiter ensuite [2] ? »

Je devins pareil à ceux qui, ne comprenant pas ce qui leur est répondu, restent quasi penauds et ne savent eux-mêmes que répondre.

Alors Virgile : « Dis-lui vite : je ne suis pas celui, je ne suis pas celui que tu crois. » Et je répondis comme il m'était ordonné.

Après quoi l'ombre tordit affreusement ses pieds ; puis, en soupirant et d'une voix plaintive, elle me dit : « Que veux-tu donc de moi ?

« S'il t'importe tellement de savoir qui je suis, que tu aies pour cela parcouru cette rive, sache que je fus revêtu du grand manteau.

« Et j'ai été vraiment le fils de l'Ourse, si cupide, que, pour élever les *Oursons*, j'ai tout mis en bourse : dans le monde, l'argent, dans l'Enfer, moi-même [3].

« Au-dessous de moi se sont enfoncés et aplatis dans les fentes de la pierre les Simoniaques qui me précédèrent.

« J'y tomberai à mon tour, quand viendra celui pour lequel je t'ai pris, au moment où je t'ai adressé cette brusque demande.

« Mais je me suis déjà brûlé les pieds et je suis resté

1. Boniface VIII qui aurait induit Célestin V à se désister afin de prendre sa place.
2. L'Église.
3. Jeu de mots : le pape Nicolas III qui parle était de la famille des Orsini.

ainsi renversé plus longtemps qu'il ne sera lui-même planté ici avec ses pieds rouges.

« Car après lui, du côté de l'Occident, viendra, coupable de plus vilaines œuvres, un pasteur sans loi qui nous recouvrira l'un et l'autre [1]. »

. . . .

Je ne sais si mon audace fut trop grande, mais je lui répondis par ces mots : « Ah ! dis-moi donc : quel trésor Notre Seigneur exigea-t-il

« de Saint Pierre, avant de remettre les clefs en son pouvoir ? Certes il ne lui demanda rien ; il lui dit simplement : suis moi.

« Et ni Pierre ni les autres ne demandèrent or ni argent à Mathias, quand il fut élu au poste que perdit l'âme criminelle [2].

« Tais-toi donc, car tu es puni justement. Et garde bien cet argent mal acquis qui te fit si hardi contre Charles [3].

« Et si je n'étais en dépit de tout retenu par ma vénération pour les Saintes Clefs, que tu avais en ta garde dans la vie heureuse,

« j'userais de paroles encore plus dures. Car votre avarice désole le monde, en foulant aux pieds les bons et en exaltant les méchants.

. . . .

« Vous vous êtes fait un dieu d'or et d'argent. Et quelle différence entre vous et les idolâtres, sinon, que

---

1. Allusion à Clément V de Gascogne.
2. Mathias fut choisi pour remplacer Judas parmi les douze Apôtres.
3. Charles d'Anjou. Nicolas III aurait reçu de l'argent de Jean de Procida pour laisser ourdir la conjuration dirigée contre Charles, qui aboutit aux Vêpres Siciliennes.

pour une divinité qu'ils adorent, vous en adorez cent ?

« Ah ! Constantin, que de maux enfanta, non ta conversion, mais la donation que reçut de tes mains le premier pape riche [1] ! »

Et tandis que je lui chantais cette antienne, soit colère
soit remords de sa conscience, il démenait furieusement
ses pieds.   (1-120)

[Virgile embrasse Dante pour ses âpres et vertueuses paroles,
puis ils remontent sur le pont qui les mène à la quatrième
fosse.]

CHANT XX. — [Celle-ci contient les Devins qui ont le visage
tourné du côté du dos. Ainsi, ceux qui se vantaient de voir loin
dans l'avenir, ne voient même pas ce qui est devant eux. Dante
cède à un accès de pitié et s'appuie à une roche pour pleurer
sur le triste sort des Augures ; mais il en est sévèrement repris
par Virgile.]

Quelques devins.

— « Lève, lève la tête et regarde celui, sous lequel
la terre s'entr'ouvrit aux yeux des Thébains qui se mirent
à crier : « Où te précipites-tu,

« Amphiaraos [2] ? Pourquoi quittes-tu la bataille ? »
Et il ne cessa de rouler dans l'abîme, jusqu'aux pieds
de Minos qui s'empare de tous.

« Regarde : de ses épaules il a fait sa poitrine ; pour
avoir voulu voir trop loin en avant, il regarde en arrière
et marche à reculons.

---

1. Allusion à la donation faite par Constantin au pape Sylvestre, donation que l'on tenait alors pour un fait historique.
2. Amphiaraos fut un des Sept Chefs devant Thèbes. Ayant prévu sa
mort dans cette guerre, il chercha à se cacher ; mais trahi par sa femme
il dut partir. Jupiter creusa la terre sous ses pieds et il fut englouti.

« Vois Tirésias, qui changea de forme lorsque, tous ses membres s'étant transformés, d'homme il devint femme ;

« et il dut frapper une seconde fois de sa baguette les serpents enroulés, avant de reprendre la barbe virile[1].

« Celui qui s'adosse au ventre de Tirésias est Aruns, qui, dans les monts de Luni — défrichés par les habitants de Carrare qui sont dans la vallée —

« eut pour demeure une grotte au milieu des marbres blancs ; et rien n'y gênait sa vue pour observer les étoiles et la mer[2]. »   (31-51)

[Derrière ceux-là marche une devineresse, Manto, à qui Virgile fait remonter la fondation de Mantoue, sa patrie. Il raconte longuement cette légende et décrit minutieusement le lac de Garde et le cours du Mincio.]

CHANT XXI. — [Les poètes passent ensuite à la cinquième fosse. Elle est remplie par un lac de poix bouillante où sont plongés les trafiquants des fonctions publiques, concussionnaires et prévaricateurs, les *baratiers* selon le terme de Dante. Une légion de diables, les « Malegriffes », d'une férocité inouïe, armés de gaffes et de harpons, rôdent sur les rives ou se blottissent derrière les rochers, pour surprendre les damnés qui cherchent à sortir de la poix. En saisissent-ils un, ils le mettent en pièces avec une sauvage joie. Mais les misérables endurent un tel martyre, qu'ils aiment mieux courir le risque du supplice nouveau et rafraîchir un instant leur tête et leurs épaules. Si le danger n'est pas trop immédiat, le premier qui sort fait entendre un sifflement ; c'est le signal : toutes les têtes émergent. Mais les démons sont adroits et prompts. Ils ont tôt fait de harponner les imprudents et de les tirer sur la rive.

Ces démons, frères de ceux que l'imagination réaliste du moyen âge sculpta sur la façade des cathédrales, sont à la fois

---

1. Tirésias, devin des Grecs au siège de Troie. Le fait auquel Dante fait allusion est raconté par Ovide (*Met.,* III, 320).
2. Devin étrusque.

terribles, impudents et grotesques. Après avoir essayé d'arrêter
les deux poètes, ils les escortent avec des ricanements, des grimaces et des gestes d'un sans-gêne fort diabolique. Ils sont à leur
tour joués par un damné qui leur échappe.

Dans cette peinture il semble que la fantaisie de Dante, comme
exaspérée par son sujet, déborde et se répande avec une sorte
de violence allègre, mélangeant le burlesque et l'horrible, le vulgaire et le monstrueux.]

Le lac de poix bouillante.

Telle dans l'Arsenal des Vénitiens bout en hiver la
poix tenace dont ils radoubent leurs vaisseaux avariés ;

— Car ne pouvant naviguer ils s'emploient, les uns
à remettre à neuf leurs navires, les autres à calfater les
flancs de ceux qui ont fait plusieurs voyages ;

Et qui frappe sur la proue, qui sur la poupe ; l'un
taille des rames, l'autre tord des cordages ; d'autres
enfin réparent les voiles de misaine et d'artimon ; —

Telle, là-bas, bouillait, non par le feu, mais par un
art divin, une poix épaisse qui enduisait la rive de
toutes parts.

Je ne voyais dans cette poix que les bulles soulevées
par le bouillonnement et une masse qui se gonflait et
puis s'affaissait sur elle-même.   (7-21)

[Un démon surgit tout à coup sur la rive appelant à grands
cris les autres Malegriffes. Il porte un damné à califourchon sur
ses épaules, bien serré par les pieds : il le balance et le jette
dans la poix, parmi les clameurs de joie.

Il faut parlementer avec eux pour obtenir de passer. Dante se
tapit derrière un bloc, tandis que Virgile affronte les démons
armés et menaçants. Ce n'est pas sans peine que leur chef Male-
queue accorde le libre passage [1].]

1. Il est à peu près impossible de donner le sens exact de ces noms

L'effrayante escorte des diables.

Alors mon maître me cria : « O toi, qui es blotti là-bas entre les rochers du pont, viens à moi maintenant en toute sûreté. »

Je me levai donc et j'allai rapidement à lui. Et les diables se portèrent tous en avant, d'un air qui me fit craindre qu'ils n'observassent point le pacte.

C'est ainsi que je vis un jour trembler les fantassins qui sortaient de Caprona après avoir capitulé, quand ils se virent au milieu de tant d'ennemis[1].

Je me serrai de tout mon corps contre mon guide, sans détourner les yeux de leur aspect qui était moins que bon.

Ils abaissaient leurs gaffes et l'un disait à l'autre : « Veux-tu que je le touche sur le croupion ? » Et ceux-là répondaient : « Oui, tâche de l'embrocher ! »

Mais le démon qui parlementait avec mon guide se retourna brusquement et dit : « Paix ! Paix, l'Ébouriffé ! »

Puis il nous dit : « On ne peut aller plus loin par ce rocher, parce que la sixième arche gît dans le fond, toute brisée.

« Mais s'il vous plaît d'avancer encore, prenez par cette

barbares que Dante a imaginés. Pourtant ils ont en italien une vague signification. J'ai essayé d'en donner une traduction approchée pour conserver à cette scène tout son pittoresque grimaçant.

1. Caprona était une forteresse que les Pisans avaient reprise aux Lucquois, alliés des Florentins. Après la capitulation il y eut une grande panique parmi les prisonniers lorsqu'ils entendirent crier autour d'eux : qu'on les pende !

autre digue : tout près est un autre rocher qui donne passage.

« Hier, cinq heures plus tard que cette heure-ci, s'accomplirent douze cent soixante-six ans, depuis que cette route fut coupée.

« J'envoie par là quelques-uns des miens pour surveiller si personne ne se donne de l'air ; allez avec eux, ils ne vous feront aucun mal.

« Mettez-vous en tête, Ailebasse et Foulegivre, dit-il, et toi aussi le Cagneux ; et que Barbecrépue guide l'escouade.

« Viennent ensuite le Libyen et le Drac, le Porc aux longues dents et Griffechien et Farfadet et Rougeaud le furieux. » (88-123)

[Et la troupe s'en va, suivie par les deux poètes. Dante, soupçonneux à bon droit, flaire quelque piège en voyant les démons échanger des signes et d'horribles grimaces. Mais Virgile reste calme et ferme.]

CHANT XXII. — **Une scène sauvage et burlesque.**

Nous allions avec les dix démons — ah ! quelle sauvage compagnie ! — Mais à l'église avec les saints et à la taverne avec les goinfres !

Cependant toute mon attention se portait sur la poix afin de voir les moindres aspects de la fosse et des gens qui y cuisaient.

Comme les dauphins qui, en arquant leur échine, font signe aux marins qu'ils aient à sauver leur barque,

ainsi parfois, pour alléger sa peine, quelqu'un de ces

damnés montrait le dos et replongeait plus vite que l'éclair.

Et de même que, au bord de l'eau d'un fossé, se tiennent les grenouilles, le museau seul dehors, cachant leurs pattes et le gros du corps,

de même se tenaient de toutes parts les pêcheurs. Mais à peine Barbecrépue s'approchait-il, qu'ils rentraient sous le flot bouillant.

Je vis l'un d'eux — et mon cœur en frémit encore — attendre en cette posture, comme il arrive qu'une grenouille s'attarde alors que les autres sautent prestement.

Et Griffechien, qui était le plus près de lui, le harponna par sa chevelure empoissée et le hissa, semblable à une loutre.

. . . .

— « O Rougeaud, plante-lui tes longues griffes dans le dos, de manière à l'écorcher ! » criaient tous ensemble les maudits.

Et moi : « Maître, fais en sorte, s'il est possible, de savoir quel est cet infortuné tombé aux mains de ses ennemis. »

Mon guide se porta près de lui et lui demanda d'où il était. Et l'autre répondit : « Je suis né dans le royaume de Navarre.

« Ma mère me mit au service d'un seigneur, car elle m'avait eu d'un ribaud, destructeur de soi-même et de ses biens.

« Puis je fus de la maison du bon roi Thibaud. Là je m'adonnai à la prévarication et je l'expie maintenant dans cette chaleur. »

Et le Porc, qui avait de chaque côté une défense hors

de la bouche, comme un sanglier, lui fit sentir combien
l'une d'elles déchirait.

La souris était tombée parmi de terribles chattes.
Mais Barbecrépue l'enferma dans ses bras et dit : « Res-
tez-là, pendant que je le tiens serré. »

Puis il tourna la face vers mon Maître et dit : « Ques-
tionne-le encore, si tu veux savoir autre chose de lui,
avant qu'on le démembre. »

Mon guide alors : « Dis-moi : parmi les autres coupables, en connais-tu sous la poix quelqu'un qui soit
Italien ? » Et l'autre : « Je viens

« d'en quitter un qui était de ces régions. Et que ne
suis-je encore à couvert comme lui, car je ne craindrais
plus ni griffes ni harpons ! »

Et le Libyen : « C'est trop de patience ! » dit-il ; et il
lui accrocha le bras de son crochet de telle sorte qu'en
tirant il en emporta un lambeau.

Le Drac aussi voulut le saisir, en bas, par les jambes.
Mais leur chef promena autour de lui son regard terrible.

[Et le damné recommence à parler de ses compagnons, un certain frère Gomita de Sardaigne et Michel Zanche, autre concus-
sionnaire sarde, quand il s'interrompt tout à coup devant l'attitude menaçante des démons.]

... « Hélas ! voyez cet autre qui grince des dents !
J'aurais encore à dire, mais je crains qu'il ne s'apprête
à me gratter la teigne. »

Et le grand chef se tournant vers Farfadet qui roulait ses
yeux, prêt à frapper, lui dit : « Ici ! Ici ! mauvais oiseau ! »

— « Si vous voulez, reprit le malheureux épouvanté,
voir ou entendre des Toscans et des Lombards, j'en
ferai venir.

« Mais que les Malegriffes se tiennent un peu à l'écart, pour qu'ils n'aient pas à redouter leur vengeance. Et moi, assis en ce lieu même,

« pour un que je suis, j'en ferai venir sept, en sifflant comme nous avons coutume de le faire, quand l'un d'entre nous se met dehors. »

A ces mots le Cagneux leva le museau en secouant la tête et dit : « Belle malice, qu'il a imaginée pour se jeter en bas ! »

Mais l'autre qui avait plus d'un tour dans son sac répondit : « Belle malice en effet que de procurer aux miens un pire tourment ! »

Ailebasse ne se contint plus et, sans écouter les autres, lui dit : « Si tu sautes, ce n'est pas au galop que je te poursuivrai,

« mais en battant des ailes sur la poix. Nous allons quitter le bord et nous retrancher derrière la berge pour voir si à toi seul tu vaux plus que nous tous. »

O toi, qui me lis, tu vas voir un nouveau jeu ! Tous les démons tournèrent les yeux de l'autre côté et le premier fut celui qui était d'abord le plus rétif.

Le Navarrais prit bien son temps, affermit ses pieds à terre et, d'un seul coup, il bondit et échappa à leurs desseins.

Sur quoi chacun d'eux fut contrit de sa faute et celui-là surtout qui était cause qu'ils perdaient leur proie. C'est pourquoi il s'élança en criant : « Tu es pris ! »

Ce fut en vain : car les ailes ne purent devancer la peur. L'autre entra sous la poix et le démon redressa la poitrine en volant pour remonter.

C'est ainsi que le canard plonge tout à coup, lorsque

le faucon s'approche, et celui-ci remonte, courroucé et confus.

Foulegivre, furieux du tour, vola à la poursuite de l'autre diable, souhaitant que la victime échappât, afin d'en venir aux prises.

A peine le damné eut-il disparu, qu'il tourna ses griffes contre son compagnon et qu'ils s'empoignèrent au-dessus de la fosse.

Mais l'autre fut aussi un épervier à bonnes serres pour s'agriffer à lui et tous deux tombèrent au milieu de l'étang bouillant.

La chaleur eut tôt fait de les séparer; mais se relever était une autre affaire, tant leurs ailes étaient empoissées.

Barbecrépue, se lamentant avec le reste de sa troupe, en fit voler quatre sur l'autre bord, avec leurs harpons; et ceux-ci promptement,

de ça, de là, descendirent à leur poste. Ils tendirent leurs crochets aux englués qui étaient déjà cuits sous leur croûte,

et nous les laissâmes ainsi empêtrés.   (13-151)

Chant XXIII. — La poursuite.
Descente précipitée dans la sixième fosse.

Silencieux, seuls et sans cette compagnie nous allions, l'un devant, l'autre derrière, comme les Frères Mineurs s'en vont par les chemins.

Ma pensée, à propos de la récente rixe, remontait à

la fable d'Ésope, où il parle de la grenouille et du rat.

. . . .

Je pensais : « C'est à cause de nous que ces démons ont été bernés et avec tant de mal et tant d'humiliation, qu'ils en sont, j'imagine, fort blessés.

« Si la colère s'ajoute encore à leur mauvais vouloir, ils se mettront à notre poursuite, plus cruels que le chien pour le lièvre qu'il happe. »

Je sentais déjà mes cheveux se hérisser de peur et préoccupé de ce qui se passait derrière nous, je dis : « Maître, si tu ne nous caches pas

« l'un et l'autre lestement, je crains tout des Malegriffes. Nous les avons déjà à nos trousses : je me les représente si vivement que je les sens déjà. »

Et lui : « Si j'étais un miroir je ne refléterai pas ton image extérieure plus vite que je ne reçois l'image de ton âme.

« En ce moment même tes pensées se confondent avec les miennes, ayant même forme et même visage, en sorte que les unes et les autres m'inspirent une seule résolution.

« S'il se trouve que la pente de droite soit inclinée de manière que nous puissions descendre dans l'autre fosse, nous échapperons à la poursuite que tu pressens. »

Il n'avait pas encore fini d'exposer son dessein que je les vis venir non loin de nous, les ailes déployées, prêts à nous saisir.

Mon guide me prit aussitôt comme la mère, qui s'éveille en entendant du bruit et voit près d'elle les flammes allumées,

prend son enfant et fuit sans s'arrêter, plus soucieuse

de lui que d'elle-même, sans prendre le temps de revê-
tir une chemise.

Il me prit, et, du haut de la rive dure, le dos contre
terre, il se laissa couler sur la pente de la roche qui
ferme un côté de l'autre fosse.

Jamais eau ne courut aussi vite dans le bief d'un
moulin, même quand elle tombe sur les palettes pour
faire tourner la roue,

que mon maître le long de cette pente, tandis qu'il
me portait sur sa poitrine, non comme un compagnon
mais comme un fils.

A peine ses pieds touchèrent-ils le lit du fond, que
les diables furent sur la crête, au-dessus de nous. Mais
il n'y avait plus rien à craindre. (1-54)

[Il est en effet interdit aux démons de franchir les limites de
la fosse qui leur est assignée : les deux poètes sont sauvés. La
sixième fosse qu'ils ont maintenant sous les yeux est peuplée par
les « tristes hypocrites » qui se traînent, écrasés et harassés, sous
le poids de lourdes chapes de plomb dont le capuchon recouvre
presque leur visage. Ils tournent sans s'arrêter, éternelle, lente
et gémissante procession.]

Le supplice des tristes hypocrites.

Là, nous trouvâmes une troupe au visage peint qui
tournait à pas très lents, en pleurant, d'un air las et
accablé.

Ils portaient des chapes avec des capuchons baissés
sur les yeux, sur le modèle de celles que l'on fait à Cologne pour les moines.

Au dehors ces chapes sont revêtues d'un or éblouissant ; mais au dedans elles sont de plomb massif et si lourdes, que celles que Frédéric faisait porter étaient de paille auprès d'elles[1].

O éternel et accablant manteau ! Cependant nous tournâmes encore à main gauche avec les damnés, attentifs à leur triste plainte.

Mais ces âmes harassées marchaient si lentement sous ce poids, qu'à chaque pas nous changions de compagnons.

Alors je dis à mon guide : « Tâche d'en trouver un qui nous soit connu par ses faits ou par son nom et regarde autour de nous le long du chemin. »

Et l'un d'eux, qui reconnut l'accent de la Toscane, cria derrière nous : « Arrêtez, vous qui courez si vite à travers l'air sombre.

« Peut-être auras-tu de moi ce que tu demandes. » A ces mots, mon maître se retourna et dit : « Attends et puis règle ton pas sur le sien. »

Je m'arrêtai et je vis deux damnés dont le visage trahissait une grande impatience d'être auprès de moi. Mais leur charge et l'étroit chemin les retardaient.

Lorsqu'ils furent arrivés, ils me regardèrent longtemps d'un œil louche sans dire un mot ; puis ils se tournèrent l'un vers l'autre et dirent entre eux :

« Celui-là semble vivant au mouvement de sa gorge ; et s'ils sont morts, par quel privilège s'en vont-ils dépouillés de la lourde étole ? »

Puis ils me dirent : « O Toscan, qui es venu dans le

1. Frédéric II faisait, dit-on, enfermer les criminels de lèse-majesté dans des manteaux de plomb et il les faisait ensuite jeter dans un brasier.

collège des tristes hypocrites, ne dédaigne pas de dire qui tu es. »

Et moi à eux : « Je suis né et j'ai grandi sur le beau fleuve de l'Arno, dans la grande ville ; et je suis ici avec le corps que j'ai toujours eu.

Mais vous-mêmes à qui la douleur fait couler sur les joues toutes ces larmes que je vois, qui êtes-vous ? Et quel est ce châtiment qui étincelle ainsi sur vous[1] ? »

Et l'un d'eux me répondit : « Ces chapes de couleur orange sont de plomb en réalité, et si épaisses qu'elles sont comme des poids qui font craquer leurs balances.

« Nous fûmes des « Frères Joyeux » de Bologne ; et nous nous appelons, moi Catalano, lui Loderingo, et nous fûmes choisis en même temps par ta ville[2]. »

(58-105)

[Au moment où Dante commence une véhémente invective contre ces deux administrateurs corrompus, un nouveau spectacle attire ses yeux et l'interrompt ; un damné est là, crucifié à terre, et la lourde procession lui passe sur le corps ; c'est Caïphe qui conseilla le meurtre du Christ.]

Caïphe crucifié.

Je commençai : « O frères, les maux que vous... », mais je n'en dis pas davantage ; car mes yeux furent

---

1. On a vu plus haut que ces chapes sont recouvertes à l'extérieur d'un or éblouissant.
2. On avait fondé à Bologne, vers 1260, un ordre de chevalerie : les Frères de Sainte-Marie, qui devaient protéger la veuve et l'orphelin. A cause de leur vie agréable et des nombreux privilèges dont ils jouissaient, le peuple les appela malicieusement *Frati Godenti*, les Frères Joyeux. Les deux dont il est question ici avaient été appelés à Florence pour pacifier la ville. Ils se laissèrent corrompre et trafiquèrent de leur influence.

frappés par un misérable, crucifié à terre par trois pals.

Quand il me vit, il tordit tout son corps et le souffle de ses soupirs agitait sa barbe. Et le frère Catalano qui s'en aperçut me dit :

« Celui que tu vois là cloué conseilla aux Pharisiens d'envoyer un homme au supplice pour le salut du peuple.

« Tout nu et en travers du chemin, comme tu le vois, il faut qu'il sente combien pèsent tous ceux qui passent. »

(109-129)

[Virgile, après un dernier regard au triste damné, s'informe de la route à suivre. Le frère Catalano la lui indique : ce n'est pas celle que les démons perfides avaient montrée. Et les poètes s'en vont vers une autre fosse, un peu inquiets.

Mais l'espoir leur revient vite, comme l'indique la fraîche comparaison qui commence le chant suivant.]

CHANT XXIV. — **Frais tableau champêtre.**

Dans cette partie de la jeune année où le Soleil réchauffe ses rayons sous le Verseau et où la nuit devient égale au jour,

alors que la gelée reproduit sur la terre l'image de sa blanche sœur, la neige, mais n'en donne pourtant qu'une copie éphémère,

le villageois, voyant les provisions manquer, se lève, regarde et voit la campagne toute blanche au loin ; alors il se frappe les flancs,

rentre dans sa maison, erre çà et là et se lamente comme le malheureux qui ne sait plus que faire ; puis il revient au seuil et renaît à l'espoir,

en découvrant que le monde a changé d'aspect en
peu de temps ; et il prend sa houlette et pousse ses
brebis vers le pâturage.   (1-15)

[Il s'agit maintenant de passer dans la septième fosse, et de
gravir d'abord le talus, si rapidement descendu tout à l'heure.
Ce n'est pas sans de rudes efforts que les voyageurs s'élèvent,
l'un poussant l'autre, le long de cette paroi.]

Une escalade difficile.

Mon guide examina d'abord soigneusement la paroi,
puis, prenant son parti, il ouvrit les bras et me saisit.

Et, comme celui qui agit et réfléchit en même temps
et semble toujours prendre ses précautions d'avance,
ainsi, me soulevant vers le sommet

d'un gros bloc, il avisait une autre saillie en disant :
« Tu t'accrocheras ensuite à celle-là ; mais éprouve-la
d'abord, pour voir si elle peut te porter. »

Ce n'était pas un chemin pour un porteur de chape,
car c'est à grand'peine que lui, esprit léger, et moi, soutenu par lui, nous pouvions nous hisser de prise en
prise.

Et n'eût été que de ce côté de l'enceinte la pente
était plus courte que de l'autre, je ne sais ce qu'il eût
fait, mais moi j'aurais certainement succombé.

Mais comme l'ensemble des Malefosses est incliné
vers l'ouverture du puits profond, la situation de chaque
vallée comporte

que l'un des deux bords soit plus haut que l'autre.
Nous arrivâmes enfin sur l'arête d'où la dernière roche
surplombe.

Le souffle de mes poumons était si épuisé, lorsque je fus en haut, que je ne pouvais aller plus loin ; je dus même m'asseoir sitôt arrivé.   (22-45)

[Nouvelles remontrances et nouveaux encouragements de Virgile à Dante : il faut poursuivre tout de suite le chemin « raboteux, étroit et malaisé ». Les poètes trouvent sur la digue, escaladée avec tant de peine, le pont qui franchit la septième fosse. Le premier regard ne leur montre rien qu'un gouffre obscur, plein de cris épouvantables. Bientôt cependant ils peuvent discerner les nouveaux et terrifiants supplices des Voleurs. Il y a là un grouillement effroyable de serpents furieux et féroces, au milieu desquels les damnés courent et bondissent sans réussir à les éviter. Les reptiles souples se nouent autour des bras, et étreignent les cous, percent la gorge et les flancs des misérables, et ces morsures provoquent des transformations et des métamorphoses qui dépassent en horreur celles que raconte Ovide. Les uns sont réduits en un tas de cendres et renaissent aussitôt pour être de nouveau détruits ; d'autres, par une étrange substitution, se changent en serpent, le serpent prenant de son côté la forme humaine ; parfois le damné ainsi transformé s'attache à un de ses compagnons et se fond en lui de manière à former un être monstrueux qui tient des deux natures. Dante fait preuve dans ces descriptions d'une science et d'une habileté prodigieuse.]

Dans la fosse aux serpents. — Le supplice de Vanni Fucci.

Les damnés avaient les mains liées derrière le dos par des serpents qui, enfonçant dans leurs reins la tête et la queue, se renouaient par devant.

Et voici que contre l'un d'eux, qui se trouvait près de notre bord, s'élança un reptile, qui le piqua à l'endroit où le cou se noue à l'épaule.

En moins de temps qu'il n'en faut pour écrire O ou

I, le damné prit feu et brûla et retomba, réduit en cendres.

Et quand il fut ainsi détruit à terre, la poussière se ramassa d'elle-même et il reprit soudain sa première forme.

C'est ainsi, proclament les grands sages[1], que le Phénix meurt et renaît ensuite, quand il approche de sa cinq centième année.

Il ne se nourrit pendant sa vie ni d'herbe ni de grain. mais de larmes d'encens et d'amome ; et le nard et la myrrhe sont ses derniers langes.

Et tel que celui qui tombe sans savoir comment, par la force d'un démon qui le jette à terre ou dans une de ces convulsions qui paralysent l'homme,

et qui, lorsqu'il se relève, regarde autour de lui, tout hébété de la grande angoisse soufferte, et soupire en regardant,

tel était le pécheur quand il se releva. O puissance de Dieu, comme tu es indéniable, puisque tu frappes de tels coups dans ta justice !

Mon guide lui demanda alors qui il était, et il répondit : « Je suis tombé depuis peu de la Toscane dans cette gorge cruelle.

« Je me suis complu dans une vie bestiale et non humaine, comme un mulet que je fus. Je suis Vanni Fucci, la brute, et Pistoie fut ma digne tanière. »

Et moi à mon guide : « Dis lui qu'il ne se dérobe pas et demande lui quel crime l'a précipité ici ; car je l'ai connu homme de sang et de violences. »

---

1. Ces grands sages sont les écrivains qui rapportent cette légende : Hérodote, Ovide, Pline, etc.

Et le pêcheur, qui m'entendit, ne se dissimula point, mais il dressa vers moi son visage et son attention et il se colora d'une triste honte.

Puis il dit : « Je souffre plus d'être découvert par toi dans la misère où tu me vois, que lorsque je fus enlevé de l'autre vie.

« Mais je ne puis refuser ce que tu me demandes : je suis logé si bas pour avoir volé les beaux ornements de la sacristie[1] »   (94-138)

CHANT XXV. — [Ce Vanni Fucci est une âme basse et furieuse. Après avoir annoncé à Dante les malheurs qui l'attendent, il tourne sa rage contre Dieu en lui « faisant la figue », geste ignoble d'insulte et de bravade. Il en est puni sur-le-champ : deux serpents l'entourent de leurs replis, l'un à la gorge, l'autre aux bras. Puis le brigand Cacus qui a le corps d'un Centaure, tout hérissé de couleuvres, se lance à sa poursuite ; et ils disparaissent dans le noir, tandis que Virgile entraîne Dante vers d'autres spectacles.]

Horribles métamorphoses.

Et maintenant, lecteur, si tu hésites à croire ce que je dis, je ne m'en étonnerai point, car moi, qui l'ai vu, j'ai peine à l'admettre.

Tandis que je tenais les yeux levés sur les trois damnés, voilà qu'un serpent à six pattes s'élança contre l'un d'eux et s'attacha à lui.

Avec les pieds du milieu il lui enlaça le ventre ; avec ceux de devant il lui prit les bras, puis il le mordit aux deux joues.

---

1. Vanni Fucci, de Pistoie, avait volé le trésor de l'église de Saint-Jacques dans sa ville natale.

Il étendit les pattes de derrière contre ses cuisses, fit passer sa queue de l'autre côté et la redressa par derrière le long des reins.

Jamais lierre ne se cramponna à l'arbre aussi étroitement que l'horrible bête ne lia ses membres à ceux du damné.

Puis ils adhérèrent l'un à l'autre, comme s'ils avaient été en cire chaude, et ils confondirent leurs couleurs; ils ne paraissaient déjà plus ce qu'ils étaient auparavant.

C'est ainsi qu'on voit sur un papier qui brûle courir en avant de la flamme une couleur brune, qui n'est pas noire encore et pourtant le blanc meurt.

Les deux autres regardaient et criaient: « Hélas ! Agnel, comme tu changes ! Voici déjà que tu n'es ni un ni deux. »

Déjà en effet les deux têtes n'en formaient plus qu'une et nous y vîmes deux figures fondues en un seul visage où les deux natures se perdaient.

Les quatre bras se réduisirent à deux ; les cuisses avec les jambes, le ventre et le buste devinrent des membres tels qu'on n'en vit jamais.

Leur premier aspect était maintenant effacé ; l'image transformée ne paraissait ni celle de deux êtres ni celle d'un seul, et, ainsi faite, elle s'en allait à pas lents.

Comme sous le grand fouet des jours caniculaires, le lézard changeant de haie ressemble à un éclair, quand il traverse le chemin,

tel paraissait, venant vers le ventre des deux autres damnés, un petit serpent furieux, livide et noir comme un grain de poivre.

Il mordit l'un d'eux à l'endroit par où nous prenons notre première nourriture, puis il tomba à terre, étendu devant lui.

Le blessé le regarda et ne dit rien ; mais immobile sur ses jambes il bâillait, comme en proie au sommeil ou à la fièvre.

Il regardait le serpent et le serpent le regardait : l'un par sa blessure et l'autre par sa bouche exhalaient une épaisse fumée et ces deux fumées se réunissaient en-suite.

. . . .

Leurs deux natures se modelèrent l'une sur l'autre de telle sorte que le serpent fendit sa queue en fourche et que le blessé ramassa ses pieds ensemble.

Ses jambes et ses cuisses se soudèrent les unes aux autres si bien qu'en peu de temps il ne resta plus trace de soudure.

La queue fendue empruntait la forme qui se perdait chez l'autre et la peau de l'un devenait molle, tandis que celle de l'autre se faisait rêche.

Je vis les deux bras rentrer dans les aisselles et les deux pattes de la bête, qui étaient courtes, s'allonger d'autant que les autres se raccourcissaient.

. . . .

L'un se leva et l'autre tomba à terre, mais ils ne dé-tournèrent pas leurs yeux damnés, sous lesquels chacun d'eux changeait de face.

Celui qui était debout retira son museau vers les tempes, et, de l'excès de matière qui s'y ramassa, sorti-rent les oreilles sur les joues plates.

Le surplus, qui ne fut pas porté en arrière et resta en

réserve, fit un nez au visage et épaissit les lèvres autant qu'il le fallait.

Celui qui gisait à terre tendit son museau en avant et rentra ses oreilles dans sa tête, comme la limace fait de ses cornes.

Et la langue, qu'il avait auparavant unie et prompte à parler, se fendit, tandis que chez l'autre la langue fourchue se refermait. Alors ils s'arrêtèrent de fumer.

L'âme devenue bête s'enfuit en sifflant dans la vallée et l'autre à sa suite crachait en parlant.   (46-138)

CHANT XXVI. — [Ces damnés sont des Florentins de peu de notoriété, ce qui n'en inspire pas moins à Dante une nouvelle invective contre sa ville.]

Invective contre Florence.

« Réjouis toi, Florence, puisque tu es si grande que ton nom vole sur terre et sur mer et se répand encore à travers l'Enfer.

« Parmi les larrons j'ai trouvé cinq de tes concitoyens, à ma grande honte ; et tu ne peux toi-même en tirer beaucoup d'honneur.

Mais s'il est vrai qu'au matin les songes sont véridiques, tu sentiras d'ici peu ce que Prato, sans parler des autres, te souhaite[1].

Et si c'était déjà fait, ce ne serait pas trop tôt. »

(1-10)

1. Prato, ville voisine de Florence et soumise à celle-ci, était impatiente de son joug. L'allusion prophétique de Dante porte aussi sur d'autres malheurs qui éprouvèrent Florence, tels que l'écroulement du Pont de la Carraia et un formidable incendie.

[Les deux poètes poursuivent leur chemin de plus en plus malaisé. Ils arrivent sur le pont de la huitième fosse où sont punis les Conseillers de Fraude. D'en haut on les voit sous forme de flammes s'agiter dans les ténèbres. Cette impression d'ensemble est décrite en une charmante comparaison : c'est un pur tableau pastoral montrant le villageois qui se repose sur la colline par un doux crépuscule d'été et regarde au fond du vallon les lucioles voleter sur son champ et sur sa vigne. Chacune de ces flammes contient un damné. L'une d'elles, divisée en deux pointes, cache deux victimes, Ulysse et Diomède, qui deviennent ainsi, le premier surtout, les prototypes de la Fraude, en souvenir du Cheval de Troie et du Palladium. C'est un des passages les plus singuliers de la *Divine Comédie*. Dante qui ne connaissait des Grecs que les légendes transmises par les Latins, a recréé par la divination du génie l'âme du héros homérique. Il a compris qu'un homme, qui avait si longtemps erré sur le vaste dos de la mer et qui avait entendu la voix des Sirènes, devait rester l'homme de la mer et du large et sentir bientôt peser sur lui, comme une prison, les murs de son palais et les devoirs domestiques. La mer le reprendra et sera son tombeau. De plus, Dante, mêlant l'âme moderne à l'antique, a mis au cœur de l'ingénieux Ulysse l'audace et la curiosité aventureuse des grands navigateurs qui partaient déjà vers les rivages inconnus. Et tout en continuant la création du « poète souverain », il la complète et l'élargit.]

Après l'Odyssée : le dernier voyage et la mort d'Ulysse.

— « O vous, qui êtes deux dans une seule flamme, si j'ai bien mérité de vous de mon vivant, si j'ai mérité de vous peu ou beaucoup,

« lorsque dans le monde j'écrivis le haut poème, ne vous éloignez pas ! Mais que l'un de vous me dise en quel lieu, se perdant lui-même, il alla mourir. »

La plus haute pointe de cette flamme antique commença à s'agiter en murmurant, comme celle que le vent travaille;

Puis remuant la cime çà et là, comme si c'était une langue qui parlât, elle émit une voix et dit: « Quand

« je me séparai de Circé, qui m'avait retenu plus d'une année là-bas près de Gaète — avant qu'Énée lui donnât ce nom —,

« ni la tendresse pour mon fils, ni la piété pour mon vieux père, ni le légitime amour qui devait faire la joie de Pénélope,

« ne purent vaincre en moi l'ardeur qui me portait à bien connaître le monde et les vices des hommes et leurs vertus.

« Mais je m'élançai sur la haute mer ouverte, avec un seul vaisseau et avec la poignée de compagnons qui ne m'abandonnèrent pas.

« Je vis les deux rivages jusqu'à l'Espagne et jusqu'au Maroc et l'île de Sardaigne et les autres îles que cette mer entoure et baigne.

« Mes compagnons et moi nous étions vieux et las, lorsque nous arrivâmes à cet étroit passage, où Hercule établit ses signaux

« pour dire à l'homme de ne pas aller plus loin. A main droite je laissai Séville; j'avais déjà laissé Ceuta à gauche.

— « O mes frères, dis-je, qui à travers cent mille « périls êtes parvenus jusqu'à l'Occident, pour le peu « de vie

« qui reste encore à vos sens, ne refusez pas de « connaître par expérience le monde sans habitants, « là-bas, derrière le soleil.

« Considérez votre origine : vous n'êtes pas nés pour
« vivre comme des brutes mais pour rechercher la
« vertu et la science. »

« Par cette brève harangue je fis mes compagnons si
ardents au voyage que j'aurais eu ensuite grand'peine à
les retenir.

« Puis, ayant tourné notre poupe vers le matin, de
nos·rames nous fîmes des ailes à notre vol téméraire,
en gagnant toujours vers la gauche.

« Déjà la Nuit voyait toutes les étoiles de l'autre pôle ;
et le nôtre était si bas qu'il surgissait à peine au-dessus
de la plaine marine.

« Cinq fois s'était rallumée et autant de fois éteinte la
lumière qui tombe de la lune, depuis que nous étions
entrés dans le hardi passage,

« lorsque nous apparut une montagne obscure dans
le lointain et plus haute que toutes celles que j'avais
vues.

« Ce fut pour nous une grande joie, qui tourna vite en
pleurs. Car de cette nouvelle terre un tourbillon s'éleva
et vint frapper l'avant de notre vaisseau.

« Trois fois il le fit tournoyer avec la masse des eaux ;
la quatrième fois la poupe se dressa en l'air et la proue
s'enfonça, comme il plut à autrui,

« jusqu'à ce que la mer fut sur nous refermée. »

(79-142)

CHANT XXVII. — [Son récit terminé, Ulysse se retire et une
autre flamme s'approche avec un ronflement sonore qui, peu à
peu, se précise en paroles. C'est un nouveau conseiller de fraude,
Guido de Montefeltro, qui au cours de sa vie aventureuse fut capitaine des Gibelins de Bologne, puis capitaine de Pise ; tour à tour
brouillé et réconcilié avec le pape, il finit par se faire moine fran-

ciscain. Guido interroge les deux voyageurs sur l'état de la Romagne, car les damnés ignorent les événements récents. C'est Dante
qui lui répond : les mêmes rivalités et les mêmes ambitions
divisent toujours les villes de ce pays.

A son tour le poète veut savoir quel est son interlocuteur et
celui-ci, croyant parler à un autre damné, ne fait aucune diffi-
culté pour répondre. S'il est ici, c'est qu'il a été induit en péché
par Boniface VIII, qui lui avait promis l'absolution pour avoir
un conseil de l'habile soldat. Et c'est en vain que saint François
d'Assise a essayé de disputer son âme au démon.]

Le comte Guido de Montefeltro
et le pape Boniface VIII.

Après que le feu eut ronflé quelque temps à sa manière, il poussa sa pointe aiguë de çà de là et souffla ces
mots :

« Si je croyais faire cette réponse à quelqu'un qui re-
tournât jamais dans le monde, cette flamme n'aurait
plus un seul mouvement.

« Mais comme jamais de ces profondeurs personne ne
remonta vivant, si ce qu'on m'a dit est vrai, je te réponds
sans crainte d'infamie.

« Je fus homme d'armes, puis je fus cordelier, croyant
sous le cordon faire pénitence ; et certes mon espoir se
fût réalisé,

« n'eût été le Grand Prêtre — et mal lui en prenne ! —
qui me rejeta dans mes premières fautes ; et comment
et pourquoi, je veux que tu le saches.

« Pendant le temps que j'animai le corps d'os et de
chair que ma mère me donna, mes exploits ne furent pas
d'un lion mais d'un renard.

« Subtiles manœuvres et stratagèmes, je connus tout, et je poussai cet art si loin que le bruit s'en répandit hors de mon pays.

« Quand je me vis arrivé à ce moment de mon âge où tout homme devrait carguer les voiles et serrer les cordages,

« tout ce que j'aimais auparavant me devint à charge, et j'en fis acte de repentir et de confession. Et cela eût suffi, hélas ! malheureux que je suis !

« Mais le prince des modernes Pharisiens était en guerre près de Latran et ce n'était ni avec les Sarrazins ni avec les Juifs [1] ;

« car tous ses ennemis étaient chrétiens et aucun n'était de ceux qui prirent Saint-Jean d'Acre [2] ou qui font le trafic dans les terres du Sultan.

« Il n'eut égard en lui ni au suprême office ni aux ordres sacrés, et pas davantage, en moi, au cordon qui faisait si maigres ceux qui en étaient ceints.

« Mais de même que Constantin fit appeler de sa retraite du Soracte le pape Sylvestre, pour le guérir de sa lèpre, de même celui-ci me manda comme médecin

« pour le guérir de sa fièvre d'orgueil. Il me demanda conseil et je restai d'abord sans répondre, parce que ses paroles me semblèrent pleines d'ivresse.

« Puis il me dit : « Que ton cœur soit sans crainte ; « je t'absous d'avance, si tu m'enseignes le moyen de « jeter à terre Palestrina [3].

« Je puis, tu le sais bien, ouvrir et fermer les portes

1. Allusion à la puissante famille des Colonna, ennemie du pape.
2. Saint Jean d'Acre était tombé aux mains des Sarrazins en 1291.
3. Forteresse du fief des Colonna.

« du ciel : c'est pourquoi elles sont deux, ces clefs que
« mon prédécesseur n'a pas su apprécier[1]. »

« Alors ses graves raisons me pressèrent si fort que
le silence me parut la pire chose et je dis : « Père, puis-
« que tu me laves

« de ce péché où je dois tomber, voici : longue pro-
« messe et courte foi te feront triompher sur le haut
« siège. »

Saint François vint ensuite, après ma mort, pour me
prendre. Mais un des noirs Chérubins lui dit : « Ne
« l'emporte pas ; ne me fais pas tort.

« Il doit venir là-bas parmi mes serviteurs, puisqu'il
« donna le conseil de fraude ; et depuis ce moment-là
« je le tiens par la crinière.

« Car celui-là ne peut être absous qui ne se repent
« pas ; or on ne peut se repentir et vouloir le péché en
« même temps ; le principe de contradiction s'y oppose. »

« O douleur ! Comme je tressaillis, lorsqu'il me saisit
en me disant : « Tu ne croyais peut être pas que j'étais
« logicien. »

Il me porta devant Minos ; et celui-ci enroula huit
fois sa queue sur sa rude échine et, après l'avoir mor-
due de rage,

« il dit : « Celui-ci est parmi les coupables que punit
« le feu voleur. » Voilà pourquoi tu me vois ici damné
et pourquoi je vais et me lamente sous cet habit de
flamme. »   (58-129)

CHANT XXVIII. — [La neuvième fosse est celle des Semeurs de
discordes et de schismes. Les supplices y sont appropriés aux
fautes. Les damnés y sont tailladés, mutilés, pourfendus à coups

1. Célestin V, celui qui fit « le grand refus ».

de sabre, par des démons postés sur leur passage. Et comme, dans le temps qu'ils font le tour de la fosse, leurs atroces blessures se sont refermées, le même supplice recommence, éternellement renouvelé. Parmi eux se trouvent, avec quelques Italiens, le prophète Mahomet et le troubadour Bertrand de Born.]

Les éternels mutilés : Mahomet.

Qui pourrait jamais, même en des récits répétés et sur un mètre libre, décrire pleinement le sang et les plaies que je vis alors ?

Certes toute langue y échouerait, dans l'incapacité de notre langage et de notre esprit à embrasser de telles choses.

Même si l'on rassemblait tous ceux qui déjà, sur la terre perfide de la Pouille, souffrirent en versant leur sang

sous les coups des Romains, et ceux qui périrent dans la longue guerre où l'on fit un si grand butin d'anneaux, comme l'écrit Tite-Live qui ne se trompe jamais[1],

et tous ceux qui connurent la douleur des blessures pour avoir lutté contre Robert Guiscard[2], et tous ceux dont les ossements sont encore entassés

à Ceperano[3], où ceux de la Pouille furent traîtres et à Tagliacozzo, où triompha sans armes le vieil Alard[4],

1. Selon Tive-Live, après la victoire d'Annibal à Cannes, on fit des monceaux avec les anneaux retirés des doigts des Romains.
2. Robert Guiscard, frère de Richard de Normandie, qui combattit contre les Sarrazins en Sicile et dans les Pouilles.
3. Près de Bénévent où Manfred fut battu par Charles d'Anjou à la suite de la trahison du comte de Caserta.
4. Charles d'Anjou fut vainqueur à Tagliacozzo, grâce au conseil d'Alard de Valéry, qui fut ainsi le vrai triomphateur sans armes de la journée.

et si chacun d'eux montrait ses membres, ou percés ou coupés, rien de tout cela n'égalerait les horreurs que je vis dans la neuvième fosse.

Jamais tonneau, ayant perdu son fond ou ses douves, n'est aussi béant que le damné que je vis, coupé en deux du menton au pubis.

Ses entrailles pendaient entre ses jambes ; on voyait les viscères et le sac répugnant où ce qu'on avale se transforme en excréments.

Tandis que je le fixais de tous mes yeux, il me regarda et ouvrit sa poitrine de ses mains en disant : « Vois donc comme je me déchire !

« Vois comme Mahomet est mutilé ! Devant moi Ali s'en va pleurant, le visage fendu du menton aux cheveux [1].

« Et tous les autres que tu vois ici furent de leur vivant des semeurs de scandales et de schismes ; c'est pourquoi ils sont ainsi pourfendus.

« Là derrière se tient un diable qui nous traite avec cette cruauté, en repassant au fil de son épée tous ceux de notre bande,

« lorsque nous avons fait le tour de la route douloureuse, car les blessures se sont refermées avant qu'on passe de nouveau devant lui. »   (1-42)

[Dante, interrogé par Mahomet, répond qu'il est vivant. En entendant cette réponse le sanglant cortège des mutilés s'arrête pour regarder.

Quelle horrible vision ! L'un a la gorge ouverte et le nez coupé ; un autre a les poignets tranchés et brandit ses moignons vers Dante ; tous sont debout, marchent et parlent. Les regards du du poète s'arrêtent sur l'un d'eux plus effroyablement traité que les autres.]

1. Un des premiers disciples de Mahomet et son parent.

Le damné qui marche, sa tête à la main : Bertrand de Born.

Je m'attardai à regarder cette troupe et je vis une chose que je craindrais de raconter tout seul sans autre preuve.

Mais j'ai pour me rassurer ma conscience, cette bonne compagne qui rend l'homme hardi sous son bouclier de pureté.

Je vis — j'en suis sûr et il me semble le voir encore, — un buste sans tête qui marchait comme tous les autres du triste troupeau.

Et il tenait par les cheveux sa tête coupée, ballante à sa main en guise de lanterne, et cette tête nous regardait et disait : « Hélas ! ».

Ainsi il se servait de lampe à lui-même et ils étaient deux en un et un en deux. Comment cela se peut-il ? Celui-là le sait qui l'ordonne ainsi.

Quand il fut juste au pied du pont, il leva bien haut son bras portant la tête, pour rapprocher de nous ses paroles

qui furent : « Regarde mon intolérable peine, toi qui, respirant encore, t'en vas visiter les morts. Vois si jamais supplice fut égal au mien.

« Et, pour que tu rapportes de mes nouvelles, sache que je suis Bertrand de Born, celui qui donna au jeune prince les mauvais conseils.

« Je fis le père et le fils ennemis l'un de l'autre ; Achitophel n'excita pas Absalon contre David par de plus perfides aiguillons.

« Pour avoir séparé des personnes si naturellement unies, je porte hélas ! mon cerveau séparé du principe de vie qui réside dans ce tronc.

« Ainsi se manifeste en moi la loi du talion [1]. »

(112-142)

CHANT XXIX. — [Dante reste là, longtemps, immobile, regardant toujours le sinistre fossé, les yeux remplis de larmes par l'horreur du spectacle. A Virgile qui l'invite à repartir — car le temps leur est mesuré — il répond qu'il cherche vainement dans cette foule son oncle, Géri del Bello. Ce Géri, homme de discordes, avait tué un de ses ennemis et lui-même avait été ensuite mis à mort par vengeance, au nom de l'inexorable loi du moyen âge qui faisait payer le sang par le sang. Mais sa mort à lui n'est pas encore vengée ; et il est déjà passé, sans que Dante l'ait vu, en levant un poing furieux vers son parent.

Nous arrivons enfin à la sixième fosse du huitième cercle, occupée par les Faussaires, falsificateurs de métaux, de personnes, alchimistes, etc... dont les corps à moitié décomposés sont dévorés de lèpre et de gale. Ils gisent à terre en tas et se grattent furieusement ou traînent une lourde hydropisie.]

Le supplice de la lèpre.

Nous descendîmes sur la dernière digue au bout du long rocher, toujours à main gauche ; et alors ma vue plongea plus clairement

vers le fond, où l'infaillible Justice, ministre du haut Seigneur, punit les faussaires que dès ce monde elle inscrit sur son livre.

. . . .

Tel gisait sur le ventre, tel s'adossait aux épaules

---

1. Dante met en Enfer le troubadour Bertrand de Born pour avoir excité par ses conseils le jeune prince Henri contre son père Henri II, roi d'Angleterre.

d'un autre, et tel autre à quatre pattes se traînait sur le triste sentier.

Nous allions pas à pas, sans parler, regardant et écoutant ces malades qui ne pouvaient soulever leur corps.

J'en vis deux adossés l'un à l'autre, comme on appuie bord à bord deux poêlons qu'on met au feu, et souillés de croûtes de la tête aux pieds.

Et je n'ai jamais vu manier l'étrille, par le valet que son maître attend, ou par celui qui n'aime pas veiller,

aussi vite que chacun de ces damnés promenait sur son corps la morsure de ses ongles, dans la grande rage du prurit qui n'a plus de remède.

Et leurs mains raclaient les croûtes, comme le couteau les écailles d'une brème, ou de tout autre poisson encore plus écailleux.

« O toi, qui te déchires maille à maille avec tes doigts, dit mon maître à l'un d'eux, et qui t'en sers parfois comme de tenailles,

« dis-nous s'il y a quelque Latin parmi ceux qui sont ici ; et puissent tes ongles suffire éternellement à cette besogne ! »   (52-90)

[Le damné répond qu'il est lui-même d'Arezzo, qu'il fut mis à mort pour s'être vanté de voler dans les airs et pour n'avoir pu enseigner son art à un certain Albert de Sienne, qui, pour se venger, l'accusa de magie. D'où cette boutade de Dante : « Y eut-il jamais gens aussi vains que ceux de Sienne ? — Non, pas même les Français... » Ce n'est pas d'aujourd'hui que date notre réputation de légèreté.]

CHANT XXX. — [D'autres damnés passent en courant, « comme le porc quand on ouvre l'étable ». Ce sont les falsificateurs qui se firent passer pour d'autres personnes. Ils sont possédés d'une si bestiale rage qu'ils mordent tous ceux qu'ils rencontrent.

Puis viennent les falsificateurs de l'argent, alourdis par l'hydropisie, énormes et dévorés d'une soif inextinguible.]

L'hydropisie des faux-monnayeurs.

Je vis un damné qui aurait eu la forme d'un luth, s'il avait eu l'aine coupée à l'endroit où les jambes se bifurquent.

La lourde hydropisie qui, par l'humeur qu'elle résorbe mal, change tellement la proportion des membres que le visage ne correspond plus au ventre,

lui faisait tenir les lèvres ouvertes, comme l'étique à qui la soif fait retourner l'une vers le menton et l'autre vers le haut :

— « O vous qui vous trouvez indemnes de supplice, et j'ignore pourquoi, dans le monde douloureux, nous dit-il, regardez et observez

« la misère de maître Adam[1]. J'eus de mon vivant tout ce que je voulais et maintenant hélas ! je soupire vers une goutte d'eau.

« Les ruisselets qui descendent des vertes collines du Casentino jusqu'à l'Arno, en formant des vallons frais et moelleux,

« je les ai toujours devant les yeux ; et ce n'est pas

---

1. Maître Adam de Brescia, à l'instigation des comtes de Romena, dans le Casentin, falsifia le florin d'or de Florence qui portait sur une face le lys florentin et sur l'autre l'effigie de saint Jean-Baptiste, patron de la ville. Il fut brûlé vif.

impunément, car leur image me dessèche beaucoup
plus que le mal qui décharne mon visage.

« L'impitoyable justice qui me fouaille se sert de cette
vision des lieux où j'ai péché, pour m'arracher plus de
soupirs.

« Là se trouve Romena où j'ai falsifié la monnaie à
l'effigie du Baptiste; et c'est pourquoi j'ai laissé là-
haut mon corps brûlé.

« Mais si je pouvais voir ici l'âme misérable de Guido
ou d'Alexandre ou de leur frère[1], je n'en donnerais pas
la vue pour toute la fontaine de Branda[2].

« L'un d'eux est déjà dans cette fosse, si les ombres
enragées qui tournent disent vrai. Mais que me sert à
moi, puisque j'ai les membres paralysés ?

« Si j'étais seulement encore assez leste pour pouvoir
avancer d'un pouce en cent ans, je me serais déjà mis
en route

« pour le chercher, parmi cette hideuse foule, bien que
la fosse ait onze milles de tour et pas moins d'un demi
mille de largeur.

« C'est à cause d'eux que je suis en une telle compagnie; car ils m'ont poussé à frapper des florins
qui avaient trois carats d'alliage. »   (49-90)

[A côté du faux monnayeur sont deux autres damnés brûlés
de fièvre au point d'exhaler une âcre vapeur. Ce sont les falsificateurs de la vérité, les menteurs. Maître Adam en parle un peu
dédaigneusement et il s'ensuit une dispute, à la fois brutale et
burlesque, qui commence par des coups et tourne bientôt en in-
jures véhémentes et en fureur purement verbale.]

1. Les comtes de Romena.
2. Fontaine de Romena.

Une dispute entre damnés.

Et moi à lui : « Quels sont ces deux malheureux qui fument comme une main mouillée en hiver, et qui gisent étroitement serrés à ta droite? »

— « Je les ai trouvés là, répondit-il, quand je suis tombé dans cette fosse, et depuis ils n'ont pas bougé et je ne crois pas qu'ils bougent jamais.

« L'une des ombres est celle qui accusa faussement Joseph[1]. L'autre est Sinon, le Grec menteur de Troie[2]. C'est leur fièvre ardente qui exhale l'atroce fumée. »

Et l'un des deux esprits, qui se fâcha d'être nommé si ignominieusement, le frappa du poing sur sa panse tendue.

Celle-ci résonna comme un tambour. Et maître Adam le frappa au visage d'un bras qui ne parut pas moins dur

en lui disant : « Bien que mes membres alourdis m'ôtent toute liberté de mouvement, j'ai encore le bras leste à la riposte. »

Sur quoi l'autre répondit : « Quand tu allais au bûcher tu ne l'avais pas si prompt; mais il l'était tout autant et même plus lorsque tu frappais monnaie. »

Et l'hydropique : « Tu dis vrai sur ce point; mais tu ne fus pas un témoin aussi véridique lorsque, à Troie, tu fus requis de dire la vérité. »

1. La femme de Putiphar.
2. Le Grec Sinon persuada aux Troyens par ses mensonges de hisser dans la ville le cheval de bois.

— « Si mon dire fut faux, toi tu as falsifié les coins, dit Sinon ; d'ailleurs je suis ici pour une seule faute et toi pour plus que n'en commit démon. »

— « Souviens-toi du cheval, parjure ! répondit celui qui avait la panse enflée ; et qu'il te soit cruel de penser que le monde entier connaît ton crime. »

— « Et à toi, dit le Grec, cruelles te soient la soif qui crevasse ta langue et l'eau pourrie qui remonte ton ventre comme une haie devant tes yeux. »

Alors le faux monnayeur : « Toujours ta bouche grimace pour dire le mal, selon ta coutume. Mais si j'ai soif et si l'humeur me gonfle,

« toi, tu as la fièvre brûlante et la tête endolorie ; et pour te faire lécher le miroir de Narcisse [1], il ne faudrait pas te prier bien longtemps. »　　　　　(91-129)

[Cette dispute amuse Dante et il l'écoute jusqu'au bout. Virgile lui reproche en termes vifs cette basse et indigne curiosité.]

CHANT XXXI. — [Voici les poètes sur la digue qui sépare la dernière fosse du puits central. Autour de ce puits se dressent, comme des tours dans la brume, les monstrueux Titans, enfouis dans l'abîme jusqu'à la ceinture. L'un d'eux sonne terriblement du cor, en apercevant les deux voyageurs et gronde des mots inintelligibles.]

Les Géants semblables à des tours.

Nous tournâmes le dos à la misérable vallée en traversant sans rien dire la berge qui l'entoure.

1. L'eau dans laquelle se mirait Narcisse.

Là, ce n'était ni le jour ni la nuit, en sorte que ma vue s'étendait peu ; mais j'entendis un cor sonner si haut

qu'il aurait étouffé le plus fort tonnerre ; et mes regards, en remontant dans la direction du bruit, furent attirés sur un seul point.

Après la douloureuse déroute, lorsque Charlemagne perdit la sainte troupe, Roland ne sonna pas aussi terriblement.

Je n'eus pas tourné la tête de ce côté, qu'il me sembla voir plusieurs hautes tours, et je dis : « Maître, dis-moi : quelle est cette ville ? »

Et lui à moi : « Comme tes regards s'aventurent trop loin dans les ténèbres, il en résulte que tu erres dans ton jugement.

« Quand tu seras arrivé là-bas, tu verras combien l'éloignement égare les sens ; presse-donc un peu le pas. »

Puis il me prit tendrement par la main et dit : « Avant d'aller plus loin et pour que la chose te paraisse moins étrange,

« sache que ce ne sont pas des tours, mais des Géants. Rangés autour du bord, ils plongent dans le puits jusqu'à l'ombilic. »

Comme lorsque le brouillard se dissipe, le regard reconnaît petit à petit ce que cache cette vapeur qui épaissit l'atmosphère,

ainsi, à mesure que je perçais l'air épais et noir et que j'approchais du bord, mon erreur se dissipait et s'augmentait ma crainte.

Car, de même que sur sa ronde enceinte Montereggione

se couronne de tours [1], de même, sur le bord qui entoure le puits,

se dressaient à mi-corps, tours eux-mêmes, les horribles Géants que Jupiter menace encore du haut du ciel, quand il tonne.

Et j'apercevais déjà la face de l'un d'eux et ses épaules et sa poitrine et une grande partie de son ventre et ses deux bras qui pendaient le long des flancs.

Certes la Nature, en cessant de créer de semblables êtres, a bien fait d'enlever à Mars de tels ouvriers.

Et si elle ne condamne pas les éléphants et les baleines, ceux qui regardent d'un peu près l'en tiennent pour plus juste et plus clairvoyante ;

car lorsque le raisonnement de l'esprit s'ajoute à la volonté du mal et à la force, il n'y a plus de défense possible pour personne.

. . . .

« *Rafel mai amech zabi almi* [2], » se mit à crier la fauve bouche, à laquelle ne convenaient guère de plus doux chants.

Et mon guide tourné vers lui : « Ame stupide, contente-toi de ton cor pour exhaler ta colère ou toute autre passion qui t'agite.

« Cherche à ton cou et tu trouveras la courroie qui je tient attaché, ô âme désordonnée, et vois-le lui-même en travers de ta vaste poitrine. »

Puis il me dit : « Il se trahit lui-même : c'est Nemrod,

---

1. Château-fort dans la région de Sienne.
2. Ces mots n'ont aucun sens. C'est un cri de menace.

dont le funeste dessein fut cause qu'on ne parle plus dans le monde une langue unique[1].

« Laissons-le là et ne parlons pas dans le vide ; car tout langage est pour lui ce qu'est le sien pour les autres : nul ne le comprend. »   (7-81)

[Et les poëtes vont d'un géant à l'autre : voici Éphialte aux bras liés de chaînes, l'énorme Briarée et Antée, qui les déposera tout au fond du gouffre.]

Antée.

..... Et le Géant pour prendre mon guide étendit rapidement ses mains qui firent autrefois sentir à Hercule leur rude étreinte.

Quand il se sentit saisir, Virgile me dit : « Approche-toi, que je te prenne à mon tour. » Puis il m'enlaça de telle sorte que nous ne formions l'un et l'autre qu'un faisceau.

Telle qu'on voit la Garisenda[2], si on la regarde sous le côté qui penche, lorsqu'un nuage passe au-dessus d'elle, de manière qu'elle semble tomber en sens contraire,

tel me parut Antée, tandis que je le guettais pour le voir se courber. Et ce fut un moment tel que j'aurais bien voulu passer par un autre chemin.

Mais il nous déposa avec douceur dans le fond du gouffre qui dévore Lucifer et Judas. Et, ne restant pas longtemps ainsi courbé,

1. C'est Nemrod qui eut l'idée de construire la tour de Babel, d'ou provint la confusion des langues.
2. Haute tour penchée de Bologne.

Comme le mât d'un navire il se redressa.

(130-145)

CHANT XXXII. — [Le fond de l'Enfer ou neuvième cercle est formé par le grand lac glacé du Cocyte. Au centre se dresse le buste formidable et horrible de Lucifer, dont les six ailes autour des trois visages battent et balaient d'un vent d'hiver l'effroyable glacier. C'est l'Enfer sombre et maudit du froid qui raidit les corps, fige les larmes en glaçons sur les yeux, emprisonne sous une croûte de glace les muettes tortures : c'est le digne séjour des traîtres. Il est divisé en quatre enceintes qui tirent leur noms des traîtres les plus fameux.

Dans le cercle de Caïn sont châtiés les traîtres envers les parents. Ils sont ensevelis dans la glace jusqu'au cou. Les poètes marchent entre ces têtes qui émergent vaguement dans l'ombre et ils les heurtent parfois du pied. Devant l'horreur de ce tableau la plume de Dante hésite et il demande le secours des Muses.]

Invocation aux Muses.

Ah ! si j'avais les rimes âpres et rauques qu'il faudrait avoir pour dépeindre ce gouffre désolé sur lequel s'appuient les murailles des autres cercles,

j'exprimerais plus à fond le suc de ma pensée ! Mais je ne les ai pas et ce n'est point sans crainte que je me hasarde à parler.

Car ce n'est pas une tâche à prendre à la légère que de décrire le fond de tout l'univers ; elle n'est pas non plus pour une langue qui ne sait dire encore que *papa* et *maman*.

Mais que les Dames, qui aidèrent Amphion à bâtir l'enceinte de Thèbes[1], viennent en aide à mes vers,

---

1. Au son de la lyre d'Amphion les pierres se posèrent d'elles-mêmes les unes sur les autres pour former les remparts de Thèbes.

afin que les mots ne soient pas inférieurs aux choses.

(1-12)

Plongés dans la glace !

O vous, les maudits entre les maudits, qui êtes dans ce lieu dont il est ardu de parler, mieux eût valu pour vous être sur terre brebis ou chèvres !

Quand nous fûmes au fond du puits ténébreux, plus bas encore que les pieds du Géant, et tandis que je contemplais toujours la haute muraille,

j'entendis qu'on me disait : « Prends garde où tu mets tes pas ! Fais en sorte de ne pas fouler sous tes pieds les têtes de tes misérables frères accablés ! »

Je me retournai alors et je vis devant moi, sous mes pieds, un lac couvert de glace, ce qui lui donnait plutôt l'aspect du verre que de l'eau.

. . . .

Comme la grenouille se tient pour coasser, le museau hors de l'eau, au temps où la villageoise rêve d'abondantes glanes,

ainsi les ombres livides et douloureuses plongeaient dans la glace jusqu'à l'endroit où se montre la rougeur de la honte et elles claquaient des dents avec le bruit que font les cigognes.

Toutes tenaient le visage baissé : à leur bouche on voyait les marques du froid, dans leurs yeux la souffrance du cœur.

Après avoir promené quelque peu mes yeux autour de moi, je regardai à mes pieds et je vis deux damnés si serrés que leurs cheveux étaient entremêlés.

— « Dites-moi qui vous êtes, ô vous dont les poitrines s'étreignent ainsi », leur dis-je. Ils tournèrent le cou et, quand ils eurent levé leur visage vers moi,

les pleurs qui mouillaient déjà le fond de leurs yeux coulèrent jusque sur leurs lèvres. Mais le gel, figeant ces larmes, referma leurs paupières.

Jamais barre de fer ne lia aussi fortement le bois au bois. Alors, ils se cossèrent comme deux boucs, tellement la colère les envahit[1].   (13-51)

[La deuxième enceinte est celle d'Anténor, prince troyen qui aurait — dit-on — livré aux Grecs le Palladium ou les aurait avertis par des signaux du haut des murs. On y trouve, soumis aux mêmes supplices que plus haut, les traîtres envers la patrie. Dante heurte du pied la tête de l'un d'entre eux, qui prononce le mot de Montaperti. Le nom de cette bataille, où les Guelfes furent vaincus, éveille chez Dante de si douloureux souvenirs et une si violente colère contre celui qu'il soupçonne d'être — et qui est en effet — Bocca degli Abati, le traître qui fut cause de la défaite en coupant le poing du porte-drapeau de la cavalerie florentine, que le poète couvre ce damné d'invectives et, dans sa rage vengeresse, le frappe et lui arrache les cheveux.]

Le traître de Montaperti.

Tandis que nous allions vers le milieu du cercle, où tout converge par l'effet de la pesanteur, et que je tremblais dans le froid éternel,

fut-ce vouloir divin ou destin, ou hasard, je ne sais, mais en passant entre ces têtes je heurtai violemment l'une d'elles au viage.

---

1. Ce sont les deux fils du comte Alberto degli Alberti, qui s'entretuèrent, comme les fils d'Œdipe, dans leur haine fratricide.

En pleurant, elle me cria : « Pourquoi me foules-tu?
Si tu ne viens pas pour aggraver la vengeance de
Montaperti, pourquoi me tourmentes-tu? »

Et moi : « Maître, attends-moi ici, que je sorte d'un
doute à son sujet; ensuite, tu me feras aller aussi vite
que tu voudras. »

Mon guide s'arrêta. Et je dis à l'autre, qui blasphémait
encore dans sa rage : « Qui es-tu, toi qui reprends ainsi
les autres? »

— « Eh! qui es-tu toi-même, qui vas par le cercle
d'Anténor, heurtant les joues des autres de plus rude
façon que si tu étais vivant? », répondit-il.

— « Je suis vivant en effet; et je puis t'être agréable,
si tu aspires à la renommée, en ajoutant ton nom à ceux
que j'ai déjà notés. » Telle fut ma réponse.

Et lui à moi : « C'est le contraire que je souhaite.
Va-t'en donc et ne me donne plus sujet de plainte; car
tu sais bien mal flatter les gens de cette fosse. »

Alors, je le pris par la peau du cou et je lui dis : « Il
faudra bien que tu te nommes ou il ne te restera plus
un cheveu sur le crâne. »

Et lui à moi : « Tu as beau m'arracher les cheveux,
je ne te dirai pas qui je suis et je ne te le laisserai point
voir, quand tu me croulerais mille fois sur la tête. »

J'avais déjà enroulé ses cheveux autour de ma main
et j'en avais arraché plus d'une touffe, tandis qu'il
hurlait, les yeux tournés en bas,

lorsqu'un autre cria : « Qu'as-tu donc, Bocca? Il ne
te suffit plus de claquer des mâchoires, il faut encore
que tu hurles? Quel diable te tourmente? »

— « A présent, dis-je, je ne veux plus que tu parles,

traître maudit, car pour ta honte je rapporterai de toi des nouvelles vraies. » (73-111)

[Bocca degli Abati, pour se venger à son tour, dénonce celui qui l'a nommé et quelques autres traîtres fameux, entre autres Ganelon. — Un peu plus loin, à la limite de la deuxième et de la troisième région, les deux poètes ont sous les yeux une scène de féroce vengeance. C'est un des plus dramatiques épisodes de l'Enfer. Un de ces damnés enfouis dans la glace ronge avec une une bestiale fureur le crâne d'un autre maudit. Celui qui dévore est Ugolin, l'autre l'archevêque Roger. L'histoire est connue. Ugolin de la Gherardesca, puissant seigneur guelfe de Pise, avait acquis dans cette ville une situation prépondérante et un pouvoir presque absolu, d'accord avec l'archevêque. Mais ce dernier profitant des dissensions perpétuelles entre les partis, s'empara d'Ugolin, le fit enfermer dans la Tour de la Faim avec deux de ses fils et deux petits-fils et les y laissa mourir d'inanition. Par une application atroce de la loi de talion, Ugolin se repaît éternellement dans l'Enfer du crâne de son ennemi.]

CHANT XXXIII. — [Dante interroge Ugolin qui raconte les abominables tortures de la Tour. C'est un récit où alternent les sanglots, le désespoir et la haine et qui est tout frémissant d'un sombre pathétique.]

La mort d'Ugolin.

Le damné souleva sa bouche de cette bestiale pâture en l'essuyant aux cheveux de la tête qu'il avait entamée par derrière.

Puis il commença : « Tu veux que je renouvelle la douleur désespérée qui me serre le cœur, rien que d'y penser, avant même que j'en parle.

« Mais si mes paroles doivent être la semence d'où sortira le fruit d'infamie pour le traître que je ronge, tu me verras parler et pleurer à la fois.

« Je ne sais qui tu es, ni de quelle manière tu es descendu dans ces profondeurs ; mais tu me sembles Florentin à ton accent.

« Sache que je fus le comte Ugolin ; et celui-ci est l'archevêque Roger. Et je vais te dire pourquoi nous sommes en tel voisinage.

« Comment, tandis que je me fiais à lui, par l'effet de ses perfides desseins je fus pris, puis mis à mort, il n'est pas besoin de le dire.

« Mais ce que tu ne peux savoir, c'est combien ma mort fut cruelle : écoute, et tu sauras si celui-ci m'a offensé.

« Une étroite fenêtre percée dans la Tour, qui à cause de moi est appelée Tour de la faim, et dans laquelle d'autres encore devront être enfermés,

« m'avait déjà montré par son ouverture plusieurs lunes, lorsque je dormis le mauvais sommeil qui déchira pour moi le voile de l'avenir.

« Je voyais celui-ci, sous l'aspect d'un maître et seigneur, chasser le loup et les louveteaux vers la montagne qui cache aux Pisans la vue de Lucques,

« avec des chiennes maigres, ardentes et bien dressées. Il avait placé en tête Gualandi, Sismondi et Lanfranchi[1].

« Après une brève course, le père et le fils me semblaient harassés, et je croyais voir leurs flancs déchirés par les crocs aigus.

« Lorsque je m'éveillai avant le jour, j'entendis mes fils, qui étaient avec moi, pleurer dans leur sommeil et demander du pain.

« Tu es bien dur si tu ne t'émeus pas déjà en pensant

---

1. Nobles Pisans qui favorisèrent l'archevêque contre Ugolin.

à ce que mon cœur pressentait. Et si tu ne pleures pas, qu'est-ce donc qui te fait pleurer ?

« Voici qu'ils s'éveillaient et l'heure approchait où l'on nous apportait chaque jour notre nourriture. Mais notre rêve nous remplissait tous d'angoisse.

« Et j'entendis clouer la porte au pied de l'horrible tour. Alors je regardai mes enfants au visage sans dire un mot.

« Je ne pleurais pas ; mais mon cœur devint comme une pierre. Ils pleuraient, eux ; et mon pauvre Anselmuccio dit : « Comme tu nous regardes, père ! Qu'as-tu ? »

« Cependant je ne pleurai pas encore et ne répondis rien, de tout ce jour ni de la nuit suivante, jusqu'à ce que le nouveau soleil se leva sur le monde.

« A peine un faible rayon eut-il pénétré dans le douloureux cachot, que, voyant sur leurs quatre visages quel devait être mon propre aspect,

« je me mordis les deux mains de douleur. Et eux, pensant que ce geste trahissait le désir de manger, se levèrent aussitôt

« et dirent : « Père, il nous sera moins pénible que tu « manges de nous. Tu nous as revêtus de cette chair « misérable ; tu peux bien nous en dépouiller. »

« Alors je m'apaisai pour ne pas accroître leur peine. Ce jour-là et le suivant nous restâmes tous muets. Ah ! terre cruelle, pourquoi ne t'es-tu pas entr'ouverte !

« Lorsque nous fûmes au quatrième jour, Gaddo s'abattit à mes pieds en disant : « Mon père, pourquoi ne « viens-tu pas à mon aide ? »

« Et il mourut. Et comme tu me vois, je vis de mes yeux les trois autres tomber un à un, entre le cinquième et sixième jour. Alors je me mis,

« presque aveugle déjà, à ramper sur chaque corps et pendant deux jours je les appelai, après qu'ils furent morts. Puis la faim fut plus forte que la douleur[1]. »

Quant il eut dit cela, d'un œil féroce il reprit le crâne misérable avec ses dents, qui entrèrent dans l'os, fortes comme celles d'un chien.   (1-78)

[Et voici qu'une sombre indignation gagne Dante lui-même. Tandis qu'Ugolin semble trouver un aliment à sa rage dans ce crâne qu'il dévore, le poète exhale la sienne en une furieuse imprécation contre Pise et les Pisans.]

Imprécations contre Pise.

Ah ! Pise ! opprobre des nations du beau pays où le *si* résonne ! Puisque tes voisins sont lents à te châtier, puissent la Capraia et la Gorgone[2] se mettre en marche et venir barrer l'Arno à son embouchure, en sorte qu'il te noie avec tous tes habitants !   (78-84)

[Les poètes entrent ensuite dans le cercle de Ptolémée, où sont punis les traîtres envers les amis et commensaux. Voici quel est leur supplice.]

Les larmes congelées.

Nous pénétrâmes plus avant en un lieu où, sous l'à-

---

1. On a beaucoup épilogué sur ce vers. On entend généralement que la faim finit par tuer Ugolin, ce que la douleur n'avait pu faire. Quelques-uns ont cru voir dans ce vers un sens plus atroce : Ugolin aurait essayé de se nourrir de la chair de ses enfants. Le fait est que le vers est terriblement mystérieux. Nous croirions volontiers que Dante, qui s'exprime si clairement dans tout cet épisode, a voulu laisser suspendu à la fin un doute effroyable. Si l'on remarque la gradation du récit dans l'horrible et le tragique, on peut se demander si l'ambiguïté du dernier vers n'en est pas le sombre terme final.
2. Ce sont deux îles à peu près en face de l'embouchure de l'Arno.

pre bandeau de glace, sont d'autres damnés, non plus tournés en bas mais couchés à la renverse.

Là, les pleurs mêmes empêchent de pleurer et la douleur, trouvant un obstacle au-dessus des yeux, retombe en dedans et augmente encore le martyre.

Car les premières larmes forment un bloc de glace et pareilles à des lentilles de verre remplissent la cavité de l'orbite. (91-99)

CHANT XXXIV. — [Dante interroge un de ces damnés et en obtient réponse, sous promesse de lui desceller les yeux un moment, afin que les larmes aient libre cours. Ce sont des explications déconcertantes sur les habitants de cette région dont l'âme tombe en enfer, sitôt que la trahison qui l'y condamne est commise, tandis que le corps habité par un démon achève de vivre son temps sur la terre.

Mais les voyageurs ne s'attardent plus. Quelques pas encore et les voici dans la dernière enceinte du Cocyte, l'enceinte de Judas. Au milieu se dresse une forme monstrueuse à demi enfouie dans la glace ; une tête à trois faces, trois bouches qui dévorent trois traîtres, trois paires d'ailes qui battent et qui produisent le vent glacial du Cocyte, tel est Lucifer, « l'Empereur du royaume de la Douleur ».]

En présence de Lucifer.

« *Vexilla Regis prodeunt inferni* vers nous [1]. Regarde donc en avant si tu le distingues », me dit mon maître.

Comme, lorsque circule un épais brouillard ou lorsque notre hémisphère entre dans la nuit, apparaît au loin un moulin que le vent fait tourner,

1. Les étendards du Roi des Enfers s'avancent vers nous. Vers emprunté à un hymne.

ainsi il me sembla voir une espèce de charpente du même genre. Puis le vent me força à me réfugier derrière mon guide, car il n'y avait pas d'autre abri.

J'étais arrivé — et je l'écris dans mes vers en tremblant — en un lieu où les ombres étaient entièrement recouvertes et se voyaient en transparence comme des fétus dans du verre.

Les unes gisent étendues, d'autres sont debout, qui sur la tête, qui sur les pieds ; d'autres enfin sont recourbées à la façon d'un arc, les pieds touchant le visage.

Lorsque nous nous fûmes avancés jusqu'au point où il plut à mon maître de me montrer la créature qui eut un si beau visage,

il se retira de devant moi et m'arrêta en me disant : « Voici Dité et voici le lieu où il faudra t'armer de courage. »

Comment la peur me glaça et étouffa ma voix, ne me le demande pas, lecteur, car je ne puis l'écrire : tout langage serait incapable de l'exprimer.

Je restai là, ni mort, ni vivant. Pense donc par toi-même, si tu as quelque imagination, quel fut mon état entre la vie et la mort.

L'empereur du royaume de la Douleur se dressait à mi-corps hors de la glace. Et j'ai plus de rapport avec un géant,

que les géants n'en ont avec ses bras. Imagine quel doit être le tout qui correspond à cette partie.

S'il fut aussi beau qu'il est maintenant hideux et s'il leva son œil rebelle contre son Créateur, il est bien naturel que toute douleur procède de lui.

Oh ! quel ne fut pas mon étonnement, lorsque je vis trois faces à sa tête ! L'une était devant et elle était rouge.

Deux autres s'ajoutaient à celle-là, du milieu de chaque épaule, et se joignaient au sommet du crâne.

Et celle de droite était entre le blanc et le jaune ; celle de gauche avait la couleur de ceux qui viennent du pays lointain où le Nil a sa vallée.

Sous chacun de ces visages sortaient deux ailes immenses comme il convenait à un tel oiseau. Jamais sur mer je n'ai vu de voiles de semblables dimensions.

Elles ne portaient pas de plumes, mais avaient l'aspect des ailes de chauves-souris. Et il les agitait avec tant de force que trois souffles en partaient :

et tout le Cocyte en était congelé. Il pleurait par ses six yeux et sur ses trois mentons coulaient les larmes et la bave sanglante.

Dans chaque bouche il broyait un damné entre ses dents comme avec une macque : ainsi il en tourmentait trois en même temps.

Pour celui de devant la morsure des dents n'était rien auprès des coups de griffes : car parfois son échine restait entièrement dépouillée de sa peau.

« Cette âme, qui souffre la peine la plus grande, et qui a la tête dedans et agite les jambes au dehors, me dit mon maître, c'est Judas Iscariote.

« Des deux autres, qui ont la tête en bas, celui qui pend hors du muffle noir est Brutus : regarde quelles contorsions il fait sans se plaindre.

« Et l'autre est Cassius, qui semble si musclé. Mais la

nuit va renaître : il est temps de partir car nous avons
tout vu[1]. »   (1-69)

[L'effroyable voyage en Enfer est en effet terminé. Les poètes
vont en sortir par un passage qui n'est pas le moins épouvantable : ils descendent le long du corps monstrueux de Lucifer,
dont le milieu marque le centre du monde, puis ils remontent
de l'autre côté, dans l'autre hémisphère, où ils « reverront les
étoiles ».]

Le long du corps de Lucifer.

Comme le voulait mon guide, j'enlaçai son cou ; et
lui, prenant bien son temps et choisissant l'endroit,
quand les ailes furent largement déployées,

il s'accrocha aux flancs velus. De touffe en touffe il
descendit ensuite, entre l'épaisse toison et la muraille
de glace.

Arrivés sur le renflement de la hanche, à l'endroit où
la cuisse tourne, mon guide accablé de fatigue et d'angoisse,

tourna la tête du côté où il avait les jambes et se
cramponna aux poils, comme un homme qui remonte,
de telle sorte que je croyais retourner dans l'Enfer.

— « Tiens-toi bien, dit mon maître, haletant comme un
homme las, car c'est par une telle échelle qu'il faut nous
éloigner du lieu de tant de maux. »

Puis il parvint dehors par le trou d'un rocher et me
déposa sur le bord où il me fit asseoir ; après quoi il
sauta près de moi d'un pas prudent.

1. Judas, qui vendit le Christ est le traître envers Dieu. Brutus et
Cassius, qui complotèrent contre César, sont des traîtres envers la majesté impériale.

Je levai les yeux, croyant voir Lucifer tel que je l'avais laissé, et je vis qu'il avait les jambes en haut.

Et si je fus perplexe alors, je le laisse à penser aux esprits grossiers qui ne se rendent pas compte de l'endroit que je venais de franchir.

— « Debout ! Debout ! dit mon maître : la marche est longue et le chemin rude et déjà le soleil monte. »

(70-96)

[Dante ne comprend rien à ce changement dans la position de Satan ni au jour qui brusquement remplace la nuit. Virgile lui explique qu'ayant traversé le centre de la terre les lois de la pesanteur se font sentir en sens inverse, et que le soleil se lève au lieu de se coucher. Ils sont dans l'hémisphère des eaux. Lorsque Lucifer est tombé du ciel, le sol dans son épouvante du Maudit s'est enfoncé pour ressortir de l'autre côté du globe, laissant la mer s'étaler à sa place. Cependant les deux poètes montent toujours].

Lumière !

Il y a là un ruisseau qui descend par la fissure d'un roc qu'il a rongé dans son cours sinueux et l'endroit est peu incliné.

Mon guide et moi nous entrâmes dans ce chemin perdu pour revenir dans le monde clair. Et, sans nous soucier de prendre aucun repos,

nous remontâmes, lui devant et moi derrière, jusqu'à ce que je vis par une ouverture ronde les belles choses que le ciel contient.

Et nous sortîmes enfin pour revoir les étoiles.

(130-139)

II. — LE PURGATOIRE

Au milieu de l'Océan qui recouvre tout l'hémisphère austral, aux antipodes de Jérusalem se trouve une île à laquelle nul mortel ne peut aborder. Pour s'être approché d'elle Ulysse a été englouti dans les flots. Dans cette île se dresse la montagne du Purgatoire, dont la base et les premières pentes présentent l'aspect d'une montagne des Alpes ou de l'Apennin avec ses rochers et ses escarpements abrupts. On y trouve d'abord deux corniches superposées, puis une petite vallée. C'est la région de l'Antipurgatoire Plus haut une porte donne accès à une série de sept gradins réguliers où les âmes expient leurs fautes dans l'ordre des sept péchés capitaux : orgueil, envie, colère, paresse, amour des richesses, gourmandise et luxure. Au sommet, sur la dernière plate-forme, se trouve le Paradis Terrestre. — Les âmes souffrantes du Purgatoire gardent, comme les damnés, la forme humaine.

CHANT I. — [Au sortir du chemin qui monte des profondeurs de l'Enfer, Dante et Virgile aperçoivent soudain la voûte étoilée. L'aube colore le bord du ciel. La Croix du Sud étincelle dans la nuit. Une heureuse joie soulève le cœur du poète qui ne se lasse pas d'admirer la clarté du jour naissant. La mer harmonieuse bat doucement le rivage. Obscure encore, se dresse la formidable montagne du Purgatoire aux terrasses étagées.

Après une brève invocation aux Saintes Muses, voici la description de la nuit australe et l'effusion lyrique du poète qui retrouve, après les ténèbres de mort, le rire vivant de la lumière.]

Sous les belles étoiles.

Une douce couleur de saphir oriental, qui se posait sur la face claire de l'air, limpide jusqu'au cercle de l'horizon,

charma de nouveau mes regards, dès que je fus sorti de l'atmosphère de mort qui m'avait contristé les yeux et le cœur.

La belle planète qui invite à aimer[1] faisait rire tout l'Orient, éclipsant les Poissons qui venaient à sa suite.

Je me tournai à main droite et j'observai l'autre pôle. Et je vis quatre étoiles qui n'ont été vues que par les premiers hommes.

Le ciel paraissait heureux de leur scintillement. O terre du Septentrion, tu es pareille à une veuve, puisque tu es privée de cette vue !   (13-27)

[Le Purgatoire a aussi un gardien qui veille à l'entrée. C'est Caton d'Utique, l'intègre champion de la liberté romaine qui se donna la mort après la défaite de Pompée. En hommage à son austère vertu Dante ne le met pas en Enfer, dans le bois des Harpies, mais ne lui permet pas non plus de gravir la montagne. Il restera là, tant qu'il y aura des âmes au Purgatoire. C'est une noble et grave figure de vieillard qui forme contraste avec celle de Caron et qui rappelle quelque peu le Moïse de Michel-Ange.]

Caton, vénérable gardien du Purgatoire.

Je vis près de moi un vieillard solitaire qui paraissait

1. Vénus.

PARADIS
TERRESTRE

7ᵉ Gradin
6ᵉ Gradin
5ᵉ Gradin
4ᵉ Gradin
3ᵉ Gradin
2ᵉ Gradin

1ᵉʳ Gradin

Porte

Vallée

2.ᵉ Terrasse

1ʳᵉ Terrasse

Plage

Mer

CROQUIS DU PURGATOIRE

digne d'une admiration si grande qu'un fils n'en doit pas davantage à son père.

Il portait la barbe longue, parsemée de poils blancs, toute pareille à ses cheveux dont une double tresse retombait des deux côtés sur sa poitrine.

Les rayons des quatre étoiles sacrées modelaient si bien son visage de leur lumière que je le voyais comme en plein soleil.

— « Qui êtes-vous, vous qui, remontant le fleuve ténébreux, avez fui de la prison éternelle ? dit-il en agitant sa barbe vénérable.

« Qui vous a guidés ? Qui vous a éclairés pour sortir de la profonde nuit qui fait éternellement noir le gouffre infernal ?

« Les lois de l'abîme sont-elles à ce point brisées ? Ou bien le ciel a-t-il changé son premier dessein, que vous venez, ô damnés, vers mes escarpements ? »

Mon guide me saisit alors, et, par ses paroles, ses mains et ses signes, il me fit plier les genoux et baisser les yeux dans l'attitude du respect.   (31-51)

[C'est Virgile qui répond à Caton. Il rappelle une fois de plus la mission divine dont il est chargé. Ce n'est plus la formule sèche et menaçante qu'il prononçait en Enfer ; d'un ton de courtoisie respectueuse il prie l'austère gardien de les laisser passer et, pour mieux le fléchir, il évoque le souvenir de l'épouse de Caton, Martia, qui habite les Limbes comme Virgile.]

Au nom de Martia.

« Je suis un habitant du cercle où l'on voit les yeux chastes de ta Martia, qui paraît te supplier encore, ô noble cœur, de la tenir pour ton épouse. Au nom de son amour, ne sois pas inflexible.

« Laisse nous traverser les sept cercles de ton royaume. Je lui exprimerai à mon retour les grâces que je te devrai, si tu souffres que ton nom soit prononcé là-bas. »

— « Martia fut si chère à mes yeux tant que je vécus dans l'autre monde, dit-il alors, que toutes les grâces qu'elle voulut de moi elle les obtint.

« Maintenant qu'elle demeure de l'autre côté du fleuve maudit, elle ne peut plus rien sur moi, en vertu de la loi qui fut faite au moment où je sortis moi-même des Limbes [1].

« Mais si une Dame du ciel t'inspire et te conduit, comme tu le déclares, point n'est besoin de paroles flatteuses. Il suffit que tu me requières en son nom.

« Va donc et fais en sorte de ceindre ton compagnon d'un jonc lisse et de lui laver le visage pour en effacer toute souillure. »   (78-96)

[Ils trouveront ce jonc sur le rivage de l'île, battu par les flots. Ils attendront le lever du soleil pour aborder la montagne par la plus douce pente. Ils descendent donc vers la mer.]

La rosée purificatrice.

L'aube chassait le souffle du matin qui fuyait devant elle en sorte que de loin je reconnus le tremblement de la mer.

Et nous allions par la plaine solitaire, comme l'homme

---

1. Cette loi divine interdit toute relation entre les damnés et ceux qui ne le sont pas.

qui revient au bon chemin perdu et à qui la marche paraît vaine jusqu'à ce qu'il l'ait retrouvé.

Quand nous fûmes à l'endroit où la rosée résiste au soleil, parce que dans la fraîcheur du lieu elle s'évapore lentement,

mon maître posa doucement ses deux mains ouvertes sur le gazon. Et moi, qui devinais son intention,

je tendis vers lui mes joues baignées de larmes. Alors il fit reparaître sur mon visage la couleur que l'Enfer avait ternie.

Puis nous arrivâmes sur le rivage désert qui ne vit jamais sur ses eaux naviguer aucun homme qui fût ensuite capable d'en revenir.

Là il me ceignit selon le conseil reçu. O merveille ! L'humble plante repoussa soudain telle qu'il l'avait cueillie,

à la place même d'où il l'avait arrachée.　　(115-136)

CHANT II. — [Il fait maintenant grand jour et grand soleil. Et voici apparaître une barque qui transporte aux rives du Purgatoire les nouvelles âmes. Elle est conduite par un ange dont les ailes ouvertes au vent l'entraînent comme des voiles.]

Le nocher divin aux ailes blanches.

Nous étions encore le long de la mer, comme des hommes qui méditent sur leur chemin, le cœur déjà en marche et le corps encore immobile.

Et soudain, tel que vers le matin on voit Mars luire d'un feu rouge à travers d'épaisses vapeurs, là-bas, au couchant, sur la plaine marine,

telle m'apparut — et puissè-je la revoir un jour —
une lumière qui venait si vite sur la mer, que nul vol ne
pourrait égaler sa course.

J'en détournai les yeux un instant pour interroger
mon guide et je la revis ensuite plus brillante et plus
grande.

Puis de chaque côté de cette lumière m'apparut je ne
sais quoi de blanc et, au-dessous, peu à peu, une autre
blancheur se dégageait.

Mon maître ne dit rien encore, jusqu'au moment où
ces premières formes blanches parurent être deux ailes.
Alors, ayant bien reconnu le nocher,

il s'écria : « Vite, vite, plie les genoux : voici l'Ange
de Dieu ; joins les mains. Désormais tels sont les mi-
nistres que tu verras.

« Tu vois qu'il dédaigne les procédés des hommes au
point qu'il ne veut ni rames ni d'autre voile que ses
ailes, malgré la distance des deux rivages [1].

« Vois comme il les tient dressées vers le ciel, battant
l'air de ses plumes éternelles, qui ne connaissent point
la mue comme le plumage mortel. »

Au fur et à mesure que l'oiseau divin venait vers
nous, il apparaissait plus éclatant ; c'est pourquoi mes
yeux ne purent en soutenir l'éclat de près.

Je les abaissai donc à terre. Et il vint au rivage sur
sa barque si rapide et si légère qu'elle ne plongeait
point dans l'eau.

Sur la poupe se tenait le céleste nocher, si beau qu'en

---

1. L'ange transporte les âmes depuis les rivages de la terre, près de
l'embouchure du Tibre, jusque dans l'autre hémisphère, sur les rives du
Purgatoire.

le décrivant seulement on donnerait la béatitude. Et plus de cent esprits étaient assis à l'intérieur.

In exitu Israel de Ægypto[1] chantaient-ils tous en semble d'une seule voix, avec tout ce qui vient ensuite dans le psaume.

Puis l'ange fit sur eux le signe de la Sainte Croix. Et les autres se jetèrent tous sur la plage. Pour lui, il s'en alla rapide comme il était venu.   (10-51)

[La troupe des âmes effarouchées, cherchant son chemin, reste là sur le rivage criblé de soleil. Elles s'adressent aux poètes et Virgile leur répond qu'ils sont eux-mêmes des voyageurs en quête de la route. Ces âmes cependant pâlissent d'étonnement quand elles s'aperçoivent au mouvement de la respiration que Dante est vivant. L'une d'elles se détache et s'approche du Florentin pour l'embrasser. C'est le musicien Casella, bien connu de Dante, pour avoir mis en musique plusieurs des *canzoni* du poète.]

Le musicien Casella.

Comme, vers le messager qui porte l'olivier, les gens accourent pour ouïr les nouvelles et personne n'hésite à se serrer contre le voisin,

ainsi je fus regardé fixement au visage par toutes ces âmes qui en oubliaient presque d'aller se faire belles.

Je vis l'une d'elles se détacher des autres pour m'embrasser avec tant d'affection qu'elle m'entraîna à en faire autant.

O ombres vaines, sauf dans leur aspect! Trois fois je jetai les mains derrière elle pour l'enlacer et trois fois elles revinrent toucher ma poitrine.

1. « Lorsqu'Israël sortit d'Égypte. »

L'étonnement se peignit, je pense, sur mon visage, car l'ombre sourit et se retira ; et moi je partis à sa suite.

Doucement elle me dit de ne plus avancer ; je la reconnus alors et je la priai de s'arrêter un peu pour me parler.

Elle me répondit : « Autant je t'aimais, lorsque j'habitais mon corps mortel, autant je t'aime maintenant que j'en suis délivré ; c'est pourquoi je m'arrête. Mais toi, où t'en vas-tu ? »

— « Mon bon Casella, c'est pour revenir plus tard ici que je fais ce voyage, lui dis-je. Mais toi, pourquoi t'a-t-on fait perdre un temps si précieux ? »

Et lui à moi : « Je n'ai souffert d'aucune injustice, bien que le nocher, qui transporte qui il veut et quand il lui plaît, m'ait refusé plusieurs fois le passage ;

« car sa volonté s'identifie avec la juste volonté divine. Enfin depuis trois mois il a emmené en toute paix quiconque a voulu entrer dans sa barque.

« Et moi-même qui étais alors tourné vers la mer, à l'endroit où l'eau du Tibre se mêle à l'eau salée, je fus reçu par lui avec bonté.

« Il a de nouveau dressé son aile vers cette embouchure ; car c'est là que se rassemblent toujours ceux qui ne descendent pas vers l'Achéron. »   (70-105)

[Dante invite Casella à chanter, et celui-ci entonne une des plus belles « canzoni » de Dante lui-même.]

La douce chanson. — Départ.

Et moi : « Si aucune loi nouvelle ne t'enlève la mémoire ou l'usage des chansons d'amour qui apaisaient d'ordinaire tous mes soucis,

« daigne par quelques chants réjouir un peu mon âme, qui, pour être venue jusqu'ici avec son corps, est si abattue. »

— « Amour qui me parle dans l'âme [1] », commença-t-il alors si doucement que cette douceur vibre encore en moi.

Mon maître et moi et tous ceux qui étaient là, nous paraissions contents, comme si nous n'avions eu dans l'esprit aucune autre pensée.

Nous étions tous suspendus et attentifs à son chant, lorsque soudain le vertueux vieillard [2] nous cria : « Qu'est ceci, esprits paresseux ?

« Pourquoi cette négligence et pourquoi ce retard ? Courez à la montagne pour vous dépouiller de l'écorce qui ne permet pas que Dieu se manifeste à vous. »

Comme les pigeons, réunis autour de la pâture, restent cois, sans montrer leur orgueil coutumier, tant qu'ils picorent le grain ou l'ivraie ;

mais, s'il survient quelque chose qui les effraye, ils abandonnent aussitôt la nourriture, assaillis qu'ils sont d'un plus pressant souci ;

ainsi je vis cette troupe nouvelle laisser là le chant et courir vers la pente, comme un homme qui part sans savoir où il va.

Et notre départ ne fut pas moins prompt.   (106-133)

CHANT III. — [Les deux voyageurs ne tardent pas à s'arrêter de nouveau, incertains de leur route. Le soleil est tout rouge der-

1. C'est le premier vers d'une *canzone* de Dante.
2. Caton.

rière Dante, lequel, ne voyant devant lui que son ombre, se croit abandonné par Virgile. Il a oublié que son guide n'est qu'un corps diaphane. Chemin faisant celui-ci lui déclare que, si étrange qu'il soit de voir des ombres vaines souffrir des douleurs corporelles, il faut s'incliner devant le mystère, s'en tenir au *parce que* sans rechercher le *pourquoi*. Beaucoup de bons esprits se sont perdus par trop de curiosité et de défiance.]

Au pied de la montagne.

Nous arrivâmes cependant au pied du mont. Nous y trouvâmes la roche si abrupte qu'il n'eût servi de rien d'avoir les jambes lestes.

Entre Lerici et la Turbie [1] le chemin le plus désert et le plus perdu est auprès de celui-ci un escalier facile et large.

« Qui sait de quel côté la pente s'abaisse, assez pour qu'on puisse la gravir sans avoir des ailes ? dit mon maître en s'arrêtant. »

Et tandis qu'il tenait le visage baissé, examinant dans son esprit la route à suivre, et que j'explorais moi-même des yeux le rocher au-dessus de nous,

à main gauche m'apparut une troupe d'âmes qui portaient leurs pas vers nous sans paraître avancer, tant leur marche était lente.

— « Maître, dis-je, lève les yeux : voici venir des gens qui nous donneront un conseil, si tu ne peux le puiser en toi-même. »

Il regarda alors et d'un air dégagé me répondit :

---

1. Lerici, près de la Spezzia, la Turbie, près de Nice, marquent les deux extrémités d'une côte singulièrement découpée et difficile d'accès.

« Allons à eux, car ils avancent bien lentement. Et toi aie ferme espoir, mon doux fils. »

Quand nous eûmes fait un millier de pas, cette foule était encore éloignée de nous de toute la distance où un bon tireur pourrait lancer une pierre avec sa main.

Soudain ils se serrèrent contre les durs rochers de la haute pente et restèrent immobiles et pressés, comme s'arrête pour regarder celui qui marche incertain de sa route.

— « O gens de belle mort, ô esprits déjà élus, commença Virgile, au nom de cette paix que vous espérez tous, je pense,

« dites-nous de quel côté la montagne s'abaisse de telle sorte qu'il soit possible de la gravir. Car plus on est sage et plus on regrette de perdre du temps. »

Comme les brebis sortent de l'enclos, d'abord une, puis deux, puis trois, tandis que les autres attendent, craintives, l'œil et le museau à terre ;

et ce que fait la première, les autres le font aussi, s'adossant à elle, si elle s'arrête, simples et paisibles et sans savoir pourquoi ;

ainsi je vis se mouvoir alors, pour venir vers nous, la tête de ce troupeau d'âmes heureuses au visage pur et à la démarche digne.

A peine les premières virent-elles que la lumière était interceptée sur la terre, à ma droite, de sorte que l'ombre allait de mon corps jusqu'à la muraille,

qu'elles s'arrêtèrent et reculèrent même de quelques pas ; et toutes les autres à la suite en firent autant sans savoir pourquoi.

— « Sans attendre votre demande je vous déclare

que ce corps que vous voyez est un corps humain et
c'est pourquoi il intercepte la lumière du soleil sur le
sol.

« Ne vous étonnez pas ; mais croyez bien que ce n'est
pas sans une grâce du ciel que cet homme cherche à
gravir cette paroi. »

Ainsi parla mon maître. Et cette digne troupe dit :
« Retournez-vous et marchez devant nous », et les
âmes nous indiquaient la voie du dos de la main.

(46-102)

[Cette lente troupe est celle des contumaces ou excommuniés
qui eurent cependant le temps de se repentir avant la mort. Une
de ces âmes interpelle Dante et se fait connaître : c'est le roi
Manfred, fils de l'empereur Frédéric II, qui régna sur Naples et
Sicile, guerroya souvent contre l'Église et fut tué à la bataille
de Bénévent en 1266.]

Le roi Manfred.

L'une d'elles se mit à parler : « Qui que tu sois,
tourne en marchant ton visage vers moi et examine si tu
m'as jamais vu dans l'autre monde. »

Je me tournai vers lui et je le regardai fixement : il
était blond et beau et de grand air ; mais une blessure
lui avait coupé en deux l'un des sourcils.

Quand je me fus humblement défendu de l'avoir
jamais vu, il me dit : « Eh bien ! regarde ! » Et il me
montra une blessure au sommet de sa poitrine.

Puis il dit en souriant : « Je suis Manfred, petit-fils
de l'impératrice Constance, et c'est pourquoi je te prie,
à ton retour dans le monde,

« d'aller vers ma fille, si belle, mère de l'honneur de

Sicile et d'Aragon, et de lui dire la vérité, si l'on dit autre chose[1].

« Après que j'eus le corps percé de deux pointes mortelles, je me soumis en pleurant à Celui qui pardonne si volontiers.

Ce furent d'horribles péchés que les miens ; mais la Bonté infinie a de si grands bras qu'elle accueille tous ceux qui se tournent vers elle.

« Si le pasteur de Cosenza qui partit en chasse contre moi, sur l'ordre du pape Clément, avait su lire alors sur le visage de Dieu,

« les os de mon corps seraient encore à la tête du pont, près de Bénévent, sous la garde du lourd signal de pierres[2].

« Tandis que, mouillés de pluie et battus des vents, ils sont hors du royaume, presque sur les bords du Verde, où il les fit transporter, toutes lumières éteintes[3]. »

(103-132)

[Si Manfred tient tant à ce que Dante aille trouver sa fille, c'est que le châtiment des contumaces est de rester hors du Purgatoire trente fois le temps qu'ils passèrent pendant leur vie hors de la communion des fidèles, à moins que les prières des vivants ne viennent abréger ce délai.]

CHANT IV. — [Les poètes gravissent la première paroi, au prix de mille difficultés, par un étroit passage, une espèce de chemi-

---

1. Constance, fille de Manfred et femme de Pierre d'Aragon, était la mère de Frédéric, qui fut roi de Sicile, et de Jacques, roi d'Aragon à la mort de son père.

2. On racontait que l'archevêque de Cosenza, poussé par Clément IV, avait fait transporter hors du royaume, terre d'Église, les ossements excommuniés de Manfred, qui étaient d'abord ensevelis au bout du pont de Bénévent.

3. On ne sait pas au juste quelle est cette rivière. On croit généralement que c'est un affluent du Tronto, aux confins du royaume de Naples.

née taillée presque à pic. Ce pas franchi, la pente est encore très raide mais praticable. Dante s'arrête essoufflé et s'étonne de voir le soleil au Nord : il est tout désorienté. Virgile lui explique, à grand renfort de considérations astronomiques, qu'ils sont dans l'autre hémisphère, aux antipodes de Jérusalem.

Mais non loin d'eux une voix s'élève d'une troupe d'âmes qu'ils n'avaient pas vues. Ce sont les Négligents qui doivent attendre avant de pénétrer dans le Purgatoire autant de temps qu'ils en ont perdu pendant leur vie. Ils restent là, accroupis au pied de la roche, accablés par la morne tristesse de l'inertie.]

Les ombres des Négligents : Belacqua, le paresseux.

Lorsque Virgile eut achevé de parler, une voix s'éleva, près de nous : « Peut-être seras-tu forcé de t'asseoir encore ! »

Au son de cette voix chacun de nous se retourna et nous vîmes à gauche un grand rocher que nous n'avions aperçu d'abord ni l'un ni l'autre.

Nous y allâmes. Il y avait là des âmes qui se tenaient à l'ombre derrière cette roche, dans l'attitude d'un homme qui cède à la paresse.

Et l'une d'elles, qui me paraissait accablée, était assise, embrassant ses genoux et posant sur eux sa tête baissée.

« O mon doux Seigneur, dis-je, regarde celui-là qui se montre plus indolent que si la paresse était sa sœur. »

Alors il se tourna vers nous et nous observa, en ramenant légèrement son visage le long de sa cuisse, et dit: « Eh ! monte donc, toi qui es si vaillant ! »

Je le reconnus alors ; et l'oppression qui précipitait encore un peu mon souffle ne m'empêcha pas d'aller vers lui ;

et quand je l'eus rejoint, c'est à peine s'il leva la tête pour dire : « As-tu bien vu comment le soleil conduit son char du côté de notre épaule gauche ? »

Ses mouvements nonchalants et ses brèves paroles amenèrent un sourire sur mes lèvres ; puis je lui dis : « Belacqua, je ne suis pas en peine

« de toi désormais. Mais dis-moi : pourquoi es-tu assis en cet endroit? Attends-tu un guide ou l'ancienne habitude t'a-t-elle repris ? [1] »

Et lui : « Frère, à quoi me servirait de monter? L'angle ailé de Dieu, qui est assis à la porte, ne me laisserait pas aller aux supplices expiatoires.

« Il faut auparavant que je reste hors de cette porte et que le ciel tourne autour de moi aussi longtemps qu'il le fit dans ma vie, car j'ai différé jusqu'au bout le bon repentir;

« à moins que je n'aie le secours de prières qui jaillissent d'un cœur vivant dans la grâce. Et que valent les autres, puisqu'elles ne sont pas écoutées dans le ciel? »

Mais déjà le poète montait devant moi et disait: « Viens maintenant. Vois: le soleil touche déjà le méridien et la nuit, partie du rivage [2],

« pose déjà son pied sur le Maroc. »   (97-139)

---

1. Ce Belacqua était un luthier de Florence connu surtout pour son extrême indolence.

2. Il s'agit de la rive du Gange. La nuit couvre donc entièrement l'hémisphère boréal ; sur le Purgatoire il est midi.

CHANT V. — [Les poètes reprennent leur ascension. L'ombre de Dante et le bruit de ses pas provoquent la stupeur des âmes, et il voudrait écouter leurs chuchotements, mais Virgile le presse. Une autre troupe les aperçoit et leur dépêche deux messagers : ce sont encore des paresseux, qui sont morts de mort violente. Dès qu'ils savent que l'un des voyageurs est vivant, ils accourent à lui pour le supplier de réveiller le zèle de leurs parents et de leur obtenir des prières.]

Les âmes affamées de prières.

Cependant, par le travers de la pente et un peu en avant de nous, des âmes venaient en chantant le *Miserere* verset par verset.

Lorsqu'elles s'aperçurent que mon corps empêchait les rayons de passer, elles changèrent leur chant en un Oh! long et rauque.

Et deux d'entre elles, comme des messagers, accoururent à notre rencontre et nous demandèrent : « Faites-nous savoir quelle est votre condition. »

Et mon maître : « Vous pouvez repartir et rapporter à ceux qui vous envoient que le corps de celui-ci est de chair véritable.

« Si c'est pour avoir vu son ombre qu'ils se sont arrêtés, comme je le pense, cette réponse doit leur suffire. Qu'ils lui fassent honneur et ils auront peut-être à s'en réjouir. »

Je n'ai jamais vu aux premières heures de la nuit les étoiles filantes fendre l'azur, ni dans le mois d'août, au coucher du soleil, des éclairs traverser les nuages

en moins de temps que ces deux-là n'en mirent à remonter. Arrivés en haut, ils revinrent vers nous avec les autres, comme une troupe qui court à toute bride.

« Ces âmes qui se pressent vers nous sont nombreuses et viennent pour te prier, dit le poète ; c'est pourquoi va toujours et écoute-les en marchant. »

— « O âme qui vas pour connaître le bonheur avec le corps que tu reçus à ta naissance, arrête un peu le pas, criaient-elles en venant.

« Regarde si tu n'as jamais vu l'un de nous afin de porter de ses nouvelles là-bas. Hélas ! Pourquoi avances-tu ? Hélas ! Pourquoi ne t'arrêtes-tu point ?

« Nous fûmes tous jadis mis à mort par violence, pécheurs jusqu'à la dernière heure ; à ce moment la lumière du ciel nous éclaira

« de telle sorte que, repentis de nos fautes et pardonnant aux autres, nous sortîmes de la vie réconciliés avec Dieu ; et le désir de le voir nous tourmente le cœur. »

Et moi : « J'ai beau observer vos visages, je ne reconnais personne. »

[Il n'importe ; les âmes se nomment l'une après l'autre et font connaître également leurs familles pour que Dante soit leur intermédiaire. Voici Buonconte de Montefeltro, fils du Guido de Montefeltro qu'on a vu en Enfer. Vaillant capitaine lui aussi, il fut tué à la bataille de Campaldino (où Dante combattit parmi les Guelfes), et son corps ne put être retrouvé. Il en raconte ici la lamentable histoire.]

Le démon acharné sur un cadavre.

Puis un autre dit : « De grâce — et puisse s'accomplir le désir qui t'attire au sommet de la montagne ! — viens en aide au mien par tes bonnes œuvres.

« Je fus de Montefeltro, je suis Buonconte. Ni Jeanne [1] ni les autres n'ont cure de moi ; c'est pourquoi je marche parmi ces âmes, le front courbé. »

Et moi à lui : « Quelle force ou quel hasard t'entraîna si loin de Campaldino [2], qu'on n'a jamais connu le lieu de ta sépulture ? »

— « Oh ! me répondit-il, au pied du Casentin passe une rivière qui se nomme l'Archiano et qui prend naissance au-dessus de l'Ermitage dans l'Apennin.

« A l'endroit où elle perd son nom [3], j'arrivai, la gorge transpercée, fuyant à pied et ensanglantant la plaine.

« Là je perdis mes sens et mon dernier mot fut le nom de Marie ; puis je tombai et mon corps resta sans âme.

« Je te dirai la vérité ; redis-la toi-même parmi les vivants. L'ange de Dieu me prit et l'ange de l'Enfer criait : « O toi, l'habitant du ciel, pourquoi me dépouil-
« les-tu ?

« Tu emportes l'âme éternelle de cet homme pour
« une toute petite larme qui m'en frustre ; mais je ferai
« à ce qui reste un autre sort. »

« Tu n'ignores pas comment se ramasse dans l'air l'humide vapeur qui retombe en eau, dès qu'elle arrive au point où le froid la saisit.

« Ce maudit, dont l'intelligence ne cherche que le mal, vint et déchaîna la nue et le vent, grâce au pouvoir qu'il tient de sa nature.

« Puis, quand le jour s'éteignit, il couvrit de brouillard

---

1. La comtesse Jeanne, épouse de Buonconte.
2. Plaine dans le Casentin où les Gibelins d'Arezzo furent vaincus par les Guelfes de Florence.
3. A l'embouchure de l'Archiano qui se jette dans l'Arno.

la vallée depuis Pratomagno jusqu'à la grande chaîne, et il fit le ciel si obscur au-dessus

« que l'air gorgé se convertit en eau. La pluie tomba et les fossés reçurent ce que la terre ne put absorber ;

« et quand cette eau arriva aux grands torrents, elle coula vers le fleuve royal[1], si rapide que rien ne la retint.

« L'Archiano fougueux trouva mon corps glacé à son embouchure ; il le rejeta dans l'Arno et dénoua sur ma poitrine la croix

« que j'avais faite de mes bras, quand je succombai à la douleur ; il me roula le long des rives et sur le fond, puis il m'enveloppa et me recouvrit dans la terre qu'il entraînait. (85-129)

CHANT VI. — [Les âmes se pressent maintenant en foule autour de Dante assiégé de prières, de supplications et de requêtes comme « un joueur heureux » : Voici Pia dei Tolomei, que son mari fit tuer, le juge Benincasa, assassiné par un parent de ceux qu'il condamna, et beaucoup d'autres. L'une de ces âmes se tient un peu à l'écart dans un silence dédaigneux. C'est à elle que les poètes vont demander leur chemin ; et c'est Sordello, célèbre troubadour du XIIIᵉ siècle, né à Mantoue comme Virgile. Les deux concitoyens se jettent dans les bras l'un de l'autre.]

Le troubadour Sordello.

« Mais voilà, continua Virgile, une âme qui se tient solitaire et qui regarde vers nous ; celle-là nous enseignera le chemin le plus court. »

Nous allâmes à elle. O âme lombarde, comme tu étais

1. L'Arno.

altière et dédaigneuse dans ton aspect ! Et quelle dignité et quelle gravité dans tes regards !

Elle ne nous disait pas un mot ; mais elle nous laissait aller en nous suivant seulement des yeux, dans l'attitude d'un lion au repos.

Pourtant Virgile s'approcha d'elle et la pria de nous faire voir le meilleur passage pour monter. Elle ne répondit pas à sa demande,

mais elle s'informa de notre pays et de notre condition. Et mon doux guide commença : « Mantoue... » Et l'ombre, toute ramassée sur elle-même,

bondit vers lui, de la place où elle se tenait, en disant : « O Mantouan, je suis Sordello de ton pays. » Et ils se jetèrent dans les bras l'un de l'autre. (58-75)

[Cet élan de sympathie qui unit les deux concitoyens inspire à Dante, à l'adresse de l'Italie, une frémissante apostrophe où se mêlent fougueusement la sombre indignation contre les rivalités qui ravagent la péninsule, l'appel désespéré à l'empereur inerte et coupable, et dans la cruelle ironie des éloges à Florence, le farouche amour du poète pour sa ville. C'est un des plus terribles éclairs qui aient jailli de ce génie orageux.]

La grande Invective.

Ah ! Italie esclave, hôtellerie de douleur, navire sans nocher par les grandes tempêtes, tu n'es plus la reine des nations, mais un bouge !

Cette noble âme, rien que d'entendre le doux nom de son pays, a été si prompte à faire fête ici à son concitoyen ;

tandis que chez toi tes fils vivants ne peuvent rester

sans guerre et ils se dévorent les uns les autres dans la même enceinte de murs et de fossés.

O malheureuse, cherche partout le long des rivages de tes mers et puis regarde en ton sein si tu peux trouver en toi quelque région qui jouisse de la paix.

A quoi sert que Justinien ait réparé ton frein si aujourd'hui la selle est vide ? Sans lui du moins la honte serait moindre.

O vous, qui devriez être tout à la religion et laisser César s'asseoir sur la selle, si vous saviez comprendre ce que Dieu vous dicte,

regardez comme la cavale est devenue rebelle, pour n'être plus conduite par les éperons, depuis que vous lui avez posé la main sur la bride !

O Albert d'Allemagne, qui l'abandonnes maintenant qu'elle est devenue indomptée et sauvage, au lieu d'enfourcher les arçons [1],

qu'un juste châtiment tombe des étoiles sur ton sang et qu'il soit si nouveau et si éclatant que ton successeur en soit épouvanté !

Car toi et ton père, retenus par votre cupidité, vous avez souffert que le jardin de l'empire soit un désert.

O homme sans souci, viens voir les Montaigus et les Capulets, les Monaldi et les Filippeschi, ceux-là déjà dans l'affliction et ceux-ci dans l'angoisse !

O cruel, viens et regarde tes seigneurs opprimés et porte remède à leurs maux ! Regarde comme Santafiore est en sûreté [2] !

1. Il n'est pas impossible qu'Auguste Barbier, versé dans la lecture de Dante, ait trouvé ici l'idée première de sa pièce bien connue des *Iambes*, où la France est une « cavale indomptable et rebelle ».
2. Il faut entendre ceci dans un sens ironique.

Viens voir ta Rome qui pleure, veuve et délaissée, et qui t'invoque nuit et jour : « O mon César, pourquoi m'as-tu abandonnée ? »

Viens voir ces hommes comme ils s'aiment ! Et si nulle pitié pour nous ne te pousse, viens du moins rougir de ta renommée !

Et — s'il m'est permis de le demander — ô souverain Jupiter, qui as été crucifié pour nous sur la terre, as-tu donc détourné de nous tes yeux justes ?

Ou bien est-ce une manière de nous préparer, dans l'abîme de tes desseins, quelque bien qui échappe à notre entendement ?

Le fait est que les cités d'Italie sont toutes pleines de tyrans et qu'il y a un Marcellus dans tout manant qui fait le partisan.

O ma Florence, tu peux justement te réjouir de cette digression qui ne te touche pas, grâce à ton peuple si avisé[1].

Beaucoup ont la justice au fond du cœur, mais ils la décochent trop tard, pour ne pas tirer l'arc inconsidérément ; mais ton peuple à toi l'a toujours sur les lèvres.

Beaucoup refusent les charges publiques ; mais ton peuple à toi, toujours dispos, répond sans être appelé et crie : « Je les prends sur moi ! »

Or donc réjouis-toi ! Tu en as bien sujet : tu as la richesse, tu as la paix, tu as la sagesse ; et l'effet montre bien la vérité de ce que dis.

Athènes et Lacédémone, qui firent les antiques lois

---

1. Ironique aussi — et d'une ironie cinglante — tout ce que Dante dit ici de Florence.

et furent si policées, ne donnèrent qu'un piètre exemple de vie sage

auprès de toi, qui prends de si subtiles mesures que ce que tu files en octobre ne dure pas jusqu'à la mi-novembre.

Que de fois, du plus loin que tu te souviennes, lois, monnaies, charges et mœurs, tu as tout changé ! Que de fois tu as renouvelé tes membres !

Et si tu as la mémoire bonne et la vue claire, tu remarqueras que tu es semblable à cette malade qui ne peut trouver de repos dans son lit de plumes,

mais qui cherche, en se retournant, à se défendre contre la douleur.   (75-151)

CHANT VII. — [Dante, Virgile et Sordello s'en vont de compagnie. Le troubadour, qui doit attendre dans l'Antipurgatoire que les temps soient révolus, peut cependant circuler librement et guider les deux autres. La nuit vient. La loi du Purgatoire interdit toute ascension après le coucher du soleil. Il faut chercher un abri. Dans un repli de la pente s'ouvre une petite vallée, véritable nid de verdure, de fleurs et de parfums. C'est là que Sordello conduit ses compagnons. Après qu'ils ont rafraîchi leurs yeux de ce frais tableau printanier, il leur montre les âmes qui attendent dans ce séjour l'heure de frapper à la porte du Purgatoire. Ce sont les princes et les rois qui songèrent trop à leur gloire terrestre et négligèrent longtemps leur salut éternel. Dante en présente quelques-uns, sans ménagements et sans indulgence.]

La vallée des princes.

Nous étions peu éloignés encore, lorsque je m'aperçus que la montagne était creusée de la même manière que les vallons se creusent sur notre terre.

— « Nous irons, dit l'ombre de Sordello, là-bas où la côte forme un repli et nous y attendrons le jour nouveau. »

Ni abrupt ni plat, il y avait là un sentier oblique qui nous conduisit sur le flanc de cette dépression, à l'endroit où le talus diminue plus qu'à moitié.

L'or, l'argent fin, l'écarlate, la céruse, l'indigo, le bois net et poli et l'émeraude, si vive quand on vient de la briser,

tout cela eût été vaincu en éclat, comme le moins est vaincu par le plus, par l'herbe et par les fleurs qui se trouvaient dans ce vallon.

Et la nature n'y avait pas seulement étalé sa palette, mais de la suavité de mille parfums elle y composait un mélange inconnu.

« Salve Regina » chantaient sur l'herbe et sur les fleurs des âmes que j'y vis assises et que la dépression empêchait de voir du dehors.

— « Avant que le soleil achève de se coucher, dit le Mantouan qui nous avait dirigés, souffrez que je ne vous guide pas parmi ces gens.

« De l'éminence où nous sommes vous distinguerez mieux leurs attitudes et leurs visages que si vous étiez confondus avec eux dans ce creux. »   (64-90)

La revue des rois.

Celui qui siège le plus haut et qui a l'air d'avoir négligé ce qu'il devait faire et n'ouvre pas la bouche pour chanter avec les autres, fut l'empereur Rodolphe[1]. Il aurait pu guérir les blessures qui ont tué l'Italie et maintenant il est trop tard pour qu'un autre puisse la relever.

L'autre, qui fait mine de le consoler, gouverna le pays où prend naissance l'eau que la Moldau porte dans l'Elbe et l'Elbe dans la mer.

Il eut nom Ottokar et dès le berceau il fut plus vertueux que ne l'est, avec sa barbe d'homme, son fils Venceslas, qui se repaît de luxure et de paresse[2].

Et cet autre au petit nez, qui paraît tenir conseil avec celui qui a l'aspect si bénin, mourut en fuyant et en flétrissant la fleur de lis[3].

Regardez comme il se frappe la poitrine ! Et voyez l'autre qui a fait de sa paume un lit à sa joue et qui soupire.

Ce sont le père et le beau-père du fléau de la France[4]. Ils connaissent sa vie de vices et de turpitudes et de là vient leur douleur si poignante.

Celui qui paraît si membru[5], et qui chante d'accord avec l'autre au nez puissant[6], porta autour des reins la corde de toute vertu.

Et si, à sa mort, le jeune homme qui est assis derrière lui était resté roi, cette vertu serait certainement passée d'un vase dans l'autre,

1. Rodolphe de Habsbourg qui se désintéressa de l'Italie.
2. Rois de Bohême.
3. Philippe III le Hardi, roi de France, qui s'enfuit de la Catalogne qu'il occupait et mourut à Perpignan. Cette fuite, d'après Dante, inflige une flétrissure aux lis de France.
4. Le fléau de la France est Philippe le Bel, que Dante ne ménage guère.
5. Le roi corpulent est Pierre III d'Aragon, bon et brave, dont les deux fils, Jacques et Frédéric, furent indignes du père.
6. Le roi au grand nez est Charles d'Anjou, le conquérant de Naples et de la Sicile. Son fils Charles II lui fut bien inférieur.

chose qu'on ne peut dire des autres héritiers. Jacques
et Frédéric occupent les trônes, mais le meilleur de
l'héritage, aucun d'eux ne l'a eu.

Il est rare en effet qu'on voie refleurir dans les rejetons la probité humaine ; ainsi le veut celui qui la dispense, afin qu'on sache bien qu'elle provient de lui.

Mes paroles s'adressent également au prince au grand
nez (non moins qu'à l'autre, Pierre, qui chante avec
lui); car c'est lui qui fait se lamenter la Provence et la
Pouille.

Autant Constance se glorifie encore de son mari avec
plus de raison que Béatrice et Marguerite du leur,
autant la plante est dégénérée de sa racine[1].

Voyez le roi à la vie simple, assis là-bas tout seul :
c'est Henri d'Angleterre, qui a plus de succès avec ses
rejetons.

Et celui qui est à terre, plus bas que les autres, et
regarde en haut est le marquis Guillaume, à cause de
qui Alexandrie et sa guerre

font pleurer le Monferrat et le Canavèse[2].   (91-136)

CHANT VIII. — [C'est l'heure poignante du soir. Le jour meurt.
Dans le pur silence du vallon une des âmes se lève et, les mains
levées, les yeux au ciel, entonne l'hymne de la prière que les
autres accompagnent d'un ton bas et pénétré.]

La prière du soir.

C'était déjà l'heure qui ramène vers la terre le désir

---

1. Constance était l'épouse de Pierre III d'Aragon, Béatrice et Marguerite furent successivement celles de Charles d'Anjou.
2. Guillaume, marquis de Montferrat et de Canavèse, fut tué dans
une révolte à Alexandrie. Une guerre s'ensuivit qui dévasta les deux
provinces.

des navigateurs et attendrit leur cœur, le jour où ils ont dit adieu aux doux amis;

l'heure poignante de passion pour le pèlerin nouveau, s'il entend au loin une cloche qui semble pleurer la mort du jour.

Déjà je n'entendais plus rien et je considérais une des âmes qui s'était dressée et faisait signe de la main qu'on l'écoutât.

Elle joignit ses deux paumes et les éleva en fixant les yeux vers l'Orient, comme si elle disait à Dieu: « Je n'ai de pensée que pour toi. »

Le « Te lucis ante[1] » jaillit de ses lèvres si religieusement et en un chant si doux, qu'il me ravit à moi-même.

Et les autres âmes, d'une voix douce et pénétrée, l'accompagnèrent dans l'hymne entier, les yeux levés vers les hautes sphères du ciel.   (1-18)

[L'angoisse fait pâlir les âmes. Elles semblent pressentir un danger et implorer une aide. Et voici que deux anges descendent des hauteurs du ciel et se postent aux deux extrémités du vallon, pour en expulser le Serpent, qui, à la faveur des ténèbres, essaye chaque soir de s'y glisser, afin de poursuivre son œuvre de tentation.]

Les divines sentinelles.

Je vis cette noble troupe d'âmes, maintenant silencieuses, regarder en haut, pâles et humbles, avec un air d'attente.

Et je vis sortir des hauteurs et descendre deux anges

1. « Nous t'invoquons, ô Créateur, avant la fin du jour.... » Hymne.

qui portaient deux épées flamboyantes, rompues et privées de leurs pointes.

Leurs robes, de couleur verte comme le feuillage nouveau, et frappées par le vent de leurs ailes, vertes aussi,
traînaient et flottaient derrière eux.

L'un d'eux vint se poser un peu au-dessus de nous et
et l'autre descendit sur le bord opposé, de sorte que la
foule des âmes se trouvait au milieu.

Je distinguais très bien leur tête blonde, mais à regarder leur visage ma vue se troublait, comme une faculté soumise à trop rude épreuve.

« Ils viennent tous les deux du sein de Marie pour
garder la vallée contre le serpent qui va venir, dit Sordello. »   (21-36)

. . . .

Comme Virgile parlait, Sordello l'attira à lui en disant : « Regarde là-bas notre Adversaire. » Et il tendit
le doigt pour lui montrer où regarder.

Du côté où la vallée n'a pas de barrière, il y avait
une couleuvre, la même peut-être qui donna à Ève le
fruit amer.

Il venait à travers l'herbe et les fleurs, le maudit
reptile, tournant à tout moment la tête vers son dos et
le léchant comme une bête qui se lisse.

Je ne vis pas — c'est pourquoi je ne puis le dire —
comment les deux autours célestes prirent leur essor,
mais je les vis bien l'un et l'autre quand ils furent en
mouvement.

En entendant les ailes vertes fendre l'air, le serpent
s'enfuit et les anges firent volte-face en remontant à
leurs postes d'un vol égal.   (95-108)

CHANT IX. — [Bientôt Dante, pris de sommeil, s'endort et vers
le matin il fait un étrange rêve : il voit fondre sur lui un aigle
aux plumes d'or qui l'emporte dans la sphère du feu, où il se réveille à la sensation d'une brûlure. Ce rêve n'est pas tout à fait
un rêve ; pendant que Dante dormait, une Dame du Ciel, Lucie
symbole de la grâce), l'a pris et l'a déposé beaucoup plus haut,
devant la porte du vrai Purgatoire.

Divin portier, un Ange se tient à l'entrée, une épée à la main.
Dante gravit d'abord trois marches de marbre et s'agenouille devant l'Ange qui grave sept fois sur son front la lette P (de *pecca-
tum* = péché). Ces stigmates seront effacés un à un, au fur et à
mesure que le poète franchira les différentes terrasses du Purgatoire.]

A la porte du Purgatoire. — L'Ange. — Les trois marches. — Les sept lettres.

Je vis une porte et, au-dessous d'elle, trois marches
de couleur différente pour y accéder, et un portier qui
ne disait rien encore.

Et quand j'eus ouvert sur lui des yeux plus attentifs,
je vis qu'il était assis sur le gradin supérieur ; et son
visage était tel que je ne pus en soutenir l'éclat.

Et il avait à la main une épée nue qui nous renvoyait
si bien les rayons, que je fis de vains efforts pour fixer
mes regards sur lui.

— « Parlez d'où vous êtes ; que voulez-vous ? commença-t-il à dire. Où est votre guide ? Prenez garde
qu'il ne vous arrive malheur pour être montés ! »

— « Une dame du ciel, instruite de ces choses, lui
répondit mon guide, nous a dit tout à l'heure : « Prenez
« par là, c'est là qu'est la porte ! »

— « Puisse-t-elle conduire vos pas pour votre bien,

reprit l'aimable portier. Avancez-vous donc par ces trois gradins. »

Nous allâmes alors vers la première marche : elle était d'un marbre si poli et si net que mon image s'y reflétait distinctement.

La seconde marche, plutôt noire que brune, était faite d'une pierre rugueuse et calcinée et crevassée en tous sens.

La troisième, qui surmonte les autres, me paraissait d'un porphyre aussi rutilant que le sang qui jaillit d'une veine.

Les deux pieds posés sur cette dernière, l'Ange de Dieu était assis sur le seuil qui me parut être un bloc de diamant.

Par ces trois marches je me laissai entraîner de bon cœur par mon Guide qui me disait : « Demande-lui humblement qu'il ouvre la porte. »

Je me jetai tout contrit aux pieds sacrés de l'ange et j'implorai sa miséricorde pour qu'il m'ouvrît ; mais je m'étais d'abord frappé trois fois la poitrine.

Sept fois il traça sur mon front la lettre P avec la pointe de son épée et me dit : « Quand tu seras entré, fais en sorte de te laver de ces empreintes. » (76-114)

[L'ange prend deux clefs, l'une d'or, l'autre d'argent, et la porte tourne en grinçant sur ses gonds. Les poètes passent et montent sans détourner les yeux. Et voici la première des sept terrasses où vont commencer les supplices expiatoires. Les supplices, moins effroyables qu'en Enfer, sont très durs encore ; mais ils ont quelque chose de consenti et d'allègre. L'espoir enchante les âmes douloureuses qui bercent leur mal dans la prière. Plus de plaintes, plus de cris, ni de révoltes. Des larmes, un silence résigné, des murmures d'oraisons. Et tandis que la procession de pénitence tourne autour de la montagne, l'ange gardien de chaque terrasse

— qui symbolise la vertu opposée au péché — chante un des cantiques de béatitude. Les âmes suspendues à ce chant y puisent
la force de supporter les longues épreuves purificatrices.]

Chant X. — [Dès que la porte s'est refermée derrière eux, les
poètes entendent chanter à mi-voix un Te Deum, tandis qu'ils
gravissent un sentier étroit et raide qui les mène sur la corniche
où sont expiés les péchés d'Orgueil. Cette terrasse est large d'en-
viron trois fois la taille d'un homme. Elle domine le vide d'un
côté ; de l'autre elle est bornée par la muraille à pic qui soutient
la terrasse supérieure. Cette paroi toute en marbre blanc est
historiée de bas-reliefs merveilleux qui retracent les plus illustres exemples d'humilité, offerts à la méditation des orgueilleux.
Telle est la conception morale du Purgatoire, que les pécheurs
doivent apprendre à pratiquer les vertus qui leur ont manqué.

En décrivant cette étonnante muraille Dante révèle un sens
artistique, une puissance d'imagination et de construction, une
vigueur de relief que nous avons maintes fois trouvés dans l'Enfer. Mais tout cela s'est encore affiné et assoupli. Que d'artistes
ont dû — et auraient pu — s'inspirer de ces magnifiques ébauches ! N'est-ce pas déjà le procédé que Lorenzo Ghiberti em-
ploiera plus tard sur les fameuses portes du Baptistère? Quoi qu'il
en soit la plume de Dante, forte comme un burin, grave le dessin dans le marbre et trouve les mots qui sculptent et animent
les figures.]

Bas-reliefs dans la roche.

La muraille était en marbre blanc et tellement ornée
de sculptures que non seulement Polyclète mais la nature elle-même en seraient confondus.

L'ange, qui vint sur la terre porter le décret de la
paix implorée pendant tant d'années et qui ouvrit le
ciel fermé par le long interdit [1],

---

1. Le ciel demeura fermé aux hommes depuis le péché d'Adam jusqu'à la mort du Christ.

était sculpté là devant nous, si vivant dans son attitude suave, qu'il ne semblait pas être une image
muette.

On eût juré qu'il disait : « Ave ! » Car il y avait aussi
l'image de Celle qui tourna la clef pour ouvrir l'amour
divin ;

Et dans son maintien les mots : « Ecce ancilla Dei ! »
semblaient gravés aussi nettement que l'empreinte du
sceau dans la cire[1].

— « Ne tiens pas ton esprit fixé sur un seul point, »
dit mon doux maître, qui m'avait près de lui, du côté où
est le cœur.

C'est pourquoi je tournai les yeux et je vis derrière
Marie, vers l'endroit où se tenait celui qui m'exhortait,
une autre scène gravée dans la roche. Je dépassai
Virgile et je m'approchai afin qu'elle se déroulât bien à
mes regards.

Il y avait là, sculptés dans le même marbre, le char
et les bœufs qui traînaient l'Arche sainte, laquelle rend
redoutable tout office qui ne nous a pas été confié[2].

Sur le devant on voyait une foule ; et cette foule ré-
partie en sept chœurs frappait mes sens, de telle sorte
que l'oreille disait : « non, elle ne chante pas, » et l'œil
disait : « si, elle chante. »

Semblablement, devant la fumée de l'encens qui y
était figurée, les yeux et le nez ne pouvaient s'accorder
entre le oui et le non.

Précédant le Vase béni, l'humble Psalmiste dansait

---

1. Groupe de l'Annonciation.
2. Pour avoir voulu retenir l'Arche qui chancelait, sans y être auto-
risé par Dieu, un Hébreu fut frappé de mort.

en soulevant sa robe et il était en cette occasion plus et moins qu'un roi [1].

En face de lui, à la fenêtre d'un grand palais, Michol regardait avec étonnement, dans l'attitude d'une femme méprisante et chagrine.

Je m'écartai un peu de la place où j'étais, pour observer de près une autre histoire qui se dessinait derrière Michol dans la blancheur du marbre.

Là était représentée la glorieuse action du prince romain dont le mérite poussa Grégoire à sa grande victoire [2];

je parle de l'empereur Trajan. Et une pauvre veuve tenait la bride de son cheval, dans les larmes et la douleur.

Autour de lui se pressait une foule de cavaliers et au-dessus, les aigles sur un fond d'or semblaient voler dans le vent.

La pauvre femme parmi tous ces gens semblait dire : « Seigneur, justice pour le meurtre de mon fils dont j'ai le cœur brisé ! »

Et lui semblait répondre : « Attends encore jusqu'à mon retour. » Et elle, comme une personne que la douleur gagne de plus en plus : « Mon bon Seigneur,

« et si tu ne reviens pas ? » — Et lui : « Celui qui sera à ma place te fera justice. » Et elle : « Le bien qu'un autre fera de quel profit sera-t-il pour toi, si tu négliges toi-même de le faire ? »

---

1. Lorsque l'Arche Sainte entra dans la cité de David, celui-ci — l'humble Psalmiste — se mit à danser devant elle, sous les yeux étonnés et méprisants de sa femme Michol.

2. Saint Grégoire triompha de l'Enfer en délivrant par ses prières l'âme de Trajan. La légende que Dante raconte ici était fort répandue.

Et lui alors : « Eh bien ! Console-toi : il faut en effet
que j'accomplisse mon devoir avant de repartir : la
justice le commande et la pitié me retient. » (34-93)

[Tandis que Dante contemple passionnément ces œuvres admi-
rables de Dieu, Virgile aperçoit une troupe lente d'âmes qu'il
est d'abord difficile de reconnaître. Elles marchent courbées vers
la terre, écrasées par de lourdes charges : ce sont les Orgueilleux
prosternés.]

Cariatides.

Je commençai : « Maître, ce que je vois venir vers
nous ne me semble pas être des personnes et je ne sais
dire ce que c'est, tellement ma vue est déconcertée. »

Et lui à moi : « La lourde nature de leur supplice les
tient ployées vers la terre de telle sorte que mes propres
yeux ont hésité d'abord.

« Mais regarde-les fixement et que ton œil démêle ce
qui vient à nous sous ces rochers ; tu peux voir déjà
comment chacune d'elles se frappe la poitrine. »

O chrétiens orgueilleux, misérables et accablés, qui,
aveugles d'esprit, allez confiants en vos pas qui vous
portent à reculons !

Vous ne voyez donc pas que nous ne sommes que des
vers, nés pour former l'angélique papillon qui vole vers
la Justice sans pouvoir s'en défendre [1] ?

Pourquoi votre esprit s'envole-t-il si haut, puisque
vous êtes d'infirmes larves, semblables à des vers dont
la formation n'est pas achevée ?

1. Cet angélique papillon représente l'âme humaine.

Comme pour soutenir un plafond ou un toit, en guise de console on voit parfois une figure, aux genoux repliés contre la poitrine,

et dont la souffrance apparente fait naître une douleur véritable chez ceux qui la voient, telles m'apparurent ces ombres, quand je pris soin de les regarder.

A la vérité elles étaient plus ou moins ployées, suivant le plus ou moins de poids qu'elles portaient. Mais la plus patiente d'entre elles, par son attitude,

semblait dire en pleurant : « Je n'en puis plus ! »

(112-139)

Chant XI. — [Ce chant commence par une très belle paraphrase du Pater Noster, que les âmes récitent dans leur pénible marche.]

Le « Pater Noster » des Orgueilleux.

« O notre Père qui es dans les cieux, non que tu sois limité, mais à cause de l'amour plus grand que tu portes à tes premières œuvres de là-haut,

« loués soient ton nom et ta puissance par toute créature de même qu'il convient de rendre grâces au doux souffle de ton esprit.

« Que la paix de ton règne nous arrive, car nous ne pouvons malgré toute notre intelligence aller tout seuls vers elle, si elle ne vient à nous.

« Comme les anges te font le sacrifice de leur volonté en chantant : Hosannah, que les hommes t'offrent la leur.

« Donne-nous aujourd'hui la quotidienne manne, sans laquelle, par cet âpre désert, celui qui fait le plus d'efforts pour avancer marche à reculons.

« Et de même que nous pardonnons à chacun le mal que nous avons souffert, pardonne-nous toi aussi dans ta bonté, sans regarder à notre mérite.

« Notre courage, qui se rend si vite, ne le met pas à l'épreuve avec l'antique Adversaire, mais délivre-nous de lui qui nous talonne toujours.

« Cette dernière prière, ô cher Seigneur, nous ne la faisons pas pour nous, qui n'en avons plus besoin, mais pour ceux que nous avons laissés derrière nous. »

Ainsi, implorant pour elles et pour nous le bon voyage, ces ombres cheminaient sous leur poids semblable à celui que nous sentons dans nos songes.

Inégalement éprouvées mais lasses, elles tournaient tout autour de la première corniche pour se purifier des fumées du monde.   (1-30)

[Une première âme indique aux poètes le passage pour monter au gradin supérieur et confesse tous les péchés que lui conseilla l'orgueil. Mais Dante prête plus d'attention à celle du maître enlumineur, Oderisi de Gubbio, qui s'incline humblement devant la supériorité en son art de Franco Bolognese, et qui rabaisse la superbe des hommes en montrant la vanité de la gloire du monde.]

Oderisi de Gubbio : Vanité de la gloire.

Pour écouter j'avais incliné mon visage ; et l'un d'eux, mais non celui qui parlait, tordit son corps sous le poids qui le gênait ;

il me vit, me reconnut et m'appela, tenant péniblement ses yeux fixés sur moi qui marchais tout courbé avec eux.

« Oh ! lui dis-je, n'es-tu pas Oderisi, l'honneur de Gubbio et l'honneur de cet art que l'on nomme à Paris « enluminure » ?

— « Mon frère, dit-il, les papiers qu'illustre de son pinceau Franco Bolognese sont plus riants que les miens. Tout l'honneur est pour lui maintenant, il m'en reste bien peu.

« Mais je n'aurais pas été si modeste de mon vivant, tant je désirais la prééminence de toute l'aspiration de mon cœur.

« D'un tel orgueil il faut ici porter la peine. Et encore ne serais-je point ici, n'était que, pouvant encore pécher, je me tournai vers Dieu. »

O vaine gloire des œuvres humaines ! Comme elle reste verte peu de temps sur la branche, si elle n'est pas suivie par des âges grossiers !

Cimabue crut tenir le premier rang dans la peinture, et maintenant c'est Giotto qui a le renom, et la gloire du premier en est obscurcie [1].

De même l'un des Guido a enlevé à l'autre la palme de la langue. Et peut-être est-il déjà né celui qui les expulsera tous les deux du nid [2].

La renommée du monde n'est qu'un souffle de vent qui vient tantôt d'ici, tantôt de là, et change de nom en changeant de direction.   (73-102)

CHANT XII. — [Dante chemine quelque temps encore à côté de l'ombre courbée d'Oderisi, puis, pressé par Virgile, il l'aban-

1. Cimabue et Giotto furent les deux premiers grands artistes de Florence. Mais le deuxième est de beaucoup le plus grand.
2. Il s'agit vraisemblablement de Guido Guinicelli dont la renommée de poète fut éclipsée par Guido Cavalcanti, l'ami de Dante. On s'est demandé si le troisième ne serait pas Dante lui-même.

donne et hâte le pas. De même que la muraille portait tout à
l'heure les bas-reliefs de l'humilité, de même le sol de la corniche qu'ils contournent est historié de sculptures représentant les
scènes d'orgueil. Elles sont presque toutes prises dans les légendes
antiques : Lucifer, les Titans, Nemrod et la tour de Babel, Niobé
et ses enfants, Arachné, la ville de Troie, etc. Les poètes arrivent
enfin à l'étroit escalier qui monte et qui, dans chaque terrasse,
est gardé par un ange.]

L'Ange de l'humilité.

Nous avions déjà tourné plus longtemps autour de la
montagne et dépensé plus de soleil que ne le croyait
mon esprit préoccupé,

lorsque celui qui marchait, toujours attentif, devant
moi me dit : « Lève la tête. Ce n'est plus le moment de
marcher ainsi absorbé.

« Regarde là-bas un ange qui s'apprête à venir vers
nous. Voici que la sixième servante du jour revient de
son service [1].

« Orne ton visage et ton attitude de respect, afin de
le bien disposer à nous faire monter plus haut. Pense
que ce jour-ci ne luira jamais plus. »

J'étais bien habitué à ses recommandations de ne
pas perdre de temps, de sorte que sur ce point ses
paroles n'avaient pour moi rien d'obscur.

Vers nous venait la belle créature vêtue de blanc et
son visage avait l'éclat tremblant de l'étoile du matin.

(73-90)

---

1. Les Heures sont les servantes du jour. Il est donc midi.

[L'ange leur indique l'étroite entrée du passage et, frappant Dante au front du bout de son aile, il en efface la première des sept lettres (P). Dès que les poètes sont engagés dans l'escalier, ils entendent résonner derrière eux le cantique de béatitude : *Beati pauperes spiritu* [1].]

CHANT XIII. — [Voici Dante et Virgile sur la seconde plate-forme. Ici, plus de sculptures ni de marbre ; la muraille et le sol sont d'une pierre lisse et livide. C'est la région des Envieux. Ils se tiennent accroupis et adossés fraternellement les uns aux autres, revêtus d'un manteau couleur de la pierre. Pour avoir dans leur vie jeté trop souvent les yeux sur le prochain, ils ont maintenant les paupières consues par un fil de fer et d'amères larmes filtrent goutte à goutte sur leurs joues.

Mais à l'endroit où les deux poètes débouchent, ils ne voient encore aucune de ces lamentables ombres. Ne sachant de quel côté prendre, ils vont vers le Soleil dont il a déjà été dit dans l'Enfer « qu'il mène les êtres droit par tout chemin ».]

Apostrophe au soleil.

Puis Virgile regarda fixement le soleil ; sur son côté droit, dont il fit le pivot du mouvement, il fit tourner son côté gauche.

« O doux flambeau, sur la foi de qui je suis entré dans ce nouveau chemin, conduis-nous, dit-il, comme il convient d'être conduits en ces lieux.

« Tu réchauffes le monde. Tu brilles sur lui. A défaut d'autres raisons qui nous poussent dans un autre sens, ce sont toujours tes rayons qui doivent nous guider. »

(13-21)

[Ils ont à peine fait quelques pas, qu'ils entendent, sans rien voir encore, des voix voler autour d'eux et répéter des conseils de charité et de beaux exemples de dévouement.]

1. « Heureux les pauvres d'esprit. »

Des voix...

Et nous entendîmes voler vers nous, sans les voir, des esprits qui prononçaient de généreuses invitations au festin d'amour.

La première voix qui passa en volant dit d'un ton élevé : « *Vinum non habent*[1] », et elle s'en alla, le répétant encore derrière nous.

Et avant qu'on cessât de l'entendre dans l'éloignement, une autre passa en criant : « Je suis Oreste[2] » ; et elle ne s'arrêta pas non plus.

« O mon père, dis-je, quelles sont ces voix ? » Et au moment même où je faisais cette demande, voilà qu'une troisième dit : « Aimez ceux qui vous font du mal. »

(25-36)

[Cependant Virgile aperçoit enfin et montre à Dante les Envieux assis le long de la muraille.]

La terrible expiation de l'envie.

Alors j'ouvris mes yeux plus grands ; je regardai en avant et je vis des ombres, avec des manteaux qui étaient de la même couleur que la pierre.

Et, nous étant avancés encore un peu, j'entendis crier : « Marie, priez pour nous. » Et ces voix invoquaient aussi Michel et Pierre et tous les saints.

Je ne crois pas qu'il y ait, même aujourd'hui, sur

1. « Ils n'ont pas de vin. » Lorsqu'il entendit ces mots aux noces de Cana, Jésus fit un signe et changea l'eau en vin.

2. Allusion à la généreuse dispute d'Oreste et de Pylade devant la mort.

terre un homme assez dur pour ne pas être pénétré de compassion devant ce que je vis ensuite.

Car, lorsque je fus arrivé assez près d'elles pour bien distinguer leurs attitudes, la douleur qui m'accabla me fit verser des larmes.

Elles me paraissaient couvertes d'un vil cilice. Et elles se soutenaient l'une l'autre avec leurs épaules et la muraille les soutenait toutes.

C'est ainsi que, privés de tout, les aveugles se tiennent aux Pardons pour demander l'aumône et laissent tomber leur tête l'un sur l'autre

pour mieux exciter la pitié, non seulement par le son de leur voix, mais par leur aspect même qui n'implore pas avec moins de force.

Et de même que le soleil n'atteint pas les yeux des aveugles, de même à ces ombres dont je parle la lumière du ciel se refuse.

Car elles ont les paupières traversées et cousues par un fil de fer, comme on fait à l'épervier sauvage pour obtenir qu'il se tienne tranquille.

J'avais le sentiment de leur faire outrage en marchant ainsi sans être vu, alors que je les voyais moi-même.   (46-74)

[Encouragé par Virgile, Dante demande s'il y a quelque Italien parmi ces ombres. L'une d'elles lui répond : c'est madonna Sapia, de Sienne, qui souhaita dans la fureur de son envie, la victoire des Florentins sur les Siennois à Colle en 1269.]

La féroce envie de Madonna Sapia.

Parmi les autres ombres j'en vis une qui avait l'air

d'attendre ; et si on me demandait à quoi je m'en aperçus, je répondrais qu'elle dressait son menton en haut
à la manière des aveugles.

— « Esprit, qui te mortifies pour pouvoir monter,
lui dis-je, est-ce toi qui m'as répondu ! Fais-toi connaître en révélant ta patrie ou ton nom. »

— « Je fus de Sienne, répondit-il, et avec ces autres
esprits je me purifie ici de ma vie coupable et je pleure
vers Dieu pour qu'il s'offre à nous.

« Je ne fus point sage, bien que mon nom fût Sapia,
car je prenais plus de joie aux maux d'autrui qu'à mon
propre bonheur.

« Et pour que tu ne croies point que je te trompe, juge
si je ne fus pas folle comme je viens de te le dire : je
descendais déjà la pente de mes années,

« lorsque mes concitoyens vinrent aux prises, près de
Colle, avec leurs adversaires ; et moi je priais Dieu de
faire ce qu'il fit en effet.

« Les miens furent écrasés et chassés dans les amers
chemins de la fuite et en les voyant ainsi traqués, je fus
prise d'une joie sans égale ;

« à ce point que je levai vers le ciel mon front hardi,
en criant à Dieu : « Désormais je ne te crains plus ! »
comme fait le merle au moindre signe de beau temps.

« Je fis ma paix avec Dieu, au terme de ma vie. Et ma
dette ne serait encore diminuée en rien par la pénitence,
si Pierre Pettignano [1] ne s'était souvenu de moi dans
ses saintes prières et ne m'avait secourue par charité. »

(100-129)

1. Commerçant de Sienne, renommé pour son honnêteté et vénéré
comme un saint.

CHANT XIV. — [Deux autres martyrs de l'Envie interrogent
Dante et dès que celui-ci répond qu'il vient des bords de l'Arno,
l'un d'eux décrit le cours maudit de ce fleuve dont les rives sont
habitées par de bestiales populations : les porcs du Casentin, les
chiens hargneux d'Arezzo, les loups féroces de Florence et les
renards astucieux de Pise. Ainsi la fureur implacable et ingé-
nieuse de Dante trouve toujours une occasion nouvelle de se répandre.]

Le triste cours de l'Arno.

La vertu y est traquée en ennemie, tel un serpent,
par tous les riverains, soit que le lieu soit maudit, soit
que l'habitude du mal les entraîne.

C'est pourquoi ceux qui habitent cette vallée ont tellement changé leur nature qu'il semble que Circé les
ait nourris [1].

C'est parmi les porcs hideux, plus dignes de manger
des glands que toute autre nourriture à l'usage des
hommes, que la rivière dirige d'abord son maigre cours.

Elle trouve ensuite, en descendant, des roquets plus
hargneux que ne le comporte leur force, et dédaigneusement elle détourne d'eux son visage.

Elle va, s'enfonçant toujours, et plus elle grossit, la
maudite rivière de malheur, plus les chiens qu'elle rencontre se transforment en loups.

Elle descend ensuite par des gorges plus sombres et
trouve des renards si pleins de fourberie qu'ils ne crai-
gnent plus les pièges les plus ingénieux.   (37-54)

[L'ombre qui a fait ce sinistre tableau déplore ensuite que
tout le pays de Romagne ait perdu la fleur des vertus chevale-
resques et qu'il n'y pousse plus que des « broussailles empoison-

---

1. La magicienne Circé changeait en pourceaux les hommes qui tombaient en son pouvoir.

nées », Puis les deux poètes poursuivent leur marche et se trouvent de nouveau seuls. Dans le silence, des voix éclatent tout à coup, proclamant quelques exemples de châtiments subis par des Envieux.]

Les châtiments exemplaires.

Après que, avançant toujours, nous fûmes restés seuls, pareille à la foudre qui fend l'air, une voix résonna devant nous en disant :

« Quiconque me trouvera me tuera[1] ! » Et elle s'enfuit comme le tonnerre se disperse après avoir déchiré le nuage.

A peine ce bruit eut-il cessé à nos oreilles, en voici un autre d'un fracas si grand qu'on eût dit un second coup de tonnerre après le premier :

« Je suis Aglaure qui fut changée en pierre[2]. » Alors pour me serrer tout contre mon guide, je reculai au lieu d'avancer.   (130-141)

CHANT XV. — [Dante est soudain aveuglé par une lumière éblouissante qui efface celle du soleil. C'est le visage radieux de l'Ange de l'Amour, au pied de l'escalier par où l'on gagne la troisième terrasse.]

L'Ange éblouissant de l'amour.

— « O mon doux père, dis-je, quelle est cette lumière dont je ne puis défendre utilement mes yeux et qui semble se diriger vers nous ? »

1. Ce sont les paroles de Caïn à Dieu après le meurtre d'Abel.
2. Aglaure, fille de Cécrops, roi d'Athènes, était envieuse de sa sœur, aimée par Mercure ; comme elle cherchait à lui nuire, le dieu la transforma en rocher.

— « Ne t'étonne pas, répondit-il, si les habitants du ciel t'éblouissent encore ; c'est un messager qui vient pour nous inviter à monter.

« Bientôt l'heure viendra où tu pourras les regarder sans être accablé, avec toute la joie que ta nature te permet de ressentir. »

Lorsque nous fûmes arrivés près de l'ange béni, il nous dit d'une voix joyeuse : « Entrez par ici : voilà un escalier moins roide que les autres. »

Nous partions de ce lieu et nous commencions à monter quand on chanta dernière nous : « *Beati Misericordes* [1] » et : « Réjouis-toi, toi qui triomphes. »

(25-59)

[En discourant du souverain bien et de l'infinie béatitude du ciel, qui se partage sans s'amoindrir, les poètes arrivent sur la troisième terrasse. On y expie les péchés de la colère au milieu d'une fumée âcre et noire.

Voici d'abord des exemples de douceur. Plus de bas-reliefs, plus de voix qui passent : ce sont des visions que Dante contemple dans une sorte d'extase, avant de pénétrer dans le brouillard suffocant.]

Visions.

Là, il me sembla que j'étais ravi dans une vision d'extase ; et je voyais dans un temple une foule de personnes.

Et une femme sur le seuil, dans la douce attitude d'une mère, disait : « Mon fils, pourquoi nous as-tu fait cela ?

« Voici que, désolés, ton père et moi nous te cher-

1. « Heureux les miséricordieux ! »

chions. » ¹ Puis elle se tut et cette première image disparut.

Ensuite m'apparut une autre femme. Sur ses joues ruisselaient les larmes que la douleur fait jaillir, quand elle vient d'un grand dépit.

Elle disait : « Si tu es le Seigneur de la ville, dont le nom souleva une telle dispute entre les dieux et d'où toute science rayonne ²,

« venge-toi de ces bras trop hardis qui embrassèrent notre fille, ô Pisistrate. » Et il me semblait que le Seigneur bon et doux

lui répondait d'un visage calme : « Que ferons-nous à celui qui nous veut du mal, si nous condamnons celui qui nous aime ³ ? »

Puis je vis des gens enflammés du feu de la colère, qui lapidaient un jeune homme et se criaient l'un à l'autre d'une voix forte : « Frappe ! Frappe ! »

Et lui, je le voyais qui se courbait déjà vers la terre sous le poids de la mort. Mais il tenait ses yeux ouverts comme des portes vers le ciel,

en implorant encore, dans cet affreux martyre, le très haut Seigneur de pardonner à ses persécuteurs.

(85-113)

[Dante, revenu de son extase, suit Virgile le long du plateau. Tandis qu'ils « marchent dans le soir », voici qu'une fumée, « obscure comme la nuit », les enveloppe.]

1. C'est la Vierge retrouvant son fils au Temple.
2. Athènes. Il y eut dispute entre Neptune et Athéné pour savoir qui donnerait son nom à la ville.
3. Dante traduit ici à peu près un récit de Valère-Maxime. Ce dernier raconte qu'un jeune homme, épris d'une fille de Pisistrate, l'embrassa publiquement : d'où la colère de la mère, sa plainte à Pisistrate et la réponse pleine de douceur de celui-ci.

Chant XVI. — **Dans la fumée.**

Le noir de l'Enfer ou d'une nuit sans étoiles sous un ciel étroit, alors qu'elle est le plus chargée de nuages ténébreux,

ne firent jamais sur mon visage un voile aussi épais, ni d'un tissu aussi âpre que la fumée qui nous enveloppa.

Mes yeux ne supportèrent pas de rester ouverts. C'est pourquoi mon guide sage et sûr s'approcha de moi et m'offrit son épaule.

Comme l'aveugle va suivant son conducteur, pour ne pas s'égarer et pour ne pas heurter les objets qui pourraient le blesser ou le tuer,

ainsi j'allais par cet air âcre et noir, écoutant mon maître qui disait : « Prends garde de ne pas être séparé de moi. »

J'entendais des voix qui semblaient prier, pour avoir paix et miséricorde, l'Agneau de Dieu qui efface les péchés.

Et leur exorde était : « Agnus Dei » et chez toutes c'étaient les mêmes mots et le même ton, de sorte que entre elles paraissait régner tout accord.

— « Maître, sont-ce des esprits que j'entends ? dis-je »; et lui à moi : « Tu l'as bien compris ; ils vont se déliant des nœuds de la colère. »   (1-24)

[Un des pénitents interpelle Dante. C'est un certain Marco Lombardo, dont on sait peu de chose. Il renseigne les poètes sur le chemin à suivre et la conversation porte bientôt sur la corruption du monde. Marco Lombardo accuse l'aveuglement des hommes qui rejettent leurs erreurs sur l'action fatale du ciel et nient le libre arbitre, qui leur est pourtant laissé. Puis il critique le mauvais gouvernement des chefs et la fâcheuse confusion des deux pouvoirs, temporel et spirituel.]

Le mal dans le monde : les mauvais bergers.

L'âme sort des mains de Dieu qui la caresse avec amour avant qu'elle ne soit; elle est comme une petite fille que le caprice enfantin fait passer des larmes au rire.

Naïve, elle ne sait rien, mais, sous l'impulsion de son heureux Créateur, elle se laisse attirer par tout ce qui la charme.

D'abord elle prend goût au plus petit plaisir, et ensuite elle en est dupe et elle court après lui, si un guide ou un frein ne détourne son désir.

C'est pourquoi il fallut mettre les lois comme frein; et il fallut un roi qui discernât au moins la tour de la cité véritable.

Les lois existent; mais qui y tient la main? Personne; car le pasteur qui marche en avant peut bien ruminer mais il n'a pas le pied fourchu[1].

C'est pourquoi la foule, voyant son guide poursuivre uniquement ce bien, dont elle est elle-même friande, s'en repaît sans chercher plus loin.

Tu peux donc voir que la mauvaise direction est la cause qui a rendu le monde coupable et que ce n'est pas la nature qui est corrompue en nous.

1. Les livres sacrés disent qu'il était interdit aux Hébreux de manger la chair des animaux qui ne ruminent pas et n'ont pas le pied fourchu. Le Pasteur — c'est-à-dire le Pape — ne réalise qu'une des deux conditions : il est savant des choses spirituelles, mais il ne peut concilier le temporel et le spirituel.

Rome, qui a donné la bonne règle au monde, avait deux soleils qui éclairaient les deux routes, celle du monde et celle de Dieu.

L'un des soleils a éclipsé l'autre et l'épée est dans la même main que la crosse, et il est forcé qu'elles aillent mal ensemble.

Car, ainsi réunies, elles n'ont plus de crainte l'une de l'autre. Si tu ne me crois pas, observe bien l'épi : car toute plante se reconnaît à la graine.

Au pays traversé par l'Adige et le Pô, on trouvait autrefois valeur et courtoisie, avant que Frédéric entreprît sa lutte[1].

Maintenant peut y passer en toute liberté quiconque rougit de s'entretenir avec les honnêtes gens ou de s'approcher d'eux.

Il y a bien encore trois vieillards, grâce auxquels l'âge ancien condamne le nouveau, mais il leur tarde que Dieu les appelle à une meilleure vie.

Ce sont Corrado de Palazzo et le bon Gherardo et Guido de Castello, qui se nomme mieux à la française le simple Lombard[2].

Tu peux donc dire désormais que l'Église de Rome en confondant en soi les deux pouvoirs, tombe dans la fange et se souille, elle et son fardeau.   (85-129)

CHANT XVII. — [Parvenus à la limite du brouillard, Marco Lombardo retourne à sa pénitence et les poètes arrivent dans la lumière. Le soleil se couche. Une nouvelle vision fait défiler dans l'esprit de Dante quelques exemples de colère punie. Soudain, une lueur éblouissante : c'est l'Ange de la paix qui mon-

1. Allusion aux luttes de l'empereur Frédéric II et de la Papauté.
2. Ce sont trois seigneurs que Dante loue pour leur vertu et leur mérite, à plusieurs reprises, en particulier dans le Convivio.

tre l'escalier de la quatrième terrasse, efface une autre lettre
sur le front de Dante et chante le « Beati pacifici » (Heureux les
hommes de paix). Quand les poètes arrivent au haut de l'escalier,
la nuit couvre la montagne. Ils s'arrêtent.

Pour charmer l'attente, Virgile explique longuement à son
compagnon comment l'amour — entendu au sens philosophique
et religieux le plus large — est la cause de tout bien ou de tout
mal, suivant qu'il est bien ou mal dirigé. Les péchés que l'on
expie au Purgatoire ne sont en définitive que des formes perverties
de cet amour. Voici un de ces raisonnements.]

Chant XVIII. — De la nature de l'amour.

Mon noble maître avait mis fin à son raisonnement
et regardait avec attention dans mes yeux si je parais-
sais satisfait.

Et moi, que tourmentait une nouvelle soif, sans lui
parler je me disais en moi-même : « Peut-être que mes
demandes trop fréquentes lui sont à charge. »

Mais ce père véritable, qui s'aperçut que mon désir
timide ne s'ouvrait pas à lui, m'encouragea à parler en
me parlant lui-même.

C'est pourquoi je dis : « Maître, ma vue se fait si
vive grâce à tes lumières, que je discerne clairement
tout ce que ta raison me présente ou m'explique.

« C'est pourquoi je te prie, mon doux et cher père, de
me faire la démonstration de cet amour auquel tu ra-
mènes toute bonne et toute mauvaise action. »

— « Dresse vers moi les yeux pénétrants de l'esprit,
dit-il, et tu verras clairement l'erreur des aveugles qui
veulent guider les autres.

« L'âme, qui fut créée toute prompte à aimer, court à
ce qui lui plaît, sitôt que le plaisir la met en mouvement.

« Votre intelligence tire d'un être réel une impression
qu'elle déploie ensuite au dedans de vous, de manière
à tourner votre âme vers elle ;

« et si l'âme, s'étant tournée, incline vers l'image, cette
inclination c'est l'amour, c'est une autre nature que le
plaisir fixe en vous.

« Puis, de même que le feu se meut vers le haut, son
essence étant de monter naturellement là où sa matière
a le plus de durée,

« de même l'âme éprise s'abandonne au désir, qui est
un mouvement spirituel et n'a de cesse qu'il ne jouisse
de la chose aimée.

« Maintenant tu peux voir combien la vérité est ignorée
des gens qui admettent pour vrai que tout amour est en
soi chose louable.

« Il peut sembler que sa matière est toujours bonne ;
mais toute empreinte n'est pas bonne, encore que la
cire le soit. »

— « Tes paroles et mon esprit attentif, répondis-je,
m'ont dévoilé ce qu'est l'amour, mais je n'en suis que
plus rempli de doutes.

« Car, du moment que l'amour vient à nous du dehors
et que l'âme ne suit pas d'autre impulsion, qu'elle aille
droit ou de travers, elle n'y a aucun mérite. »

Et lui à moi : « Je puis bien te dire ce que la raison
y comprend ; mais, pour ce qui est au delà, attends
d'avoir vu Béatrice, car c'est affaire de foi.

« Toute forme substantielle, qui est distincte de la raison mais unie à elle, contient en soi une vertu spécifique

« qui ne se fait sentir qu'en agissant et ne se manifeste que par l'effet, comme la vie se manifeste dans la
plante par les feuilles vertes.

« L'homme ignore d'où lui vient l'intelligence des notions premières et l'inclination des premiers appétits

« qui sont en vous, comme dans l'abeille l'instinct de
faire le miel ; et cette première inclination ne mérite ni
louange ni blâme.

« Or, pour que toutes les autres inclinations se réunis-
sent à celle-là, vous portez innée en vous la faculté qui
délibère et qui garde le seuil du consentement.

« Tel est le principe d'où provient en vous la cause du
mérite, selon que cette faculté accueille et passe au
crible les amours bons ou mauvais.

« Ceux qui ont poussé leurs raisonnements jusqu'au
fond des choses ont reconnu cette liberté innée ; c'est
pourquoi ils ont laissé au monde des règles de morale.

« Mais supposons même que la nécessité soit la source
de tout amour qui s'allume dans votre âme ; il existe
toujours en vous le pouvoir de le retenir.

« Cette noble faculté, Béatrice l'appelle le libre arbitre. Tâche de t'en souvenir si elle vient à t'en parler. »

(1-75)

[Ces graves entretiens ont conduit les poètes jusqu'à minuit.
La lune parcourt « les routes du ciel ». Une douce somnolence
gagne Dante peu à peu, lorsque le fracas d'une course lui fait
retourner la tête. Ce sont les Indifférents qui passent en courant
et en fouettant leur ardeur par le rappel d'illustres exemples
d'empressement et de célérité. Virgile demande la route à l'un
d'eux qui répond sans s'arrêter. Ils disparaissent. Dans le silence
Dante referme ses yeux appesantis.]

Sommeil.

Puis, lorsque ces ombres furent si loin de nous qu'on ne pouvait plus les voir, une pensée nouvelle entra dans mon esprit.

Et de cette pensée bien d'autres toutes différentes naquirent ; et je flottai si bien de l'une à l'autre que je fermai les yeux dans cette songerie

et que je passai de la pensée au rêve.   (139-145)

Chant XIX. — [Dans son rêve Dante voit une espèce de Sirène horrible, que son œil abusé pare de toutes les beautés : elle est le symbole des faux biens qui flattent les désirs des hommes. Une autre femme symbolique apparaît, qui démasque la première ; et les deux poètes, passant devant l'ange gardien de cette terrasse, gravissent un degré de plus.]

La Sirène démasquée.

Je vis en songe une femme bègue, aux yeux louches, aux pieds tordus, aux mains coupées, au teint blème.

Je la regardais : et comme le soleil ranime les membres glacés et engourdis par la nuit, de même mon regard

lui déliait la langue, puis la faisait paraître droite en peu de temps et colorait son visage éteint de la couleur chère à l'amour.

Et lorsque sa parole fut ainsi déliée, elle commença à chanter si doucement que j'aurais eu beaucoup de peine à en détourner mon attention.

— « Je suis, chantait-elle, je suis la douce sirène qui enchante les marins sur la haute mer, tant je remplis de plaisir ceux qui m'écoutent.

« Je détournai Ulysse de sa course errante par mes chants et quiconque auprès de moi s'attarde, ne part que rarement, si fort je le séduis. »

Sa bouche n'était pas encore refermée qu'une femme sainte et diligente apparut auprès de moi pour la confondre.

— « O Virgile, Virgile, quelle est celle-là ? disait-elle âprement ». Et mon guide venait et ses yeux étaient fixés uniquement sur celle qui était honnête.

Celle-ci saisissait l'autre, la découvrait en déchirant le devant de la robe et me montrait son ventre : la puanteur qui s'en exhalait me réveilla.

J'ouvris les yeux et le bon Virgile me dit : « Je t'ai appelé au moins trois fois. Lève-toi et viens : cherchons la porte pour entrer. »

Je me relevai. Tous les cercles de la montagne sainte étaient déjà pleins de grand jour et nous allions avec le soleil levant sur les épaules.

Je suivais mon guide et je portais mon front comme celui qui est lourd de pensées et qui courbe son corps comme la moitié de l'arche d'un pont,

lorsque j'entendis : « Venez, c'est par ici qu'on passe. » C'était dit d'un ton si suave et si affectueux qu'on n'en entend pas de semblable dans notre séjour mortel.

D'un signe de ses ailes ouvertes, pareilles à celles d'un cygne, celui qui nous parlait ainsi nous fit monter entre deux parois de dur granit.

Puis il battit ses ailes dont nous sentîmes le vent en

disant : « Ceux *qui lugent*[1] seront heureux, car leurs
àmes posséderont la consolation. »   (7-51)

[Arrivé sur la plate-forme du cinquième cercle, Dante aperçoit,
couchées le visage contre terre, les ombres des Avares qui poussent de grands soupirs. L'un d'eux lui explique leur dure condition. C'est le pape Adrien V qui n'occupa le trône pontifical que
38 jours et dont toute la vie jusqu'alors avait été occupée à en-
tasser des richesses.]

Le pape Adrien V. — Les avares prosternés.

Je dis : « O esprit, en qui les larmes mùrissent le fruit
de pénitence sans lequel on ne peut retourner à Dieu,
suspends un peu pour moi ton principal souci.

« Dis-moi qui tu es et pourquoi vous avez le dos
tourné en haut et dis-moi aussi si tu désires que j'ob-
tienne quelque chose pour toi dans le monde d'où je
suis venu ici vivant. »

Et lui à moi : « Oui, tu sauras pourquoi nos échines
sont tournées vers le ciel. Mais d'abord *scias quod ego
fui successor Petri*[2].

« Entre Siestri et Chiaveri descend une belle rivière,
et son nom est comme la cime d'où provient le titre de
ma famille[3].

« Un peu plus d'un mois j'ai connu ce que pèse le
grand manteau, quand on veut le garder de la boue :
toute autre charge est plume auprès de celle-là.

1. « Heureux ceux qui pleurent..... »
2. « Sache que je fus un successeur de Pierre. »
3. Siestri et Chiaveri sont deux bourgades sur la Riviera de Gênes, à
l'Est. Entre elles coule la Lavagna d'où les Fieschi tiraient leur nom de
comtes de Lavagne. Urbain V était un Fieschi.

« Ma conversion hélas ! fut tardive. Mais lorsque je fus fait pasteur romain, je découvris soudain que la vie est menteuse.

« Je vis que même sur le faîte le cœur ne trouvait point la paix ; et comme il n'était pas possible de s'élever plus haut dans cette vie, je fus embrasé d'amour pour celle-ci.

« Jusqu'alors j'avais été une âme misérable, séparée de Dieu, perdue d'avarice ; maintenant, comme tu le vois, j'en porte ici la peine.

« L'effet de l'avarice se montre clairement dans la manière dont nos âmes renversées font pénitence ; et cette montagne n'a pas de peine plus amère.

« De même que nos yeux, fixés sur les biens de la terre, ne se levèrent jamais en haut, de même la justice les tient ici cloués au sol ;

« et de même que l'avarice éteignit en nous l'amour de tout vrai bien, d'où notre manque de bonnes œuvres, de même la justice nous tient ici serrés et prisonniers,

« pieds et mains liés ; et tant qu'il plaira à notre juste Seigneur, nous resterons immobiles et étendus. »

(91-126)

CHANT XX. — [Dante se sépare du pape Adrien et s'avance avec Virgile le long de la terrasse par l'étroit passage que les ombres couchées laissent libre. A la vue de ces misérables il lance une nouvelle malédiction contre la terrible louve maigre qui s'attaque à tant de gens.]

Encore la Louve et le Lévrier.

Maudite sois-tu, antique Louve, qui dévores plus de

proies que toutes les autres bêtes ensemble, dans ton éternelle et sombre faim !

O ciel, dont les révolutions passent pour déterminer les changements du monde, quand donc viendra celui qui doit la chasser ?　　　　　　　　　　(10-15)

[L'un des avares rappelle avec des larmes quelques beaux exemples de pauvreté et de largesses. C'est l'ombre d'Hugues Capet, roi de France, lequel, répondant à une question de Dante, passe en revue les princes de sa dynastie et les marque d'un trait rapide et cruel : sombre galerie de portraits où l'ancêtre ne trouve parmi ses descendants que des figures de rapine et de honte.]

Les portraits des Capétiens par Hugues Capet.

— « Je suis la racine de la plante maudite qui couvre toute la terre chrétienne d'une ombre si pernicieuse qu'on n'y recueille plus guère de bons fruits.

« Mais si Douai, Lille, Gand et Bruges le pouvaient, la vengeance serait prompte, et moi je l'implore de Celui qui juge tout.

« Je m'appelais dans le monde Hugues Capet ; c'est de moi que descendent les Philippe et les Louis, par qui la France est depuis peu gouvernée.

« J'étais le fils d'un boucher de Paris[1]. Lorsque les anciens rois se furent tous éteints, sauf l'un d'eux qui finissait sous la bure,

« je me trouvai, ayant pris en main les rênes du gouvernement du royaume, en une telle puissance par suite de nouvelles conquêtes, et si riche d'amis,

---

1. C'était la croyance de l'époque.

« que la couronne veuve fut posée sur la tête de mon fils, d'où descendit la lignée sacrée de ces rois.

« Tant que la grande dot de Provence n'enleva pas à ma famille toute pudeur, elle valait peu, mais du moins ne faisait pas le mal[1].

« C'est alors que dans la violence et le mensonge commencèrent ses rapines ; et puis pour faire pénitence elle s'empara de Ponthieu, de la Normandie et de la Gascogne.

Charles vint en Italie : et pour faire pénitence il fit de Conradin sa victime ; et enfin il envoya Thomas au Ciel pour faire pénitence[2].

Je vois venir un temps, qui n'est pas éloigné, où un autre Charles sortira de France pour se faire mieux connaître, lui et les siens.

Il va tout seul, sans autre arme que la lance déjà maniée par Judas ; et il la pointe contre Florence avec tant de force qu'il lui crève la panse.

Il n'y gagnera point de terre, mais honte et péché, et ce sera pour lui un mal d'autant plus lourd qu'il le tient pour plus léger[3].

Et j'en vois un autre, fait prisonnier dans son navire, qui vend sa fille et en trafique comme font les corsaires des autres esclaves[4].

1. Charles d'Anjou ayant épousé la fille du comte de Provence obtint cette province.

2. Allusion aux diverses conquêtes de la famille et aux crimes de Charles d'Anjou en Italie : l'assassinat de Conradin et de saint Thomas d'Aquin. Le mot de pénitence répété trois fois à la rime est d'une terrible ironie, comme du reste tout le passage.

3. Ce nouveau Charles est Charles de Valois, frère de Philippe le Bel. Appelé en Italie par le pape et envoyé à Florence comme pacificateur il y favorisa le parti des Guelfes Noirs contre les Blancs et se livra à toutes sortes d'exactions.

4. C'est Charles II, roi des Pouilles, qui maria sa fille pour de l'argent à un vieux marquis d'Este.

O Avarice, que peux-tu nous faire encore, puisque tu as si bien entraîné mon sang à ta suite qu'il n'a plus souci de sa propre chair ?

Et, pour que le mal futur et le mal déjà commis paraissent moindres, je vois dans Anagni entrer la fleur de lis et le Christ fait prisonnier dans la personne de son vicaire.

Je le vois une fois de plus tourné en dérision ; je vois renouveler le vinaigre et le fiel ; entre deux larrons vivants je le vois mis à mort.

Je vois ce nouveau Pilate si cruel, que cela même ne le rassasie pas ; il porte encore, sans aucun jugement, sa rapace piraterie dans le temple[1].

O mon Seigneur, quand aurai-je enfin la joie de voir la vengeance qui se cache dans tes secrets et adoucit pour un moment ta colère ? »   (43-96)

[Hugues Capet poursuit en citant quelques exemples fameux d'avarice punie : Pygmalion, Midas, Héliodore, Crassus ; puis il se replonge dans sa prière et dans sa pénitence. — Les poètes se hâtent sur le chemin. Tout à coup la montagne tremble. Toutes les âmes dans une clameur de joie se mettent à chanter l'hymne des anges à la naissance du Christ. Dante n'apprendra qu'au chant suivant la raison de cet ébranlement du mont sacré : c'est une âme qui, ayant accompli son expiation, se détache du Purgatoire et s'envole vers le Ciel.]

Le Purgatoire tremble : une âme s'envole.

Nous nous étions déjà séparés de lui et nous nous efforcions d'avancer sur la route, autant que nos forces le permettaient,

---

1. Le nouveau Pilate est Philippe le Bel qui persécuta Boniface VIII et les Templiers.

quand je sentis, comme si quelque chose s'écroulait, trembler la montagne ; et un froid m'envahit, pareil à celui qui saisit l'homme marchant à la mort.

Certes Délos ne fut pas aussi fortement ébranlée, avant que Latone n'y préparât le nid où elle mit au monde les deux yeux du Ciel[1].

Puis de toutes parts s'éleva une clameur telle que mon maître se rapprocha de moi en disant : « Ne crains rien tant que je serai ton guide. »

— *Gloria in excelsis Deo,* disaient toutes les âmes ainsi que j'en jugeai par celles qui étaient près de moi et dont je pus comprendre le cri.

Nous restâmes alors immobiles et en suspens, comme les bergers qui, les premiers, entendirent ce chant, jusqu'à ce que le tremblement cessât et que l'hymne fût achevé.

Puis nous reprîmes notre sainte route en regardant les âmes qui gisaient à terre, retombées déjà dans leurs larmes.

Nul état d'ignorance, si ma mémoire ne me trompe pas, ne me donna jamais le désir de savoir avec autant d'anxiété

que j'en sentis à ce moment dans mon esprit. Mais dans notre hâte je n'osais rien demander ; et par moi-même je ne pouvais rien voir.

Et ainsi je m'en allais timide et pensif.   (124-151)

CHANT XXI. — [Au bout de quelques pas une autre ombre, qui suivait les poètes en regardant elle-même les avares, les rejoint

---

1. Neptune fit surgir Délos de la mer afin que Latone mît au monde, à l'insu de Junon, Apollon et Diane « les deux yeux du Ciel », dont le père était Jupiter. L'île, d'abord errante et ballottée, devint alors stable.

et les salue : elle les prend pour deux habitants du Purgatoire.
Virgile la détrompe, se fait expliquer la cause du tremblement
de la montagne et lui demande enfin de se faire connaître. C'est
le poète latin Stace qui proclame sa grande admiration pour Virgile, sans savoir qu'il parle à Virgile lui-même. La scène est si
piquante que Dante ne peut se retenir de sourire, et Stace en est
fort intrigué.]

Le poète Stace.

— « Au temps où le bon Titus, avec l'aide du Souverain Roi, vengea les blessures d'où jaillit le sang vendu
par Judas,

je vivais sur la terre, portant le titre qui dure le
plus et donne le plus d'honneur [1], répondit cet esprit ;
j'y étais fort célèbre, mais encore privé de la foi.

La douceur de mon chant fut telle que, bien que
Toulousain, Rome m'appela à elle et j'y méritai d'avoir
les tempes couronnées du myrte [2].

Les gens de là-bas m'appellent encore Stace. Je
chantai Thèbes et puis le grand Achille, mais je succombai en route sous ce dernier fardeau.

Mon ardeur fut réchauffée par les étincelles de la
divine flamme qui a embrasé plus de mille autres
poètes ;

je parle de l'Énéide, qui fut ma mère et ma nourrice en poésie. Sans elle je ne fis rien qui eût le
moindre poids.

Et pour avoir vécu là-bas en même temps que Vir-

1. C'est le titre de poète.
2. Dante fait une confusion entre le poète Stace, qui était de Naples,
et un autre Stace, de Toulouse. De telles confusions n'étaient pas rares
à cette époque où l'érudition n'était pas toujours très sûre.

gile j'accepterais de voir ma libération de cet exil retardée d'une année de soleil. »

Ces paroles firent que Virgile se retourna vers moi avec un tel visage que, sans me parler, il me disait pourtant : « Silence ! » Mais la volonté ne peut pas tout,

et le rire et les larmes suivent de si près le sentiment qui les fait naître que plus l'homme est sincère et moins ils obéissent à son vouloir.

Je souris donc avec un clignement d'œil. Sur quoi l'ombre se tut et me regarda dans les yeux où se trahit le plus l'image de notre âme.

Et : « Puisses-tu arriver heureusement au bout de ta grande épreuve, dit-il ; mais pourquoi ton visage m'a-t-il montré tout à l'heure l'éclair d'un sourire ? »

Et me voilà pris entre ces deux hommes : l'un veut que je me taise, l'autre me conjure de parler ; et moi je soupire. Mais mon maître

me comprend : « Ne crains pas de parler, dit-il ; parle donc et dis-lui ce qu'il te demande avec tant d'insistance. »

Alors moi : « Peut-être t'étonnes-tu, ô esprit antique, du sourire que j'ai eu. Mais je veux qu'un plus grand étonnement encore te saisisse.

« Celui-ci, qui guide mes yeux vers le haut, est ce même Virgile chez qui tu as puisé la force de chanter les hommes et les Dieux.

« Si tu as dans ta pensée donné à mon sourire une autre cause, rejette-la comme fausse : la cause en est, crois-moi, dans les paroles que tu as dites de lui. »

Il se baissait déjà pour embrasser les pieds de mon

maître, mais celui-ci lui dit : « Mon frère, n'en fais rien :
car tu es une ombre, et c'est une ombre que tu vois. »

Et lui, se relevant : « Tu peux comprendre maintenant
la force de l'amour qui m'enflamme pour toi, puisque
j'oublie notre vanité,

« et que je traite les ombres comme des corps so-
lides. »   (82-136)

CHANT XXII. — [Stace, qui a achevé d'expier au Purgatoire une
vie de prodigalités, gagne le Ciel et il accompagnera les autres
voyageurs jusqu'au sommet du Purgatoire. Les deux Latins dans
la joie de se connaître discourent longuement ensemble. — Qui
t'a conseillé et guidé dans la religion nouvelle ? demande Virgile.
Et Stace de répondre : c'est toi. Car la légende édifiée sur une
interprétation chrétienne de quelques vers d'une Églogue avait
fait de Virgile un prophète du Christ.]

La conversion de Stace : Virgile prophète.

Il répondit : « Toi le premier, tu m'as mis sur la voie
du Parnasse pour boire dans ses grottes ; et c'est encore
toi, après Dieu, qui m'as illuminé.

« Tu as fait comme celui qui marche dans la nuit en
portant derrière soi une lumière qui ne lui sert point à
lui-même, mais qui éclaire ceux qui le suivent,

« lorsque tu as dit : « le Siècle se renouvelle ; voici
« revenir la justice et le premier âge de l'humanité ; un
« nouveau rejeton descend du ciel[1]. »

---

1. Dante croyait, avec tout le moyen âge, que la IVᵉ églogue de Virgile
contenait une prophétie de la venue du Christ.

> Magnus ab integro sœclorum nascitur ordo.
> Jam redit et Virgo, redeunt Saturnia regna.
>   *Ég*. IV-4.

E réalité. Virgile pensait au fils d'Asinius Pollion.

« Par toi je fus poète, par toi je fus chrétien. Mais pour te faire mieux voir le dessin que je trace, ma main y étalera les couleurs.

« Déjà le monde était rempli de la vraie croyance, semée par les messagers du Royaume éternel,

« et tes paroles, que je rappelais plus haut, étaient conformes à celles des nouveaux prédicateurs. C'est pourquoi je pris l'habitude de les fréquenter.

« Et peu à peu ils me parurent de si grands saints que, lorsque Dioclétien les persécuta, leurs pleurs n'allèrent pas sans mes propres larmes.

« Et tant que je vécus dans le monde, là-bas, je les soutins, et la droiture de leur vie fit que je méprisai toutes les autres sectes.

« Et avant de conduire dans mes vers les Grecs aux fleuves de Thèbes [1], je reçus le baptême ; mais la crainte fit de moi un chrétien occulte,

« qui étala longtemps encore son paganisme. C'est cette tiédeur qui m'a fait tourner autour du quatrième cercle plus de quatre centaines d'années.

« Mais toi, qui as levé le couvercle qui me cachait le grand bien dont je parle, tandis que la montée nous laisse du loisir,

« dis-moi où est notre antique Térence ; et Cecilius, Plaute et Varron, si tu le sais, dis-moi s'ils sont damnés et en quel cercle. »

— « Ceux-là et Perse, et moi-même et bien d'autres encore, répondit mon guide, nous sommes avec ce Grec, que les Muses ont allaité plus que tout autre,

---

1. Allusion au poème de la « Thébaïde ».

« dans la première enceinte de l'aveugle prison. Nous parlons souvent de la montagne qui est toujours la demeure de nos nourrices [1].

« Euripide y est avec nous, ainsi qu'Antiphon, Simonide, Agathon et plusieurs autres Grecs qui ornèrent jadis leur front du laurier. »   (64-108)

[Ces discours ont conduit les voyageurs jusqu'à la sixième terrasse. Ils prennent à droite, Stace et Virgile devant et Dante derrière, prêtant l'oreille aux paroles de ses maîtres. Ils rencontreront ici les âmes qui se purifient du péché de gourmandise par la faim et par la soif. A peine ont-ils fait quelques pas qu'ils aperçoivent un arbre étrange dont le feuillage ruisselle d'eau fraîche et dont les fruits répandent une alléchante odeur. Une voix, sous le couvert des branches, annonce le supplice et cite des exemples de sage tempérance.]

L'arbre de la faim et de la soif.

Mais bientôt leurs doux entretiens furent interrompus par la vue d'un arbre que nous trouvâmes au milieu du chemin et qui portait des fruits d'une odeur suave et alléchante.

Et de même que le sapin se rétrécit de branche en branche vers la cime, de même cet arbre se rétrécissait par le bas, afin, je pense, que personne n'y pût monter.

Du côté où notre route était fermée par la haute muraille tombait une eau limpide qui se répandait sur les feuilles.

Les deux poètes s'approchèrent de l'arbre : et une voix dans le feuillage s'écria : « Voici une nourriture dont vous serez privés. »

1. Le Mont Parnasse, habité par les Muses.

Puis elle dit : « Marie pensait plutôt à assurer des noces honorables et parfaites qu'à sa propre bouche qui maintenant intercède pour vous [1]. »

Et les anciennes Romaines se contentaient d'eau pour boire, et Daniel méprisa la table et acquit le savoir.

Au premier âge, qui fut beau comme l'or, la faim faisait paraître les glands un mets savoureux et la soif de tout ruisseau faisait un nectar.

Le miel et les sauterelles furent les aliments qui nourrirent le Baptiste dans le désert. Et c'est pourquoi il est si glorieux et si grand.   (130-153)

CHANT XXIII. — [Les voyageurs rencontrent bientôt une troupe de gourmands aux yeux caves et d'une épouvantable maigreur.]

Les Gourmands desséchés par la faim.

Et voici qu'on entendit pleurer et chanter à la fois : *Labia mea Domine* [2]... d'une manière telle que cela produisait ensemble plaisir et douleur.

— « O mon doux père, qu'est-ce donc que j'entends »? dis-je. Et lui : « Des âmes occupées sans doute à se délier des liens de leur pénitence. »

Comme des pèlerins pensifs, qui rejoignent sur la route des gens inconnus, se retournent vers eux mais ne s'arrêtent pas,

ainsi, venant derrière nous d'une allure plus rapide, une troupe d'âmes, silencieuse et contrite, nous dépassait et nous regardait avec étonnement.

1. Allusion aux Noces de Cana.
2. « O Seigneur, ouvre mes lèvres ! »

Elles avaient toutes les yeux sombres et caves, le visage blême et le corps si réduit que la peau se modelait sur les os. (10-23)

[Une de ces ombres regarde Dante, le reconnaît et pousse un cri. Dante à son tour la reconnaît à sa voix : c'est Forèse Donati, son concitoyen et son ami, dont la gourmandise était célèbre. Il y est fait allusion dans certains sonnets burlesques et satiriques qu'ils échangèrent. Forèse explique à Dante l'effrayante maigreur des ombres et le nouveau supplice de Tantale qu'elles endurent devant cette eau et ces fruits. Il a quelques douces et tendres paroles pour sa « chère petite veuve » Nella, et une impitoyable invective contre l'impudeur et la corruption des autres femmes de Florence.]

Forèse Donati. — La vertueuse Nella. — Les femmes de Florence.

Et voici que, des profondeurs de sa tête, une ombre tourna vers moi ses yeux, me regarda fixement, puis s'écria : « Quelle grâce m'est donc faite ! »

Jamais je ne l'aurais reconnue à son visage ; mais au son de sa voix je revis nettement ce que son aspect avait tant altéré.

Ce fut comme une lueur qui m'éclaira pour reconnaître cette face défigurée et je retrouvai le visage de Forèse.

— « Ah ! ne t'arrête pas à regarder cette gale, qui me dessèche et me décolore la peau, ni mon corps privé de chair, supplia-t-il.

« Mais dis-moi la vérité sur toi-même, et quelles sont ces deux âmes qui t'escortent. Ne refuse pas de me parler ! »

— « Ton visage, lui répondis-je, que je pleurai déjà à
ta mort, me fait verser des larmes non moins douloureuses, maintenant que je le vois à ce point déformé.

« Dis-moi plutôt ce qui vous rend si maigres ; ne me
fais rien dire, à moi, dans l'étonnement où je suis, car
on parle mal, lorsqu'on est rempli d'un autre désir. »

Et lui à moi : « La volonté éternelle fait descendre
dans l'eau et dans la plante que vous avez laissée derrière vous, la vertu qui m'exténue à ce point.

« Toute cette foule qui chante en pleurant, pour avoir
écouté sa gourmandise immodérée, se sanctifie ici dans
la faim et dans la soif.

« Notre désir de boire et de manger est attisé par l'o-
deur des fruits et par le ruissellement de l'eau sur le
feuillage.

« Et ce n'est pas une fois seulement, qu'en faisant le
tour de cette terrasse, notre peine se renouvelle (et je
dis peine quand je devrais dire soulagement) ;

« Car nous sommes ramenés à cet arbre par la même
volonté qui poussa le Christ, malgré la joie du sacrifice,
à dire : « Eli », lorsqu'il nous racheta par le sang de
ses veines[1]. »

Et moi à lui : « Forèse, depuis le jour où tu as
échangé le monde pour une meilleure vie, cinq années
ne se sont pas écoulées encore.

« Si le pouvoir de pécher s'éteignit en toi avant
l'heure du bon repentir qui nous réunit à Dieu,

« comment es-tu monté jusqu'ici ? Je croyais te trou-

---

1. C'est le cri du Christ expirant : « Eli, Eli, lamma sabactani ! »
« Mon Dieu, mon Dieu, pourquoi m'avez-vous abandonné ? »

ver encore là-bas, où le temps se rachète par le temps[1]. »

Et lui à moi : « Ce qui m'a conduit si vite à boire la douce absinthe des douleurs, ce sont toutes les larmes de ma Nella.

« Par ses prières ferventes et par ses soupirs elle m'a tiré de la pente où l'on attend et m'a épargné les autres cercles.

« Et elle est d'autant plus agréable et chère à Dieu, ma douce petite veuve que j'ai tant aimée, qu'elle est plus seule à faire le bien.

« Car la Barbagia de Sardaigne a des femmes beaucoup plus pudiques que la Barbagia où je l'ai laissée[2].

« O mon doux frère, que veux-tu que je dise ? Je vois déjà venir un temps, dont cette heure-ci n'est pas bien éloignée,

« où il sera interdit en chaire aux impudentes femmes de Florence d'étaler leur gorge et leur poitrine.

« Et quelles furent les femmes barbares, quelles furent les Sarrazines qu'on dut frapper de peines spirituelles ou autres pour les faire aller couvertes ?

« Mais si ces dévergondées étaient sûres de ce que le ciel leur réserve sous peu, elles auraient déjà la bouche ouverte pour hurler.

« Car si ma prévision ne me trompe pas, elles seront tristes, avant que la barbe pousse sur les joues du petit garçon que console en ce moment le chant de sa nourrice. »   (40-111)

---

1. Dans l'Antipurgatoire.
2. Région montagneuse de la Sardaigne où les femmes, au dire des anciens, étaient fort dissolues.

CHANT XXIV. — [Les deux amis ne laissent pas d'avancer en discourant. Forèse Donati dit que sa sœur Piccarda est déjà au Ciel et présente à Dante le poète Buonagiunta de Lucques, lequel, après avoir murmuré le nom d'une femme « Gentucca » qui « rendra sa ville agréable » à Dante, demande à celui-ci en quoi consiste la poésie nouvelle, le *dolce stil nuovo*. Dante répond que le propre de cette poésie est la sincérité dans l'inspiration et la probité et la fidélité dans l'expression. Puis au moment de se séparer, tandis qu'ils parlent de Florence, Forèse, dans une sorte de vision, annonce la mort de son frère Corso, l'un des chefs les plus actifs du parti Noir.

Les trois poètes s'éloignent ensuite et passent auprès d'un autre arbre qui est un rejeton de celui dont Ève mangea le fruit. Des ombres élèvent leurs mains vers les branches ; et une voix mystérieuse raconte des péchés de gourmandise suivis de tristes châtiments. Cependant on approche de l'escalier qui mène à la septième plate-forme.]

Départ pour l'autre terrasse.

Ainsi, longeant l'un des bords, nous passions et nous entendions citer des péchés de gourmandise, suivis autrefois de tristes récompenses.

Puis, au large sur la route dégagée, nous avançâmes d'un bon millier de pas et plus et chacun de nous méditait en silence.

— « Qu'allez-vous donc pensant ainsi, seuls tous les trois ? » dit soudain une voix. Et je tressaillis comme font les bêtes épouvantées et surprises.

Je dressai la tête pour voir qui c'était ; et jamais on ne vit dans une fournaise le verre ou le métal aussi éclatants et aussi rouges

que celui que je vis alors et qui disait : « S'il vous plaît de monter plus haut, c'est ici qu'il faut tourner ;

c'est par ici que passe quiconque veut aller vers la paix [1]. »

Son aspect m'avait brouillé la vue ; c'est pourquoi je me tournai en arrière vers mes maîtres, comme un homme qui guide ses pas sur les bruits qu'il écoute.

Et semblable au souffle de mai, précurseur de l'aube, qui se lève et embaume, tout imprégné des parfums de l'herbe et des fleurs,

je sentis un vent me frapper au milieu du front et une aile battre, qui répandait une odeur d'ambroisie.

Et j'entendis : « Heureux ceux qui sont illuminés d'une telle grâce que la passion de la gourmandise ne souffle pas dans leur poitrine un désir immodéré,

et qui n'ont faim qu'autant qu'il est raisonnable. »

(128-154)

CHANT XXV. — [L'escalier est rude. Les poètes le gravissent d'un pas rapide. Rien ne distrait leurs regards ; Dante en profite pour demander comment il se fait que des ombres sans corps présentent ces signes d'extrême maigreur. C'est Stace qui lui explique ce mystère : ce sont des explications curieuses et un peu confuses sur la génération et sur le rôle actif de l'âme dans la formation des organes de l'enfant dès que la vie apparaît. Cette même force de rayonnement de l'âme immortelle crée le simulacre du corps chez les ombres de l'Enfer et du Purgatoire.]

Le corps aérien des ombres.

Quand Lachésis [2] n'a plus de lin, l'âme se détache de la chair et emporte virtuellement avec elle les puissances humaines et divines de l'être.

---

1. C'est l'Ange éblouissant de la Tempérance qui veille à la sortie du cercle et qui efface d'un coup d'aile une nouvelle lettre sur le front de Dante.
2. Celle des trois Parques qui file la vie des hommes.

Tandis que les premières sont toutes inertes, la mémoire, l'intelligence et la volonté sont plus actives et plus pénétrantes qu'auparavant.

Et l'âme sans s'arrêter tombe d'elle-même miraculeusement sur l'une des deux rives[1] ; et là seulement elle apprend quel est son chemin.

Aussitôt qu'une place lui est assignée, sa faculté formelle rayonne autour d'elle de la même manière et avec la même force qu'elle le faisait dans les membres vivants.

Et de même que l'air, lorsqu'il est bien pluvieux et qu'il reflète les rayons du soleil, se pare de couleurs diverses,

de même ici l'air qui l'entoure prend la forme que lui imprime virtuellement l'âme qui s'est fixée.

Et ensuite, semblable à la flamme qui suit le feu partout où il va, cette nouvelle forme suit l'âme.

Et comme l'âme devient ainsi visible, elle est appelée ombre ; et elle organise ensuite tous les sens jusqu'à la vue.

C'est ainsi que nous parlons, c'est ainsi que nous rions, c'est ainsi que nous formons les larmes et les soupirs que tu peux avoir entendus le long de la montagne.

Enfin de quelque manière que les désirs et les autres sentiments nous affectent, l'ombre s'y conforme. Et telle est la raison de ce qui cause ton étonnement. (78-108)

[Un fantastique spectacle s'offre aux voyageurs dès qu'ils mettent le pied sur la septième plate-forme. La route n'est qu'un immense brasier. Les flammes se courbent et s'agitent sous le vent.

---

1. Soit sur la rive d'Achéron, au bord de l'Enfer, soit à l'embouchure du Tibre, d'où l'on va vers le Purgatoire.

Un étroit passage reste libre sur le bord, flanqué d'un côté par le feu, de l'autre par l'abîme. C'est par là que les poètes s'en vont, l'un derrière l'autre. Les ombres des luxurieux, brûlés sur terre par le feu des passions, se purifient en chantant des hymnes à la pureté.]

Chant XXVI. — **Sur la route embrasée.**

Tandis que nous allions ainsi, longeant le bord, l'un devant l'autre, et que mon bon maître me répétait : « Prends garde et profite de mes indications »,

le soleil me frappait sur l'épaule droite et déjà ses rayons, à l'occident, effaçaient tout l'azur sous une teinte blanche.

Et mon ombre faisait paraître la flamme plus rouge ; et de nombreuses âmes en passant remarquaient l'étrange phénomène.

Ce fut la cause qui les amena à parler de moi. Et elles commencèrent par dire : « Celui-là ne semble pas avoir un corps factice. »

Puis quelques-unes s'avancèrent vers moi autant qu'elles le pouvaient, attentives cependant à ne pas sortir du feu qui les brûlait.

— « O toi qui vas derrière les autres, non par paresse, mais par déférence sans doute, réponds à celui qui brûle dans la soif et dans le feu.

« Et ce n'est pas à moi seul que ta réponse est nécessaire ; car ceux-ci en sont plus altérés que l'Indien ou l'Éthiopien d'eau fraîche.

« Dis nous comment il se fait que tu fasses comme un mur devant le soleil, comme si tu n'étais pas encore entré dans les filets de la mort. »

Ainsi me parlait l'un d'eux. Et moi je me serais déjà
fait connaître, si mon attention ne s'était portée sur
une autre nouveauté qui m'apparut alors.

En effet par le milieu de la route enflammée vinrent
d'autres âmes en face de celles-ci ; et cela me fit rester
à regarder.

Là, je vis des deux côtés chacune de ces ombres se
hâter et s'embrasser l'une l'autre sans s'arrêter, con-
tentes de cette brève fête.

Ainsi, au milieu de leurs noires lignes, les fourmis se
tâtent le museau l'une à l'autre, peut-être pour s'infor-
mer de la route et du butin qui les attend.

Aussitôt que cet accueil amical est fini, chaque bande
d'ombres, avant de faire les premiers pas pour s'éloigner, s'efforce de crier plus haut que l'autre,

les nouveaux arrivés disant : « Sodome et Gomorrhe ! »
et les autres : « Pasiphaè ! »   (1-41)

CHANT XXVI. — [Dante répond enfin aux ombres curieuses et
étonnées qui se pressent pour l'entendre à la limite des flammes.
Celle qui l'a interrogé se nomme : c'est le poète Guido Guinicelli,
l'un des meilleurs de la seconde moitié du xiiiᵉ siècle, et précurseur de la nouvelle école poétique du « dolce stil nuovo », illustrée
par Dante. Celui-ci voudrait se jeter au cou « du père de tous ceux
qui valent dans les douces et élégantes rimes d'amour ». Mais
Guido Guinicelli lui désigne une autre ombre dont il lui vante
le talent, le troubadour Arnault Daniel, assez peu connu d'ailleurs, lequel répond en provençal.]

La réponse du troubadour.

Je m'approchai un peu de celui qu'on me montrait et
je lui dis que mon désir préparait à son nom un gracieux accueil.

Il commença aussitôt de bonne grâce :

Tan m'abelis vostre cortes deman
Qu'ieu no-m puesc, ni-m vueil a vos cobrire.
Jeu sui Arnaut que plor e vau cantan,
Car, sitôt vei la passada folor,
Eu vei jausen lo jorn, qu'esper, denan.
Ara vos prec, per aquella valor
Que us guida al som de l'escalina,
Sovegna vos a temps de ma dolor[1].

Puis il rentra dans le feu qui purifie.   (136-148)

CHANT XXVII. — [L'ange de la pureté invite les poètes à traverser les flammes purificatrices. Longues hésitations de Dante
devant la fournaise. Virgile le stimule et, dès que Dante a af-
fronté la terrible épreuve, il soutient son courage en lui parlant
de Béatrice qui l'attend.]

L'épreuve du feu.

La position du soleil était telle qu'à ce même moment il dardait ses premiers rayons sur les lieux où le
créateur versa son sang, tandis que l'Èbre passait sous
la haute Balance

et que les eaux du Gange étaient embrasées par

---

1. Voici la traduction littérale de ces vers dont je transcris le texte
de l'édition de Scartazzini :

> Tant m'est agréable votre courtoise demande
> Que je ne peux ni ne veux à vous me cacher.
> Je suis Arnaut qui pleure et vais chantant,
> Car, dès que je regarde la folie passée,
> Je vois avec joie le jour, que j'espère, approcher.
> Maintenant je vous prie par cette vertu
> Qui vous guide au sommet de l'escalier,
> Souvenez-vous à temps de ma douleur.

l'heure de midi. Le jour s'en allait donc, lorsque l'ange de Dieu nous apparut tout joyeux[1].

Il se tenait sur le bord, hors des flammes, et chantait : « *Beati mundo corde*[2] » d'une voix bien plus sonore que la nôtre.

Puis : « On ne va pas plus loin, âmes saintes, sans subir les morsures du feu. Entrez-y donc et ne soyez pas sourdes au chant qui vient de l'autre côté. »

Ainsi nous parla-t-il, quand nous fûmes près de lui ; et moi, lorsque je l'entendis, je devins semblable à celui que l'on met vivant dans la fosse.

Les mains jointes, je me penchai, regardant ce feu, et mon imagination se représentait vivement les corps humains que j'avais déjà vu brûler.

Mes bons guides se tournèrent vers moi et Virgile me dit : « Mon fils, ici on peut trouver des tourments, mais non la mort.

« Souviens-toi, souviens-toi... Si je t'ai conduit sain et sauf, même sur les épaules de Géryon, que ne ferai-je pas maintenant que nous sommes plus près de Dieu ?

« Tiens ceci pour certain : quand bien même tu resterais mille ans enveloppé dans cette flamme, elle ne pourrait pas te faire chauve d'un seul cheveu.

« Et si tu crois par hasard que je veux te tromper, approche-toi et assure-t'en, en exposant de tes propres mains le pan de ton vêtement.

« Dépouille donc, dépouille toute crainte ; tourne-toi

---

1. D'après la situation du Purgatoire, à l'heure où le soleil se couche sur la montagne de pénitence il se lève à Jérusalem ; il est minuit au confin occidental du monde, sur l'Èbre, et midi au point opposé, sur le Gange.

2. « Heureux les hommes au cœur pur !... »

par ici et avance en toute confiance. » Et moi je restais inébranlable, malgré le reproche de ma conscience.

Lorsqu'il me vit ainsi immobile et obstiné, il me dit avec quelque trouble : « Vois donc, mon fils, entre Béatrice et toi il n'y a plus que ce mur. »

Comme au nom de Thisbé, Pyrame, près de mourir, ouvrit les yeux et la regarda, alors que le mûrier devint rouge [1],

ainsi, mon obstination s'étant amollie, je me tournai vers mon guide, lorsque j'entendis le nom qui toujours refleurit dans mon cœur.

Sur quoi il hocha la tête et me dit : « Eh quoi! Est-ce que nous voudrions rester de ce côté-ci? » Puis il sourit comme on fait à l'enfant gagné par l'appât d'un fruit.

Et il entra dans le feu avant moi en priant Stace de passer le dernier, lui qui pendant longtemps nous avait séparés l'un de l'autre.

A peine y fus-je entré, que je me serais jeté dans du verre en fusion pour me rafraîchir, tant la chaleur de cet incendie dépassait toute mesure.

Mon doux père pour me réconforter m'entretenait toujours de Béatrice et disait : « Il me semble déjà voir ses yeux. »

Nous étions guidés par une voix qui chantait de l'autre côté ; et, attentifs uniquement à son chant, nous sortîmes à l'endroit par où l'on montait.　　(1-57)

---

1. Pyrame et Thisbé, jeunes gens de Babylone, s'aimaient contre le gré de leurs parents. Ils s'étaient donné rendez-vous sous un mûrier. Thisbé y vint la première mais dut s'enfuir devant un lion en abandonnant son voile ensanglanté. Pyrame, croyant son amie morte, se tua mais eut le temps de revoir une dernière fois Thisbé revenue ; celle-ci se donna la mort à son tour. Le mûrier changea aussitôt ses fruits blancs en fruits rouges (Ovide. *Met.*, IV).

[C'est le dernier escalier qui mène au sommet de la montagne, dans le jardin du Paradis terrestre. Le jour décline. L'horizon immense entre peu à peu dans la nuit. Il faut s'arrêter une fois encore. Les poètes s'étendent chacun sur une marche et regardent autour d'eux les belles étoiles qui scintillent d'un éclat inaccoutumé. Dans les cœurs allégés la douce paix du soir s'insinue et se traduit par de fraîches comparaisons champêtres.]

Images bucoliques. — Sommeil.

Le chemin montait tout droit, creusé dans le roc, dans une direction telle que j'interceptais devant moi les rayons du soleil déjà au déclin.

Et nous n'avions encore gravi que quelques marches lorsque mon ombre s'effaça et nous fit comprendre à moi et à mes sages, que le soleil se couchait derrière nous.

Et avant que toutes les parties de l'immense horizon eussent pris la même teinte et que la nuit se fût partout répandue,

chacun de nous se fit un lit d'un gradin ; car la loi de la montagne nous avait ôté le pouvoir plutôt que le plaisir de monter.

Comme les chèvres qui allaient, rapides et pétulantes, sur les escarpements avant d'être repues, s'apaisent en ruminant

silencieusement à l'ombre, à l'heure où le soleil flamboie, sous la garde du pâtre qui les surveille appuyé sur son bâton ;

et comme le berger, lorsqu'il reste aux champs, surveille toute la nuit son troupeau qui repose et le garde des bêtes fauves qui pourraient le disperser, tels nous étions alors tous les trois, moi comme une chèvre et eux comme des bergers, bordés de part et d'autre par les parois de la haute brèche.

On ne pouvait avoir de là qu'une étroite échappée sur le dehors ; mais elle me permettait de voir les étoiles plus claires et plus grandes qu'à l'ordinaire.

Tandis que je ruminais ainsi et que je contemplais ces étoiles, le sommeil me prit, le sommeil qui souvent connaît les nouvelles avant que les événements se soient produits.   (64-93)

[Dans le dernier sommeil du matin, Dante voit en songe une belle jeune femme qui cueille des fleurs dans une prairie et en tresse une guirlande : c'est Lia, sœur de Rachel. Cette vision semble annoncer déjà celles qu'on verra bientôt dans le Paradis terrestre.

Cependant les trois voyageurs achèvent de gravir l'escalier et Virgile fait à Dante ses dernières recommandations, car son rôle va finir. Dante peut aller librement désormais, ne prenant conseil que de soi, maître de ses mouvements.]

CHANT XXVIII. — [Et voici le suprême plateau de la montagne, voici le Paradis terrestre. Tout est verdure, fraîcheur et parfums, chants d'oiseaux et murmures de source. La divine forêt frémit au souffle du vent. Dante s'enfonce lentement sous la verdoyante voûte des arbres, sans pouvoir rassasier ses yeux de cette fête printanière.]

La divine forêt.

Impatient d'explorer au dedans et à l'entour la divine forêt épaisse et drue, qui tempérait à mes yeux le jour nouveau,

sans plus attendre je laissai le bord et je gagnai la campagne lentement, lentement, sur le sol qui de toutes parts embaumait.

Une haleine douce et toujours égale me frappait le front doucement, comme un vent léger.

Et les branches promptes à s'agiter s'inclinaient toutes du côté où la sainte montagne projette sa première ombre ;

Mais elles ne s'écartaient pas assez de la position droite pour empêcher les oiselets de se livrer à leurs divers jeux.

. Pleins de joie au contraire, ceux-ci accueillaient les premiers souffles en chantant dans les feuillages, dont le murmure accompagnait leurs notes,

semblable à celui qui s'élève dans les branches des bois de pins sur la rive de Chiassi, lorsque Éole déchaîne le siroco.

Déjà, à pas lents, j'étais allé si avant dans l'antique forêt que je ne pouvais plus voir par où j'étais entré.

Et voilà que je fus arrêté par un ruisseau qui, vers ma gauche, ployait sous un léger courant l'herbe croissant sur ses rives.

Toutes les eaux de la terre, même les plus limpides, sembleraient contenir quelque trouble mélange auprès de celle-ci qui ne cache rien,

bien qu'elle coule toute sombre sous l'ombrage éternel qui ne laisse passer nul rayon de soleil ou de lune.

J'arrêtai mes pas et je portai mes yeux de l'autre côté du ruisseau, pour admirer la grande variété des frondaisons fraîches. (1-36)

[Dante est debout sur les rives du Léthé, aux eaux claires, qui donnent l'oubli des fautes. Mais cette fraîche beauté d'Éden est une des moindres merveilles du lieu. Les visions vont s'y dérouler, étranges et nombreuses. Première apparition : une belle dame suit l'autre rêve en cueillant des fleurs, pareille à cette Lia que Dante a déjà vue en songe. Il l'appelle Matelda. Est-ce

l'image de la comtesse Mathilde de Toscane? N'est-ce qu'une allégorie? La chose est toujours en discussion. Quoi qu'il en soit
cette gracieuse apparition instruira le poète des secrets du Paradis terrestre et le guidera, en marchant à sa hauteur, vers les
plus prodigieux spectacles allégoriques que l'imagination d'un
poète ait jamais créés.]

Sur les rives du Léthé : Matelda.

Je vis une dame qui s'en allait toute seule en chantant et en choisissant des fleurs parmi les fleurs dont
sa route était partout ornée.

« Ah! belle dame qui te réchauffes au rayon de
l'amour, si j'en veux croire l'expression du visage qui
porte d'ordinaire témoignage du cœur,

« daigne t'approcher de cette rivière, lui dis-je, afin
que je puisse comprendre ce que tu chantes.

« Tu me rappelles Proserpine et sa beauté et les
lieux où sa mère la perdit et où elle-même perdit le
printemps[1]. »

Comme une danseuse tourne sur elle-même, les
pieds joints et rivés au sol, et pose à peine un pied
devant l'autre,

ainsi elle se tourna vers moi sur les fleurs vermeilles
et sur les fleurs d'or, pareille à une vierge qui baisse
modestement les yeux.

Et elle exauça ma prière, en s'approchant si près de
moi que son doux chant m'arrivait très distinctement.

Dès qu'elle fut arrivée à l'endroit où les eaux du
beau fleuve commencent à baigner les herbes, elle me
fit la grâce de lever ses yeux

---

1. Ovide raconte que Proserpine fut surprise et emportée par Pluton,
au moment où elle cueillait dans une prairie les fleurs printanières.

Je ne crois pas que tant de splendeur ait illuminé les yeux de Vénus, quand elle fut blessée par son fils d'un mouvement tout involontaire.

Elle souriait en face de moi sur l'autre rive, cueillant à pleines mains les fleurs colorées que cette haute terre produit sans semence.   (40-69)

[Matelda révèle à Dante les mystères de ce délicieux séjour que les premiers hommes perdirent par leur faute et que les poètes, en décrivant l'âge d'or, ont à peu près retrouvé par l'imagination. C'est le mouvement circulaire de l'air autour de la montagne qui fait chanter la sylve et disperse les graines jusque sur notre terre. Jamais de vapeurs ni de pluies. L'eau y est produite par la volonté de Dieu et s'épanche en deux fleuves, le Léthé, fleuve d'oubli, et l'Eunoé, fleuve des bons souvenirs. Dante devra boire de l'un et de l'autre pour achever de se purifier en vue du ciel.]

CHANT XXIX. — [Et voici, dès le début du chant suivant, une somptueuse vision, une éclatante fantasmagorie apocalyptique. C'est comme une grande cérémonie religieuse où l'on représenterait par des attributs allégoriques et par une fastueuse figuration l'apothéose de l'Église et sa rude histoire de luttes et de persécutions.

Tout un cortège triomphal se déploie d'abord autour d'un char (l'Église) traîné par un griffon (Jésus-Christ). Nobles vieillards couronnés de fleurs, candélabres flamboyants, bannières flottantes, femmes qui dansent, vêtues de blanc, d'émeraude et de pourpre, étranges animaux, lumières et chants, c'est une lente, solennelle et fantastique procession.]

Apothéose : Le triomphe de l'Église.

Une douce mélodie courait dans l'air lumineux, et une juste indignation me fit condamner la hardiesse d'Ève.

Car, tandis que tout obéissait, et la terre et le ciel, seule une femme, dès l'instant qu'elle fut créée, refusa de supporter aucun voile de mystère sur elle.

Si elle l'avait accepté d'un cœur soumis, j'aurais goûté plus tôt et plus longtemps ces ineffables délices.

Pendant que j'allais parmi ces prémices de l'éternelle joie, transporté et désireux encore de plus de voluptés,

devant nous, sous les vertes branches, l'air devint pareil à un feu brillant et je reconnus que la douce mélodie formait un chant.

O saintes Muses, si jamais j'ai souffert pour vous la faim, le froid et les veilles, la nécessité me pousse maintenant à demander ma récompense !

Maintenant il faut que l'Hélicon m'arrose de ses eaux et qu'Uranie, avec son chœur, m'aide à mettre en vers des choses difficiles à concevoir.

Un peu plus loin, trompé par la longue distance qui nous en séparait, je crus voir sept arbres d'or.

Mais quand je me fus approché assez pour que cette ressemblance confuse qui égarait mes sens ne fût plus altérée par la distance,

la faculté qui guide la raison dans son discernement me fit comprendre que c'étaient des candélabres et que les voix chantaient : Hosannah [1] !

Et le bel appareil flambloyait à son sommet, plus éclatant que la lune par un ciel pur, à minuit, lorsqu'elle est au milieu de son mois.

Je me retournai plein d'admiration vers le bon Vir-

---

1. On a donné différentes interprétations de cette allégorie. Il faut choisir. En voici une : les sept candélabres figurent les sept esprits de Dieu de l'Apocalypse ou les sept dons du Saint-Esprit.

gile et il me répondit d'un regard qui n'était pas moins
chargé d'étonnement.

. . . .

Je vis ensuite venir, suivant ceux-là comme des
guides, des personnages vêtus de blanc ; et pareille
blancheur ne se voit pas sur terre.

A ma gauche l'eau étincelait et, quand je la regardais,
elle me renvoyait l'image de mon flanc gauche comme
un miroir.

Lorsque, sur la rive, je fus arrivé au point où je
n'étais plus séparé de ces choses que par la largeur du
fleuve, j'arrêtai mes pas pour mieux voir.

Et je vis les lumières s'avancer en laissant derrière
elles un sillage coloré qui semblait fait de traits de pinceau,

de telle sorte que l'air demeurait sillonné de sept
bandes réunissant les couleurs dont le soleil fait son arc
et la lune sa ceinture [1].

Ces banderoles s'étendaient en arrière, plus loin que
ma vue ; et j'estimai que les deux de l'extérieur étaient
à dix pas l'une de l'autre.

Sous ce beau ciel, tel que je le décris, vingt-quatre
vieillards s'avançaient deux à deux, couronnés de lis [2].

Tous chantaient : « Bénie sois-tu entre les filles
d'Adam et bénies soient tes beautés éternellement ! »

Lorsque les fleurs et les fraîches herbes, sur le rivage
en face de moi, furent désertées par cette troupe
élue,

comme dans le ciel une étoile remplace une autre

---

1. L'arc-en-ciel et le halo.
2. Ces vingt-quatre vieillards sont les Livres de l'Ancien Testament.

étoile, vinrent ensuite quatre animaux couronnés de feuillages verts.

Chacun d'eux portait six ailes dont les plumes étaient couvertes d'yeux ; tels seraient les yeux d'Argus, s'ils étaient encore vivants [1].

Je ne consacre plus de rimes à décrire leurs formes, ô lecteur ; car j'ai à faire face à une autre dépense, si pressante que je ne puis être prodigue en celle-ci.

Mais lis Ezéchiel qui les décrit tels qu'il les vit venir des régions froides, dans le vent, les nuages et le feu.

Tels tu les trouveras dans son livre, tels ils étaient là, sauf les plumes au sujet desquelles Jean est d'accord avec moi et se sépare de lui [2].

Ils encadraient entre eux un char triomphal, porté sur deux roues et attelé au cou d'un griffon.

Et celui-ci déployait en haut ses deux ailes, les faisant passer entre la bande du milieu et les trois autres, l'une à droite, l'autre à gauche, de telle sorte qu'il fendait l'air sans les détériorer.

Elles s'élevaient si haut qu'on ne les voyait plus. Ses membres étaient couleur d'or, ceux du moins qui étaient d'un oiseau, car les autres étaient d'un blanc mélangé de vermeil.

Non seulement jamais Scipion l'Africain ou Auguste ne réjouirent jamais Rome d'un char aussi beau, mais le char même du soleil serait pauvre auprès de celui-là ;

oui, le char du soleil, qui, sorti de sa route, fut brûlé à la prière de la terre dévote, lorsque Jupiter exerça son insondable justice.

1. Les quatre animaux représentent les quatre Évangiles.
2. Saint Jean : *Apocalypse*.

Près de la roue droite trois femmes venaient, dansant en rond : l'une était si rouge qu'à peine l'aurait-on distinguée dans du feu ;

l'autre était comme si sa chair et ses os avaient été formés d'émeraude et la troisième ressemblait à de la neige fraîchement tombée.

Elles paraissaient conduites tantôt par la blanche, tantôt par la rouge et sur le chant de celle-ci les autres réglaient leur danse ou lente ou rapide[1].

Auprès de la roue gauche quatre autres femmes menaient une danse de fête, vêtues de pourpre et suivant la cadence de l'une d'entre elles qui avait trois yeux au front[2].

A la suite de ce groupe central que je viens de décrire, je vis deux vieillards, d'habits différents, mais du même maintien digne et ferme.

L'un paraissait être quelque familier du grand Hippocrate que la nature créa pour les êtres vivants qui lui sont le plus chers[3].

L'autre montrait la préoccupation contraire, car il tenait une épée si luisante et si aiguë qu'elle me fit peur par delà le fleuve.

Puis je vis quatre personnages d'humble apparence. Et derrière tous les autres un vieillard solitaire s'avançait en dormant, avec une expression profonde sur son visage[4].

---

1. Les trois vertus théologales : la Foi (blanche), l'Espérance (verte), la Charité (rouge).

2. Les quatre vertus cardinales : Justice, Force, Prudence, Tempérance. C'est la Prudence qui a trois yeux.

3. Les hommes.

4. Les sept derniers personnages personnifient le Nouveau Testament, les Actes des Apôtres, les Épîtres de quatre auteurs plus modestes et le livre de l'Apocalypse.

Les sept derniers étaient vêtus comme ceux de la première troupe, mais au lieu de lis en guirlande autour du front,

ils portaient des roses et d'autres fleurs vermeilles. Qui les eût vus d'un peu plus loin aurait juré qu'ils avaient des flammes au-dessus des sourcils.

Et quand le char fut en face de moi, on entendit un coup de tonnerre ; et ces augustes personnages, comme s'il leur était interdit d'aller plus loin,

s'arrêtèrent alors ainsi que les premiers candélabres.

(22-154)

Chant XXX. — [Les vingt-quatre vieillards vénérables s'approchent du char et l'un d'eux jette l'appel du Cantique des Cantiques : « Viens du Liban, ô épousée ! » Aussitôt sur le char se dressent en foule des anges qui répandent des fleurs autour d'eux en répétant un vers fameux de l'Énéide : « Oh ! jetez des lis à pleines mains ! » Cette allégresse, ces appels et ces fleurs annoncent la venue de Béatrice. La voici enfin : et un grand trouble s'empare de Dante qui cherche l'appui de son soutien habituel ; mais Virgile a disparu.]

Apparition de Béatrice. Disparition de Virgile.

J'ai déjà vu au commencement du jour le côté de l'Orient d'une couleur de rose et le reste du ciel paré d'un bel azur ;

et la face du soleil à son lever si bien couverte d'ombre, qu'à travers le voile des vapeurs l'œil en soutenait longuement la vue.

Ainsi, entourée d'un nuage de fleurs qui, de toutes parts, s'élevait et retombait des mains des anges, couronnée d'olivier sur un voile blanc, une femme m'apparut, vêtue sous un manteau vert d'une robe couleur de flamme vive.

Et mon esprit, qui était resté si longtemps sans être brisé de stupeur et de crainte en sa présence,

avant même que mes yeux l'eussent reconnue, par une secrète vertu qui rayonnait d'elle, mon esprit sentit la grande force de l'ancien amour.

Mais aussitôt que mes yeux furent frappés par cette merveilleuse vertu qui m'avait déjà percé le cœur avant d'être sorti de l'enfance [1],

je me tournai vers ma gauche avec la confiance du petit enfant courant vers sa mère, quand il a peur ou quand il souffre.

Je voulais dire à Virgile : « Il ne me reste plus une goutte de sang qui ne tremble : je reconnais les signes de mon ancienne flamme [2] » ;

mais Virgile nous avait abandonnés, Virgile mon très doux père, Virgile, à qui je m'étais confié pour mon salut.

Et tout ce que perdit notre mère antique n'empêcha pas mes joues, lavées par la rosée, de se ternir de nouvelles larmes.

— « Dante, de ce que Virgile s'en va, ne pleure pas encore, ne pleure pas encore ; car tu devras pleurer d'un autre coup de glaive. »

Comme un amiral va de la proue à la poupe et surveille ceux qui manœuvrent sur les autres navires et les encourage à bien faire,

ainsi, sur le côté gauche du char, lorsque je me

---

1. Cf. *Vita Nuova*.
2. Traduction littérale d'un très beau vers de Virgile.

retournai au bruit de mon nom, que la nécessité me force à enregistrer ici,

je vis la femme, qui m'était d'abord apparue voilée sous l'angélique fête des fleurs, diriger les yeux sur moi par-dessus le fleuve.

Bien que le voile retombant de sa tête sous le feuillage de Minerve ne laissât point distinguer son visage,

toujours royalement altière dans son attitude, elle continua comme celui qui parle et garde pour la fin ses plus ardentes paroles :

« Regarde moi bien : je suis, oui, je suis Béatrice ! Comment as-tu daigné gravir cette montagne ? Tu ne savais donc pas qu'ici l'homme est heureux ? »

Mes regards tombèrent sur le fleuve clair ; mais en y voyant mon image, je les retirai sur l'herbe, tellement la honte me fit baisser le front.   (22-78)

[L'attitude altière et le ton âpre de Béatrice émeuvent de pitié les anges debout sur le char. Mais elle leur expose les motifs de sa juste sévérité. Toute la scène est allégorique et on n'a pas manqué d'en expliquer les moindres détails dans ce sens. Mais l'allégorie et la réalité se mêlent intimement dans cet épisode. Si Béatrice est le symbole de la vérité révélée, elle reste femme encore ; et l'on sent très nettement percer le dépit et la jalousie dans ses reproches, dans les allusions qu'elle fait à la trahison de Dante et dans son instance à en arracher l'aveu.]

Les motifs de la colère de Béatrice.

Cet homme fut tel, virtuellement, dans sa vie nouvelle [1] que toute vertu aurait opéré en lui merveilleusement.

1. Allusion à la *Vita Nuova,* à l'adolescence du poète, lorsque son cœur était tout à Béatrice.

Mais un terrain, avec de mauvaises semences et sans culture, devient d'autant plus ingrat et broussailleux qu'il a plus en lui de la bonne force de la terre.

Quelque temps je le soutins de mon regard ; en lui montrant mes jeunes yeux, je le conduisais avec moi dans le droit chemin.

Mais aussitôt que j'atteignis le seuil de mon second âge et que j'entrai dans l'autre vie, il se détourna de moi et se donna à d'autres.

Lorsque de la vie de la chair je m'élevai à celle de l'esprit, grandissant en beauté et en vertu, je lui devins moins chère et moins précieuse.

Et il tourna ses pas vers un chemin d'erreur, poursuivant les trompeuses images des biens qui ne tiennent aucune promesse.

En vain je lui obtins des heures d'inspiration pendant lesquelles, soit en songe, soit autrement, je cherchai à le ramener : il en tint peu de compte.

Et sa chute fut si profonde que le seul remède capable d'assurer son salut était de lui montrer la race damnée.

C'est pourquoi je visitai l'entrée des morts et j'adressai en pleurant mes prières à celui qui l'a conduit ici.

La souveraine loi de Dieu serait violée si on passait le Léthé et si on goûtait son breuvage, sans payer

avec ses larmes le tribut du repentir.   (115-145)

CHANT XXXI. — [Béatrice s'adresse derechef à Dante. Par de nouveaux reproches, retournant le fer dans la plaie, elle éveille en lui de cuisants remords.]

La dure confession.

— « O toi qui es au delà du fleuve sacré, reprit-elle aussitôt, en tournant vers moi la pointe de sa parole dont le tranchant m'avait déjà semblé si aigu,

« dis, dis si tout cela est vrai ! A une telle accusation il faut que tu joignes ton aveu. »

La confusion abattait à ce point mes forces que ma voix s'éleva pour répondre et s'éteignit avant d'avoir franchi ma gorge.

Elle n'attendit qu'un instant et dit : « A quoi penses-tu ? Réponds-moi, puisque l'eau n'a pas encore détruit en toi les tristes souvenirs. »

La honte et la peur m'arrachèrent de la bouche un *oui* si bas que, pour le comprendre, il fallut voir le mouvement des lèvres.

Comme une arbalète trop bandée brise au moment du déclic sa corde et son arc et lance le trait au but avec moins de force,

ainsi j'éclatai sous ce poids écrasant en une explosion de larmes et de soupirs qui arrêtèrent ma voix au passage.

Et elle à moi : « Au beau milieu des désirs que je t'inspirais et qui te conduisaient à aimer le bien au delà duquel il n'y a rien à quoi l'on puisse aspirer,

« quels fossés ou quelles chaînes as-tu trouvés en travers de ta route, pour avoir perdu ainsi l'espoir d'aller plus loin ?

« Et quelles séductions ou quelles promesses as-tu donc

vues sur le front des autres biens pour que tu aies cru devoir tourner autour d'eux ? »

Après avoir exhalé un amer soupir, j'eus à peine assez de voix pour lui répondre, et encore mes lèvres la formèrent-elles avec effort.

En pleurant je dis : « Les choses du monde avec leur plaisir trompeur détournèrent mes pas, sitôt que votre visage disparut à mes yeux. »

Et elle : « Si tu avais voulu taire ou nier ce que tu confesses maintenant, ta faute n'en serait pas moins connue : car le juge est tel qu'il la sait déjà.

« Mais lorsque l'aveu du péché jaillit de la bouche même du pécheur, alors dans notre cœur la meule se retourne contre le fil du glaive de justice.

« Cependant, pour que la honte de ta faute te pèse encore plus, et pour qu'une autre fois tu sois plus fort contre le chant des sirènes,

« dépose un peu ce qui te fait pleurer, écoute et tu sauras comment mon corps enseveli devait t'engager dans une voie opposée.

« Jamais la nature ni l'art ne t'ont présenté rien de plus séduisant que les beaux membres où je fus enfermée et qui sont mêlés à la terre.

« Et si par ma mort cette suprême joie te manqua, quelle chose mortelle a pu ensuite entraîner ton désir ?

« Tu devais au contraire, après la première flèche que t'avaient décochée les choses périssables, t'élever vers moi qui n'étais plus mortelle.

« Rien ne devait plus ramener ton vol vers la terre pour y recevoir de nouveaux coups, ni une femmelette, ni aucune autre vanité éphémère.

« Le tendre oiselet attend qu'on tire sur lui deux ou trois fois. Mais devant les yeux de ceux qui ont toutes leurs plumes, c'est en vain qu'on déploie les filets ou qu'on lance la flèche. »   (1-63)

[Dante se sent alors déchiré par toutes « les orties du repentir » et tombe sans connaissance. Revenu à lui, il se trouve au milieu du fleuve où Matelda l'a entraîné-et le soutient. Mais avant d'atteindre l'autre rive, la jeune femme lui plonge toute la tête dans cette eau d'oubli pour lui enlever tout souvenir de ses fautes. Puis il entre dans la danse des quatre Vertus cardinales qui le conduisent en face du Griffon attelé et de Béatrice, debout sur le char. Les Vertus théologales supplient Béatrice de se dévoiler aux yeux de Dante. Elle y consent et la voici dans toute la splendeur de sa nouvelle et divine beauté. Éblouissement et contemplation. Dante est incapable d'en rien décrire, sauf le « rire divin qui le prend de nouveau dans son filet ».]

CHANT XXXII. — [Cependant tout le cortège à la suite du char triomphal tourne à droite et traverse la haute forêt. Il arrive auprès d'un arbre immense, privé de fleurs et de feuilles : c'est l'arbre de la Science du Bien et du Mal dont le fruit perdit nos premiers parents. Le Griffon divin attache le timon au tronc vénérable et l'arbre reverdit aussitôt et se couvre de fleurs qui tiennent de la rose et de la violette. La procession entonne alors un hymne sacré que Dante ne comprend pas et qui le plonge dans une profonde léthargie.

A son réveil, il s'inquiète de Béatrice et la voit assise au pied de l'arbre, gardienne du char, entourée des sept vertus. Tous les autres personnages ont suivi le Griffon remonté au ciel. Béatrice appelle l'attention du poète sur les spectacles qui vont suivre afin de les retracer exactement.

Et aussitôt se déroule une extraordinaire vision de cauchemar. Des animaux furieux et des monstres fondent sur le char qui se transforme à son tour, devient la bête horrible de l'Apocalypse et disparaît enfin dans la forêt traîné par un géant farouche. Fantastique scène où l'on ne sait ce qu'on doit admirer le plus, de la prodigieuse invention du poète ou de la puissance d'expression de l'artiste.]

Le char monstrueux.

Jamais le feu du ciel ne descend aussi vite d'un épais nuage, lorsque la pluie tombe des régions les plus lointaines de l'air,

que je ne vis l'oiseau de Jupiter fondre à travers l'arbre en déchirant non seulement les fleurs et les feuilles nouvelles mais l'écorce elle-même.

Et il frappa le char avec tant de force que celui-ci s'inclina, comme un navire battu des vagues dans la tempête roule d'un flanc sur l'autre [1].

Puis je vis s'élancer, contre le fond du char triomphal, un renard qui semblait ne s'être jamais nourri de bons aliments.

Mais, en lui reprochant ses hideuses fautes, ma Dame le chassa en une fuite aussi rapide que le lui permirent ses os décharnés [2].

Ensuite, par le même chemin d'où il était venu je vis l'aigle descendre dans le corps du char et le laisser couvert de ses plumes [3].

Et comme la voix d'un cœur qui se lamente, une voix partit du ciel et dit ces mots : « O ma nacelle, de quel mauvais poids te voilà chargée ! »

Puis il me sembla que la terre s'ouvrait entre les deux roues et j'en vis sortir un dragon qui enfonça sa queue dans le char.

Et, comme la guêpe qui retire son aiguillon, en rame-

1. L'Aigle de Jupiter représente probablement les empereurs romains persécuteurs de l'Église.
2. Le renard figure une hérésie, l'hérésie arienne sans doute.
3. Cette fois l'Aigle impérial semble représenter l'empereur Constantin et sa fameuse donation.

nant à lui sa queue funeste il arracha une partie du fond et s'en alla tout joyeux[1].

Le reste du char, comme une terre fertile se couvre de gazon, se recouvrit des plumes offertes peut-être dans une bonne et saine intention ;

et les deux roues et le timon s'en recouvrirent aussi, en moins de temps qu'un soupir ne tient la bouche ouverte.

Du véhicule sacré ainsi transformé se dressèrent des têtes sur plusieurs points, trois au timon et une à chaque coin.

Les premières avaient des cornes comme les bœufs ; mais les autres quatre n'en avaient qu'une au milieu du front : on ne vit jamais pareil monstre[2].

Hardie, comme une forteresse sur une haute montagne, je vis s'installer sur lui une courtisane effrontée qui promenait vivement ses yeux alentour[3].

Et un géant se tenait debout à côté d'elle comme pour empêcher qu'on ne l'enlevât, et ils échangeaient de temps à autre des baisers[4].

Mais comme elle avait tourné vers moi son œil lascif et provocant, son féroce amant la roua de coups des pieds à la tête.

Puis, plein de jalousie et de bestiale fureur, il détacha le char monstrueux et l'entraîna si loin dans la forêt que celle-ci couvrit bientôt à ma vue

et la courtisane et l'étrange bête[5].   (107-160)

---

1. Le dragon n'est peut-être pas autre chose que la personnification de Satan, toujours armé contre l'Église.
2. C'est la bête de l'Apocalypse.
3. La papauté au temps de Boniface VIII.
4. Le géant désigne Philippe le Bel.
5. Allusion à l'exil du Saint-Siège à Avignon.

CHANT XXXIII. — [Cette scène a rempli de désolation le cœur
tendre des femmes qui entourent Béatrice et Béatrice elle-même.
Elles se mettent à chanter en pleurant une douce psalmodie
alternée puis s'éloignent. Le poëte marche à côté de sa Dame et
se fond dans son regard. Viennent ensuite Matelda et Stace, personnage muet.

En quelques paroles sibyllines Béatrice prédit la venue d'un
vengeur qui mettra à mort la courtisane et le géant et rétablira
en même temps l'autorité impériale. Elle désigne cet envoyé de
Dieu par le chiffre DXV ou 515, à l'imitation de l'Apocalypse qui
désignait Néron par le nombre 666. Peut-être s'agit-il de l'empereur Henri VII, dont le poëte attendait de grandes choses. Peut-
être n'est-ce qu'un oracle obscur comme celui du Lévrier dans
l'Enfer.

Il est midi. Sous le clair soleil la troupe arrive à la source des
deux fleuves du Paradis Terrestre et Dante conduit par Matelda
boit dans l'eau de l'Eunoé la mémoire des bonnes actions. C'est
la dernière purification : le poëte est prêt à s'élancer à la suite de
Béatrice vers la région des étoiles.]

La dernière purification.

Plus étincelant et d'une marche plus lente, le soleil
occupait le cercle du méridien qui change selon les régions du monde,

lorsque, — comme s'arrête celui qui marche en tête
d'une troupe pour la guider, s'il vient à découvrir sur
son passage quelque chose d'insolite —

les sept femmes s'arrêtèrent au sortir d'une ombre
obscure, pareille à celle que versent sur les froids torrents des Alpes les feuilles vertes et les noirs rameaux.

Je crus voir plus loin l'Euphrate et le Tigre sortir
d'une même source et, comme deux amis, se séparer à
regret.

— « O lumière, ô gloire de la race humaine, quelle est

cette eau qui jaillit ici d'une unique source et se sépare ensuite en un double cours ? »

A ma prière il fut répondu : « Prie Matelda de te le dire. » Et comme celui qui se disculpe d'une faute,

la belle femme répondit : « Je lui ai dit cela et d'autres choses encore ; et je suis sûre que l'eau du Léthé n'en a pas effacé en lui le souvenir. »

Et Béatrice : « Peut-être qu'un souci plus fort, de ceux qui bien souvent nous ôtent la mémoire, a aveuglé les yeux de son esprit.

« Mais regarde l'Eunoé qui coule par là : conduis-le vers le fleuve et, comme tu en as l'habitude, ranime sa vertu languissante. »

De même qu'une âme vertueuse n'invoque pas d'excuse mais fait sa propre volonté de la volonté d'autrui aussitôt que celle-ci s'est manifestée par quelque signe,

de même, dès qu'elle m'eut pris la main, la belle femme se mit en marche et dit à Stace avec toute la grâce féminine : « Viens avec lui. »

Si j'avais, ô lecteur, plus d'espace pour écrire, je voudrais chanter encore, en partie du moins, la douceur du breuvage dont je ne me serais jamais rassasié.

Mais voici que j'ai rempli toutes les pages consacrées à ce second cantique et que le frein de l'art m'empêche d'aller plus loin.

Je revins de cette eau très sainte, régénéré comme les jeunes plantes qui se couvrent d'un feuillage renouvelé,

pur et tout prêt à monter vers les étoiles. (103-145)

III. — LE PARADIS

[L'architecture du Paradis est assez simple. Neuf cercles ou sphères embrassent la terre, qui est au centre: ce sont dans l'ordre de grandeur croissante: le ciel de la Lune, le ciel de Mercure, le ciel de Vénus, le ciel du Soleil, le ciel de Mars, le ciel de Jupiter, le ciel de Saturne, le ciel des Étoiles Fixes et le ciel Cristallin ou Premier Mobile. C'est en somme le système de Ptolémée. Plus haut, dans la région souveraine de l'Empyrée, trône dans une gloire éblouissante la Divinité entourée de ses anges et dominant les élus disposés en gradins, de manière à former au-dessous d'elle une immense rose.

Les élus sont réellement présents avec leurs corps glorieux sur les divers degrés de la rose céleste et chacun d'eux y jouit de toute la béatitude dont il est susceptible mais qui n'est pas la même pour tous: double condition nécessaire pour qu'il n'y ait pas d'inégalités dans l'éternelle joie et pour qu'il y ait cependant la variété artistique qui permettra au poète de peupler les différentes sphères du Ciel et de continuer la fiction du voyage. Comment les bienheureux se trouvent-ils à la fois réunis et réellement présents dans la fleur de la Rose et distribués dans les neuf régions circulaires du Paradis? Dante a imaginé que ces esprits, tout en formant la fleur merveilleuse sous le regard de Dieu, sont visibles sous forme d'apparitions dans les différentes sphères; et le poète au cours de son ascension les verra d'abord sous cette première forme.

Enfin les neuf cercles du Ciel sont animés d'un mouvement de rotation de plus en plus rapide à mesure qu'on s'élève du plus plus petit au plus grand.]

Chant I. — [Cette fois c'est vraiment l'ascension vers les étoiles, invoquées à la fin des deux premiers cantiques. Mais Dante n'entre pas tout de suite dans le Ciel de la Lune. Comme dans l'Enfer et le Purgatoire, il y a une sorte de Vestibule du Ciel qui est la Sphère du Feu. Elle sera vite franchie, dans le temps qu'il faut au poète pour montrer le mécanisme de l'ascension et pour écouter quelques brèves explications de Béatrice.

Avant d'aborder la partie la plus difficile de son poëme, Dante invoque, sous le symbole d'Apollon, le secours de l'inspiration divine.]

Invocation à Apollon.

O bon Apollon, pour cette dernière tàche fais de moi un vase rempli de ta vertu, ainsi que tu l'exiges pour accorder le laurier qui t'est cher.

Jusqu'ici ce fut assez pour moi d'un seul des sommets du Parnasse, mais maintenant ils me sont tous les deux nécessaires pour parcourir le reste de l'arène.

Entre dans ma poitrine et anime-moi de ton souffle puissant, comme au jour où tu tiras Marsyas de la gaine de ses membres [1].

O divine vertu, si tu te donnes à moi avec assez de force pour que je puisse représenter ce pâle reflet du royaume de béatitude que garde mon souvenir,

tu me verras venir vers ton arbre de prédilection et me couronner alors de ce feuillage dont le sujet et ton aide m'auront rendu digne.

Il est si rare, ô père, qu'on en cueille pour le triomphe d'un César ou d'un poète, et c'est la faute et la honte des humaines passions.....

..... Une petite étincelle est suivie d'une grande flamme ; et peut-être qu'après moi on saura prier d'une meilleure voix pour que Cirrha réponde [2].   (13-36)

---

1. Le satyre Marsyas avait défié Apollon au chant. Les muses donnèrent la victoire au dieu qui attacha son rival à un arbre et l'écorcha.
2. Cyrrha, l'un des sommets du Parnasse, spécialement consacré à Apollon.

[Le dernier chant du Purgatoire laissait Dante au sommet du Paradis terrestre, au moment où il vient de subir la dernière purification dans les eaux de l'Eunoé. Il s'approche alors de Béatrice qui regarde fixement le soleil. Dante l'imite, mais ne peut en soutenir l'éclat aveuglant et reporte ses yeux sur les yeux de Béatrice. Maintes fois dans la *Vita Nuova* le poète parle de l'effet merveilleux qu'exerce sur lui le regard de sa dame; ici c'est un véritable prodige. Dante, suspendu pour ainsi dire à ses yeux, s'élève avec elle d'un essor à la fois très rapide et très doux, loin de la montagne et de ses derniers compagnons, Matelda et Stace.]

Les yeux de Béatrice.

Là-haut c'était le matin et ici-bas le soir, et cet hémisphère était tout blanc tandis que le nôtre était noir,

lorsque je vis Béatrice, tournée vers la gauche, qui regardait le soleil. Jamais l'aigle ne l'a regardé aussi fixement.

Et de même qu'un second rayon sort du premier et remonte, pareil au pèlerin qui veut s'en retourner,

de même le mouvement de Béatrice, pénétrant par mes yeux dans mon esprit, provoqua le mien et je fixai mes yeux sur le soleil, plus que nous n'avons coutume de le faire.

Mais bien des choses nous sont permises là-haut, qui sont ici-bas au-dessus de nos facultés, par la grâce même de ce lieu créé pour être le vrai séjour de l'espèce humaine.

Je ne supportai pas longtemps l'éclat de l'astre, assez cependant pour voir qu'il jetait des étincelles autour de lui, comme le fer brûlant qui sort du feu.

Et soudain il me parut que le jour s'ajoutait au jour,

comme si celui qui peut tout avait orné le ciel d'un autre soleil.

Béatrice était tout entière attachée par les yeux aux sphères éternelles ; et moi, ramenant de là-haut mes regards, je les fixais sur elle.

A la contempler je devins en moi-même tel que devint Glaucus, lorsqu'il eut goûté l'herbe qui lui fit partager le sort des autres dieux de la mer [1].

Cette transfiguration ne pourrait pas s'exprimer par des mots. Que cet exemple suffise à ceux à qui la grâce en réserve l'expérience.

Restait-il de moi autre chose que ce que tu créas en dernier lieu, ô Amour qui gouvernes le ciel ? Toi seul le sais qui m'as fait monter par ta lumière.   (43-75)

[Dante perçoit, sans y rien comprendre, le grand ruissellement du feu solaire et le son harmonieux des sphères du ciel. Prévenant sa demande, Béatrice lui expliqua qu'il n'est plus sur la terre et qu'ils ont gagné le vrai séjour des âmes.]

CHANT II. — [Au moment de décrire les merveilles des cieux Dante se sent soulevé par son génie et avertit les lecteurs, dans une hautaine apostrophe, qu'ils ne seront peut-être pas tous capables de le suivre si haut.]

Aux lecteurs.

O vous qui, désireux de m'entendre, avez suivi sur une petite barque mon navire qui vogue en chantant,

retournez en vue de vos rivages ; ne vous hasardez pas en haute mer ; car peut-être, perdant ma trace, resteriez-vous égarés.

---

1. Le pêcheur Glaucus, ayant remarqué qu'une certaine herbe faisait revivre ses poissons, la goûta et fut transformé en dieu marin.

Les eaux où je m'aventure ne furent jamais parcourues. C'est Minerve qui souffle dans ma voile, Apollon qui me conduit et les neuf Muses qui me montrent les Ourses.

Mais vous autres, en petit nombre, qui de bonne heure avez tendu le cou vers le pain des Anges, dont on vit ici sans jamais s'en rassasier,

vous pouvez risquer votre vaisseau sur les gouffres amers en prenant bien mon sillage, avant que l'eau ne soit redevenue lisse.

Les héros qui passèrent en Colchide ne furent pas étonnés autant que vous le serez, lorsqu'ils virent Jason devenu bouvier [1].   (1-18)

[Dante et Béatrice ont déjà traversé d'un vol rapide la sphère du feu et pénètrent dans la Lune, sans obstacle et sans heurt, comme un rayon de lumière entre dans l'eau. Les taches de la lune font l'objet d'une discussion. Dante les attribue à des corps plus ou moins denses qui laissent plus ou moins passer la lumière. Béatrice réfute cette explication et en donne une autre toute théologique : il faut y voir l'action du premier mobile qui se manifeste différemment selon les différents corps, à peu près comme l'âme anime les différentes parties de l'organisme.]

CHANT III. — [Le ciel de la Lune est la région des âmes bienheureuses qui, ayant prononcé les vœux de religion, en ont été détournées par la violence et sont ainsi rentrées malgré elles dans la vie du monde.

Elles apparaissent comme de pâles images où la forme humaine se reconnaît encore.]

Les âmes du ciel de la Lune.

Tels que, à travers des verres transparents et purs ou

1. Pour conquérir la Toison d'or, Jason dut labourer la terre avec deux bœufs qui soufflaient du feu par leurs naseaux.

bien à travers des eaux claires et tranquilles, mais pas
assez profondes pour voiler le fond,

les traits de notre visage sont renvoyés, si affaiblis,
qu'une perle sur un front blanc n'attire pas plus lentement nos regards,

telles je vis plusieurs figures prêtes à parler. C'est
pourquoi je tombai dans l'erreur contraire à celle qui
alluma l'amour entre l'homme et la fontaine[1].

Vivement, dès que je les aperçus, estimant que c'é-
taient des visages reflétés, je tournai les yeux pour voir
à qui ils appartenaient.

Mais, ne voyant rien, je les ramenai tout droit sur
mon doux guide lumineux qui souriait avec une flamme
dans ses yeux divins.　　　　　　　　　　　　(10-24)

[Sur le conseil de Béatrice, Dante parle à l'une de ces ombres :
c'est Piccarda Donati, sœur de Forèse et de Guido, dont il est
question dans le Purgatoire. Entrée au couvent, elle en fut tirée
contre son gré par son frère Corso qui la maria. C'est ce man-
quement involontaire à ses vœux qui l'a placée dans la sphère
inférieure du Paradis, où du reste la joie est sans mélange et
sans ombre.]

Le rapt de Piccarda.

« Une vie parfaite et un haut mérite, me dit-elle,
placent plus haut dans le ciel une femme, dans la règle
de laquelle, dans votre bas monde, on prend l'habit et
le voile

« pour veiller et dormir jusqu'à la mort à côté de

---

1. Allusion à la fable de Narcisse qui prit le reflet de son visage dans
la source pour un visage étranger et s'en éprit. Dante au contraire prend
les formes vagues des âmes pour des images.

l'époux, qui accepte tout vœu formé dans un esprit de charité et selon son désir.

« Pour la suivre, je m'enfuis du monde toute jeune et je m'enfermai sous son habit et je m'engageai dans la voie de son ordre[1].

« Puis des hommes, plus habitués au mal qu'au bien, m'enlevèrent de mon doux cloître ; et Dieu sait quelle fut ma vie après cela. »   (97-108)

[Non loin de Piccarda se trouve l'Impératrice Constance, qui, selon une tradition, avait été aussi enlevée du couvent.]

CHANT IV. — [Voilà Dante fort embarrassé. Des doutes se lèvent dans son esprit. Les âmes retournent-elles dans les étoiles selon la théorie de Platon ? Pourquoi perdent-elles de leur mérite, lorsqu'elles sont brutalement contraintes par la violence d'autrui à manquer à leurs vœux ? Béatrice lit ces questions sur le visage muet de Dante et elle y répond : les âmes des élus habitent toutes l'Empyrée, mais elles apparaissent dans les différentes sphères pour montrer quel est le degré de béatitude dont elles jouissent. Quant à la rupture des vœux, il n'y a pas de force matérielle qui puisse en définitive briser l'énergie d'une âme qui ne veut pas plier. Mais il peut y avoir, et il y a le plus souvent, une sorte de résignation à la violence, qui entache en quelque manière le mérite.]

CHANT V. — [Béatrice continue à instruire son poète sur la nature et la sainteté des vœux. Tout vœu comprend deux choses : le pacte fait avec Dieu de lui faire un sacrifice, ce qui aliène notre liberté, et la matière même du vœu, le sacrifice qu'on s'impose. Le pacte proprement dit ne peut pas être rompu, mais l'objet du sacrifice peut en certaines circonstances être changé par les autorités religieuses. De toutes façons un vœu est un engagement extrêmement grave, qu'il ne faut pas conclure à la légère, d'autant qu'il y a bien d'autres moyens d'être sauvés.

Puis, c'est l'ascension au deuxième ciel dans la planète Mercure. Béatrice rayonne d'un éclat de plus en plus vif et la lumière croît.]

1. C'est l'ordre fondé par sainte Claire d'Assise : les Clarisses.

Le rire de la lumière.

Comme la flèche qui frappe le but avant que la corde ait cessé de vibrer, nous volâmes au second royaume.

Là, je vis ma Dame si radieuse, dès qu'elle fut entrée dans la lumière de ce ciel, que la planète en devint plus éclatante.

Et si l'étoile changea ainsi, dans un rire de lumière, que ne fis-je pas moi-même qui suis essentiellement variable !

Comme dans un vivier tranquille et pur les poissons accourent vers ce qu'on leur jette du dehors, pensant y trouver leur pâture,

de même je vis bien plus de mille splendeurs accourir vers nous et elles disaient : « Voici qui augmentera encore notre ferveur. »

Et au fur et à mesure que chacune d'elles venait à nous, on voyait l'ombre pleine de liesse dans la vive clarté qui rayonnait d'elle.

Songe à ceci, lecteur : si le récit qui commence maintenant n'allait pas plus loin, comme tu sentirais jusqu'à l'angoisse le désir d'en savoir davantage !

Tu peux dès lors voir par toi-même si j'étais curieux d'apprendre la condition de ces splendeurs, dès qu'elles se manifestèrent à mes yeux.

— « O bienheureuse créature, à qui la grâce permet de voir les trônes du triomphe éternel, avant d'avoir quitté les rangs de la milice,

« la lumière répandue par tout le ciel nous embrase ! Si

tu désires de nous quelque éclaircissement, rassasie-toi selon ton plaisir. »

Voilà ce qui me fut dit par un de ces esprits pieux. Et Béatrice : « Parle, parle avec confiance et crois-les comme des dieux. »

— « Je vois bien, dis-je, que tu t'abrites, comme en un nid, dans ta propre lumière et que tu la répands par les yeux, car ils étincellent tandis que tu souris.

« Mais je ne vois pas qui tu es, ni pourquoi, ô âme noble, tu habites le cercle de la sphère que les rayons d'une autre voilent aux mortels [1]. »   (91-129)

CHANT VI. — [L'âme glorieuse est celle de l'empereur de By-zance, Justinien, qui se convertit au Christianisme et présida à la compilation des éléments du droit romain. Après avoir rappelé les faits de sa vie, Justinien fait un large tableau des gloires de l'aigle romaine qui se termine par une invective contre les Guelfes et les Gibelins, partis d'esprit étroit et de vues intéressées.]

Les fastes de l'aigle romaine.

— Tu sais que l'aigle eut sa demeure dans Albe pendant trois cents ans et plus, jusqu'au moment où pour elle les trois combattirent contre les trois [2].

Tu sais ce qu'elle fit depuis le rapt des Sabines jus-qu'à la douleur de Lucrèce, sous le règne de sept rois, soumettant alentour tous les peuples voisins.

Tu sais ce qu'elle fit quand elle fut portée par les va-leureux Romains contre Brennus, contre Pyrrhus et contre les autres princes ou républiques.

1. L'autre planète est le Soleil dont l'éclat efface celui de Mercure.
2. Les trois Horaces et les trois Curiaces.

C'est alors que Torquatus et Quintius, qui tira son surnom de sa chevelure négligée, acquirent la renommée que je me plais à célébrer[1].

Elle terrassa l'orgueil des Arabes qui, à la suite d'Annibal, franchirent le rocs des Alpes d'où tu descends, ô fleuve Pô.

Sous elle triomphèrent, jeunes encore, Scipion et Pompée, et elle parut amère à la colline au pied de laquelle tu es né![2].

Puis, vers le temps où le ciel voulut ramener dans l'univers l'ordre qui est en lui-même, César la prit par la volonté de Rome.

Et ce qu'elle fit du Var jusques au Rhin, l'Isère et la Saône l'ont vu, et la Seine l'a vu, ainsi que toutes les vallées qui viennent grossir le Rhône.

Ce qu'elle fit ensuite, après être sortie de Ravenne et avoir franchi le Rubicon, fut d'un vol si impétueux que la langue et la plume ne pourraient point le suivre.

Elle tourna ses troupes contre l'Espagne, puis contre Durazzo, et elle frappa Pharsale si violemment que jusqu'au Nil on en sentit la douleur.

Elle revit Antandre et le Simoïs d'où elle était partie et le lieu où Hector repose; puis, pour le malheur de Pompée, elle reprit son essor,

et tomba comme la foudre sur Juba, puis elle se retourna vers notre occident où elle entendait sonner la trompette pompéienne[3].

---

1. Titus Manlius Torquatus et Quintius Cincinnatus.
2. Allusion à une défaite des habitants de Fiesole par les Romains.
3. C'est tout le cours des exploits de Jules César, rival de Pompée, depuis la Gaule jusqu'en Orient, en Égypte et en Afrique...

DIEU
ET LES ANGES

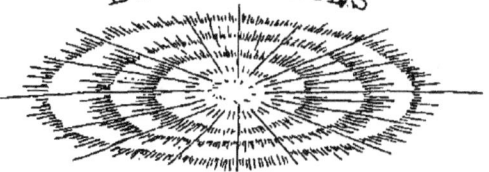

Rose céleste

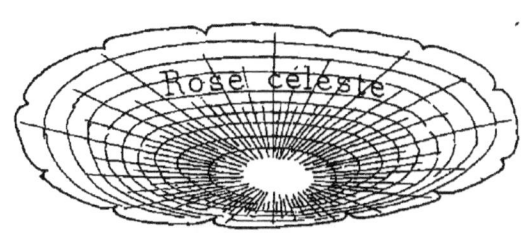

Empyrée

Premier Mobile

Ciel des ☀ Étoiles fixes

Ciel de ☀ Saturne

Ciel de ☀ Jupiter

Ciel de ☀ Mars

Ciel du ☀ Soleil

Ciel de ☀ Vénus

Ciel de ☀ Mercure

Ciel de ◯ la Lune

LA TERRE

CROQUIS DU PARADIS

Ce qu'elle accomplit sous le maître suivant[1] fait hurler en Enfer Brutus et Cassius, et Modène et Pérouse en furent dolentes.

Elle fait pleurer encore la triste Cléopâtre qui, fuyant devant elle, reçut du serpent la mort soudaine et noire.

Avec ce César, elle courut jusqu'à la mer Rouge, avec lui elle établit dans le monde une telle paix que le temple de Janus fut fermé.

Mais ce que l'emblème dont je parle avait déjà fait et devait faire encore, dans le royaume mortel soumis à son pouvoir,

cela n'apparaît plus que comme une chose pauvre et obscure, si on regarde d'un œil clairvoyant et d'un cœur pur ce qu'il devint dans la main du troisième César[2].

Car la vivante justice qui m'inspire lui accorda, étant dans la main de celui dont je parle, la gloire de sacrifier une victime à son courroux.

Et voici, dans ce que je vais t'exposer, de quoi t'émerveiller: plus tard avec Titus l'aigle court tirer vengeance du rachat de l'antique péché[3].

Et quand la dent des Lombards mordit la sainte Église, c'est sous les ailes de l'aigle que Charlemagne triomphant la secourut.

Tu peux maintenant porter un jugement sur les gens dont je parlais naguère, et sur leurs crimes qui sont la source de tous vos malheurs.

1. L'empereur Auguste.
2. Tibère, sous le règne de qui le Christ fut crucifié.
3. Tout ceci d'une subtilité assez travaillée signifie: d'abord que le Christ fut sacrifié pour racheter le péché originel et apaiser la colère divine; ensuite que la condamnation et le martyre du Christ furent vengés sur les Juifs par l'empereur Titus; enfin que dans ces deux circonstances l'empire romain a été l'instrument de la volonté de Dieu.

L'un oppose à cet emblème universel les lis d'or et l'autre s'en sert dans un intérêt de parti, de telle sorte qu'il est difficile de voir quel est le plus coupable [1].

Que les Gibelins fassent leurs menées sous un autre signe ; car c'est mal suivre celui-ci que de le séparer de la justice.

Et que ce Charles nouveau ne pense pas l'abattre avec ses Guelfes, mais qu'il redoute les serres qui ont arraché la crinière à de plus puissants lions [2].

Maintes fois déjà les fils ont pleuré par la faute du père. Qu'on n'aille pas croire que Dieu changera son emblème pour prendre les lis.   (37-11)

[Après cette forte invective l'âme de Justinien fait connaître à Dante que les bienheureux habitants de Mercure sont ceux qui firent le bien, moins par véritable charité que par ambition et amour de la renommée.]

Chant VII. — [Ce chant contient une série d'explications d'une subtilité scolastique, par lesquelles Béatrice commente les déclarations de Justinien touchant la mort du Christ, crucifié pour sauver les hommes. Elle dit notamment que la mort du Christ fut juste en tant que Jésus était homme et criminelle en tant qu'il était Dieu. Elle expose ensuite que l'homme ne pouvait racheter par lui-même l'énormité de la faute originelle et que Dieu, permettant que son fils s'incarnât et mourût supplicié, a voulu donner à la fois, dans cette œuvre de la rédemption, une preuve de son infinie miséricorde et un exemple de son impitoyable justice.]

Chant VIII. — [Béatrice et Dante s'élèvent ensuite dans le ciel de Vénus. Le poète après avoir rappelé que les anciens honoraient en Vénus la déesse qui inspirait les sentiments de l'amour, ajoute qu'il ne s'agit pas ici, dans le Paradis, de l'amour terrestre, mais de l'ardente flamme de la charité. Les bienheureux se présentent sous forme de lumières qui courent le long

1. Il s'agit là des Guelfes et des Gibelins, les premiers opposant à l'aigle impériale les lis d'or des rois de France.
2. Charles II, roi de Pouille, fils de Charles Ier d'Anjou.

du cercle. L'un d'eux rappelle à Dante le premier vers de sa *canzone : Vous qui par l'intelligence faites mouvoir le troisième ciel*, et lui offre ses services. C'est l'âme de Charles Martel, fils de Charles II, qui déplore de n'être pas resté assez longtemps sur la terre pour faire tout le bien qu'il aurait voulu, ou du moins pour empêcher les malheurs et les guerres qui suivirent sa mort.]

CHANT IX. — [Après le départ de Charles Martel d'autres lumières s'approchent de Dante. D'abord Cunizza de Romano, sœur du fameux tyran Ezzelino III ; elle fut elle-même de triste réputation et on ne voit pas bien pourquoi Dante la met dans le Paradis ; elle prédit les malheurs qui vont fondre sur les Marches de Trévise et de Padoue. Vient ensuite Foulques de Marseille, célèbre troubadour qui se fit moine et devint un terrible évêque. Leurs discours à l'un comme à l'autre n'ont pas un bien grand intérêt, et, malgré quelques beaux vers, le génie de Dante semble languir dans ces premiers chants du Paradis.]

CHANT X. — [Ascension au quatrième ciel, au ciel du Soleil. Le poète se déclare incapable de décrire la splendeur de cet astre. Il y rencontrera, revêtus d'une éclatante lumière et chantant des hymnes, au cours d'une danse sacrée, les grands docteurs de la théologie et de la philosophie religieuse.]

Les habitants du quatrième Ciel.

Je vis plusieurs clartés vives et d'un insoutenable éclat faire de nous le centre d'une couronne, et leur chant était plus doux encore que leur aspect n'était radieux.

Ainsi l'on voit parfois la fille de Latone entourée, lorsque l'air est assez imprégné de vapeurs pour fixer le contour du halo [1].

Dans la cour du Ciel d'où je reviens se trouvent plusieurs joyaux si précieux et si beaux qu'on ne peut les transporter hors de ce royaume.

1. La fille de Latone est la Lune.

Et le chant de ces lumières était de ceux-là. Que celui qui n'a pas d'ailes capables de l'emporter là-haut attende qu'un muet lui en rapporte des nouvelles !

Lorsque, en chantant ainsi, ces ardents soleils eurent tourné trois fois autour de nous, comme les étoiles voisines tournent autour des pôles fixes,

ils me parurent semblables à des femmes qui, au cours de la danse, s'arrêtent parfois sans parler et écoutent, jusqu'à ce qu'elles aient entendu les nouvelles notes.   (64-81)

[L'un de ces esprits se fait connaître et désigne autour de lui, d'un trait sobre et pittoresque, les autres bienheureux qui composent la céleste guirlande. C'est le grand docteur saint Thomas d'Aquin, le savant Dominicain dont notre poète s'est si souvent inspiré.]

Saint Thomas et les docteurs.

Et j'entendis une de ces lumières dire : « Puisque le rayon de la grâce, auquel s'allume le véritable amour et qui s'accroît et se multiplie par l'amour,

« brille si fort en toi qu'il te conduit le long de cette échelle, que personne ne descend sans la remonter ensuite,

« celui qui refuserait à ta soif le vin de sa gourde, ne serait pas plus libre que l'eau arrêtée dans sa descente vers la mer.

« Tu veux savoir de quelles plantes est fleurie cette guirlande qui fait fête à la belle Dame qui te donne la force de monter au ciel ?

« Donc je suis un des agneaux du saint troupeau que

Dominique mène par un chemin où l'on prospère à condition de ne pas s'égarer.

« Celui qui est le plus près de moi, à ma droite, fut mon frère et mon maître : c'est Albert de Cologne et moi je suis Thomas d'Aquin.

« Si tu veux ainsi connaître tous les autres, suis mes paroles en faisant des yeux le tour de la bienheureuse couronne.

« Cet autre flamboiement provient du rire de Gratien qui fit tant pour l'un et l'autre droit, qu'il devint agréable au ciel [1].

« Cet autre, qui orne après lui notre chœur, est ce Pierre qui, comme la pauvre femme, offrit à la Sainte Église son trésor [2].

« La cinquième lumière, la plus belle parmi nous, rayonne d'un tel amour que tout le monde là-bas désire en savoir des nouvelles.

« Elle contient le sublime esprit où fut mis un tel savoir que, si le vrai est vrai, aucun autre ne s'éleva jamais à tant de science [3].

« Tu vois auprès de lui la lumière de ce flambeau qui, dans sa vie mortelle, a le mieux pénétré la nature des anges et leur ministère [4].

« Dans cette autre petite lumière rit le défenseur des temps chrétiens, de l'œuvre duquel Augustin tira profit [5].

« Maintenant si tu promènes le regard de ton espri

1. Camaldule, auteur de la *Concorde des canons discordants*.
2. Pierre Lombard, surnommé le Maître des Sentences.
3. Salomon.
4. Denys l'Aréopagite que l'on disait être l'auteur du traité : *De la hiérarchie céleste*.
5. Paul Orosius, qui écrivit sur le conseil de saint Augustin : *Les Histoires contre les Païens*.

de lumière en lumière au fur et à mesure que je les célèbre, tu dois avoir soif de connaître la huitième.

« En elle, contemplant le bien suprême, se réjouit
l'âme sainte de celui qui démontra à qui sait l'entendre
les mensonges du monde.

« Le corps d'où elle fut chassée repose là-bas dans
Cieldauro, et elle est venue à cette paix par le chemin
du martyre et de l'exil[1].

« Vois plus loin flamboyer les esprits ardents d'Isidore, de Bède et de Richard, qui dans ses contempla-
tions fut plus qu'un homme[2].

« Cette autre enfin, d'où ton regard revient sur moi,
est la lumière d'un esprit qui dans ses graves médita-
tions trouva la mort lente à venir.

« C'est la lumière éternelle de Siger qui professant
dans la rue du Fouarre, mit en syllogismes des vérités
qui excitèrent la jalousie[3]. »   (82-138)

Comparaison.

Ensuite comme l'horloge qui nous appelle, à l'heure
où l'Épouse de Dieu se lève pour chanter une aubade à
l'Époux, afin de garder son amour[4],

alors que deux rouages, tirant en sens contraire, font
résonner un « tin tin », avec de si douces notes que
l'âme bien disposée se gonfle d'amour,

1. Boéce, enseveli dans l'église de Ciel d'Or (Saint-Pierre), à Pavie.
2. Isidore de Séville, Bède d'Angleterre, Richard, prieur de Saint-
Victor, appelé le grand Contemplateur.
3. Siger de Brabant, disciple de Robert de Sorbon.
4. L'épouse de Dieu c'est l'Église.

ainsi je vis la glorieuse couronne des esprits s'ébranler
et se répondre en chantant avec un accord et une douceur qu'on ne peut connaître

que là-haut où la joie est éternelle.   (139-148)

CHANT XI. — [La danse s'arrête et saint Thomas reprend son
discours. Il explique d'abord quelques points obscurs de ses premières déclarations, puis il raconte la vie de saint François
d'Assise. Et nous voyons alors passer la douce figure du Petit
Pauvre si pur, si humble de cœur, si brûlant de charité et si
semblable au Christ qu'il en porta les stigmates. Dante retrouve
pour en parler son grand lyrisme ému et émouvant, malgré quelques subtilités. Cet éloge fini, le sévère dominicain prononce de
dures paroles contre les religieux de son ordre qui sont sortis
du bon chemin.]

Saint François, époux de la Pauvreté.

Entre le Topino et le cours d'eau qui descend de la
colline choisie par le bienheureux Ubald, s'incline le
flanc fertile d'une haute montagne,

du côté où Pérouse reçoit le froid et le chaud par la
porte du Soleil, tandis que de l'autre côté, sous les lourds
escarpements, pleurent Nocera et Gualdo [1].

Sur cette côte, à l'endroit où la pente se fait plus douce,
naquit au monde un soleil, semblable au nôtre lorsqu'il
sort du Gange, certains jours.

Aussi, lorsqu'on veut parler de ce lieu, qu'on ne l'appelle pas Assise — ce qui serait trop peu dire, — mais
qu'on l'appelle Orient, pour avoir le mot juste.

Il n'était pas encore très loin de son lever, qu'il com-

---

1. Villes de l'Ombrie, comme Assise.

mença à faire sentir à la terre quelque bon effet de sa grande vertu.

Car, tout jeune, il entra en lutte avec son père pour cette femme à qui, de même qu'à la mort, personne n'ouvre la porte de la joie[1].

Et devant la cour spirituelle[2], et en présence de son père, il s'unit à elle, et puis de jour en jour il l'aima plus fortement.

Quant à elle, veuve de son premier époux[3], obscure et délaissée pendant mille et cent ans et plus, elle n'avait été jusqu'à lui recherchée de personne.

Et il ne lui servit de rien qu'on racontât que celui qui avait épouvanté l'univers l'avait trouvée impassible au son de sa voix auprès d'Amyclas[4].

Et il ne lui servit de rien d'avoir été assez fidèle et assez courageuse, tandis que Marie restait au pied de la croix, pour y monter et y pleurer avec le Christ.

Mais je ne veux pas continuer un discours trop enveloppé : qu'on entende désormais dans mes paroles diffuses que ces deux amants sont François et la Pauvreté.

Leur entente et leurs joyeux visages, leur amour, leur admiration et leurs doux regards étaient une source de saintes pensées ;

si bien que le vénérable Bernard se déchaussa le premier et courut après cette paix et sa course même lui semblait trop lente.

1. Il s'agit de la Pauvreté.
2. La curie épiscopale d'Assise.
3. Le Christ.
4. Amyclas pauvre pêcheur si dénué de tout qu'il dormait toujours avec sa porte ouverte et qui vit sans aucun émoi César entrer dans sa maison.

O richesse inconnue, ô bien fécond ! Egidius se déchausse et Sylvestre se déchausse, pour suivre l'époux, tant l'épouse leur plaît [1].

Et lui, le père et le maître, s'en va avec sa dame et avec cette famille que ceignait déjà l'humble cordon.

Et aucune lâcheté de cœur ne lui fit baisser les yeux, bien qu'il fût le fils de Pierre Bernardone [2] et que son aspect parût méprisable au point d'étonner les gens.

Mais il exposa noblement son austère intention à Innocent et il obtint de lui la première consécration de son ordre.

Après que la troupe des petits pauvres se fut accrue derrière lui, dont la vie admirable devrait être chantée pour la gloire du ciel plutôt que de lui-même,

la sainte volonté de cet archimandrite reçut une deuxième fois la couronne de l'Esprit-Saint par les mains d'Honorius [3].

Et lorsque, dans la soif du martyre, il eut prêché, en présence du Sultan superbe, le Christ et ceux qui le suivirent,

et que, trouvant les gens trop rebelles à la conversion, il fut revenu, pour ne pas s'attarder en pure perte, cueillir le fruit des plantes d'Italie,

sur l'âpre rocher entre le Tibre et l'Arno [4] il reçut du Christ les derniers stigmates, que ses membres portèrent pendant deux ans.

1. Bernard de Quintavalle, Egidius, Sylvestre, premiers disciples de saint François.

2. Pietro Bernardone, père de François, était un riche marchand d'Assise.

3. L'ordre de Saint-François fut solennellement approuvé par le pape Honorius III.

4. Sur le mont de la Vernia, dans le Casentin.

Quand il plut à Celui, qui l'avait choisi pour faire
tant de bien, de l'élever à la récompense qu'il méritait
par son humilité,

il recommanda à ses frères, comme à de légitimes
héritiers, son épouse si chère et leur commanda de l'aimer fidèlement.   (43-114)

[Ayant terminé l'éloge de saint François, saint Thomas se lamente sur l'indiscipline des dominicains pareils à « des brebis
qui se dispersent, errent loin du pasteur et retournent au bercail, vides de lait».]

CHANT XII. — [Saint Thomas se tait. Aussitôt la radieuse couronne des esprits recommence sa danse et son chant. Une autre
guirlande apparaît, embrassant la première, semblable à un
deuxième arc-en-ciel : et c'est une merveilleuse fête de lumières
et de musiques. Puis nouvelle pause. Et de même que tout à
l'heure le dominicain avait exalté le doux saint François, c'est
un franciscain maintenant, saint Bonaventure, qui fait le pané-
gyrique du sévère saint Dominique. Il montre l'enfance prédestinée de cet « amant passionné de la foi chrétienne, de ce saint
athlète, doux aux siens, dur aux ennemis », qui partit en lutte
contre les hérétiques albigeois, « comme un torrent qui se précipite d'une source élevée ». Et saint Bonaventure s'élève à son
tour contre la décadence des franciscains, qui s'écartent de plus
en plus de la pure règle du fondateur.]

CHANT XIII. — [La danse reprend et s'arrête encore. Saint Thomas pour expliquer à Dante un terme resté obscur, revient longuement sur la sagesse du roi Salomon. Puis il met le poëte en
garde contre les jugements précipités qui conduisent à de graves
erreurs.]

Soyons lents à juger.

Que cet exemple soit toujours comme un plomb à tes
pieds, pour te faire arriver lentement, comme un homme
las, au moment de dire le oui ou le non, dans les choses
que tu ne discernes pas clairement.

Car celui-là est bien bas parmi les sots, qui affirme ou nie sans distinction dans l'un et l'autre cas.

C'est pourquoi il arrive souvent que l'opinion hâtive penche du côté de l'erreur et qu'ensuite l'amour-propre lie notre intelligence.

Il fait pis que de s'éloigner inutilement de la rive celui qui va à la pêche de la vérité, sans connaître son art ; car il n'y revient même pas tel qu'il en est parti.

Et le monde en donne des exemples manifestes avec Parménide, Mélissus, Brissus et tant d'autres qui s'en allaient sans savoir où [1].

Ainsi firent Sabellius et Arius [2] et tous ces insensés qui furent pour les Écritures comme des sabres qui mettent de travers les visages droits.

Que le monde ne soit pas non plus trop hardi dans ses jugements, comme l'est celui qui estime le blé sur pied avant qu'il soit mûr.

Car j'ai vu tout l'hiver le buisson se montrer aride et sauvage et porter ensuite des roses au sommet ;

et j'ai vu aussi le vaisseau courir droit et rapide sur la mer, pendant tout le voyage, et périr à la fin à l'entrée du port.

Que dame Berthe et sire Martin, pour avoir vu celui-ci voler et cet autre faire des offrandes, ne croient pas les voir tels qu'ils sont dans les desseins de Dieu,

car l'un peut se relever et l'autre choir.   (112-142)

CHANT XIV. — [Une nouvelle couronne glorieuse apparaît derrière les deux autres et rayonne au bord de l'horizon, semblable au jour qui se lève.

1. Philosophes.
2. Hérétiques.

Mais Dante n'a que le temps de fermer ses yeux aveuglés : il se trouve transporté dans le ciel supérieur où brille d'un éclat rouge la planète Mars.

Nouvelle vision. Une grande croix se dresse, dessinée par une infinité de lumières qui vont et viennent en chantant le long de l'arbre sacré. Au milieu de la croix, éblouissant et triomphant, le Christ.]

La rouge croix de Mars.

Et je vis, disposées en deux rayons, des splendeurs si éclatantes et si rouges que je m'écriai : « O Hélios ! comme tu les illumines ! »

De même que la voie lactée, parsemée de grandes et de petites étoiles, court toute blanche d'un pôle à l'autre, sujet de doute pour les plus savants,

de même, dans la profondeur de Mars, ces rayons constellés formaient le signe vénérable que trace dans un cercle la jonction de deux cadrans.

Ici la mémoire l'emporte en moi sur l'intelligence ; car sur cette croix le Christ flamboyait d'un tel éclat que je ne puis trouver de comparaison digne de lui.

Mais celui qui prend sa croix et marche derrière le Christ me pardonnera mon silence, lorsqu'il verra dans cette splendeur étinceler le Christ[1].

D'un bras à l'autre et de la base au sommet couraient des lumières qui brillaient plus fort, lorsqu'elles se rencontraient et se dépassaient.

C'est ainsi que nous pouvons voir les corpuscules

---

1. On trouve plusieurs fois le nom du Christ répété ainsi à la rime. Dante estime qu'aucun autre mot n'est digne de rimer avec celui-là.

longs ou courts, rapides ou lents, et d'un aspect toujours changeant,

se mouvoir d'un vol droit ou brisé dans le rayon qui vient parfois traverser l'ombre que l'homme se ménage par son intelligence et son adresse, pour se défendre du soleil.

Et comme le violon et la harpe, par l'accord de leurs cordes, font entendre un son doux, même à ceux qui ne reconnaissent point les notes,

de même, dans les lumières qui m'apparurent là-haut, se composa le long de la croix une mélodie qui me transportait sans que j'en comprisse le sens.

Je saisis cependant que c'était un chant de hautes louanges, car les mots : « relève-toi et triomphe », vinrent jusqu'à moi, comme vers celui qui ne comprend pas mais qui entend.

Et j'étais tellement ravi que jusqu'alors rien ne m'avait enchaîné par de plus doux liens. (94-129)

CHANT XV. — [Les bienheureux qui chantent ainsi sont ceux qui combattirent pour la foi, les martyrs de la religion. L'un d'eux descend et salue Dante d'un cri joyeux. C'est le trisaïeul du poëte, Cacciaguida, qui mourut en combattant contre les in-fidèles. Dante l'interroge et l'ancêtre fait une belle peinture des mœurs pures et simples de l'antique Florence.]

Florence sobre et pudique.

— « Je te supplie, ô vivante topaze, qui ornes de tes feux ce précieux joyau, de me faire connaître ton nom. »

— « O rameau de ma plante, que je me plaisais à atten-dre, je fus ta racine. » Ainsi commença-t-il sa réponse.

Puis il me dit : « Celui dont ta famille tire son nom et qui, depuis plus de cent ans, tourne sur la première corniche de la montagne,

« fut mon fils et ton bisaïeul. Il est bien juste que par tes œuvres tu abrèges sa longue fatigue[1].

« Florence dans l'enceinte de ses vieux murs, où elle entend encore sonner tierce et none, vivait en paix, sobre et pudique.

« Il n'y avait ni colliers, ni diadèmes, ni femmes parées, ni ceintures plus belles à voir que celles qui les portent.

« La fille en naissant n'y faisait pas encore peur à à son père, car ni le temps du mariage ni la dot ne dépassaient toute mesure.

. . . .

« J'ai vu Bellincioni Berti porter nne ceinture de cuir et d'os et sa femme revenir de son miroir sans avoir fardé son visage.

« Et j'ai vu les fils de Nerli et du Vecchio se contenter de leur peau toute nue et leurs femmes ne penser qu'à leur fuseau et à leur quenouille[2].

« O femmes heureuses !...

« L'une veillait amoureusement sur le berceau et pour consoler l'enfant parlait le langage qui fait d'abord la joie des pères et des mères.

« L'autre, en tirant la chevelure de sa quenouille, racontait en famille les légendes des Troyens, de Fiesole et de Rome.

1. Aldighiero (par corruption Alighieri).
2. Nobles et grandes familles de l'antique Florence.

« En ce temps-là c'eùt été une aussi grande merveille de voir une Cianghella et un Lapo Saltarello, que de voir aujourd'hui un Cincinnatus et une Cornélie[1].

« Telle était la calme et belle vie de citoyens, telle le loyal entourage, telle la douce demeure,

« où Marie, invoquée à grands cris, me fit naître. Et dans votre antique Baptistère je reçus à la fois le nom de chrétien et de Cacciaguida.

« Moronte fut mon frère, ainsi qu'Élisée ; ma femme me vint de la vallée du Pô et de son nom ton surnom fut tiré[2].

« Puis je suivis l'empereur Conrad qui me décora de l'ordre de sa milice, tant par mes belles actions je lui devins cher[3].

« Je marchai à sa suite contre la religion impie de ce peuple qui, par la faute de vos pasteurs, usurpe votre légitime domaine.

« Là, je fus délié par cette race abjecte des liens du monde trompeur, dont l'amour avilit tant d'âmes,

« et le martyre me conduisit à cette paix. » (85-148)

CHANT XVI. — [Cacciaguida, à la prière de Dante, parle de ses ancêtres et de son temps, où Florence n'était que le cinquième de ce qu'elle est devenue. Il cite de nombreuses familles dont le sang s'est mélangé à celui des familles étrangères ; et c'est ainsi que les mœurs nouvelles sont venues avec leur dangereuse corruption.]

CHANT XVII. — [Dante, encouragé par Béatrice, demande à son

---

1. Les premiers furent à Florence des personnages de triste réputation ; les deux autres, Romains, sont restés des types de vertu et de grandeur d'âme.
2. C'était une Aldighieri de Ferrare, d'où le nom du poète.
3. Conrad III qui fit la deuxième croisade avec Louis VII de France. Dante doit le confondre avec Conrad II qui passa Florence où il fit plusieurs chevaliers.

aïeul l'explication des obscures prédictions que lui ont faites différents esprits en Enfer et au Purgatoire. Et Cacciaguida les lui confirme et lui annonce le dur exil, au cours duquel il trouvera un refuge auprès des Scaliger de Vérone.]

Les amertumes de l'exil.

« Tel Hippolyte partit d'Athènes à la suite de l'acharnement et de la perfidie de sa belle-mère, tel tu devras partir de Florence.

« C'est là ce qu'on veut, c'est là ce qu'on cherche déjà, et cela sera bientôt réalisé par ceux qui s'en occupent, là où tous les jours on trafique du Christ[1].

« La faute comme toujours sera rejetée sur le parti vaincu ; mais la vengeance finira par rendre témoignage à la vérité qui la dispense.

« Tu quitteras les choses les plus chèrement aimées et c'est là le trait que l'arc de l'exil décoche tout d'abord.

« Tu sauras par expérience quel goût de sel a le pain d'autrui et quel dur chemin c'est de descendre et de gravir l'escalier des autres.

« Et ce qui pésera le plus à tes épaules, ce sera la compagnie méchante et stupide avec laquelle tu rouleras dans cet abîme,

« et qui, toute ingrate et folle et impie, se déchaînera contre toi ; mais bientôt c'est elle-même — et non toi — qui en aura la rougeur au front.

« Sa conduite future fera la preuve de sa bestialité, de telle sorte qu'il sera honorable pour toi d'avoir fait un parti à toi seul.

« Ton premier refuge et ton premier abri sera la cour-

---

1. A la cour de Rome.

toisie du grand Lombard qui porte l'oiseau sacré sur son échelle [1].

« Il te regardera d'un œil si bienveillant que, du bienfait et de la demande entre vous deux, le premier préviendra l'autre, contrairement à ce qui se fait entre les autres hommes [2].

« Avec lui tu verras celui qui en naissant reçut de cette planète où nous sommes une marque si forte que ses actions en deviendront fameuses [3].

« Les gens ne s'en sont pas encore aperçus, à cause de son jeune âge, car depuis neuf ans seulement ces cercles tournent autour de lui.

« Mais avant que le Gascon ait trompé le grand Henri, on verra éclater sa vertu dans son mépris de l'argent et des fatigues [4].

« Ses magnificences seront tellement connues que ses ennemis eux-mêmes ne pourront se tenir d'en parler.

« Espère en lui et en ses bienfaits ; par lui le sort de bien des gens sera transformé ; car les riches et les pauvres changeront de condition.

« Et voici ce que de lui tu emporteras gravé dans ton esprit, sans le répéter. » Et il me dit alors des choses incroyables, même pour ceux qui en seront témoins.

Puis il ajouta : « Mon fils, voilà le commentaire de ce

---

1. Probablement Bartolommeo de la Scala, de la famille de Scaliger, dont les armoiries portaient une échelle surmontée d'un aigle.

2. Cf. *La Fontaine*, Fables, VIII, 11 : Les deux amis.

> Qu'un ami véritable est une douce chose !
> Il cherche vos besoins au fond de votre cœur
> Il vous épargne la pudeur
> De les lui découvrir vous-même.

3. Can Grande de la Scala, en qui Dante et bien d'autres crurent voir le sauveur du parti gibelin.

4. Le pape Clément V, gascon, après avoir invité Henri VII à descendre en Italie, se déclara contre lui.

qui te fut dit ; voilà les embûches qui se dissimulent derrière un petit nombre d'années.

« Cependant je ne veux pas que tu portes envie à tes compagnons, parce que tu vivras dans la gloire bien au delà du temps où leur perfidie sera châtiée. » (46-99)

[Et Cacciaguida encourage Dante par une vigoureuse exhortation à écrire hardiment ce qu'il a vu.]

CHANT XVIII. — [Le poète, perdu dans la contemplation de Béatrice, s'entend dire : « Ce n'est pas seulement dans mes yeux qu'on voit le Paradis. » Il se détourne alors pour écouter de nouveau l'âme de son ancêtre qui lui désigne quelques-uns des esprits héroïques de la croix : Josué, Judas Macchabée, Charlemagne, Roland, Guillaume d'Orange, Godefroy de Bouillon, Robert Guiscard, etc. Puis, voyant sa dame resplendir d'un éclat nouveau, il comprend qu'ils sont arrivés au ciel de Jupiter.

Et voici aussitôt un curieux spectacle. Dans la lueur argentée de la nouvelle planète des lumières couleur de flamme s'agitent en chantant et forment lettre par lettre une inscription lumineuse. Puis elles dessinent la figure de l'aigle impérial. On voit avec quel bonheur le poète sait varier les jeux et les combinaisons de ces lumières et comment il imagine pour chaque étoile une danse symbolique qui lui soit propre.]

L'inscription lumineuse.

Je vis, dans cette heureuse étoile, les rayons de ces esprits brûlants d'amour tracer à mes yeux des signes de notre langage.

Comme les oiseaux qui se lèvent des bords d'un fleuve et se réjouissent de leur pâture, se disposent tantôt en rond, tantôt en file,

ainsi, dans leurs lumières, les saintes créatures chantaient en voltigeant et formaient dans leurs figures tantôt un D, tantôt un I, tantôt un L.

D'abord elles tournaient selon le rythme du chant;

puis, en traçant chacune de ces lettres, elles s'arrêtaient un peu et se taisaient.

O Muse divine, qui donnes la gloire et la longue durée aux génies, et leur permets d'illustrer à leur tour les cités et les empires,

verse-moi ta lumière afin que je retrace ces figures comme je les ai dans l'esprit et qu'on sente ta puissance dans mes faibles vers !

Je vis donc cinq fois sept lettres, voyelles et consonnes, et je notai les divers éléments, selon qu'ils m'apparurent écrits.

Diligite justitiam, tels furent le premier verbe et le premier nom de la figure ; *qui judicatis terram,* furent les derniers [1].

Puis sur l'M du cinquième mot les lumières restèrent rangées de telle sorte que Jupiter paraissait, en cet endroit, d'argent rehaussé d'or.

Et je vis d'autres lumières descendre sur le sommet de l'M et s'y poser en célébrant, je crois, le Bien qui les attire à lui.

Ensuite, comme du choc des tisons embrasés jaillissent d'innombrables étincelles, dont les sots aiment à tirer des présages,

plus de mille lumières parurent remonter et s'élever plus ou moins haut, à la place assignée par le Soleil qui les embrase.

Et lorsque chacune se fut arrêtée à cette place, je vis que ce feu représentait distinctement la tête et le cou d'un aigle. (70-108)

---

1. « Aimez la justice vous qui jugez la terre. »

[La vue de l'oiseau, symbole de l'Empire, qui est pour Dante le gouvernement de la justice, soulève de nouveau la colère du poète contre les papes qui ne pensent qu'à s'enrichir et réservent toutes leurs dévotions à l'effigie de saint Jean Baptiste gravée sur les florins d'or.]

CHANT XIX. — [Ces bienheureux esprits, étincelants comme des rubis, parlent à la fois, mais on n'entend qu'un son et qu'un discours. Dante leur confesse un doute : les hommes qui n'ont pas reçu le baptême, qui ont ignoré la venue du Christ, seront-ils damnés? En quoi sont-ils coupables? L'aigle bat des ailes et se contente de répondre que ce sont là les secrets impénétrables de la justice divine. C'est une affaire de foi. Mais la foi toute seule ne conduit pas au salut, si elle n'est accompagnée de bonnes œuvres. Et Dante, entr'ouvrant le livre de la Justice, en montre une page terrible où est inscrit tout le mal qu'ont fait les princes chrétiens. Le trait est rapide et profond, l'allusion courageuse, mordante et sèche ; c'est une cinglante satire.]

Une page du Grand Livre.

On y verra, parmi les œuvres d'Albert, celle qui va mettre la plume aux mains de Dieu, car elle fera du royaume de Prague un désert [1].

On y verra la douleur que provoque sur la Seine celui qui mourra sous les coups d'un sanglier [2].

On y verra l'inextinguible orgueil qui frappe l'Écossais et l'Anglais d'une telle démence qu'ils ne peuvent plus se tenir dans leurs limites [3].

On y verra la luxure et la mollesse du roi d'Espagne et de celui de Bohême, qui ne connut ni ne supporta jamais la vertu [4].

1. Albert d'Autriche.
2. Philippe le Bel qu'un sanglier fit tomber de cheval.
3. Le roi d'Angleterre et le roi d'Écosse en guerre l'un contre l'autre
4. Ferdinand IV de Castille. Venceslas IV de Bohême.

On y verra la bonté du boiteux de Jérusalem marquée par un I, tandis que ses vices seront marqués d'un M[1].

On y verra l'avarice et l'indignité de celui qui gouverne l'île du feu, où Anchise finit sa longue existence[2];

et pour faire comprendre combien il vaut peu, la note qui le concerne sera en lettres abrégées qui diront beaucoup en peu d'espace.

Et on y verra dévoilées les œuvres honteuses de son oncle et de son frère qui ont déshonoré une si glorieuse famille et deux couronnes[3].

Et on y connaîtra le roi de Portugal, et celui de Norvège, et celui de Serbie qui a, pour son malheur, altéré les coins de Venise.　　　　　　　　　　　　　(115-141)

CHANT XX. — [Les autres princes chrétiens, ceux qui furent sages et justes, forment l'image de l'aigle. Et, dans un murmure semblable au bruit d'une eau qui « descend de pierre en pierre», l'oiseau sacré cite quelques-uns des plus illustres parmi eux: Trajan et Riphée, sauvés par Dieu à cause de leur charité.]

CHANT XXI. — [Nouvelle ascension. Béatrice ne sourit plus; car Dante ne pourrait plus supporter la splendeur de son sourire. Ils arrivent au ciel de Saturne, habité par les esprits contemplatifs. C'est un séjour de sérénité et de silence. Là aussi une merveilleuse vision se déploie: une échelle couleur d'or se dresse à perte de vue et d'innombrables lumières y descendent en voletant; elles se posent un instant sur les échelons et tournent sur elles-mêmes, dans une sorte de vertige joyeux.]

L'échelle d'or.

Je vis une échelle, qui avait la couleur de l'or frappé

---

1. Charles II, roi de Naples et de Jérusalem. Le signe I est celui de l'unité, M est le signe de mille.
2. Frédéric II, roi de Sicile.
3. Jacques, roi de Majorque et Jacques II, roi d'Aragon.

par un rayon de soleil, si élevée, que mes yeux n'en
voyaient pas la cime.

Et par les échelons descendaient tant de splendeurs,
que je crus y voir toutes les étoiles du ciel répandues.

Et comme, suivant leur instinct, les corneilles dès le
point du jour prennent leur vol toutes ensemble, pour
réchauffer leurs ailes refroidies,

et puis les unes s'en vont pour ne pas revenir, d'autres retournent d'où elles sont parties et d'autres enfin
tournoient sans s'éloigner,

ainsi me parurent faire ces splendeurs, qui vinrent
ensemble, jusqu'à ce qu'elles eussent atteint un certain
échelon.   (28-42)

[L'un de ces esprits caché dans le rayonnement de sa lumière,
se pose au bas de l'échelle et s'adresse à Dante. Les âmes ne
chantent pas ici, dit-il ; — de même que Béatrice ne sourit plus
— parce que les oreilles mortelles de Dante ne pourraient résister à la surnaturelle harmonie. L'esprit qui parle est celui du
bienheureux saint Pierre Damien qui, d'abord docteur et profes-
seur à Ravenne, se fit moine dans un couvent de l'Ombrie, reçut
le chapeau de cardinal, mais revint à son monastère où il se fit
appelé Pierre le Pécheur. Esprit de la famille de Dante par l'énergie, il raconte d'abord sa rude et bonne vie de cloître et fulmine
enfin en une invective brutale contre le luxe des nouveaux prélats.]

Un grand moine : saint Pierre Damien.

— « Entre les deux rivages de l'Italie, non loin de ta
patrie, se dressent des rochers si hauts que la foudre
gronde souvent au-dessous d'eux ;

« et ils forment un ressaut, qu'on appelle Catria, au

pied duquel est un ermitage consacré uniquement au culte de Dieu [1]. »

Ainsi me répondit-il la troisième fois ; puis il continua en disant : « Là je m'attachai si fermement au service de Dieu,

« que, nourri seulement de mets à l'huile d'olive, je bravai sans peine le chaud et le froid, tout à la joie de la contemplation.

« Ce cloître produisait alors de bonnes récoltes pour le ciel où nous sommes ; mais il est devenu maintenant si stérile qu'il faudra bien que cela soit bientôt révélé.

« Là je fus Pierre Damien et Pierre le Pécheur ; puis j'allai dans la maison de Notre-Dame sur le rivage de l'Adriatique.

« Il me restait peu de vie mortelle, lorsque je fus appelé à recevoir malgré moi ce chapeau qui se transmet toujours de mal en pis.

« Céphas vint, vint aussi le grand Vase d'élection [2] du Saint Esprit, maigres et déchaux, prenant leur nourriture au hasard des auberges.

« Maintenant les modernes pasteurs veulent qu'on les soutienne des deux côtés, qu'on les mène et qu'on les soulève par derrière, tant ils sont lourds.

« Ils couvrent leurs palefrois de leur manteau, de telle sorte que deux bêtes marchent sous une seule peau. O patience divine, que de choses tu tolères ! »

A ces mots, je vis plusieurs clartés descendre et tour-

1. C'est le couvent de Santa Croce de Fonte Avellana, dans l'Apennin central.
2. Saint Pierre et saint Paul.

noyer d'échelon en échelon et à chaque tour elles devenaient plus belles.

Elles vinrent et s'arrêtèrent autour de la première et
poussèrent un cri si haut et si retentissant qu'on ne
pourrait le comparer à rien ici-bas.

Et je ne le compris point, tellement je fus accablé
par ce tonnerre.   (106-142)

CHANT XXII. — [Dans ce cri gronde la menace et l'annonce de
la vengeance prochaine. — Cependant sur l'échelle il y a de nouveaux jeux de lumière : voici une centaine de petites sphères,
pareilles à un bouquet de radieuses marguerites. La plus grande
et la plus belle s'approche de Dante pour lui parler : c'est l'âme
bienheureuse de saint Benoît qui, après avoir mené dans une
grotte la vie de l'ascète, fonda sur le mont Cassin son grand monastère, soumis à une règle rigide et impérieuse. Mais pas plus
que les autres, cet ordre n'est resté pur et fidèle à sa discipline ; et le fondateur n'est pas tendre pour ses enfants dégénérés.]

Nouvelles imprécations.

« Mais pour gravir cette échelle personne ne lève
plus les pieds de terre et ma règle ne sert plus là-bas
qu'à user du papier inutilement.

« Les murs, qui formaient autrefois une abbaye, sont
devenus des cavernes et les capuchons des moines sont
des sacs pleins de mauvaise farine.

« Mais l'usure la plus lourde ne se rebelle pas autant
contre la volonté de Dieu que cet amour du gain qui
met au cœur des moines une telle folie.

« Car tous ces biens dont l'Église n'a que le dépôt,
sont à ceux qui mendient au nom de Dieu, et non aux
parents ou à d'autres personnes plus indignes.

« La chair des mortels est si faible, que sur la terre il

n'y a pas de si bon commencement qu'il conduise le chêne naissant jusqu'au moment de porter des glands.

« Pierre commença sans or et sans argent, et moi, dans la prière et dans le jeûne, et François fonda son couvent dans l'humilité.

« Et si tu regardes le principe de chaque ordre et que tu considères ensuite jusqu'où il est allé, tu verras que le blanc a tourné au noir. »   (73-93)

[Dante ne s'attarde plus à écouter ces âpres paroles. Un signe de Béatrice le pousse sur l'échelle d'or. Et le voici dans le ciel constellé et précisément dans la constellation des Gémeaux, dont il subit l'influence, quand il naquit et « qu'il respira pour la première fois l'air de Toscane ». De là-haut Dante jette un regard sur le monde qui est à ses pieds : il voit les sept sphères célestes qu'il a déjà traversées et, tout en bas, avec ses montagnes et ses mers, « le misérable coin de terre qui nous rend si orgueilleux. »]

CHANT XXIII. — [Et de nouveau se déploient les magnifiques spectacles. Dans une éblouissante apothéose Dante verra passer le triomphe du Christ et le couronnement de la Vierge. Il pressent déjà ces visions dans l'extase où est plongée Béatrice.]

Béatrice en extase. — Le triomphe du Christ.

Comme l'oiseau, sous le couvert des feuillages amis, se pose près du nid de ses doux enfants, tant que dure la nuit qui cache les choses,

et, afin de revoir leurs images chéries et de trouver la pâture pour les nourrir (dures fatigues qui lui sont agréables),

devance le jour sur le bord de la branche, et, tout brûlant de désir, attend le soleil, en regardant fixement si l'aube naît ;

ainsi ma Dame se tenait, tendue et attentive, le regard tourné vers la région où la marche du soleil paraît moins rapide[1] ;

si bien que la voyant ainsi ravie et absorbée je devins pareil à celui qui désire ce qu'il n'a pas et se complaît dans son espoir.

Mais peu de temps s'écoula entre le moment où mon attente commença et celui où je vis le ciel s'illuminer de plus en plus.

Et Béatrice me dit : « Voici les légions du triomphe du Christ et ceux qui recueillent le fruit produit par le mouvement de ces sphères ! »

Il me semblait que son visage n'était qu'une flamme ; et elle avait les yeux si pleins de joie que je dois renoncer à en rien dire.

Comme, dans la clarté sereine des pleines lunes, Diane rit au milieu des nymphes éternelles qui ornent toutes les plages du ciel[2],

tel je vis, au-dessus de milliers de flambeaux, un Soleil qui les allumait tous, comme le nôtre allume les clartés d'en haut.

Et à travers sa vive lumière la brillante substance apparaissait si éclatante à mes yeux, qu'ils ne pouvaient la supporter.

— « O Béatrice, doux et cher guide !... » Elle me dit : « Ce qui t'éblouit est une vertu à laquelle rien ne résiste.

« Là sont la Sagesse et la Puissance qui ouvrirent entre le ciel et la terre le chemin si longuement désiré. »

(1-39)

---

1. L'endroit du Ciel où se trouve le soleil à midi.
2. Ces nymphes éternelles sont les étoiles.

[Bientôt le sourire reparaît sur les lèvres de Béatrice : car Dante est maintenant capable de le supporter et digne de le revoir. C'est un ravissement. Béatrice s'y complaît un instant. Puis elle ramène les yeux de son poète sur une nouvelle vision où la rose mystique, Marie, apparaît couronnée d'un diadème de lumière.]

Apothéose de la Vierge.

— « Pourquoi mon visage te charme-t-il à ce point que tu ne tournes pas tes yeux vers le beau jardin qui fleurit sous les rayons du Christ ?

« Voici la Rose en qui le Verbe divin s'incarna ; voici les lis dont le parfum indiqua le bon chemin[1]. »

Ainsi parla Béatrice et moi, toujours docile à ses conseils, je ramenai mes paupières débiles à la bataille.

Comme mes yeux, tout en étant couverts d'ombre, ont vu parfois un pré en fleurs, sous un rayon de soleil qui se glisse vivement à travers l'échancrure d'un nuage,

ainsi je vis plusieurs troupes de splendeurs illuminées d'en haut par des rayons ardents, sans voir le foyer de cette lumière.

O bienfaisante vertu, qui les imprègnes ainsi, tu t'élevas alors pour laisser du champ à mes yeux encore trop faibles.

Le nom de la belle fleur que j'invoque toujours, soir et matin, concentra toute mon attention sur le feu le plus brillant.

---

1. La rose est la Vierge, les lis sont les Apôtres.

Et lorsque mes yeux furent éclairés par la beauté et la force de la vivante étoile qui triomphe là-haut, comme elle a triomphé ici-bas,

du fond du ciel descendit un flambeau en forme de cercle, qui la ceignit comme une couronne et tourna autour d'elle.

La mélodie la plus douce qu'on puisse entendre ici-bas et qui captive le plus notre âme paraîtrait un nuage déchiré par le tonnerre,

comparée au chant de cette lyre qui couronnait le plus beau saphir dont se pare le Ciel le plus clair[1].

« Je suis l'amour angélique et je tourne autour de la grande béatitude qui rayonne du sein qui porta notre bien aimé.

« Et je tournerai, ô Reine du ciel, tant que tu suivras ton fils et que tu feras plus divine, en y entrant, la sphère suprême. »

Ainsi s'exprimait la mélodie de cette couronne et toutes les autres lumières faisaient retentir le nom de Marie.   (70-111)

[La Vierge monte dans l'Empyrée à la suite de son divin fils ; et les bienheureux se dressent dans un élan d'amour, pour entonner l'antienne, vibrante de la joie pascale : Regina Cœli : ô Reine du ciel...]

CHANT XXIV. — [Dante va subir maintenant une série d'examens sur la foi, l'espérance et la charité par devant les apôtres saint Pierre, saint Jacques et saint Paul. On pourra y voir comment le poëte sait unir aux définitions abstraites et aux arides syllogismes de simples et fortes images qui portent la vie avec elles.

C'est saint Pierre qui commence, à la demande de Béatrice.]

---

1. Ces périphrases, flambeau, couronne, lyre, désignent l'archange Gabriel, tournant et chantant autour de Marie, fleur et étoile.

L'examen sur la Foi. — Le Credo.

« O Compagnie élue à la grande cène de l'Agneau béni, qui vous nourrit de telle sorte que votre appétit est toujours comblé,

« si, par la grâce de Dieu, cet homme goûte ce qui tombe de votre table, avant que la mort ait mis un terme à son âge,

« considérez son immense amour et versez-lui votre rosée, vous qui buvez toujours à la fontaine d'où découle tout ce qu'il pense ! »

Ainsi parla Béatrice ; et ces âmes heureuses tournèrent comme des sphères sur des pôles fixes, en flamboyant vivement à la manière des comètes.

Et comme, dans le mécanisme des horloges, les roues tournent de telle façon que, si on les observe, la première semble immobile et la dernière semble voler,

ainsi ces célestes rondes, par la variété de leurs danses, me permettaient d'apprécier leur trésor de gloire, suivant leur allure lente ou rapide.

De celle qui me parut la plus belle, je vis sortir un feu si bienheureux qu'il dépassait tous les autres en éclat.

Et trois fois il tourna autour de Béatrice, en faisant entendre un chant si divin, que mon esprit ne peut me le redire.

C'est pourquoi ma plume passe sans l'écrire, car notre imagination, et à plus forte raison notre langage, ont des couleurs trop vives pour peindre la délicatesse de ces plis.

— « O ma sainte sœur, qui nous pries de si fervente
manière, l'ardeur de ton amour me détache de cette
belle couronne. »

Et, s'étant arrêté, le feu béni dirigea vers ma dame
son souffle qui avait parlé comme je viens de le dire.

Et elle : « O lumière éternelle du grand homme à qui
Notre-Seigneur, après les avoir apportées sur terre,
laissa les clefs de cette joie merveilleuse du paradis,

« examine celui-ci, à ton gré, sur les points légers ou
graves, touchant cette Foi qui te faisait marcher sur la
mer [1].

« S'il aime bien, s'il espère bien et s'il croit bien, tu
ne l'ignores pas, puisque tu as les regards attachés là
où l'on voit toutes choses tracées.

« Mais comme ce royaume a acquis ses citoyens grâce
à la vraie Foi, il est bon que cet homme soit appelé à
en parler pour la glorifier. »

De même que le bachelier arme son esprit et attend
en silence que le maître ait posé la question, pour la
discuter et non pour la résoudre,

ainsi je m'armai de toute raison, tandis qu'elle parlait, afin d'être prêt à répondre à un tel examinateur
sur une telle matière.

— « Dis-moi, bon chrétien, fais-toi connaître :
Qu'est-ce que la Foi ? » Alors je levai le front vers la
lumière qui soufflait ces paroles.

Puis je me retournai vers Béatrice, qui me fit promptement signe de laisser couler le flot de ma source intérieure.

1. Allusion au récit évangélique où l'on voit Pierre marcher sur les
eaux pour aller vers Jésus.

— « Que la grâce qui me vaut de me confesser au grand centurion m'accorde de bien exprimer ma pensée », dis-je.

Et je poursuivis : « Ainsi que l'a écrit, ô mon père, le stylet véridique de ton cher frère qui mit avec toi Rome dans le bon chemin [1],

« la Foi est la substance des choses espérées et l'argument des choses invisibles : et telle me paraît être son essence. »

Alors j'entendis : « Ton sentiment est juste si tu comprends bien pourquoi il l'a mise au nombre des substances et ensuite au nombre des arguments. »

Et je repris : « Les choses profondes qui me dévoilent ici leur aspect sont si cachées aux yeux des hommes

« que leur existence n'est qu'une question de croyance ; c'est sur cette croyance que se fonde le suprême espoir et voilà pourquoi elle a le caractère d'une substance.

« Et comme il nous faut partir de cette croyance pour établir nos raisonnements, sans avoir d'autres preuves visibles, elle a aussi le caractère d'un argument. »

Alors j'entendis : « Si tout ce qu'on acquiert sur terre par la science était compris comme tu l'entends, il n'y aurait plus de place pour les subtilités des sophistes. »

Tels furent les mots que me souffla cet amour enflammé ; puis il ajouta : « L'aloi et le poids de cette monnaie ont été assez examinés ;

« mais dis-moi maintenant si tu l'as dans ta bourse. » Et moi : « Oui je l'ai, si brillante et si ronde, que je n'ai pas le moindre doute sur sa frappe. »

---

1. L'Apôtre saint Paul.

Ensuite, de la lumière qui brillait là, sortirent ces mots : « Ce précieux joyau sur lequel toute vertu se fonde,

« d'où t'est-il venu ? » Et moi : « La large pluie du Saint Esprit, qui s'est répandue sur les anciens et les nouveaux parchemins[1],

· « est le syllogisme qui a fait pénétrer en moi cette conclusion, si vivement que toute autre démonstration me semble vaine. »

J'entendis alors : « L'Ancien et le Nouveau Testament, prémisses de ta conclusion, pourquoi les tiens-tu pour parole divine ? »

Et moi : « La preuve qui me découvre la vérité ce sont les œuvres qui ont suivi, pour lesquelles la nature n'a jamais chauffé le fer ni battu l'enclume[2]. »

Il me fut répondu : « Mais dis-moi : qui t'assure que ces œuvres aient existé ? Tu n'as pour l'affirmer que ce livre qui a lui-même besoin de preuves. »

— « Si le monde, répondis-je, s'est tourné vers le christianisme sans miracles, cela même est un miracle tel que les autres n'en sont que la centième partie.

« Car tu es entré pauvre et à jeun dans le champ pour y semer la bonne plante, qui fut vigne autrefois et maintenant n'est qu'un buisson. »

Après ces mots, la noble et sainte Cour entonna dans les différentes guirlandes un « Louons Dieu », avec la mélodie qu'on ne chante que là-haut.

Et ce baron qui en m'examinant m'avait conduit de branche en branche jusqu'aux dernières feuilles,

1. L'Ancien et le Nouveau Testament.
2. Les miracles.

recommença : « La grâce qui règne dans ton esprit t'a fait parler jusqu'ici comme il convenait ;

« j'approuve donc ce que tu as dit. Mais il te faut maintenant exposer ce que tu crois et d'où te vient ta croyance. »

— « O saint père, esprit qui vois aujourd'hui ce que tu croyais avec une telle foi, que tu dépassais en courant vers le sépulcre les pieds des plus jeunes [1],

« tu veux que je fasse connaître la nature de ma foi prompte et tu me demandes en outre les raisons de cette foi ;

« voici ma réponse : Je crois en un Dieu unique et éternel, qui, sans être mû lui-même, meut le ciel tout entier par l'amour et par le désir.

« Et je n'ai pas seulement pour croire ainsi des preuves physiques et métaphysiques, mais j'en puise encore dans la vérité qui tombe du ciel comme une pluie,

« par l'intermédiaire de Moïse, des Prophètes, des Psaumes, de l'Évangile et de vous autres, qui avez écrit après que l'Esprit ardent vous eût consacrés.

« Et je crois en trois personnes éternelles et je crois qu'elles forment une essence si parfaitement une et triple qu'elles admettent à la fois les mots *sont* et *est* [2].

« Ce mystère de la nature divine, dont je parle maintenant, la doctrine évangélique me l'a maintes fois gravé dans l'esprit.

« Tel est le principe, telle est l'étincelle qui s'épanouit

1. Saint Pierre pénétra avant saint Jean dans le Sépulcre du Christ ressuscité.
2. C'est-à-dire le singulier et le pluriel.

ensuite en une vive flamme et scintille en moi comme une étoile dans le ciel.

« Comme le maître qui, apprenant une chose agréable, embrasse son serviteur, dès qu'il se tait, dans la joie de la bonne nouvelle,

« ainsi, me bénissant et chantant, la lumière de l'Apôtre qui m'avait ordonné de parler, tourna trois fois autour de moi, lorsque je me tus :

« tant mes paroles lui furent agréables. »   (1-154)

CHANT XXV. — [Parmi les splendeurs du Paradis le poète semblait avoir oublié la terre. Mais soudain, au moment de prononcer l'acte d'espérance, l'image de Florence se dresse dans le cœur du banni et réveille les regrets et les désirs. Les vers orgueilleux traduisent plus fortement que jamais l'amertume de l'exil et l'espoir obstiné du retour.]

L'espoir de l'exilé.

Si jamais il arrive que ce poème sacré[1], auquel ont mis la main et le ciel et la terre, et qui m'a amaigri pendant plusieurs années,

triomphe de la haine qui me ferme les portes du beau bercail où je dormis agneau, ennemi des loups qui lui font la guerre,

j'y rentrerai poète, mais avec une autre voix et une autre toison, et je recevrai la couronne sur les fonts de mon baptême.

Car c'est là que je fus admis dans la Foi qui fait les âmes claires devant Dieu et pour laquelle Pierre a entouré mon front ainsi que je l'ai dit.   (1-12)

---

1. Il s'agit du propre poème de Dante, de la *Divine Comédie*.

[Le bienheureux saint Jacques interroge ensuite Dante sur l'Espérance.]

Chant XXVI. — [Nouvel examen sur la Charité avec saint Paul pour juge. Dante répond d'une manière satisfaisante. Tout à coup apparaît une quatrième lumière : c'est celle d'Adam. Plein d'étonnement et d'humilité le petit-fils interroge le « père antique » qui parle tour à tour du premier péché, du premier langage et du premier séjour.]

Notre premier père Adam.

Ma dame dit : « Enveloppée dans ces rayons, la première âme que la vertu première ait créée adore son créateur. »

Comme la branche qui courbe la cime au passage du vent et se relève, ramenée en haut par sa force naturelle,

ainsi fis-je moi-même dans ma stupeur, à mesure que je l'entendais. Puis le désir ardent que j'avais de parler me redonna de l'assurance,

et je commençai : « O fruit, qui seul fus créé en pleine maturité, ô père antique, dont toute épouse est la fille ou la bru,

« en toute humilité je te supplie de me parler. Tu vois mon désir et pour t'entendre plus tôt, je ne le dis même pas. »

On voit parfois un animal, recouvert d'un drap, se démener de telle sorte que son désir de se dégager se manifeste par les secousses de la couverture, qui accompagnent ses mouvements ;

de même l'âme première me faisait entrevoir, par les mouvements de son enveloppe de lumière, avec quelle joie elle se disposait à me complaire ;

et elle dit : « Sans que tu l'exprimes par des paroles, je discerne ton désir mieux que tu ne discernes toi-même les choses les plus certaines ;

« car je le vois dans le miroir de vérité qui absorbe en soi toutes les choses et n'est absorbé par rien.

« Tu veux savoir combien de temps s'est écoulé depuis que Dieu me plaça dans ce haut jardin où Béatrice t'a rendu apte à gravir le grand escalier du ciel,

« et combien de temps il fut la joie de mes yeux, et quelle fut la véritable cause du grand courroux divin, et quel langage j'inventai et je parlai ?

« Or donc, mon fils, ce n'est pas d'avoir goûté au fruit de l'arbre qui fut en soi la cause de mon si long exil, mais bien d'avoir dépassé les limites que Dieu m'avait tracées.

« Ensuite, dans le lieu d'où ta Dame fit partir Virgile[1], pendant quatre mille trois cent-deux révolutions de soleil j'ai désiré cette assemblée des élus.

« Et j'ai vu le soleil repasser par tous les signes de sa route[2] neuf cent trente fois pendant que j'habitais la terre.

« La langue que je parlai s'éteignit bien avant que les hommes de Nemrod eussent entrepris l'œuvre impossible ;

« Car jamais aucun effet de la raison ne fut durable éternellement, par suite de l'humeur des hommes qui change avec les influences du ciel.

« C'est un fait naturel que l'homme parle ; mais pour

1. Les Limbes.
2. Les signes du Zodiaque.

le choix du langage, la nature vous laisse libres de faire comme il vous plaît.

« Avant que je fusse descendu dans l'angoisse infernale, sur terre on appelait *J* le Suprême Bien, d'où provient la joie qui me revêt.

« Il s'appela *El* dans la suite et c'était fatal [1] ; car les usages des hommes sont comme la feuille sur la branche : l'une s'en va, une autre la remplace.

« Sur la montagne qui s'élève le plus au-dessus des eaux je vécus d'une vie, pure d'abord, coupable ensuite, depuis la première heure jusqu'à celle qui suit

« la sixième, lorsque le soleil change de quadrant. »

(82-142)

CHANT XXVII. — [Et voici que dans le chant suivant, violent et sombre, va retentir de nouveau, après une explosion de joie, la grande voix de l'invective. L'âme de saint Pierre se revêt d'un feu rouge et, dans le silence étonné du Paradis, le pur Apôtre, le premier Pontife, lance l'anathème contre les papes prévaricateurs qui font de l'Église un honteux trafic. Et au cours de l'invective indignée on voit bondir une fois de plus le Lévrier de l'Espérance et du Salut qui part pour sa mystique chasse.]

Chant de joie et de gloire.

« Gloire au Père et au Fils et au Saint-Esprit », se mit à chanter le Paradis entier ; et ce doux chant me remplissait d'ivresse.

Ce que je voyais me semblait un rire de l'univers ; et c'est pourquoi l'ivresse entrait en moi par les oreilles et par les yeux.

1. J est peut-être la première lettre de Jehovah ; El est un mot de langue hébraïque pour désigner le Dieu tout-puissant.

O joie ! ô ineffable allégresse ! ô vie parfaite dans l'amour et dans la paix ! ô richesse certaine loin de tout désir !

(1-9)

Le grand courroux de saint Pierre.

Et j'entendis : « Si je change de couleur ne t'en étonne pas ; car tu verras tous les autres en changer aussi, tandis que je parlerai.

« Celui qui usurpe sur terre ma place, ma place, oui ma place — qui reste toujours vacante aux yeux du Fils de Dieu —

« a fait de mon cimetière un cloaque de sang et de pourriture ; et là-bas le pervers qui tomba d'ici s'en réjouit. »

Je vis alors se répandre sur tout le ciel cette couleur dont le soleil, placé à l'opposite, teint les nuages le matin et le soir.

Et comme une honnête femme, tout en demeurant sûre d'elle-même, perd contenance rien qu'en écoutant les fautes d'une autre,

ainsi Béatrice changea de visage. Et ce fut une éclipse semblable, je pense, à celle que l'on vit dans le ciel, lorsque la Suprême Puissance souffrit sa Passion.

Puis l'Apôtre poursuivit son discours, d'une voix plus altérée encore que son aspect.

« L'épouse du Christ ne fut pas nourrie de mon sang ni de celui de Lin et de Clet pour servir ensuite à acquérir de l'or ;

« mais c'était pour gagner la vie bienheureuse que

Sixte et Pie et Calixte et Urbain versèrent leur sang après bien des larmes [1].

Ce ne fut pas notre intention qu'une partie du peuple chrétien fût assise à la droite et l'autre à la gauche de nos successeurs ;

ni que les clefs qui me furent confiées devinssent un emblème sur un étendard, pour faire la guerre aux fidèles ;

ni que je fusse moi-même l'effigie d'un sceau pour le commerce des privilèges menteurs, ce qui m'a tant de fois fait rougir et flamboyer de colère.

Sous l'habit de pasteurs on voit d'ici les loups rapaces rôder par tous les pâturages. O vengeance de Dieu, pourquoi restes-tu endormie ?

Voici que les gens de Cahors et de Gascogne s'apprêtent à boire notre sang [2]. O bon principe, à quelle ignominieuse fin faut-il donc que tu tombes !

Mais la haute providence, qui se servit de Scipion pour défendre à Rome la gloire du monde, apportera bientôt son secours, d'après ce que je sens.

Et toi, mon fils, que le poids de ton corps mortel doit ramener encore sur la terre, ouvre la bouche et ne cache pas ce que je n'ai pas moi-même caché. (19-66)

[Après avoir regardé les bienheureux remonter vers l'Empyrée semblables à des flocons de neige, Dante reporte ses yeux sur Béatrice qui, toujours plus belle, l'attire avec elle dans la neuvième sphère, appelée Ciel cristallin ou Premier Mobile.

Quelques indications de Béatrice sur la nature du Premier Mobile qui est la source du mouvement, étant mû lui-même directement par Dieu. Mais les hommes ne comprennent pas ces hautes vérités, attirés et retenus qu'ils sont par les basses cupidités.

1. Ce sont les noms de quelques-uns des premiers évêques de Rome.
2. Allusion aux papes Clément V de Gascogne et Jean XXII de Cahors et à leurs créatures.

Nouveau tableau de la corruption humaine et nouvelle allusion
au libérateur mystérieux.]

CHANT XXVIII. — [Tandis que Dante regarde les yeux de Béatrice, plongée dans une nouvelle extase, il voit s'y refléter un
point lumineux d'un éclat surnaturel. C'est l'image de l'indivi-
sible Divinité qui brille au-dessus d'eux. Un cercle lumineux
semblable à un halo tourne vertigineusement autour du radieux
diamant ; un deuxième cercle embrasse le premier et ainsi de
suite jusqu'à neuf ; et le mouvement est de plus en plus ralenti
à mesure qu'on s'éloigne du centre. Dante frappé par ce phénomène qui contredit les lois naturelles du mouvement interroge
Béatrice. Elle lui explique que le plus petit cercle du halo, rece-
vant de plus près l'action de Dieu, est justement animé du plus
rapide mouvement ; or les sphères matérielles qui forment les
neuf cercles du ciel sont plus ou moins parfaites et actives selon
qu'elles sont plus ou moins grandes ; la plus grande, le ciel du
premier mobile, étant la plus riche de perfection, est aussi la
plus rapide et correspond en effet par son mouvement à la plus
parfaite des couronnes angéliques, celle qui est le plus près de
Dieu. Béatrice expose ensuite la hiérarchie des Anges, Séraphins,
Chérubins, Trônes, etc...]

CHANT XXIX. — [Le chant suivant n'est qu'un traité théologique de la nature des Anges, de leurs facultés, de leur nombre et
de leur fidélité à Dieu. Une digression assez brusque vient pourtant animer cette théorie un peu froide. Béatrice prend à partie
d'un ton très vif les prédicateurs de l'époque qui, pour séduire
le public, torturaient l'Écriture, inventaient à tout propos et dis-
tribuaient de fausses indulgences.] :

Les charlatans de la chaire.

Vous autres sur la terre vous ne suivez pas le même
sentier dans votre philosophie : tellement l'amour et la
préoccupation de paraître vous transportent.

Et encore tolère-t-on cela ici avec moins de colère
que lorsqu'on voit la Sainte Écriture sacrifiée et détour-
née de son sens.

Vous ne songez pas à tout le sang versé pour la semer dans le monde, ni combien est agréable à Dieu celui qui humblement ne s'écarte pas d'elle.

Chacun s'ingénie pour paraître et met en avant ses inventions : ce sont ces fables que les prédicateurs débitent et ils ne laissent pas l'Évangile parler.

L'un dit que la lune pendant la Passion du Christ recula et se plaça devant le soleil, pour que la lumière ne s'étendît pas jusqu'à la terre ;

et l'autre dit que la lumière se cacha d'elle-même et que cette éclipse se fit sentir chez les Espagnols et chez les Hindous comme chez les Juifs.

Florence n'a pas autant de Lapi et de Bindi[1] qu'il se débite de pareilles fables, du haut de la chaire, par an et en tous lieux ;

si bien que les brebis ignorantes reviennent du pâturage repues de vent, et ce n'est pas une excuse pour elles de ne pas voir leur préjudice.

Le Christ n'a pas dit à la réunion des premiers Apôtres : « Allez et prêchez au monde des balivernes. » Mais il leur dit de bâtir sur la vérité.

Et cette vérité résonna si haut sur leurs lèvres que, dans leurs luttes pour répandre la flamme de la foi, ils firent de l'Évangile leur bouclier et leur lance.

Maintenant on s'en va prêcher avec de bons mots et des bouffonneries et, pourvu qu'on fasse bien rire, le capuchon se gonfle d'orgueil, et c'est là tout ce qu'on recherche.

Mais dans la pointe de la cagoule niche un oiseau tel

1. Noms très répandus. C'est comme si on disait Dupont et Durand

que, si le vulgaire le voyait, il reconnaîtrait à quelle espèce d'indulgences il accorde sa confiance.

Tout cela a développé tant de sottise sur la terre que, sans preuve ni garantie, tout le monde accourait à la moindre promesse.   (85-123)

CHANT XXX. — Soudain Béatrice rayonne d'une indescriptible beauté. Elle est arrivée avec son voyageur au sommet suprême du ciel, dans l'Empyrée. La splendeur souveraine de la divinité est là toute proche. Éblouissement. Le poète, aveuglé de lumière est comme noyé dans un nuage fulgurant. Puis tout se précise et s'ordonne. Et alors se déroule la plus prodigieuse fantasmagorie de lumières, le plus éclatant et changeant spectacle d'apothéose que l'imagination puisse concevoir. Voici d'abord un fleuve de feu entre deux rives fleuries. Des fleurs vers l'eau et de l'eau vers les fleurs, c'est un feu d'artifice d'étincelles qui vont et viennent. Ensuite le fleuve s'élargit et s'étale en un beau lac circulaire. Les fleurs des rives sont maintenant les blanches formes des élus et les étincelles sont devenues des anges. Les bienheureux se trouvent disposés sur plus de mille gradins autour du lac, de manière à dessiner une immense rose blanche. Les anges voltigent comme des abeilles du centre aux pétales, pour remonter à Dieu et revenir. Pour décrire cette féerique vision Dante a jeté à pleines mains les ors et les pierreries. Son style atteint un éclat et une richesse incroyables.]

La grande rose des élus.

Et je vis une lumière en forme de torrent éblouissant de splendeur, entre deux rives fleuries d'un merveilleux printemps.

De ce flot jaillissaient de vives étincelles qui, des deux côtés, se posaient sur les fleurs et semblaient des rubis enchâssés dans de l'or.

Puis, comme enivrées par les parfums, elles se replongeaient dans le gouffre merveilleux et, quand l'une y rentrait, une autre en ressortait.

« Le profond désir qui t'enflamme en ce moment et te presse de connaître ce que tu vois me plaît d'autant plus qu'il est plus intense ;

« Mais il faut que tes yeux boivent encore de cette eau, avant qu'une telle soif en toi soit apaisée. » Ainsi me parla le Soleil de mes yeux.

Puis il reprit : « Le fleuve, et les topazes qui entrent et qui sortent, et le rire des herbes, sont des préludes qui voilent encore la réalité ;

« Non que ces choses par elles-mêmes soient dures à comprendre : mais la faute en est à toi dont la vue n'est encore assez puissante. »

Il n'y a pas d'enfant qui tende aussi impétueusement ses lèvres vers le lait maternel, s'il s'éveille plus tard qu'à l'ordinaire,

que je ne fus moi-même prompt, pour donner encore plus de force aux miroirs de mes yeux, à me pencher vers cette onde qui coule pour qu'on y puise plus de perfection.

Et à peine le bord de mes paupières s'y fut-il baigné, que ce fleuve me parut perdre sa forme longue et devenir rond.

Puis comme des gens, restés quelque temps sous le masque, paraissent autres qu'ils n'étaient d'abord, lorsqu'ils dépouillent l'aspect étranger sous lequel ils se cachaient,

ainsi, les fleurs et les étincelles changèrent devant moi, en prenant des aspect plus joyeux, et je vis clairement les deux cours du ciel.

O splendeur de Dieu, qui m'as permis de voir le suprême triomphe du royaume de vérité, donne-moi le pouvoir de le décrire tel que je l'ai vu !

Il est là-haut une lumière où le Créateur devient visible à toute créature qui ne trouve la paix qu'à le contempler.

Et elle s'étend en une figure circulaire d'une grandeur telle que sa circonférence formerait une ceinture trop large autour du soleil.

Tout ce qu'on en voit n'est qu'un rayon réfléchi sur le sommet du Premier Mobile qui en reçoit sa vie et sa force.

Et de même qu'une colline se mire dans l'eau qui coule à ses pieds, comme pour y admirer sa grâce, alors qu'elle est parée de verdure et de fleurs,

de même je vis, dominant tout autour le fleuve de lumière sur plus de mille gradins, s'y mirer toutes les âmes des hommes remontées là-haut.

Et si le gradin inférieur embrasse une lumière d'une telle étendue, quelle ne doit pas être l'ampleur de cette rose à l'extrémité de ses feuilles !

. . . .

Dans le centre jaune de la rose éternelle qui se déploie, s'étage et exhale un parfum de louanges vers le soleil de l'éternel printemps,

Béatrice me conduisit, pareil à celui qui se tait et voudrait parler, et elle me dit: « Vois combien est nombreux le chœur des bienheureux en robes blanches !

« Vois quel est le circuit de notre cité, vois nos sièges si remplis qu'on n'y attend presque plus personne ! » (61-132)

[Parmi les sièges encore vides, l'un attire l'attention de Béatrice : c'est celui qui sera occupé par l'Empereur Henri VII en
qui Dante vit un moment le libérateur espéré et qui trouvera sur
son chemin le pape Boniface VIII, lequel est déjà attendu en
Enfer. Cette menace de damnation qui est la dernière parole de
Béatrice, résonne étrangement à la fin de ce chant du Paradis.]

CHANT XXXI. — [La description de la rose reprend au chant
suivant.]

Les divines abeilles.

Ainsi, sous la forme d'une rose blanche, m'apparaissait la sainte milice que le Christ épousa en donnant
son sang.

Mais l'autre troupe qui, en volant, voit et chante la
gloire de celui qui la remplit d'amour, et sa bonté qui
la fit si glorieuse,

pareille à un essaim d'abeilles qui tantôt se posent
sur les fleurs et tantôt retournent à la ruche, où leur
butin se convertit en miel savoureux,

descendait dans l'immense fleur, ornée de tant de
feuilles, et de là remontait vers le séjour éternel de son
amour.

Leurs visages étaient de flamme vive, leurs ailes d'or,
et le reste si blanc que nulle neige n'en peut approcher.

A mesure que ces esprits descendaient dans la fleur,
ils versaient de gradin en gradin un peu de la paix et
de l'ardeur qu'ils avaient puisées en volant vers Dieu.

(1-18)

[Dante contemple la sainte fleur, avec les regards émerveillés
des Barbares du Nord à la vue de Rome. Et il tâche de bien se
pénétrer de cette image pour la reproduire fidèlement. Mais lors-

qu'il se retourne vers Béatrice pour lui parler, celle-ci a disparu : elle a repris sa place dans les plus hauts degrés de la Rose. Et Dante voit auprès de lui le nouveau guide qu'elle lui a envoyé, saint Bernard.]

Action de grâces à Béatrice.

J'attendais une voix, une autre me répondit ; je croyais voir Béatrice et je vis un vieillard, vêtu comme les autres esprits glorieux.

Son visage et ses yeux étaient baignés d'une joie bienveillante et il avait la douce attitude qui convient à un tendre père.

— « Mais où est-elle ? » m'écriai-je tout à coup ; et lui : « Béatrice m'a envoyé de ma place pour te conduire au terme de ton désir.

« Et si tu regardes là-haut, sur le troisième cercle en partant du plus élevé, tu la reverras sur le trône que ses mérites lui ont valu. »

Je levai les yeux sans répondre et je la vis toute auréolée des éternels rayons qu'elle réfléchissait.

L'œil de l'homme qui plonge aux profondeurs des mers n'est pas plus éloigné de la plus haute région où retentit le tonnerre,

que Béatrice ne l'était de ma vue ; mais cela ne fai sait pas que son image ne parvint directement jusqu'à moi.

— O Dame, en qui vit mon espérance, et qui as daigné pour mon salut laissei en Enfer la trace de tes pas,

c'est à ta puissance et à ta bonté que j'attribue

la grâce et la force qui m'ont fait voir tant de choses.

Tu m'as élevé de l'esclavage à la liberté par toutes les voies, par tous les moyens que tu avais en ton pouvoir.

Conserve-moi tes bienfaits, afin que mon âme, que tu as guérie, te plaise encore lorsqu'elle sortira des liens de son corps.

Telle fut ma prière ; et elle, de si loin qu'elle parût être, sourit et me regarda. Puis elle se retourna vers la fontaine éternelle.   (58-93)

[Saint Bernard invite Dante à parcourir du regard la divine rose vivante, jusqu'au plus haut gradin où trône, au milieu d'une envolée d'anges, la Vierge Marie.]

CHANT XXXII. — [Au-dessous d'elle, suivant le rayon de la circonférence, s'échelonnent les grandes saintes : Ève, Rachel, Sarah, Ruth, etc... A l'opposé les plus illustres d'entre les bienheureux dessinent un autre rayon : saint Jean-Baptiste, saint François, saint Benoît, saint Augustin, etc... La rose est ainsi divisée en deux moitiés : l'une où tous les sièges sont occupés par les saints de l'Ancien Testament ; l'autre, où peu de places restent vides, par ceux du Nouveau. Sur les gradins inférieurs, près du centre de la fleur, siègent les âmes des petits enfants.

Mais Dante revenant à Marie se plaît à nous la montrer une fois de plus dans une des scènes les plus touchantes de sa vie. L'archange Gabriel se pose devant elle les ailes ouvertes et commence la salutation angélique. Et toute la bienheureuse assemblée répond : c'est un tableau tout baigné d'une grâce radieuse.]

La salutation à Marie.

« Porte maintenant tes yeux, dit saint Bernard, sur le visage qui ressemble le plus au Christ, car seule sa lumière peut te préparer à soutenir la vue du Christ. »

Et je vis les saints esprits, créés pour voler à de
semblables hauteurs, faire pleuvoir sur elle une telle
allégresse,

que rien de ce que j'avais vu auparavant ne m'avait
transporté d'une aussi grande admiration, ni montré
une telle image de Dieu.

Et l'ange qui descendit le premier ouvrit ses ailes
devant elle en chantant : *Ave Maria, gratia plena...*

De toutes parts la bienheureuse cour répondit au
chant divin et tous les visages se firent plus étincelants.   (85-99)

CHANT XXXIII. — [Il ne manque plus à Dante, pour pouvoir
soutenir de ses yeux mortels la vue de Dieu, que l'intercession
de la Vierge Mère. Pour la lui obtenir saint Bernard adresse à
Marie une magnifique invocation, d'un beau mouvement lyrique,
noble et simple malgré quelques subtilités. C'est un des plus
purs spécimens de la poésie mystique du moyen âge italien.]

Prière à la Vierge.

Vierge mère, fille de ton fils, humble et haute plus
que créature, terme prédestiné de l'éternel dessein,

tu es celle qui as ennobli l'humaine nature à ce point
que son Créateur n'a pas dédaigné de se faire sa propre
créature.

Dans ton ventre se ralluma l'amour à la chaleur
duquel, dans l'éternelle paix, s'est épanouie ainsi cette
fleur[1].

Ici tu es pour nous un méridien flambeau de charité,

1. La Rose céleste.

et là-bas, parmi les mortels, tu es une fontaine vive d'espérance.

Femme, tu es si grande et tu es si puissante, que celui qui veut une grâce et n'a recours à toi, veut que son désir vole sans ailes.

Ta bonté non seulement assiste qui la demande, mais maintes fois elle prévient spontanément la demande.

En toi miséricorde, en toi pitié, en toi magnificence, en toi se réunit tout ce qu'il y a de bonté dans la créature.

Or celui-ci[1], qui du plus profond abîme de l'univers jusqu'ici a vu les vies spirituelles une par une,

te supplie en grâce de lui donner assez de vertu pour pouvoir élever ses yeux plus haut vers le suprême salut.

Et moi, qui ne l'ai jamais désiré plus ardemment pour mes yeux que je ne fais pour les siens, je t'offre toutes mes prières et je prie qu'elles ne soient pas sans effet,

afin que toi-même tu dissipes tous les brouillards de sa nature mortelle par tes prières, en sorte que la souveraine joie se déploie devant lui.

Je te prie encore, ô Reine qui peux ce que tu veux, de conserver sains ses sentiments après une telle vue.

Que ta garde triomphe des mouvements humains ; vois Béatrice et tous ces bienheureux qui, en faveur de mes prières, joignent les mains vers toi.   (1-39)

1. Dante.

[Dante est donc prêt pour la suprême vision. Ses yeux, suivant les yeux de la Vierge, se fixent sur l'éblouissante divinité. Dans son impuissance à décrire, le poëte accumule les mots lumineux, les rayons, les éclats, les splendeurs et les flammes et réussit par là même à donner une idée du foyer de la divine lumière.]

Dieu !

O suprême Lumière, qui t'élèves si haut au-dessus des conceptions humaines, prête encore à mon esprit un reflet de ta splendeur ;

et fais ma langue si puissante qu'elle puisse laisser aux races futures, ne fût-ce qu'une étincelle de ta gloire ;

car si tu reviens un peu dans ma mémoire et si tu retentis un peu dans mes vers, on aura une plus grande idée de ton triomphe.

Je crois, si aigu fut le rayon qui me frappa, que ma vue aurait été fort troublée, si j'en avais détourné les yeux.

Mais je me souviens que je n'en fus que plus hardi à le soutenir, jusqu'à ce que mon regard se confondît avec la Force infinie.

O abondante grâce, où je trouvai le courage de plonger mes yeux si avant dans la lumière éternelle que j'y épuisai ma faculté de voir !

Je vis que dans sa profondeur se concentre, relié avec amour en un seul volume, tout ce qui dans l'univers est dispersé en feuillets,

et que la substance et l'accident et leurs modes y sont si parfaitement fondus ensemble que ce que j'en puis dire n'en est qu'une pâle lueur.

Je crois que je vis l'essence universelle de ce faisceau, car, au moment même où j'en parle, je sens en
moi une joie plus épanouie.

. . . .

Ainsi mon esprit tout absorbé, immobile et attentif,
s'abîmait dans la contemplation, et l'ardeur de cette
contemplation ne faisait que croître.

Tel est l'effet de cette lumière, qu'il est impossible
qu'on puisse consentir à en détourner les yeux pour
regarder d'autres images.

Car le bien, qui est l'objet de notre volonté, y est
tout entier contenu, et tout ce qui en elle est parfait,
est incomplet en dehors d'elle.

Désormais ma parole sera plus impuissante à retracer
même ce dont je me souviens que celle d'un enfant
qui mouille encore sa langue au sein maternel.

Non qu'il y eût plus d'un seul aspect dans la lumière
que j'admirais, — elle est toujours ce qu'elle était
auparavant —,

mais à cause de ma vue qui se fortifiait en regardant, cet aspect unique se transformait à mesure que
je changeais moi-même.

Dans la profonde et claire substance de la souveraine
lumière m'apparurent trois cercles de couleurs diffé-
tentes et d'une même contenance[1].

Et l'un paraissait reflété par l'autre comme Iris par
Iris[2] et le troisième semblait un feu émané également
de l'un et de l'autre.

Ah ! que ma parole est faible et reste loin de ma

1. Symbole de la Trinité.
2. Iris désigne l'arc-en-ciel.

pensée ! Et celle-ci même, auprès de ce que j'ai vu, est si peu de chose, qu'il ne suffit pas de dire que c'est peu.

O lumière éternelle, qui seule résides en toi et seule te comprends et, de toi comprise et te comprenant, t'aimes et te souris !

Ce cercle qui paraissait engendré en toi, comme une lumière reflétée, quand je l'eus quelque temps parcouru du regard,

me sembla porter en lui, peinte de sa propre couleur, notre humaine effigie ; et c'est pourquoi mon regard s'y absorba tout entier.

Comme le géomètre qui s'applique de toute son attention à mesurer le cercle et ne trouve pas, malgré ses recherches, le principe dont il a besoin,

tel j'étais moi-même en présence de cette merveilleuse vision. J'aurais voulu voir comment l'image s'était unie au cercle et comment elle s'y était logée.

Mais j'étais incapable de voler aussi haut de mes propres ailes. C'est alors que mon esprit fut frappé d'une lumière fulgurante dans laquelle mon désir se trouva réalisé.   (67-141)

[Alors le « Poème sacré » s'arrête. La personnalité de Dante disparaît, absorbée par la divinité ; elle rentre dans la grande harmonie, elle s'abandonne au pouvoir de « l'Amour qui fait mouvoir le soleil et les autres étoiles ».]

LA VITA NUOVA

(LA VIE NOUVELLE)

Ce petit livre, composé vers 1292, est une espèce de confession sentimentale du poète. Il y a rassemblé quelques-unes des poésies de sa jeunesse et les a reliées après coup par un récit en prose, qui expose les circonstances dans lesquelles elles furent écrites. C'est l'histoire de l'amour de Dante pour Béatrice, fille de Folco Portinari, notable citoyen de Florence, depuis la première rencontre jusqu'à la mort de la jeune femme. Béatrice était du reste mariée comme le sera plus tard la Laure de Pétrarque. Il y est également question d'une autre dame qui inspira à Dante une nouvelle passion dont il se repent à la fin pour reprendre la louange de Béatrice et annoncer le monument qu'il élèvera à sa gloire.

Le livre est dédié à Guido Cavalcanti, ami de Dante et poète de grand talent.

[Dante commence par rappeler qu'il achevait sa neuvième année lorsqu'il vit pour la première fois Béatrice, âgée elle-même de neuf ans. Puis il décrit les effets que cette rencontre produisit sur lui. On y voit, sous l'étrange rhétorique amoureuse du temps, poindre une fleur d'émotion et de grâce fraîche.]

La première apparition de Béatrice (Prose).

Elle m'apparut vêtue d'un habit de très noble cou-

leur, humble et digne, d'un rouge de sang. La manière
dont elle était ceinte et parée convenait à son extrême
jeunesse. A ce moment-là, je le dis en vérité, l'esprit de
vie qui siège dans la cavité la plus secrète du cœur, se
prit à trembler si fort que je le sentais atrocement jusque dans mes moindres veines ; et en tremblant il dit
ces mots : « *Ecce Deus fortior me, qui veniens domi-
nabitur mihi*[1]. » Alors l'esprit animal qui demeure dans
la plus haute cavité, là où tous les esprits sensitifs portent leurs perceptions, commença par s'émerveiller fort,
et, s'adressant particulièrement à l'esprit du regard, dit
ces mots : « *Apparuit jam beatitudo vestra*[2]. » A ce
moment l'esprit naturel qui demeure dans la partie où
s'élabore notre nourriture commença à pleurer et en
pleurant il disait : « *Heu miser ! quia frequenter impe-
ditus ero deinceps*[3]. » A partir de ce moment, dis-je,
Amour régna sur mon âme qui se soumit aussitôt à lui ;
et il commença à prendre sur moi un si ferme empire,
grâce à la force que lui donnait mon imagination, que
je dus faire absolument toutes ses volontés. Il m'or-
donna maintes fois de chercher à revoir cet ange si
jeune ; et c'est pourquoi je la recherchai bien souvent
pendant mon enfance. Et je la voyais de si nobles et
vertueuses manières qu'on pouvait assurément dire
d'elle ce que disait le poète Homère : « Elle ne semble
pas être la fille d'un homme mortel mais d'un Dieu. »

[Neuf ans plus tard Dante revoit Béatrice vêtue de blanc en

---

1. « Voici un Dieu plus fort que moi qui vient pour me dominer. »
2. « Voici apparaître votre béatitude. »
3. « Hélas ! malheur à moi ! car désormais je serai souvent com-
battu. »

compagnie de deux dames. Elle salue à haute voix le poète qui s'enfuit, bouleversé de surprise et de joie. C'est alors qu'il écrit le sonnet de la *Vie nouvelle,* auquel Guido Cavalcanti répondit sur les mêmes rimes.

L'*esprit naturel* ne tarde pas à subir le contre-coup des rêveries amoureuses.]

Les premiers effets de l'Amour (Prose).

Après cette vision, mon esprit naturel commença à être contrarié dans son office, car mon âme était toute absorbée dans la pensée de cette très noble Dame. Aussi me trouvai-je en peu de temps dans un tel état de langueur et de faiblesse que beaucoup de mes amis supportaient ma vue avec peine ; et beaucoup d'autres, pleins d'envie, s'efforçaient de savoir de moi ce que je voulais tenir absolument secret. Et lorsque je compris ce qu'il y avait de malveillant dans leurs demandes, par ordre d'Amour qui me commandait, guidé par la raison, je leur répondis que c'était Amour qui m'avait ainsi traité. Et je disais que c'était Amour parce que je portais sur mon visage trop de ses marques pour le dissimuler. Et lorsqu'ils me demandaient : « Pour qui cet Amour t'a-t-il ainsi malmené ? » je les regardais en souriant, sans rien dire.

[Les complications ne tardent pas à surgir. Un jour dans une réunion, tandis que Dante contemplait « son bonheur », il arriva qu'une jeune dame de fort agréable mine, placée sur la même ligne, prit pour elle les longs regards du poète et y répondit. Ceux qui s'aperçurent du manège ne doutèrent pas un instant d'avoir pénétré le secret. Et Dante ne fit rien pour dissiper une erreur qui donnait le change sur ses véritables sentiments. Il se servit au contraire de cette dame comme d'un « écran » et écrivit pour elle quelques poésies. Mais elle dut partir et Dante composa à cette occasion un sonnet de lamentations d'où n'est pas absente la pensée de Béatrice.]

Lamentation d'Amour (Sonnet).

O vous tous qui passez sur la route d'Amour, observez et regardez s'il est une douleur lourde comme la mienne; je vous prie seulement de bien vouloir m'entendre, et vous verrez si je ne suis pas la demeure et la clef de toute douleur.

Amour, non à cause de mon peu de mérite mais par sa propre noblesse, m'a jeté dans une vie si douce et si suave que maintes fois j'entendais les gens dire derrière moi : « Oh ! par quel privilège celui-là porte-t-il un cœur aussi aimable ! »

Mais j'ai perdu maintenant toute la hardiesse que me donnait mon amoureux trésor; et je reste si misérable que je ne me sens plus le courage de parler.

Alors, pour faire comme ceux qui par pudeur taisent ce qui leur manque, je fais étalage d'allégresse, tandis qu'au fond de moi mon cœur s'abîme dans les larmes.

[Dante expose ensuite qu'il écrivit deux sonnets sur la mort d'une jeune dame qu'il avait vue souvent en compagnie de Béatrice. Puis au cours d'un voyage il eut une vision dans laquelle l'amour en habit de pèlerin lui suggéra de choisir un autre « écran ».

L'Amour pèlerin (Sonnet).

Chevauchant avant-hier sur un chemin, soucieux de

partir contre mon gré, je vis Amour au milieu de la route, en vêtement léger de pèlerin.

Sa mine me parut celle d'un serviteur, comme s'il eût perdu sa seigneurie : et soupirant il s'en venait, pensif, baissant la tête pour ne voir personne.

Dès qu'il me vit, m'appelant par mon nom, il dit : « Je viens de lointaine contrée où ton cœur se trouvait selon ma volonté.

« Je le ramène pour servir une autre beauté. » — Alors je l'absorbai si fort en moi, qu'il disparut, et je ne sais comment.

[Le nouveau manège fut très remarqué et le bruit en vint aux oreilles de Béatrice qui, de dépit, refusa son salut au poète. Désespoir de celui-ci qui écrit aussitôt une ballade à sa Dame pour lui reprocher de s'être laissé prendre à une feinte.

Le cœur et l'esprit du poète sont parfois si tiraillés qu'il ne sait plus auquel croire parmi ces sentiments qui l'agitent et le font passer de la crainte à la soumission et de l'espoir à l'abattement.]

Le cœur harcelé (Sonnet).

Toutes mes pensées me parlent d'Amour ; et elles sont d'une si grande diversité que l'une m'incline à en subir la puissance et l'autre soutient que son pouvoir est redoutable.

Une autre avec l'espoir m'apporte la douceur ; une autre enfin me fait souvent verser des larmes. Elles ne sont d'accord que pour me faire implorer grâce et trmbl er de l'effroi qui est dans mon cœur.

Ainsi je ne sais point de laquelle partir ; et je voudrais parler et ne sais plus que dire. Tel est l'égarement où me jette l'amour.

Et si je veux les mettre toutes d'accord, j'en suis réduit à implorer mon ennemie, madame la Pitié, pour qu'elle me défende.

[Quelques jours après, notre poëte fut conduit par un ami dans une maison où de nombreuses dames faisaient fête à une jeune épousée. Parmi elles se trouvait Béatrice. Avant même que Dante l'eût aperçue, un étrange saisissement le prit et le força à s'appuyer, chancelant et pâle, contre le mur. Et les dames, Béatrice comme les autres, s'en divertirent. Du coup Dante s'enfuit, s'enferme en larmes dans sa chambre et écrit à sa Dame plusieurs sonnets où il explique que cet émoi, dont elle se moque, c'est elle qui l'a produit par sa seule présence.

Voici l'un de ces sonnets, d'une profonde tristesse.]

Abattement (Sonnet).

Tout ce qui lutte en mon esprit succombe dès le moment que je vous vois, ô belle perle. Et quand je suis auprès de vous, j'entends l'Amour qui me dit : « Fuis donc, si tu crains de mourir. »

Mon visage trahit la couleur de mon âme, lorsqu'il défaille et cherche au hasard quelque appui. Et tel est le vertige de ce grand frisson que les pierres mêmes semblent dire : « Qu'il meure ! qu'il meure ! »

C'est un crime, pour qui me voit en cet état, de ne pas consoler mon âme abattue, ne fût-ce qu'en montrant pour moi compassion.

Mais votre moquerie a tué la pitié que fait naître le triste aspect de mes yeux, tout remplis du désir de la mort.

[Mais l'inspiration de Dante va changer. A quelque temps de là, il passe près d'un groupe de jeunes dames qui ont pénétré

son secret et s'entend appeler par l'une d'elles. Curiosité, cligne-
ments d'yeux, sourires au bord des lèvres. On lui demande :
Pourquoi aimes-tu cette dame, puisque tu ne peux soutenir sa
présence ? Quel est le but d'un amour si extraordinaire ? — Et
Dante : Ce but était d'obtenir le salut de ma Dame ; en ce salut
je mettais tout mon bonheur. Mais puisqu'il lui a plu de me le
refuser, je le mets en une autre chose que rien ne peut m'enlever.
— En quelle chose ? — Dans les paroles qui proclament la
louange de ma Dame.

Et Dante écrit alors une de ses plus célèbres *canzoni.*]

La louange de Béatrice (Canzone).

O Dames, qui savez ce que c'est que l'Amour, je veux
m'entretenir avec vous de ma Dame. Je suis loin de penser épuiser sa louange : je parle seulement pour alléger
mon âme. Je dis donc qu'en pensant à sa haute valeur
Amour me fait sentir si doucement sa force que, si je
ne perdais alors tout mon courage, mes paroles rempli-
raient tout le monde d'amour. Je n'en veux point parler
de si haute façon que la peur d'y faillir ensuite m'avi-
lisse. Mais je vous parlerai de son très noble état, avec
beaucoup d'égards, d'une touche légère, à vous, amoureuses dames et demoiselles ; car ce n'est pas discours
qu'on puisse faire à tous.

Un ange invoque la divine Intelligence et dit :
« Seigneur, dans le monde on peut voir une merveille
réalisée qui procède d'une âme dont l'éclat resplendit
jusqu'ici. » Le ciel, à qui il ne manque rien que de la
posséder, la demande à son Seigneur et chaque saint
en implore la grâce. Il n'y a que la Pitié qui plaide notre
cause. Et Dieu comprenant bien qu'il s'agit de ma Dame
dit : « O vous que j'aime, souffrez sans vous plaindre que

l'objet de votre espoir reste tant qu'il me plaît là-bas,
près de celui qui s'attend à la perdre et qui dira un
jour dans l'Enfer aux damnés : « J'ai vu l'espoir des
âmes bienheureuses[1]. »

Ainsi ma Dame est désirée au haut des cieux. Je ferai
maintenant connaître sa vertu, et je dirai : celle qui
veut passer pour noble dame doit marcher auprès d'elle ;
car lorsqu'elle va sur les chemins, Amour jette un tel
froid dans les cœurs vils, qu'en eux toute pensée se glace
et dépérit. Et quiconque pourrait en supporter la vue y
gagnerait noblesse ou trouverait la mort. Et lorsqu'elle
rencontre quelqu'un qui soit digne de la voir, celui-là
sent les bienfaits de sa vertu, car il en obtient le don du
salut ; et cela le rend si humble qu'il en oublie toute
offense. Et Dieu lui donne plus haute grâce encore : qui
a pu lui parler ne peut plus mal finir.

Parlant d'Elle, Amour dit : « Comment chose mortelle
peut-elle être à la fois si ornée et si pure ? » Et puis la
regardant il se jure à lui-même que Dieu en a voulu
faire une chose unique. Son corps revêt une couleur de
perle, mais sans excès, comme il convient à une dame.
La nature ne peut rien faire de plus parfait. Par son
exemple on peut voir ce qu'est la beauté. De ses yeux,
où qu'elle tourne son regard, jaillissent des esprits enflammés d'amour qui vont frapper les yeux de ceux qui
la regardent et entrent jusqu'au cœur. Vous voyez Amour
qui se peint dans son rire que nul ne peut regarder fixement.

O Canzone, je sais que tu t'en iras parlant à maintes

---

1. Ceci indique que Dante pensait déjà à la *Divine Comédie.*

dames, quand je t'aurai mise en route. Or donc je t'avertis, car je t'ai élevée comme une fille d'Amour jeune et
modeste, de dire partout sur un ton de prière : « Mon-
trez-moi le chemin, car je suis envoyée à Celle dont
l'éloge est tout mon ornement. » Et si tu ne veux pas
aller à la légère, ne t'attarde pas auprès des gens grossiers. Veille bien, si tu peux, de t'ouvrir seulement à la
vraie dame ou à l'homme courtois qui te mèneront par
le plus court chemin. Tu trouveras Amour aux côtés de
ma Dame. Recommande-moi, comme il convient, à tous
deux.

[Cette Canzone s'étant bien vite répandue, un ami demande à
Dante ce qu'il entend par Amour, et le poète répond :]

L'Amour (Sonnet).

Amour et cœur bien né sont une même chose, ainsi
que le poète a dit dans son beau vers. Et l'un ne peut
pas plus aller sans l'autre, que l'âme raisonnable ne va
sans la raison.

La nature les crée tous les deux quand elle aime :
Amour est le seigneur, le cœur est sa demeure ; et c'est
là qu'en dormant le premier se repose, parfois bien peu,
parfois une longue saison.

Puis voici qu'apparaît en une sage dame la beauté,
si plaisante aux yeux que, dans le cœur, monte un désir pour cet objet aimable.

Et le désir parfois occupe tant le cœur qu'il réveille
bientôt l'esprit d'Amour. Et sur la dame agit pareillement tout homme de valeur.

[Plus qu'aucune autre dame Béatrice sait inspirer ce noble et pur amour.]

•

La merveilleuse influence de Béatrice (Sonnet).

Ma Dame porte l'amour dans ses yeux, par quoi elle ennoblit tout ce qu'elle regarde. Lorsqu'elle passe, tout homme se tourne vers elle et celui qu'elle salue sent frissonner son cœur.

Alors baissant la tête et couvert de pâleur, de ses moindres défauts il s'accuse et soupire... Sa présence fait fuir l'orgueil et la colère. O Dames, aidez-moi à bien lui faire honneur !

Toute douceur et toute modestie naissent au cœur de qui l'entend parler. On est heureux dès l'instant qu'on la voit.

L'air qu'elle prend en son moindre sourire ne se peut exprimer ni fixer en l'esprit : tant c'est une étrange merveille de grâce.

[A quelque temps de là, le père de Béatrice meurt. Ses amis accourent auprès d'elle pour la consoler. Dante, les yeux pleins de larmes, s'en va rôder près de la maison en deuil et en voit sortir quelques dames qui s'entretiennent de la douleur de Béatrice. Il écrit à cette occasion le sonnet suivant :]

D'où venez-vous ?... (Sonnet).

O vous qui avez cet air abattu, par vos yeux baissés montrant la douleur, d'où venez-vous donc, que votre pâleur semble témoigner de grande pitié ?

Avez-vous vu ma noble Dame au visage baigné d'af-
fectueuses larmes? Dames, répétez-moi ce que me dit
mon cœur en vous voyant marcher si noblement émues.

Si vous venez de voir une telle détresse, daignez vous
arrêter quelque temps avec moi, et ne me cachez rien
d'elle, quoi qu'il en soit.

Car je vois bien que vos yeux ont pleuré et je vous
vois venir si changées de visage, que cela suffit à me
faire trembler le cœur.

[Dante à son tour est cloué au lit par la maladie. L'idée de la
mort le tourmente et telle est sa faiblesse, qu'il tombe dans le délire et dans les hallucinations. Il voit sa Dame morte et assiste
aux funèbres préparatifs. Il éclate alors en sanglots et ses proches
accourent pour le calmer. Le cauchemar dissipé et la santé revenue, il raconte cette scène en prose d'abord et puis dans une *canzone.*]

La funèbre vision (Prose).

Il advint que je fus atteint en une partie de mon corps
d'une douloureuse maladie qui me fit souffrir pendant
neuf jours de très affreux tourments. Elle me réduisit à
un tel point de faiblesse qu'il me fallut rester comme
ceux qui ne peuvent faire un mouvement. Je dis donc
que le neuvième jour, ressentant une douleur presque
intolérable, ma pensée se porta vers ma Dame. Et lorsque j'eus pensé à elle quelque temps, je ramenai mon
esprit sur ma vie précaire ; et voyant combien, sans
être maladive, la durée en était courte je me mis à
pleurer en mon cœur de tant de misère. Et avec de gros
soupirs je me disais à moi-même : « De toute nécessité

il faut que la très noble Béatrice meure quelque jour. »
Et cela me mit en un trouble si fort, que je fermai les
yeux et je commençai à m'agiter comme une personne
en délire et à me forger des images de la manière suivante : aussitôt que mon imagination commença à di-
vaguer, je vis apparaître des visages de femmes échevelées qui me disaient : « Toi aussi tu mourras ! » Et
après ces femmes m'apparurent d'autres visages difformes
et horribles à voir qui me disaient : « Tu es mort. »
Ainsi s'égarait mon imagination et j'en vins à ne plus
savoir où je me trouvais. Et il me semblait voir des
femmes échevelées passer sur le chemin en pleurant,
étrangement tristes ; et il me semblait voir le soleil
s'obscurcir au point que les étoiles devenaient visibles ;
mais leur couleur me donnait à penser qu'elles pleuraient. Et il me semblait que les oiseaux tombaient
morts en plein vol et que le sol tremblait de très
grandes secousses. Tout émerveillé d'une telle vision et
saisi d'épouvante, j'imaginais qu'un de mes amis venait
me dire : « Tu ne sais donc pas ? Ta merveilleuse Dame
a quitté cette vie. » Alors je commençai à pleurer très
lamentablement ; et non seulement je pleurais en imagination, mais je pleurais de mes yeux, baignés de véritables larmes. Je me figurais que je regardais vers le
ciel et que j'y voyais remonter une multitude d'anges,
précédés d'une légère nuée très blanche. Et il me semblait que ces anges chantaient glorieusement et dans
les paroles de leur chant il me semblait distinguer :
« Hosannah in excelsis ! » Alors il me semblait que mon
cœur, où régnait un si grand amour, me disait : « Il est
véritable et certain que notre Dame est couchée dans

la mort. » Et c'est pourquoi il me semblait que j'allais voir le corps qu'avait habité cette âme très noble et bien heureuse. Et si forte fut la trompeuse vision qu'elle me montra cette Dame morte ; et il me semblait que des femmes lui recouvraient la tête d'un voile blanc ; et il me semblait que son visage avait pris un tel air d'humilité qu'elle paraissait dire : « Je vois maintenant le principe de toute paix. » Et dans ce songe, à la voir, il me vint à moi-même une telle humilité que j'appelais la mort en disant : « Très douce mort, viens à moi et ne me sois pas cruelle ; car tu dois être aimable puisque tu as été avec une telle dame. Viens-donc à moi qui te désire tant. Tu vois bien que je porte déjà tes couleurs. » Et après avoir vu accomplir tous les douloureux devoirs que l'on a coutume de rendre aux trépassés, il me semblait que je revenais dans ma chambre et que je tournais mes yeux vers le ciel. Et si forte était mon hallucination que, tout pleurant, je commençai à dire avec ma voix véritable : « O âme très belle, heureux celui qui te voit ! » Et tandis que je disais ces mots dans un douloureux accès de larmes et que j'appelais la mort, une dame jeune et aimable, qui était près de mon lit, croyant que mes pleurs et mes paroles n'étaient autres que les plaintes que m'arrachait la douleur de mon mal, fut prise de grande peur et se mit à pleurer. Sur quoi d'autres dames qui étaient là, jugeant que je pleurais à cause des pleurs que je voyais verser à l'autre, l'éloignèrent de moi, bien qu'elle fût une de mes très proches parentes par le sang, et s'avancèrent pour m'éveiller, croyant que je rêvais ; et elles disaient : « Ne dors plus et ne te désole pas. » Et tandis qu'elles me parlaient ainsi, cette violente hallucination cessa au moment même où j'allais dire : « O Béatrice, sois bénie ! » Et j'avais déjà dit : « O Béatrice....., » lorsque je me secouai, j'ouvris les yeux et je reconnus que j'avais été abusé. Et bien que j'eusse crié ce nom, ma voix était si brisée par les sanglots et les pleurs que ces dames ne purent me comprendre. Et malgré ma grande honte, inspiré par l'amour, je me retournai vers elles. Et lorsqu'elles me virent, elles se mirent à dire : « Cet homme semble mort. » Et elles disaient entre elles : « Tâchons de le réconforter. » Aussi me disaient-elles maintes paroles pour me réconforter, me demandant parfois de quoi j'avais eu peur. Quand je fus un peu ranimé, reconnaissant le mensonge de cette vision je leur répondis : « Je vais vous dire ce que j'ai eu. » Et depuis le commencement jusqu'à la fin je leur dis ce que j'avais vu, mais je leur cachai le nom de ma très noble Dame. Et plus tard, guéri de mon mal, je fis le projet de raconter ce qui m'était arrivé parce qu'il me semblait que ce serait chose émouvante à entendre.

[La *Canzone* qu'il composa ensuite reproduit exactement le récit qui précède.

Cependant l'admiration que la vue de Béatrice soulève ne fait que croître. Et la merveilleuse Dame de plus en plus idéalisée passe, très pure, souveraine, presque divine, dans un murmure de respect et d'adoration. Et voici l'exquis sonnet d'une douceur et d'une émotion intraduisibles, où Béatrice apparaît à la fois vivante et immatérielle dans sa rayonnante beauté.]

La divine Béatrice (Sonnet).

Ma Dame apparaît si haute et si pure lorsqu'elle

salue, que toute langue tremble et s'arrête de parler et que les yeux n'osent plus regarder.

Elle s'en va dans le bruit des louanges, modestement vêtue d'humilité; et on la dirait venue du ciel sur terre pour nous montrer ce qu'est un miracle.

Sa vue est d'un tel charme pour qui la regarde, qu'elle fait pénétrer par les yeux dans le cœur une douceur telle, que nul ne peut la comprendre s'il ne l'a éprouvée.

Et il semble que de son visage s'échappe un esprit très suave et plein d'amour qui vient dire à notre âme : « Soupire ! »

[Tandis que Dante se propose de chanter encore les louanges de sa Dame et d'en exalter la beauté, le terrible malheur survient. Dieu appelle à lui Béatrice, si digne d'habiter le ciel, et il semble que soudain « la ville est comme veuve et dépouillée de toute dignité ». Dante ne dit rien sur cette mort, se déclarant incapable d'en parler comme il convient. Au lieu de cela, il s'attarde à faire des considérations cabalistiques sur le nombre neuf, produit de trois par trois, qu'il applique à Béatrice.

Cependant il pleure amèrement et les larmes qui fatiguent ses yeux n'épuisent point sa douleur. Il exhale ses plaintes dans une *canzone* d'un sentiment sincère et délicat et d'une profonde émotion.]

Larmes (Canzone).

Mes yeux qui pleuraient la détresse du cœur ont tant souffert le tourment des larmes, qu'ils sont maintenant à bout de résistance. Désormais si je veux exhaler la douleur qui peu à peu me conduit à la mort, il me faudra parler et gémir à la fois. Et comme il me souvient, ô nobles dames, que j'aimais à parler de ma Dame avec vous, je n'en dirai plus rien sinon à cœur bien né qui soit un cœur de dame. Et j'en parlerai en pleurant, puisqu'elle s'en est allée brusquement dans le ciel et a laissé l'Amour se plaindre avec moi.

Béatrice est montée dans le haut des cieux, dans le royaume où les Anges possèdent la paix et elle habite parmi eux ; elle vous a quittées, ô Dames. Ce n'est point trop de froid ou de chaud qui nous l'a ravie, comme il advient pour les autres ; c'est son grand mérite tout seul. Car la splendeur de son humilité a traversé les cieux avec tant de force, que le Seigneur émerveillé fut pris du tendre désir de rappeler un tel bien. Et il la fit venir de la terre vers lui. C'est qu'il voyait bien que notre triste vie n'était pas digne d'une aussi noble créature.

Cette âme pure et pleine de grâce laissa donc son beau corps et s'en alla en un lieu digne d'elle. Celui qui ne pleure pas, lorsqu'il en parle, a un cœur de pierre, si misérable et si bas, qu'il n'y peut entrer aucune pensée bonne. Jamais homme au cœur vil n'a l'esprit assez haut pour pouvoir se faire une image d'elle. Aussi ne sent-il point le besoin de pleurer. Mais celui-là connaît la tristesse et le deuil des soupirs et des larmes qui font mourir, et prive son âme de toute consolation, qui voit ce qu'elle fut, parfois, dans sa pensée, et comment elle fut loin de nous emportée.

Les soupirs me donnent une forte angoisse, lorsque en mon esprit abattu la pensée ramène l'image de celle qui m'a brisé le cœur. Et bien des fois en pensant à la mort il m'en vient un désir si doux que mon visage change de couleur. Et quand je suis tout perdu dans ces visions,

tant de peine m'arrive de toutes parts que je sursaute
sous l'effet de la douleur. Et je suis en un tel état que
la honte m'éloigne des autres personnes. Puis en pleurant, seul, dans mon désespoir, j'appelle Béatrice et je
dis : « Tu es donc morte ! » Et tandis que je l'appelle,
elle me réconforte.

Les larmes de douleur et les soupirs d'angoisse me
déchirent le cœur si je me trouve seul. Qui me verrait
alors aurait pitié de moi. Ce qu'a été ma vie depuis le
jour que ma Dame s'en est allée dans l'autre monde, il
n'y a pas de langue qui puisse l'exprimer. C'est pourquoi, ô Dames, quand je le voudrais, je ne saurais bien
vous dire ce que je suis, tant cette amère vie me bou-
leverse. Car elle est si misérable que tout le monde
semble me dire : « Je t'abandonne, » en voyant mon
visage ainsi défait. Mais quel que soit mon état, ma
Dame le voit bien, et j'espère qu'elle en aura miséricorde.

O ma triste chanson, va-t'en donc en pleurant re-
trouver les nobles dames et demoiselles à qui tes autres
sœurs ont porté si souvent leur joie. Et toi, qui es fille
de la tristesse, va-t'en toute éplorée prendre place auprès d'elles.

[D'autres pièces témoignent que la douleur du poète ne s'est
pas apaisée. Mais comme si l'amour seul consolait de l'amour,
voici qu'à la faveur de la pitié et des larmes l'image d'une autre
femme se glisse doucement dans le cœur de Dante. Ce n'est d'a-
bord qu'une sorte d'attendrissement sur soi-même. Un jour qu'il
était comme à l'ordinaire dans un terrible abattement, ses yeux
surprirent à une fenêtre une belle jeune femme qui le regardait
avec sympathie. Tout près de fondre en larmes le poète s'enfuit,
mais il est trop tard : la pensée de cette dame est en lui désormais.]

Les yeux se lèvent..... (Sonnet).

Mes yeux ont vu la grande pitié qui s'est montrée sur votre visage, lorsque vous regardiez l'attitude et l'expression que la douleur me donnait maintes fois.

Et j'ai compris alors que vous pensiez à ce qu'était ma sombre existence, et dans mon cœur une crainte est venue de trahir dans mes yeux ma faiblesse.

Et je me suis éloigné, sentant bien que les larmes montaient déjà de mon cœur tout bouleversé par votre vue.

Et je disais ensuite en mon âme attristée : certes avec cette dame habite le même amour qui me fait aller ainsi dans les larmes.

[Le poète cherche bien vite à revoir cette dame dont les regards trahissent déjà sous la pitié un plus tendre sentiment. Il n'est encore attiré vers elle que par le besoin de rallumer à cette pitié sa propre douleur ; mais il donne insensiblement dans le piège et « commence à prendre trop de plaisir à la regarder. » Dans son âme troublée le souvenir de Béatrice reste puissant et une lutte s'engage entre l'ancien et le nouvel amour. Le cœur reste fidèle quelque temps, mais les yeux sont conquis et, les sophismes de l'esprit aidant, le cœur ne tarde pas à capituler à son tour. C'est ce qu'indique un nouveau sonnet.]

La défaite du cœur (Sonnet).

Une délicate pensée qui me parle de vous s'en vient souvent occuper mon esprit et m'entretient d'amour si doucement qu'elle emporte le consentement du cœur.

Et l'âme dit au cœur : « Quelle est cette pensée qui

vient consoler notre esprit et dont la vertu est si puissante qu'elle en chasse toutes les autres ? »

Le cœur répond : « O mon âme inquiète, c'est un nouvel esprit d'amour qui vient vers moi avec ses séductions.

« Et il puise sa vie et sa force dans les yeux de cette dame compatissante qui se troublait à la vue de nos peines. »

[La lutte reprend entre les deux sentiments, et l'image de Béatrice finit par triompher et par bannir l'autre. C'est à la suite d'une miraculeuse vision où le poète revoit la Dame de son cœur, telle qu'il l'avait vue la première fois, âgée de neuf ans et vêtue de rouge, que le remords entre dans son âme et balaie toute lâcheté. Alors dans ses poésies le poète reprend la louange de Béatrice.

La *Vita Nuova* s'arrête ensuite brusquement sur une mystérieuse promesse où il semble que la Divine Comédie ait déjà se racines. Dante y annonce qu'il se propose d'élever plus tard à Béatrice un monument vraiment digne d'elle.]

Fin de la « Vita Nuova » (Prose).

Après ce sonnet une merveilleuse vision m'apparut dans laquelle je vis des choses qui me déterminèrent à ne plus rien dire de cette femme bénie jusqu'au jour où j'en pourrai parler plus dignement. Et c'est pour y parvenir que je me donne à l'étude de toutes mes forces, comme elle ne l'ignore pas.

Et s'il plaît à Celui pour qui toute chose vit que ma vie dure quelques années encore, j'espère dire de cette femme ce qui n'a jamais été dit d'aucune autre. Et puis je prie Celui qui est le Seigneur de toute courtoisie qu'il permette à mon âme d'aller voir le glorieux triomphe de sa dame, c'est-à-dire de sa Béatrice bénie qui contemple glorieusement la face de Celui *qui est per omnia sæcula benedictus* (qui est béni à travers tous les siècles).

———

POÉSIES DIVERSES

[Toutes les poésies de Dante ne se trouvent pas dans la *Vita Nuova* ou dans le *Convivio*. Beaucoup d'autres sonnets et *canzoni* ont été réunis sous le titre général de *Canzoniere*. Parmi ces pièces, les unes se rapportent encore à Béatrice, d'autres sont purement philosophiques, d'autres enfin sont toutes frémissantes d'un amour violent et douloureux. Ces dernières furent composées pour une femme que Dante désigne par l'allégorie d'une « pierre ». Ce sont des vers ardents, véhéments et farouches, qui font un singulier contraste avec ceux de la *Vita Nuova* et qui montrent à quel point le poète dut souffrir de cette nouvelle passion. Malheureusement la métrique très savante de ces *canzoni*, le retour des mêmes mots à la rime, le double sens de certains termes et les jeux de l'allégorie les rendent à peu près intraduisibles. Nous en donnons deux cependant, à titre de curiosité et d'indication.]

Embarquement (Sonnet).

Guido, je voudrais que toi, Lapo et moi-même, nous fussions pris par quelque enchantement et mis en un vaisseau qui, par tous vents, s'en allât sur la mer selon notre caprice ;

et que jamais tempête ou autre contretemps ne pût aucunement faire obstacle au voyage ; mais plutôt que, vivant toujours d'un même cœur, le désir d'être ensemble en nous ne fit que croître.

Et que Monna Vanna et Monna Bice encore fussent, ainsi que la dame du nombre trente[1], mises auprès de nous par le bon enchanteur.

Et là tous nos propos seraient propos d'amour. Et nos dames seraient toutes trois fort ravies, comme nous le serions, je pense, à notre tour.

Canzone[2].

Tout me pèse si cruellement que la pitié d'autrui me cause autant de souffrance que ma propre peine. Las! car je sens douloureusement et malgré moi s'amasser le souffle de mon dernier soupir au fond de ce cœur que les beaux yeux blessèrent, alors que Amour les ouvrit de ses mains pour m'amener à l'heure de ma ruine. Ah! qu'ils étaient bons, suaves et doux quand ils se levèrent sur moi et préparèrent ma mort qui m'est à présent si amère. Ils disaient : Notre lumière apporte la paix.

Au cœur nous donnerons la paix, à vous la joie, disaient parfois à mes yeux ceux de la belle Dame. Mais lorsqu'ils eurent compris que, par son pouvoir, elle s'était emparée de toute mon âme, ils détournèrent de moi leurs regards et leurs marques d'amour. Et leur rayon vainqueur ne se fit plus revoir une seule fois.

1. Allusion à une pièce où Dante avait nommé soixante des plus belles dames de Florence.
2. Il s'agit de Béatrice.

Aussi mon âme qui attendait d'eux son réconfort en est-elle demeurée toute triste. Et maintenant qu'elle voit presque mort le cœur auquel elle s'était unie, elle ne peut que partir avec son amour.

Avec son amour elle s'en va pleurant hors de cette vie, la malheureuse éplorée, car c'est Amour qui l'en chasse. Elle s'éloigne avec des plaintes si douloureuses que, avant qu'elle ne soit partie, son créateur l'écoute avec pitié. Elle s'est repliée au milieu même du cœur avec cette flamme de vie qui ne s'éteint qu'au moment où elle-même se retire. Et là elle se lamente de ce que Amour la chasse de ce monde. Et maintes fois elle embrasse les esprits qui pleurent avec elle parce qu'ils perdent leur compagne.

L'image de cette Dame trône toujours au sommet de ma pensée où la plaça Amour qui était son guide. Et elle ne s'afflige nullement du mal qu'elle voit. Au contraire elle est bien plus belle que jamais et, plus joyeuse, elle semble rire. Et elle lève ses yeux meurtriers et gourmande l'âme qui pleure de partir : Va-t'en d'ici, malheureuse, va-t'en donc enfin ! Voilà ce que cria l'objet de mes désirs qui me tourmente comme il fait toujours, encore que la douleur soit moindre, car mon pouvoir de sentir est bien plus faible et il touche au terme de ses maux.

Le jour où cette Dame m'apparut dans le monde, ainsi que cela se trouve écrit dans le livre de ma mémoire qui s'efface, ma personne encore tendre souffrit un martyre inconnu et tel que j'en demeurai épouvanté. Car toutes les puissances de mon être subirent un arrêt si brusque que je tombai à terre, pour avoir entendu

une voix qui me frappa au cœur. Et (si le livre dit vrai)
l'esprit vital trembla si fort qu'il sembla bien que
l'heure de sa mort fût venue en ce monde. Et l'Amour
qui fit tout cela ne le voit pas maintenant sans regrets.

Lorsque m'apparut plus tard la grande beauté qui
cause ma souffrance, ô nobles dames à qui je m'adresse,
cette faculté, qui est en nous la plus noble, en contemplant sa splendeur, s'aperçut bien que le malheur était
là. Et elle eut connaissance alors du désir qui s'était
formé à la suite de sa contemplation fervente. Puis elle
dit en pleurant aux autres facultés : Ici viendra, au lieu
d'une dame que j'ai vue, la belle image de celle qui
déjà m'épouvante. Et elle sera reine sur nous toutes
aussitôt qu'il fera plaisir à ses yeux.

Je vous ai dit cela, ô jeunes dames, qui avez les yeux
fleuris de beautés et l'esprit dominé par des pensées
d'amour, pour que mes vers trouvent faveur près de
vous en tous lieux. Et devant vous je pardonne de
m'avoir fait mourir à la beauté de celle qui est coupable
de ma mort et jamais n'a montré de pitié.

Canzone [1].

Me voici à ce point de la courbe du jour où s'allu-
ment à l'horizon les diamants du ciel, alors que le
Soleil se couche ; où l'étoile d'amour se dérobe à nos
yeux, à cause du rayon éclatant qui la frappe obli-
quement et la voile ; où la planète qui rend le froid

---

1. Cette canzone et la suivante sont inspirées par cette inconnue que
Dante appelle la *Pietra*.

plus âpre [1] se montre pleinement dans le grand arc du
ciel..... Et pourtant aucune des pensées d'amour qui
pèsent sur moi ne libère mon âme, plus dure que pierre,
car elle porte profondément l'image d'une pierre.

Du fond des sables de l'Éthiopie se lève, troublant
l'air, un vent voyageur, produit par le soleil qui réchauffe ces régions. Et il traverse la mer, d'où il nous
apporte de telles masses de nuées que, si rien ne les
dissipe, elles ferment et recouvrent tout notre hémisphère ; puis ces nuées se résolvent et laissent tomber
les blancs flocons d'une neige glacée ou la pluie fasti-
dieuse ; et dans l'air tout n'est plus que tristesse et que
larmes. Mais l'amour, qui retire ses filets au ciel devant
ce vent qui se lève, ne m'abandonne pas, tellement elle
est belle dame, la cruelle qui m'est donnée pour dame.

Tous les oiseaux qui émigrent avec la chaleur ont fui
du pays d'Europe, qui ne perd jamais les sept étoiles
glacées. Et les autres ont fait trève à leurs chants pour
ne les reprendre qu'à la saison verte, ou n'ont plus que
des cris de douleur. Et tous les animaux d'un naturel
folâtre sont dégagés de l'amour, car le froid glace leur
esprit. Mais le mien n'en porte que plus d'amour ; car
ce n'est pas le changement de saisons qui m'enlève ou
me ramène les douces pensées, c'est une dame qui me
les donne, une dame toute jeune.

Les feuillages, que la force du Bélier fit pousser pour
en orner le monde, ont dépassé leur temps et l'herbe
est morte ; la verdure des rameaux disparaît à nos
yeux, excepté sur les pins, lauriers, sapins ou autres

1, Saturne.

plantes qui se conservent vertes ; et la saison est si rude
et si âpre qu'elle fait périr les fleurettes sur les pentes,
car elles ne peuvent résister à la gelée. Mais l'amour
ne m'arrache pas du cœur l'amoureuse épine ; et je suis
assuré de la porter toujours, tant que je vivrai, dussé-
je vivre toujours.

Les sources versent leurs eaux fumantes des vapeurs
que la terre a dans son sein et qu'elle tire du fond des
abîmes. Et le chemin qui me plaisait tant aux beaux
jours est devenu et restera ruisseau, tant que durera la
grande bataille de l'hiver. Le sol de la terre semble
être en émail. L'eau se convertit en cristal sous la froi-
dure qui l'étreint du dehors. Mais moi dans ma lutte je
n'ai pas reculé d'un pas pour revenir, et je ne veux pas
en revenir ; car si mon martyre est doux, la mort doit
passer tout le reste en douceur.

Chanson, qu'adviendra-t-il de moi dans la douce saison nouvelle, alors que tous les cieux versent l'amour
sur la terre, puisqu'en ces jours glacés je suis le seul
en qui l'amour habite ? Il en sera de moi ce qu'il en est
d'un homme de marbre, si cette jeune enfant a pour
cœur un bloc de marbre.

Canzone.

Je veux être aussi âpre dans mes paroles que l'est
dans ses actes cette belle pierre qui acquiert tous les
jours une dureté plus grande et une nature plus cruelle.
Elle revêt son corps d'un jaspe si dur que, grâce à lui
ou grâce à la fuite, jamais flèche ne sort du carquois

qui puisse l'atteindre à découvert. Mais elle, elle frappe
à mort et rien ne sert de courir et de se mettre hors de
portée des coups mortels ; car ses traits vous atteignent
comme s'ils avaient des ailes et brisent toutes les armures. Aussi je ne sais ni ne puis me défendre contre
elle. Je ne trouve pas de bouclier qu'elle ne brise, ni
d'abri qui me dérobe à sa vue. Mais comme la fleur au
sommet de la branche, elle se dresse au sommet de mes
pensées. Elle se soucie de mon mal aussi peu qu'une
barque de la mer où nulle vague ne se lève. Et le
poids qui m'écrase est tel qu'aucun vers ne pourrait
l'exprimer pleinement. Ah ! douloureuse et impitoyable
lime qui entames sourdement ma vie, pourquoi ne
crains-tu pas de me ronger le cœur fibre par fibre,
comme je crains moi-même de dire d'où tu tires ta force ?

Lorsque je pense à elle, en un lieu où les regards
d'autrui peuvent pénétrer, mon cœur, dans la crainte
que ma pensée ne perce et ne se trahisse au dehors,
tremble plus fortement que devant la mort qui me dévore déjà tous les sens avec les dents de l'amour. Et
cette pensée ronge ma vigueur au point qu'elle en brise
l'élan. L'amour m'a jeté violemment à terre et tient
son pied sur moi, armé de cette épée avec laquelle il fit
mourir Didon, et je crie vers lui, en demandant merci
et je l'implore humblement. Mais lui paraît bien résolu
à me refuser toute pitié.

Il lève à chaque instant la main et menace ma faible
vie, ce cruel qui me tient à terre, étendu et renversé et
incapable de tout effort. Alors une angoisse monte dans
mon âme ; et le sang répandu dans mes veines se retire
en courant vers le cœur qui l'appelle ; et je reste tout

pâle. Puis il me frappe sur le bras gauche si fortement que la douleur retentit dans mon cœur. Alors je dis : « S'il lève encore une fois son arme, la mort m'aura fermé les yeux avant que le coup ne soit descendu jusqu'à moi.

Puissé-je lui voir ainsi fendre en deux le cœur de la cruelle qui déchire le mien ! La mort où sa beauté me précipite ne me semblerait plus noire. Car elle frappe au soleil comme à l'ombre, cette guerrière homicide et perfide. Hélas ! pourquoi ne gémit-elle pas à cause de moi, comme moi à cause d'elle, dans ce gouffre brûlant ? J'aurais tôt fait de crier : « J'accours à votre aide ! » Et je le ferai volontiers et dans ses blonds cheveux, que l'Amour pour ma perte enroule en boucles d'or, je plongerais mes mains pour assouvir ma vengeance.

Si je pouvais m'emparer de ses blondes tresses, qui sont pour moi comme des lanières et des fouets, je m'en saisirais dès l'aube et je les garderais jusqu'aux cloches du soir. Et je ne serais ni pitoyable ni généreux. mais je ferais plutôt comme l'ours quand il joue. Et puisque l'Amour s'en sert pour me fustiger, je me vengerais plus de mille fois. Et ses beaux yeux, d'où sortent les flammes qui embrasent mon cœur blessé à mort, je les regarderais de près et fixement, pour me venger de ce qu'elle me fuit. Et puis je lui rendrais la paix avec l'amour.

Chanson, va-t'en tout droit vers cette dame qui a blessé mon cœur et me refuse ce que je désire le plus ; et perce-lui le cœur d'une flèche ; car on gagne une belle gloire à se venger.

IL CONVIVIO

(LE BANQUET)

Comme la *Vie Nouvelle* c'est **un mélange de prose et de vers**. Dante convie tous les hommes de bonne volonté, qui n'ont pu s'asseoir au Banquet de la Science, à un festin où il leur servira les miettes qu'il a recueillies lui-même. La partie poétique, les *canzoni*, formeront les mets, le commentaire en prose représentera le pain. L'ouvrage est demeuré inachevé. Il devait comprendre quatorze livres, commentaires de quatorze *canzoni*. Il n'en reste que trois, précédés d'une longue introduction. Le plan n'a rien de rigoureux : le développement s'échappe en continuelles digressions. Ces digressions ont du moins l'avantage de nous faire connaître les idées philosophiques et les théories scientifiques, politiques et poétiques de Dante et elles nous préparent à comprendre certains passages de la *Divine Comédie*.

On sera frappé par la rigueur sèche du raisonnement scolastique. Les syllogismes se succèdent et s'enchaînent ; les définitions provoquent toute une suite de déductions raides et pesantes. C'est une prose emprisonnée encore dans une terrible gangue de logique. Mais pour peu qu'elle s'en dégage, elle devient pleine, ferme et harmonieuse.

Livre I. — **Exposition : le divin banquet de la Science.**

Comme le dit le Philosophe [1] au début de la première

---

1. Le Philosophe par excellence, Aristote.

Philosophie, tous les hommes ont naturellement le désir
de savoir. La raison en est peut-être en ceci : que toute
chose, par l'action de sa propre nature et par la volonté
de la providence, tend à sa perfection. Aussi, comme la
science est pour notre âme la suprême perfection où
réside notre suprême félicité, sommes-nous possédés du
désir de l'avoir. Beaucoup d'entre nous cependant sont
privés de cette très noble perfection, pour différentes
causes, les unes intérieures, les autres extérieures, qui
éloignent l'homme de l'état de science. Dans l'homme
il peut y avoir deux défauts : tel trouve des obstacles
dans son corps, tel autre dans son âme. Dans son corps,
lorsque les organes n'ont pas leur fonction légitime, de
telle sorte qu'ils ne peuvent rien recevoir : c'est le cas
des sourds et muets et autres semblables infirmes. Dans
son âme, lorsque la méchanceté y triomphe de telle
sorte que l'âme, entraînée par les séductions du vice, se
laisse si bien duper par elles qu'elle tient tout le reste
pour vil. Hors de l'homme on peut trouver deux causes
du même genre, dont l'une se rattache à la nécessité et
l'autre à la paresse. La première est le souci de la famille et de la cité qui occupe normalement le plus grand
nombre d'hommes et leur enlève tout loisir de spécu-
lation, l'autre est dans la situation défectueuse du lieu,
où la personne a reçu le jour et l'éducation, et qui peut se
trouver non seulement dénué de toute espèce d'études,
mais encore éloigné de toute société cultivant la science.
Les deux premières de ces causes, c'est-à-dire la première des causes extérieures et la première des causes
intérieures, ne sont pas blâmables mais dignes d'excuse
et de pardon ; les deux autres, l'une plus particuliè-

rement, sont dignes de blâme et d'abomination. On peut
donc voir clairement, si l'on considère bien les choses,
que le nombre est restreint de ceux qui peuvent arriver
à cet état désiré par tous, et qu'il y a une foule presque
innombrable de gens empêchés, qui, devant cet aliment
fait pour tout le monde, restent toujours à jeun. O bienheureux les rares privilégiés qui sont assis à la table
où l'on mange le pain des anges et malheureux ceux
qui partagent la nourriture des brebis ! Mais comme
l'homme est naturellement l'ami de l'homme et que
l'ami s'afflige de ce qui manque à celui qu'il aime, ceux
qui mangent à une si illustre table ne sont pas sans
pitié pour ceux qu'ils voient quêter une nourriture
d'herbes et de glands dans les pâturages des animaux.
Et la miséricorde étant la mère des bienfaits, ceux
qui savent offrent toujours généreusement une part de
leur bonne richesse aux véritables pauvres et ils sont
comme une source vive, dont l'eau apaise la soif naturelle de savoir dont il est question plus haut. Quant à
moi qui ne siège pas à la bienheureuse table, mais qui,
ayant fui les herbages du vulgaire, ramasse les miettes
de ceux qui sont assis, moi qui connais la triste vie de
ceux que j'ai laissés derrière moi, ému de compassion
dans la douceur que j'éprouve d'avoir pu ramasser
quelques bribes, j'en réserve une part aux malheureux
sans m'oublier moi-même... C'est pourquoi je veux
maintenant dresser la table et faire un banquet général
où sera servi ce que je leur ai déjà montré, en même
temps que le pain convenable, sans lequel une telle
viande ne saurait être mangée à ce banquet, le pain,
dis-je, convenable à une telle viande et sans lequel, à

mon avis, elle serait servie sans aucun profit. Et c'est
pourquoi je ne veux pas que prenne place à ce banquet
celui qui n'a pas la saine disposition de ses organes, car
celui-là n'a ni dents, ni langue, ni palais. Pas de place
non plus pour celui qui pratique les vices, car son es-
tomac est plein d'humeurs vénéneuses et contraires, de
telle sorte qu'il ne supporterait pas les viandes dont je
parle. Mais viennent tous ceux que les soins de la famille et de la cité ont maintenu dans le jeûne, et qu'ils
prennent place avec leurs semblables empêchés comme
eux. Et qu'à leurs pieds se mettent ceux que leur paresse a retenus, car ils ne sont pas dignes de s'asseoir
plus haut. Et que les uns et les autres prennent les
viandes et le pain que je leur offre et que je leur ferai
goûter et supporter. Les viandes de ce banquet seront
accommodées de quatorze manières ; ce seront quatorze
canzoni qui traitent d'amour et de vertu et qui, sans le
pain du commentaire, portaient en elles quelque ombre
d'obscurité, en sorte que beaucoup en appréciaient
plutôt la beauté que la bonté; mais ce pain, je veux dire
ce commentaire, sera la lumière qui fera apparaître
toutes les nuances du sens. Et s'il arrive que dans
l'œuvre présente, qui porte le nom de *Banquet* — et je
veux que ce soit un banquet — la matière est plus virile
que dans la *Vie Nouvelle,* je n'entends pas cependant
déroger à celle-ci en aucune façon, mais faire servir
hautement l'une et l'autre. Toutefois je vois bien que
raisonnablement l'une doit être fervente et passionnée
et l'autre calme et mâle. Car il convient de parler et
d'agir d'une manière propre à chaque âge. Certaines
manières en effet sont convenables et louables en

un moment de la vie qui seraient déplacées et blâmables
en un autre, comme il sera démontré par des raisons
appropriées, ci-dessous, au quatrième chapitre de ce
livre. Or dans la première œuvre je parlais avant d'avoir
franchi le seuil de la jeunesse et dans la deuxième je
l'avais déjà dépassé. (Chap. i)[1]

[Dans le deuxième chapitre Dante, poursuivant son exposition,
répond par avance à la critique qu'on pourrait lui faire de parler
trop de soi. Il établit qu'il est en effet difficile de parler de soi-
même en toute impartialité, sans atténuer ses défauts et grandir
ses mérites. Cependant il peut y avoir nécessité à parler de soi
pour se défendre ou pour donner d'utiles renseignements. Dante
obéira à ces deux raisons : se disculper d'avoir célébré dans ses
Canzoni la passion plutôt que la vertu et montrer comment le
sens allégorique de ces poèmes contient de profitables leçons.

Au milieu de ces développements rigoureusement enchaînés
et où la logique seule semble avoir place, voici que parfois l'in-
guérissable blessure de Dante se remet à saigner ; et il exhale
une fois de plus ses plaintes d'exilé et son amour à la fois doux
et cruel pour Florence.]

Le souvenir de la douce et cruelle patrie.

Ah ! que n'a-t-il plu au Maître de l'Univers de faire
que la cause qui provoque ici ma défense n'ait pas
existé ! Ainsi les autres n'eussent point péché contre
moi et moi-même je n'eusse pas souffert une peine in-
juste, la peine de l'exil et de la pauvreté. Depuis qu'il
a paru aux citoyens de la très belle et très illustre fille
de Rome, Florence, de me chasser de son très doux sein
(où je suis né, et où j'ai vécu jusqu'au milieu de ma

1. C'est la *Vita Nuova*, qui a précédé le *Convivio*.

vie, et où, en toute bonne paix, je désire de tout mon cœur reposer mon esprit fatigué et finir le temps qui m'est dévolu) je suis allé à travers presque toutes les contrées où s'étend notre langue, comme un pèlerin, presque comme un mendiant, montrant malgré moi une de ces blessures du destin qu'on impute si souvent à celui qui en souffre, contre toute justice. En vérité j'ai été une barque sans voiles et sans gouvernail que le vent impitoyable de la douloureuse pauvreté ballotte de port en port et de rivage en rivage. J'ai paru vil aux yeux de beaucoup de gens qui, sur la foi d'une certaine renommée, s'étaient fait de moi une tout autre image; et pour eux ce n'était pas seulement ma personne qui était déchue; mes œuvres mêmes, celles que j'avais faites et celles qui me restaient à faire, s'en trouvaient dépréciées.   (Chap. III)

[Ce sont là les méfaits de la renommée qui dénature ou grossit le bien comme le mal. L'homme doit se mettre directement en contact avec ses semblables s'il veut se défendre et rétablir la vérité. Il risque d'ailleurs de tomber dans une erreur contraire tant par sa faute que par la maligne interprétation des autres hommes (ch. IV).]

[Pourtant ce ne sont encore que légers reproches. Le plus grave aux yeux de Dante c'est qu'on peut l'accuser d'écrire son commentaire en langue *vulgaire* (en italien) et non en latin et de donner ainsi « du pain d'avoine et non de froment ». Les chapitres qui suivent traiteront donc des mérites comparés du latin et de l'italien vulgaire. Tout d'abord une langue doit être adaptée au sujet. Or un commentaire en latin, langue plus noble, plus parfaite et plus belle que l'italien vulgaire, dépasserait son sujet, c'est-à-dire les *canzoni*, qui sont elles-mêmes écrites en vulgaire. Autre inconvénient: le commentaire en latin se serait adressé surtout aux lettrés, tandis que la langue vulgaire s'adresse aux autres, tout en étant comprise des premiers; ainsi le but de Dante, qui est d'être utile au plus grand nombre, se trouve atteint. Enfin Dante aime sa langue maternelle et veut l'honorer, la servir et la défendre (ch. vi-x).]

L'auteur s'attaque ensuite aux ennemis de la langue italienne, aux Italiens qui dédaignent ou ravalent leur propre idiome. Il classe ces détracteurs en plusieurs catégories, suivant que l'on condamne l'italien soit par aveugle discernement, soit pour alléguer une perfide excuse, soit par vanité, soit par envie, soit par bassesse d'âme.]

Contre les ennemis de la langue italienne.

L'aveugle privé de la lumière du discernement conforme toujours son jugement à l'opinion, qu'elle soit juste ou fausse. Il est donc inévitable que si le guide est aveugle, l'autre aveugle qui s'appuie sur lui soit entraîné avec lui dans sa chute. C'est pourquoi il est écrit : « L'aveugle se fera le guide de l'aveugle et tous les deux rouleront dans le fossé »… Ainsi les aveugles, qui sont en nombre infini, tenant la main sur l'épaule des guides menteurs, sont tombés dans le fossé de l'erreur et ils ne savent plus en sortir. Et ce sont surtout les gens du peuple qui sont privés de cette lumière du discernement; car, occupés à un métier dès le début de leur existence, ils tendent nécessairement vers ce métier les forces de leur esprit, au point qu'ils n'entendent rien à autre chose. Et comme l'état de vertu, morale ou intellectuelle, ne peut pas s'obtenir tout d'un coup, mais ne s'acquiert que par la pratique habituelle, et comme d'autre part ils ne pratiquent habituellement que leur métier et ne s'appliquent pas à discerner les autres choses, il est impossible qu'ils aient le discernement. C'est ainsi qu'il leur arrive maintes fois de crier : vive leur mort et meure leur vie, pourvu que quelqu'un ait commencé. Et c'est un très dangereux défaut de leur aveuglement. De là vient que Boèce juge vaine la gloire populaire parce qu'elle voit les choses sans discernement. Ces gens-là il faut les appeler moutons et non hommes. Car si un mouton se jetait du haut d'un rocher de mille pieds, tous les autres le suivraient ; et si un mouton pour une raison quelconque saute en traversant un chemin, tous les autres sautent aussi, même s'ils ne voient rien à sauter. Et j'en ai vu un jour un grand nombre se jeter dans un puits pour un qui avait sauté, croyant peut-être franchir un mur ; et cela malgré le pâtre qui, pleurant et criant, s'efforçait de les arrêter avec ses bras et avec sa poitrine. — Les ennemis de la seconde catégorie se déclarent contre notre idiome sous forme d'excuse perfide. Il y a beaucoup d'hommes en effet qui préfèrent être tenus pour maîtres que de l'être réellement ; et pour éviter de ne pas être considérés comme tels, ils rejettent la faute sur la matière de l'œuvre d'art ou sur l'instrument, de la même manière que le mauvais forgeron critique le fer qu'on lui présente et que le mauvais joueur de cithare critique son instrument, croyant ainsi rejeter la faute du couteau mal venu et du morceau mal joué sur le fer et sur la cithare, et se disculper eux-mêmes. Il y a ainsi des hommes en assez grand nombre qui veulent qu'on les tienne pour beaux diseurs ; et, pour s'excuser de ne rien dire, ou de dire mal, ils accusent et condamnent la matière, c'est-à-dire leur propre langue et vantent celle des autres que personne ne leur demande d'employer. Qui veut se rendre compte comment on peut jeter le

blâme sur le fer, qu'il regarde les ouvrages qu'en tirent
les bons artisans, et il reconnaîtra la malice de ceux
qui en le blâmant croient se donner une excuse à eux-
mêmes. C'est contre de telles gens que s'élève Tullius [1]
au commencement d'un de ses livres intitulé *De la fin
des biens ;* car de son temps on blâmait le latin de Rome
et on louait la langue grecque. Et c'est encore pour les
mêmes raisons que les hommes dont je parle ravalent
la langue d'Italie pour exalter celle de Provence. — Les
gens de la troisième catégorie se déclarent contre notre
idiome par un désir de fausse gloire. Il y en a beaucoup qui, en relatant les choses écrites en une autre
langue et en louant celle-ci, croient se faire admirer
davantage qu'en relatant celles de leur propre langue.
Et sans doute bien apprendre les langues étrangères ne
va pas sans quelque louable mérite d'intelligence ; ce
qui est blâmable, c'est de louer ces langues en sortant
des bornes de la vérité, pour se faire gloire de les posséder. — Les gens de la quatrième catégorie sont animés par un sentiment d'envie. Comme on l'a dit plus
haut, l'envie se produit lorsqu'il y a un élément commun. Entre les hommes de même langue cet élément
est le langage ; et l'envie naît de ce que l'un ne sait pas
s'en servir aussi bien que l'autre. L'envieux au reste dans
son raisonnement ne blâme pas celui qui parle de ne
pas savoir parler, mais il blâme ce qui est la matière
de son œuvre, pour enlever (en dépréciant l'œuvre
même par ce biais) honneur et réputation à l'auteur.
C'est comme si on blâmait le fer d'une épée, non pour

1. Cicéron.

jeter vraiment le blâme sur le fer de l'épée mais sur tout le travail de l'artisan. — Les gens de la cinquième et dernière catégorie sont poussés par la bassesse d'âme. Toujours l'homme magnanime s'exalte en son cœur et de même l'homme pusillanime se tient pour moins qu'il n'est... Et comme l'homme mesure les choses qui font en quelque sorte partie de lui avec la même mesure qu'il emploie pour soi-même, il arrive que le magnanime voit toujours ce qui est à lui meilleur qu'il n'est et ce qui est à autrui moins bon ; le pusillanime au contraire croit que ce qui est à lui vaut peu et ce qui est aux autres beaucoup. C'est pourquoi de nombreux hommes par une telle bassesse déprécient leur propre langue et vantent celle d'autrui. Et tous ces gens-là sont les abominables ennemis de l'Italie qui tiennent pour vil notre précieux parler vulgaire, lequel n'est vil qu'autant qu'il résonne sur les lèvres prostituées de ces traîtres, sous la conduite de qui marchent les aveugles dont nous avons parlé au début. (Chap. XI)

[Dante aime en outre sa langue maternelle pour des raisons sérieuses et profondes qu'il explique subtilement avec l'aide de Cicéron et d'Aristote. Le fait est qu'elle est proche de lui, liée à ses plus anciens souvenirs et à toute sa vie; et de plus elle est bonne. Ses efforts pour lui donner plus de stabilité, la longue et chère habitude qu'il en a, n'ont fait qu'accroître cet amour. « Aussi, termine-t-il, cette langue sera-t-elle la lumière nouvelle, le soleil nouveau qui se lèvera et versera la lumière à ceux qui sont dans les ténèbres. »]

Livre II. — [Voici la première des *canzoni* annoncées par Dante.]

Le nouvel Amour (Canzone).

O vous, qui par l'intelligence faites mouvoir le troi-

sième ciel[1], écoutez les propos secrets de mon cœur,
car je ne puis les dire à autrui, tant ils me paraissent
étranges. C'est le ciel dirigé par votre vertu, ô nobles
créatures que vous êtes, qui me plonge dans l'état où
je suis. Aussi me semble-t-il juste de m'adresser à vous
pour vous parler de la vie qui m'est faite. Je vous prie
donc d'entendre ma voix. Je vous dirai le nouvel état
de mon cœur, comment en lui pleure mon âme triste, et
comment parle contre elle un esprit qui vient à moi par
les rayons de votre étoile[2].

Mon cœur dolent était d'ordinaire animé par une pensée délectable qui s'en allait maintes fois aux pieds de
votre Seigneur. Elle y voyait une dame dans la gloire
et m'en parlait avec tant de douceur que mon âme disait : « Je veux la rejoindre. » Et voici maintenant apparaître cet esprit qui met la douce pensée en fuite et
me subjugue avec tant de force que le tremblement de
mon cœur se trahit au dehors. Cet esprit tourne mes
regards vers une autre Dame et me dit : « Que celui
qui veut voir le salut regarde bien les yeux de cette
dame, s'il ne craint pas l'angoisse des soupirs. »

Tel est l'ennemi acharné à sa perte que rencontre
l'humble pensée qui me parle toujours d'un ange couronné dans le ciel. Mon âme pleure, tant elle en souffre
encore, et dit : « Ah ! Hélas ! comme elle fuit, la pensée pitoyable qui me consolait ! » Et mon âme affligée
dit en parlant de mes yeux : « Ah ! quel moment fut celui où une telle dame les vit ! Pourquoi ne pas me croire

1. C'est le ciel de Vénus. Le poète s'adresse aux anges qui gouver-
nent ce ciel.
2. Un nouvel esprit d'amour, un nouveau sentiment.

quand je leur parlais d'elle ? » Car je leur disais : « Oui,
dans les yeux de cette femme doit se tenir Celui[1] qui
détruit les âmes comme moi. » Mais il ne me servit à
rien d'être attentive à détourner leurs regards de lui,
car j'en suis morte. »

« Non, tu n'es pas morte, mais tu es abattue, ô notre
âme, qui te lamentes ainsi », dit un aimable esprit d'a-
mour. Car cette belle dame dont tu sens l'influence, a
transformé ta vie au point que tu en as peur, tellement
tu es sans courage. Regarde combien elle est bonne et
humble, sage et modeste dans sa grandeur ; et songe à
l'appeler reine dorénavant. Car si tu ne te trompes pas,
tu la verras ornée de si hautes merveilles que tu diras :
« O Amour, seigneur véritable, voici ta servante ; fais
de moi ce qu'il te plaît. »

Canzone, je crois qu'ils seront rares ceux qui enten-
dront parfaitement le discours que tu tiens, tellement
tes paroles sont obscures et difficiles. Si donc, par aventure, il t'arrive d'être en présence de personnes qui ne
te semblent pas l'avoir bien compris, je te supplie de
t'en consoler en leur disant, ô ma nouvelle chanson
bien aimée : « Admirez du moins combien je suis belle ! »

[Avant d'aborder le commentaire de cette canzone, qui occupe
tout le second livre, Dante explique que tous les écrits peuvent
être interprétés de quatre manières différentes.]

Les quatre interprétations.

... Les écrits peuvent être compris et doivent être

1. L'Amour.

interprétés en quatre sens. L'un s'appelle le sens littéral. Le sens allégorique est celui qui se cache sous le manteau de la fiction et c'est une vérité dissimulée sous un beau mensonge. Ainsi quand Ovide dit que Orphée domptait les bêtes sauvages et faisait mouvoir les arbres et les pierres avec sa lyre, cela veut dire que ce sage, par l'instrument de sa voix, apprivoisait et réduisait les cœurs cruels et qu'il faisait mouvoir à son gré ceux qui n'ont pas la vie de la science et de l'art ; et ceux qui n'ont pas la vie de la science et de la raison sont semblables à des pierres. Et l'on verra dans l'avant-dernier livre comment ce voile allégorique a été imaginé par les Sages. A la vérité les théologiens comprennent ce sens d'une autre manière que les poètes ; mais comme mon intention est de suivre en ceci la règle des poètes, je prendrai ce sens allégorique comme les poètes l'ont employé. Le troisième sens s'appelle le sens moral ; c'est celui que les lecteurs doivent attentivement rechercher dans les écrits, pour leur utilité propre et pour le bien de ceux qu'ils instruisent. C'est ainsi qu'on peut trouver dans l'Évangile que le Christ, au moment de gravir la montagne pour se transfigurer, ne prit avec lui que trois des douze Apôtres. Moralement on peut comprendre par cet exemple que pour les choses très secrètes nous devons avoir avec nous peu de compagnons. Le quatrième sens s'appelle anagogique ou sens supérieur. C'est le cas lorsqu'on explique d'un point de vue spirituel un écrit qui évoque, par les choses mêmes qu'il montre dans son sens littéral, les choses supérieures de l'éternelle gloire. C'est ce qu'on peut voir dans le chant du Prophète qui dit que, par la sortie du peuple d'Israël de l'Égypte, la Judée devint sainte et libre. En effet si cela est vrai manifestement selon la lettre, ce qu'on peut y comprendre spirituellement ne l'est pas moins ; à savoir qu'au moment où l'âme sort du péché, elle devient sainte et libre en toutes ses facultés. Et pour démontrer tout cela, le sens littéral doit toujours passer le premier, car c'est lui qui renferme les autres et sans lui il serait impossible et déraisonnable de rechercher les autres ; et cela est particulièrement impossible pour le sens allégorique.   (Chap. i)

[Longue digression astronomique où Dante établit la forme et en quelque sorte la géographie du ciel qui se retrouve dans son Paradis, discute les systèmes d'autrefois et classe les Anges dans les Hiérarchies (chap. ii-vi).

Interprétation littérale de la Canzone, où il s'agit bien d'un amour nouveau qui efface l'ancien et d'une nouvelle Dame qui chasse le souvenir de Béatrice (chap. vii-xii).

Interprétation allégorique qui démontre par mille subtilités scolastiques que cette nouvelle dame est la Philosophie (chap. xii-xvi).

[Dans les deux livres suivants Dante observe le même ordre : une Canzone d'amour, le commentaire littéral qui applique chaque terme à une femme, le commentaire allégorique qui les rapporte tous à la Philosophie.

Le livre III expose la théorie de l'amour.

Le livre IV traite de la noblesse.

Dans ce dernier Dante, entraîné par ses habituelles digressions expose longuement ses idées politiques sur la nécessité d'un pouvoir souverain aux mains de l'Empereur et sur le choix que Dieu a fait du peuple romain pour exercer la domination universelle.]

Les assises du pouvoir impérial.

Le fondement de la majesté impériale repose sans

aucun doute sur la nécessité qui régit la société humaine faite pour réaliser sa fin, à savoir une vie heureuse ; et cette fin personne n'est capable d'y arriver sans l'aide d'autrui. L'homme a en effet besoin de bien des choses auxquelles un seul individu ne peut suffire. C'est pourquoi le Philosophe a dit que l'homme est naturellement un animal sociable. Et de même qu'un homme trouve son avantage à rechercher la société domestique de la famille, de même une maison, pour le bien de son existence, exige des voisins sans lesquels elle manquerait de beaucoup de choses, ce qui serait un obstacle à son bonheur. Et comme les voisins par eux-mêmes ne peuvent suffire à tout, il faut pour y pourvoir que la cité existe. La cité elle-même pour son travail et sa défense a besoin de trouver des relations et un fraternel appui dans les cités voisines ; et c'est pourquoi s'est fondé le royaume. Mais étant donné que l'âme humaine ne se contente pas de posséder un territoire limité mais désire toujours acquérir plus de gloire, comme le démontre l'expérience, des discordes et des guerres se sont fatalement élevées entre un royaume et un autre. Ce sont là des tribulations qui frappent les villes et, à travers les villes, les groupes de voisins, à travers les voisins, les maisons et à travers les maisons l'homme ; et tout cela arrête le bonheur. C'est pourquoi si l'on veut supprimer les guerres et les causes de guerre, il faut nécessairement que toute la terre et tout ce qu'il est permis au genre humain de posséder forment une monarchie, c'est-à-dire soient sous les ordres d'un seul prince ; et il faut avoir un prince qui, possédant tout et ne désirant plus rien, force les rois à se contenter des

limites de leurs royaumes, de telle sorte que la paix règne entre eux, que dans cette paix les villes jouissent
du repos, que dans ce repos les voisins s'aiment, que
dans cet amour les maisons trouvent tout leur nécessaire et qu'enfin l'homme vive heureux, puisqu'il est né
pour cela. Et c'est à quoi peuvent se ramener les paroles du Philosophe quand il dit dans sa *Politique* que,
plusieurs choses étant disposées en vue d'une même
fin, il faut que l'une d'elles soit directrice et comme
souveraine, tandis que les autres sont gouvernées et di-
rigées par celle-là. C'est ainsi que dans un navire nous
voyons les divers services et les diverses fins particulières dirigés en vue d'une seule et même fin commune,
qui est d'arriver au port désiré par une route sans dan-
gers ; et de même que chaque officier dirige son action
en vue de sa fin propre, de même il y a quelqu'un qui
considère toutes ces fins particulières et les fait servir à
la fin dernière et commune : c'est le pilote à la voix de
qui tous doivent obéir. Et nous voyons la même chose
dans les ordres religieux et dans les armées, et dans
tout ce qui est dirigé vers une même fin, comme il a
été dit. On peut donc voir manifestement que, pour
atteindre la perfection de la société universelle des
hommes, il faut qu'il y ait une espèce de pilote qui,
considérant les différentes conditions du monde et dis-
tribuant les services différents et nécessaires, ait absolument la charge universelle et incontestable de com-
mander. Et cette charge est appelée empire, sans plus ;
car c'est le commandement sur tous les autres comman-
dements ; et celui qui est élevé à cet office est appelé
empereur, car il est le commandant suprême ; et sa pa-

role fait loi et doit être obéie par tous et tout autre commandement tire du sien force et autorité. Et ainsi la
majesté et l'autorité impériales apparaissent clairement
comme les plus hautes dans la société humaine. Cependant on pourrait ergoter en soutenant que, pour
nécessaire que soit au monde l'institution de l'empire,
cela ne fait pas que l'autorité du prince romain soit souveraine aux yeux de la raison ; car la puissance romaine
n'a été instituée ni par la raison, ni par la loi du consentement universel, mais par la force, qui paraît être
l'ennemie de la raison. A quoi il est aisé de répondre
que le choix de ce suprême magistrat devait tout d'abord
procéder du conseil qui veille à l'intérêt de tous, c'est-
à-dire de Dieu ; sans quoi le choix n'aurait pas été égal
pour tout le monde, puisque, avant l'existence d'un tel
chef, il n'y avait personne pour s'occuper du bien de
tous. Et comme il n'y a pas eu et qu'il n'y aura jamais
de nature plus douce dans le commandement, plus forte
dans le soutien, plus subtile dans la conquête que celle
de la race latine (ainsi que l'expérience en fait foi) et
en particulier que celle du peuple sacré en qui se retrouve le noble sang troyen, Dieu a élu ce dernier peuple pour le grand office. En effet, du moment qu'on ne
pouvait l'obtenir sans une très grande vertu ni l'exercer
sans une très grande et très humaine bienveillance, ce
peuple était bien celui qui y était le mieux préparé.
Ainsi donc ce n'est pas surtout par la force que le peuple romain s'est emparé de ce pouvoir, mais par l'effet
de la divine providence qui est supérieure à toute raison. Et c'est aussi l'opinion de Virgile au premier livre
de l'*Énéide,* lorsque, faisant parler un dieu, il dit : « A

ces gens-là (aux Romains) je ne fixe ni les limites de
l'action ni le temps : je leur ai donné un empire sans
fin. » La force n'a donc pas été la raison déterminante,
comme le croient les ergoteurs, mais la raison occasion-
nelle, comme les coups de marteau sont la cause du
couteau, mais l'âme du forgeron en est la raison effi-
ciente et déterminante. De même ce n'est pas la force
mais une cause divine qui a été le principe de l'empire
romain.   (Chap. IV)

[Dante revient encore sur cette prédestination divine de Rome
dans les chapitres suivants et il montre, avec un grand luxe
d'exemples et dans une forme très oratoire, la main de Dieu
suscitant les grands citoyens de Rome et protégeant la ville
sacrée.]

DE VULGARI ELOQUENTIA

(DE L'ÉLOQUENCE VULGAIRE)

[Ce traité écrit en latin et resté inachevé est une espèce de « Défense et illustration de la Langue italienne ». Dante commence par poser que tout peuple a deux langues : la langue vulgaire, celle qui sert dans la vie ordinaire et « qui sans autre règle s'apprend des lèvres de la nourrice » ; et le latin, la « grammaire », langue commune employée dans les livres. Il s'attarde ensuite dans des discussions sur l'origine du langage, sur l'idiome parlé par le premier homme, sur la confusion des langues née de la tour de Babel — idées qu'il reprend dans la Divine Comédie. Il établit nettement les différences entre le langage vulgaire et le latin, celui-là instable, incertain, en continuelle formation, celui-ci fixe, ferme, absolu et artificiel. Il se livre ensuite à une étude minutieuse et rigoureuse des dialectes italiens dont il montre le bon et le mauvais, les variations et la corruption, sans épargner le dialecte de Florence qui est le sien. Et cette étude le conduit à cette grande idée que tous les parlers d'Italie, malgré leurs différences, se ramènent en somme à un type commun, qui n'est en particulier celui d'aucune ville, mais celui du pays : c'est le langage qu'il appelle « illustre, cardinal, aulique et curial », c'est la langue littéraire italienne. Voici comment il en résume les éléments à la fin du premier livre.]

La langue vulgaire italienne.

Cette langue vulgaire, dont nous avons démontré

qu'elle est illustre, cardinale, aulique et curiale, est
celle qu'on appelle la langue vulgaire italienne. Car de
même qu'on peut trouver un idiome qui est propre à
Crémone, on en trouve un autre qui est propre à la
Lombardie et un autre qui est propre à toute la partie
gauche de l'Italie; et de même encore on peut trouver
celui qui appartient à l'Italie entière. Et si l'on appelle
le premier Crémonais, le second Lombard, celui qui
appartient à toute l'Italie doit s'appeler langue vulgaire
italienne. C'est elle vraiment qu'ont employée les illustres docteurs qui en Italie ont écrit des poèmes en
langue italienne, ceux de Sicile, des Pouilles, de Toscane,
de Romagne, de Lombardie, des Marches de Trévise et
d'Ancône. Et puisque notre intention (comme nous
l'avons promis au début de cet ouvrage) est d'enseigner
la doctrine de l'Éloquence vulgaire, nous commencerons
par cette langue vulgaire italienne, comme étant très
excellente, et nous montrerons dans les livres suivants
quels sont ceux que nous estimons dignes de s'en servir
et pourquoi, et de quelle manière, et quand, et à qui il
faut l'adresser.

[Il ne faut pas laisser cette illustre langue aux mauvais versificateurs qui ne feraient que la ruiner. Ce sont les meilleurs
poètes, ceux qui ont le plus de science et de génie qui doivent
s'en servir. De même il ne faut pas la ravaler dans les basses
productions, mais l'employer dans les sujets les plus hauts, ceux
qui traitent du bien, de l'amour et de la vertu. C'est ce qu'ont
fait Bertrand de Born, Arnault Daniel, Cino de Pistoie, etc...
Le genre le plus noble et le plus digne d'être traité en cette
belle langue est la *Canzone*; viennent ensuite la ballade et le
sonnet.

Dans les chapitres suivants Dante ne s'occupe que de la *Canzone*, se réservant d'étudier la ballade et le sonnet dans le troi-

sième et le quatrième livres (qui ne furent pas écrits). La Canzone appelle le style tragique, c'est-à-dire le plus élevé et le
plus noble. Le vers sera l'hendécasyllabe, le plus beau de tous
et le plus complet ; après lui viennent les vers de sept, de cinq
et de trois syllabes, tous impairs. La phrase aura la richesse et
le nombre et les mots auront de l'harmonie, de la noblesse, de
la grandeur et de la force. Dante cite de curieux exemples de
mots doux et harmonieux, et de mots grands et forts ; les premiers sont de trois syllabes et les autres soit très brefs soit très
longs. Il ajoute des explications minutieuses et quelque peu obscures sur la technique de la Canzone, la part du chant, la di-
vision en stances, la disposition des vers et des rimes, tout un
art poétique compliqué et fort aride. Puis le traité s'arrête brusquement à la fin du deuxième livre.]

TABLE DES MATIÈRES

II. — LE PURGATOIRE.

LA VITA NUOVA.

POÉSIES DIVERSES.

IL CONVIVIO.

DE VULGARI ELOQUENTIA.

GRAVURES DANS LE TEXTE.

CHARTRES. — IMPRIMERIE DURAND, RUE FULBERT.

PAGES CHOISIES DES GRANDS ÉCRIVAINS

Thiers (G. Robertet). | **Mignet** (G. Weill).

Jean-Jacques Rousseau (S. Rocheblave).

Chaque vol. in-18 jésus, broché, **3** fr. ; – relié toile, **3** fr. **50**

Homère (M. Croiset).
Tragiques Grecs : *Eschyle, Sophocle, Euripide* (P. Girard).
Cicéron (P. Monceaux).
Virgile (A. Waltz).
Dante (A. Valentin).
Shakespeare (E. Legouis).
Rabelais (Ed. Huguet).
Mme de Sévigné (René Doumic et L. Levrault).
Bossuet (A. Gazier).
Fénelon (M. Cagnac).
Fontenelle (H. Potez).
Lesage (P. Morillot).
Marivaux (F. Vial).
Voltaire (F. Vial).
Diderot (G. Pellissier).
Buffon (P. Bonnefon).
Beaumarchais (P. Bonnefon).
Gœthe (P. Lasserre et P. Baret).
Schiller (L. Roustan).
Joseph de Maistre (H. Potez).
Mme de Staël (S. Rocheblave).

Chateaubriand (S. Rocheblave).
Stendhal (H. Parigot).
Balzac (G. Lanson).
Guizot (Mme Guizot de Witt).
Henri Heine (L. Roustan).
Victor Cousin (T. de Wyzewa).
Sainte-Beuve (H. Bernès).
R. P. Gratry (M. Pichot).
Alfred de Musset (Paul Sirven).
Prosper Mérimée (H. Lion).
Alexandre Dumas (H. Parigot).
Emerson (M. Dugard).
Dickens (B.-H. Gausseron).
Théophile Gautier (P Sirven).
George Sand (S Rocheblave).
George Eliot (H. Hovelaque).
Gustave Flaubert (G. Lanson).
Ernest Renan.
J. M Guyau (A. Fouillée).
Carlyle (E. Masson).
Tourgueneff (R. Candiani).
Alphonse Daudet (G. Toudouze).
Auteurs Arabes (L. Machuel).

Chaque vol. in-18 jésus, broché, **3** fr. **50** ; – relié toile, **4** fr.

Michelet (Ch. Seignobos, sous la direction de Mme Michelet).
Un vol. in-18 jésus, broché, **4** fr. ; – relié toile, **4** fr. **50**

PAGES CHOISIES DES AUTEURS CONTEMPORAINS

René Bazin (D. Metterlé).
Paul Bourget (G. Toudouze).
Jules Claretie (H. Bonnemain).
Anatole France (G. Lanson).
E. et J. de Goncourt (G. Toudouze).

Pierre Loti (H. Bonnemain).
Hector Malot (Georges Meunier).
André Theuriet (H. Bonnemain).
Tolstoï (R. Candiani).
Émile Zola (Georges Meunier).

Chaque vol. in-18 jésus, broché, **3** fr. **50** ; – relié toile, **4** fr.

7810. – Paris. – Imp. Hemmerlé et Cⁱᵉ. – 5-13.   - 979 -

www.ingramcontent.com/pod-product-compliance
Lightning Source LLC
Chambersburg PA
CBHW050322030726

47505CB00003B/818